Story Gallery

Story Gallery

27個傻瓜

The Best Short Stories of Premchand

普列姆昌德（Munshi Premchand）—著
北京大學東方語言文學系教授 劉安武—譯

StoryGallery.2

27個傻瓜

原書作者　普列姆昌德（Munshi Premchand）
翻　　譯　劉安武
美　　編　吳佩真
文　　編　謝孟希
主　　編　高煜婷
總 編 輯　林許文二

出　　版　柿子文化事業有限公司
地　　址　11677台北市羅斯福路五段158號2樓
業務專線　（02）89314903#15
讀者專線　（02）89314903#9
傳　　真　（02）29319207
郵撥帳號　19822651柿子文化事業有限公司
E-MAIL　service@persimmonbooks.com.tw

初版一刷　2011年12月
　　六刷　2013年03月
定　　價　新台幣300元
I S B N　978-986-6191-13-8

國家圖書館出版品預行編目資料

27個傻瓜 / 普列姆昌德(Munshi Premchand)作；
劉安武譯. -- 初版. -- 臺北市：柿子文化, 2011.12
面；　公分. -- (Story Gallery ; 2)
ISBN 978-986-6191-13-8(平裝)

867.57　　100018772

即使經過一世紀，仍讓人忍不住一看再看

林許文二，柿子文化總編輯

如果印度泰戈爾是天堂來的詩篇，那普列姆昌德的文字就是生自最土味的大地，他的每篇故事都雜織人間的悲喜，即使經過一世紀，仍會讓人忍不住一看再看！

體驗最經典的印度現代文學

羅國棟，印度—台北協會會長

我很樂意見到這本普列姆昌德的翻譯小說精選集有機會給台灣讀者體驗印度最經典的現代文學。閱讀這些故事讓我想起小時候整個暑假會全神貫注地沉浸在普列姆昌德的小說故事裡。我在此向本書編輯致意，要從中摘選普列姆昌德最經典的短篇故事並不是一件容易的事。

普列姆昌德是一位多產作家和傑出的短篇小說家，素有「小說之王」之美稱。他以印度本土語言描述當時的社會問題。他的作品充滿著對人道主義和生命的熱愛和熱忱。他對人性本善的堅定信念在他的作品上顯露無疑。即使他故事裡的主角總是遭受社會不公平的待遇，卻永遠是正直公正的人物。儘管面對種種逆境，他們也同時呈現罕見的勇氣和對自我的信念永不退縮的堅持。普列姆昌

德期盼透過他書中的主角來革除社會上的弊病，就如同他所篤信的，「勇氣就像膽怯一般會感染他人的」。

普列姆昌德的小說與讀者深切地互動，吸引讀者進入每篇真情流露故事中的特定情節。透過此翻譯精選集，當讀者目睹傳統的印度信仰遭受外來殖民文化強烈衝擊的同時，也進入了印度現代史上的社會大變動時期。我希望這本翻譯精選集能教育所有讀者人性本善的真諦。

祝大家閱讀愉快！

幽默如契訶夫，卻更粗獷具野性！

井伏鱒二，太宰治尊爲終生之師的文學家

普列姆昌德作品的根本就是來自於他的正義感，而且這股正義感因爲實際的生活體驗來得更加洗練；他的幽默之處像契訶夫，但又比契訶夫更加粗獷具有野性。

目錄

我是普列姆昌德

我以為麻煩的事過去了，但官員不會那麼容易甘心的。

I

我的一生像平坦的平原，雖然其中有些地方有點坑坑窪窪，但是沒有懸崖峭壁，沒有濃密的森林、深邃的山谷或深坑。那些愛好山水的先生們，在這裡會感到大失所望的。

我出生於一八八〇年，父親是郵局的職員，母親長期臥病。我還有一個姐姐。那時父親大約拿二十個盧比的工資，快要拿到四十盧比的工資時，他卻去世了。說來他是一個很有頭腦，在人生的道路上走得非常小心謹慎的人，但是在他晚年卻吃了一次虧，摔了一跤，結果他自己倒下去了，也把我給摔倒了。

我十五歲的時候，父親就幫我訂了婚事。我婚後一年，他去世了，那時我念九年級，家裡有我的妻子和後母，還有後母生的兩個弟弟，收入卻一個子兒也沒有，家裡所剩下的一點錢，都花在父親半年的治療以及料理後事上面了。當時，我的理想是念大學，想在畢業以後當上律師。不過，那時找工作就像今天一樣困難，奔波一番之後，也許能找到一個十來個盧比工資的工作，但我仍熱衷於繼續念書。我的腿上不僅有鐵的鎖鏈，而且還有其他金屬的鎖鏈，可我卻想爬到高山上去。

我的腳上沒有鞋子，身上也沒有足夠的衣服。另外，物價又貴，一個盧比只能買十公斤大麥。當時我在貝拿勒斯的王后中學念書，校長免了我的學費。儘管有考試，我還是要到竹門地方去給一個孩子補課。學校每天下午三點半放學，冬天的日子天氣冷，要在四點鐘趕到，一直上到六點我才有空。從那裡回到我在農村的家要走十好幾里，即使走得快，八點以前也到不了家，但早上八點又得從家裡動身，不然就不能按時趕到學校。晚上吃過飯就坐在油燈前面念書，也不知什麼時候睡覺，可是我一直有那麼一股勁。

大學入學考試好歹算是通過了，但是屬於第二等，所以沒有進王后學院的希望。學費只有考了頭等的學生才能免交。不過，要改變我的性格和決心可沒有那麼容易。湊巧那一年新開辦了一所印度教徒學院，於是我決定上這所新學校。院長是理查遜先生，我到他家裡去拜訪，從頭到腳，他完全是一身印度人的打扮，穿著襯衣和圍褲，坐在地板上寫著什麼。他沒有讓我把話講完就回說：「在家裡我不談學院的事，你到學院裡來吧！」於是我到了學校裡，會是會見了，但結果使人失望，因爲學費不能免。現在怎麼辦呢？如果持有有身分的人的介紹信，那也許會考慮我的要求，但是城裡有誰知道我這樣一個農村青年呢？

每天我都想找人介紹，一連跑上二十多里的路，晚上回到家裡，向誰去傾訴呢？誰也不問我。

幾天以後，我弄到了一封介紹信。因德爾・納拉揚・森赫是印度教徒學院校務委員會的委員，我到他那裡訴了一番苦；他憐憫我，給我寫了一封介紹信。我興奮得無法形容，高高興興地回到家裡。第二天打算去見院長，但是回家以後，我卻發燒了，整整有兩個星期不能動彈，楝樹葉熬的汁，我喝得厭煩極了。有一天我坐在大門口，祭司先生來了，他看到我的情景問了病因，然後立刻跑到地裡找了一種草根，洗好後和七粒黑胡椒一起磨成粉，沖了水給我喝。這種藥像魔術一樣起了作用，本來只差一個小時就又要發燒的，這種藥竟把病制服了。後來我一再問祭司婆羅門先生那種草藥的名字，但他始終沒有告訴我。他說：把名字告訴了你，那它就不靈了。

一個月以後我又跑去見理查遜先生，並把介紹信交給他看。院長用嚴厲的目光看了看我，問道：「這樣久你到哪裡去了？」

「我生病了。」

「生什麼病？」

我沒有提防他會問我這個問題。如果說是發燒，那他也許會以爲我說謊，因爲我以爲發燒是輕微的毛病，根本沒有必要缺這麼長時間的課，應該對他說這樣一種病，既能表明病難治，又能引起他的同情。那時我一下子記不起其他什麼病的名字，只記得上次爲了弄到介紹信而去找因德爾・納拉揚・森赫的時候，曾經聽到他說起自己有心跳的毛病，我還記得這種病的名字。

我回答說：「先生，心悸的毛病。」院長奇怪地打量著我，並且說：「現在完全好了嗎？」

「是，先生。」

「好吧，把入學登記表填好交來吧！」

我以爲算是渡過難關了。領了表，填好後交了上去。當時院長正在上課。下午三點，我收到發回的表上面寫著：測驗一下水平。

噢！又是新的難題，我的心涼了。除了英語外，其他科目都沒有及格的希望，而對代數和幾何我一看到就發抖，原來記得的，也忘得一乾二淨了。但又沒有其他的辦法，本著碰碰運氣的心情，我走進了教室，把自己的表格呈給老師看。教授先生是孟加拉人，正在上英語課，他講的是美國作家華盛頓・歐文[1]的作品〈瑞普・凡・溫克爾〉。我坐在後面的一排，聽了幾分鐘以後我便明白了，教授先生是本專業的專家。一小時後，他就當天的課文問了我幾個問題，然後在我的表格上寫了「令人滿意」幾個字。

到新建立學校來的一般都是那些哪兒也上不了的學生，這裡也是這種情況，所以班上好多學生水平都較低，因爲凡是第一批來的，都收了。但人在「飢餓」的時候什麼都覺得有味，現在吃飽了，所以要經過「選擇」了。第二堂課是代數，教代數的教授也是孟加拉人，我又把表格呈給他看。他考了我的代數，沒有及格，接著在我的表格上代數一欄裡寫了「令人不滿意」。

1：華盛頓・歐文（1783～1859年），美國著名作家。〈瑞普・凡・溫克爾〉是作家的《見聞札記》中最出色的一篇作品。

2：勒登納特・薩爾夏爾（1846～1902年），印度烏爾都語小說家，《阿扎德的故事》是其代表作，收入140多篇作品，內容是抨擊伊斯蘭教的封建保守、陳規陋習，揭露官吏的殘暴昏庸和貪污腐敗等。

我非常失望，也沒有拿表格去找院長，直接回了家。數學對我來說，好像是一座最高的山峰，永遠爬不上去。在大學預科時，我就有兩次數學不及格，我感到失望，從那以後，我就不參加數學考試了。十一、二年後，當數學不再是非考不可的科目時，我就選擇了其他的科目，很容易地通過了。在那之前，大學的這一條規定究竟扼殺了多少青年人的理想，誰也說不清楚！

不說這些了。那天我失望地回到家，但是念書的願望仍然存在。待在家裡能幹什麼呢？怎麼也得想辦法改進數學的狀況，以便能夠升入大學——這是我的願望。爲此，我必須住在城裡。湊巧我找到了一個教一位律師的孩子的工作，說好工資每月五個盧比。我決定自己花兩個盧比，給家裡三個盧比。

律師先生的馬廄上面有一小小的簡陋的房間，他允許我住在裡面；我鋪上了一塊粗麻布，從街上買來了一盞小油燈，就開始在城裡生活了。我還從家裡拿來了幾件器皿，一天熬一頓粥，吃完後把碗一洗，就到圖書館去了。復習數學成了藉口，經常讀的卻是小說等等。婆羅門勒登納特·薩爾夏爾的《阿扎德的故事》[2]就是在那些日子裡讀的，還讀了《月亮嫂嫂的子孫》[3]。般吉姆·查特吉[4]小說的所有烏爾都語譯本，只要圖書館能夠借到的，我都讀了。

我所教的孩子們的一個舅舅，是和我一起念預科的同學，我找到這份工作還是通過他的介紹。他和我很要好，所以必要的時候，我就向他借錢，等發了工資再還他。有時借兩個盧比，有時借三個盧比，因此到發工資時只能剩下兩三個盧比了；這時我往往不能抑制自己的嘴饞而走進甜食店，吃上三兩個安那[5]的東西，這樣回到家裡，就只能給家裡兩個或兩個半盧比，第二天起我又開始借債。實在感到不好意思的時候，只好成天不吃東西，餓著肚子。這樣過了四五個月，其間，我向一家布店老板賒了兩個多盧比的布；因爲每天都經過他店門口，他信任我了。在過了兩個月還不能還錢給他時，我就不經過他那裡了，有意繞道走，隔了三年我才把錢還給他。那時還有一個城裡的挖土工人來跟我學印地語，律師家的後門附近就是

3：民間故事集。

4：般吉姆·查特吉（1838～1894年），印度孟加拉語作家，近代孟加拉語小說的先驅，善於寫歷史題材和現實題材的小說，其代表作有《阿難陀寺院》。

5：印度舊幣制：1盧比等於16安那。

他的家；「要知道，兄弟」是他的口頭禪，我們就把他的綽號叫作「要知道，兄弟」。我有一次曾向他借過半個盧比，他在五年以後到我農村的家裡向我討走了。

雖然當時我還是想學習，但是我一天天地愈來愈失望；我想到哪兒找點工作做，但是哪兒能找到工作呢？如何才能找到工作呢？這我自己也不清楚。

在一個寒冷的冬天，我身邊分文不剩，有兩天，每天只吃一個拜沙6的豆。我的債主已經拒絕借錢給我了，由於不好意思，我沒有再去求他。到點燈的時候，我到一家書店去賣一本書。兩年前買的一本《數學題解大全》，好不容易把它保存到現在，但是今天在我到處碰壁之後，就決定賣掉它。那本書值兩個盧比，但是只賣了一個盧比。我拿著錢從商店出來的時候，有一個坐在商店裡的長著大鬍子的很和氣的人問我：「你在哪裡念書？」

我說：「我沒有在哪裡念書，可是我希望能夠入學念書。」

「通過大學入學考試了嗎？」

「是，先生。」

「願不願意工作呢？」

「哪兒也找不到工作。」

這位先生是一個小小的小學的校長，他需要一位教師幫助他，每個月十八個盧比的工資，我答應了。在那時候，十八個盧比超過了我那失望而痛苦的心中所能產生的最大的幻想，我答應第二天就去找他，往回走時我的腳好像在飛一樣，這是一八九九年的事。我隨時準備好應付任何環境，如果不是數學這個障礙，我一定可以上進。當時最困難的條件是大學當局沒有心理學的知識，在當時和其後若干年，他們像一個笨拙的廚師一樣，不管是什麼東西，都放在一個鍋裡煮。

6：印度舊幣制：1安那等於4拜沙。

2

我曾經讀過羅賓德拉納德・泰戈爾幾篇小說的英文譯本，這些小說的烏爾都語譯文也在烏爾都語雜誌上刊載了。早在一九〇一年，我就開始寫長篇小說，第一部長篇小說於一九〇二年出版，第二部長篇小說於一九〇四年出版，但是在一九〇七年以前一篇短篇小說也沒有寫過。我最初開始寫短篇小說是在一九〇七年，我的第一篇短篇小說名叫〈世界上的無價之寶〉，刊載於一九〇七年的《時代》雜誌；其後我又寫了四篇短篇小說，這五篇小說的集子以《祖國的痛楚》的書名於一九〇九年出版，歌頌了偉大的愛國主義。當時正展開反對分裂孟加拉省的運動，在國大黨內已經出現了左翼。那時我是教育部門的副檢查員，在赫米爾布爾地方任職。小說集出版六個月以後，一天夜裡，我正坐在自己的宿舍裡，縣法院的法官給我的指令來了，叫我馬上去見他。那時正是冬天，法官剛好出巡去了，我騎了自行車連夜趕了百來里地，第二天見了法官，他前面放著一本《祖國的痛楚》，我感到不妙。那時我以「納瓦布拉伊」的筆名寫作，我已經多少聞到了一點風聲，祕密警察正在查找這本集子的作者，所以我明白了，他們已經查出我來了，而叫我來正是要和我算帳。

法官問我說：「這本書是你寫的？」我承認了。

法官問我每一篇小說的意圖，最後他生氣地說：「你的小說中充滿了煽動性的言論。你要慶幸你的命運，這事情發生在英國政權管轄之下，如果是在莫臥兒王朝時代，你的兩隻手就要被砍掉了。你的這些小說是片面性的，你侮辱了英國政府。……」他做出的決定是：要我把《祖國的痛楚》全部都上交給政府，並要我今後沒經過法官的允許不得寫東西。我想，算了，好歹算脫身了。小說集印了一千冊，最多賣了三百冊，我從時代出版社的編輯部要來了剩下的七百冊交給了法官。

我以爲麻煩的事過去了，但是官員並不是這麼容易就甘心的。後來我才知道，法官在這個問題上和縣裡的其他官員們商議過。警察局長、兩名副縣長，還有我的頂頭上司副檢查長曾經坐下來討論如何決定我的命運。有一名副縣長引用了小說中的話，證明小說自始至終除了煽動性的言論之外，別無其他，並且還不是一般的煽動性言論，而是富有感人力量的煽動性言論。

警察局長大人說：「對這樣危險的人一定要嚴懲！」副檢查長先生對我頗有好感，他怕事情鬧大，建議他以朋友的身分來探一探我的政治思想，然後向他們幾個人組成的小組委員會提出報告。他的想法是勸一勸我，在報告中寫成作者只是寫作時有點偏激，和政治運動沒有任何關係。小組委員會同意了他的建議，雖然警察局的一些主事者繼續在變換手法。

突然一位副縣長問副檢查長，說：「你是希望他把心裡話對你說出來嗎？」

副檢查長說：「是，我和他比較親近。」

「你作爲他的朋友，還想去刺探他的祕密，我認爲這是卑鄙的行爲。」

副檢查長感到臉上無光，結結巴巴地說：「我是奉你的命令……」副縣長打斷了他的話，說：「不，這不是我的命令。我不願意下這樣的命令！如果能夠證明書裡面確有煽動性的言論，那就請公開向法院起訴。要不，就警告一番算了。我不喜歡口蜜腹劍那一套。」

幾天以後，當副檢查長親自把這件事告訴我的時候，我問他：「你真想暗中刺探我嗎？」

他笑著說：「不可能的事。即使有人給我十萬盧比，我也不會做。我當時只想阻止採取向法院起訴的行動。法律的行動算是阻止住了。事情一到法院裡，判刑是必然的，而這裡又沒有任何爲你辯護的人。不過那個副縣長倒是個正派的人。」

我同意他的看法，說：「他是一個很正派的人。」

3

當我在赫米爾布爾的時候，患了痢疾。夏季，農村裡是沒有任何青菜的。有一次，一連幾天只得吃乾海芋[7]。我一直把乾海芋當作蠍子那樣可怕，當時也這麼看，但不知為什麼頭腦裡有這樣一種看法：茴香可以除掉它的涼性，所以放了好多茴香吃了，有十多天沒有什麼不舒服，還以為也許是崩德拉地區的山地氣候增強了我原來很弱的消化力。但是有一天肚子忽然痛了起來，我一整天像一條離了水的魚那樣輾轉不安。吃過藥粉，用熱瓶燙過肚皮，喝過番石榴的汁，在農村中凡是能找到的藥，都用過了，但是沒有減輕疼痛。從第二天起就痢疾瀉肚子了，大便裡有膿血，但是疼痛卻慢慢地消失了。

過了一個月，我到一個鎮上，當地的警察所所長一再挽留我在警察所住下，並在他那裡吃飯。若干天以來吃的都是熬豆子和稀軟的飯，吃膩了。心想：就住在這裡，有什麼關係，可以吃到味道好的東西。於是，我就住在警察所裡。警察所所長做了山藥燉肉、炸丸子、肉炒飯，還準備了酸奶。我小心謹慎地吃了一點點，山藥只吃了兩片，吃完以後躺在警察所對面所長家的茅屋裡。

過了兩個小時，我的肚子又開始痛起來了，整個夜裡和第二天一整天我都躺著呻吟；後來喝了兩瓶蘇打水，嘔吐了一陣才舒服了一點，這一來我相信了，這是山藥在作怪。我早就和海芋斷絕了關係，現在又和山藥鬧翻了。打從那個時候起，我一見到這兩件東西就發抖。

痛的感覺慢慢沒有了，但痢疾這個病卻扎了根。一天二十四小時，肚子一個勁兒地折騰，不停地腹瀉。我小心地散步，走上十里八里、作作體操、吃點容易消化的食物、經常吃藥，但痢疾總不見好。身體一天天瘦弱下去，我有幾次還跑到坎布爾去治。有一次在阿拉哈巴德吃了一個月的西藥和印度藥，但一點也不見效。

7：是一種塊莖狀的植物，分黑白兩種，性涼。

於是我就要求調動一下工作，本來想調到羅赫爾地區，但卻被塞到伯斯蒂縣的接近尼泊爾山區的地方。我有幸在那附近的格傑布利認識了已故的梅納・德維威蒂，當時他在多姆利亞耿吉當收稅官，我有時和他討論文學方面的問題。但是自從到那裡以後，痢疾更加嚴重了，於是我請了半年的病假，到勒克瑙醫學院治病，仍然大失所望，只好到貝拿勒斯找醫生。治了三四個月多少有點效果，但是病卻始終沒有根除。當我返回伯斯蒂縣以後，舊病又復發了，於是我放棄了巡視檢查員的工作，在伯斯蒂縣高中當了校長，接著又由那裡調到戈爾克布爾，痢疾仍然像以前一樣。

在戈爾克布爾我認識了馬哈維爾・伯勒薩德・博達爾先生，他是一個文學家，真正的民族服務者，而且是一個很勤奮的人。我在伯斯蒂縣時就曾在《文藝女神》雜誌上發表過幾篇短篇小說，還通過自學取得大學學士的學位。在博達爾先生的鼓勵下，我開始寫長篇小說，那就是《服務院》。《服務院》得到人們的尊重，我受到鼓舞，又寫了《博愛新村》。而短篇小說我也一直不停地在寫。

在朋友們、特別是博達爾先生的建議下，我開始採用水療法。但是不幸的是，三四個月的沐浴和吃容易消化食物的結果，我的肚子大了，走起路來很是吃力。有一次和幾個朋友一起上樓，其他的人都噔噔噔地快步上去了，我的腳卻抬不起來，好不容易用手扶著才勉強爬了上去。從那天起，我確實明白我的體力衰弱了，也感到自己活不長久了，我停止了水療。

一天傍晚，我在烏爾都市場上碰見《祖國》雜誌的編輯德希勒特・伯勒薩德・德維威蒂先生，從此我也常常和他一起討論文學問題。他看到我這樣一副空架子，就遺憾地說：「先生，你只剩下空架子了，治一治吧！」

我討厭別人談起我的病，我想忘記我是一個病人。既然只能活幾個月了，那為什麼不高高興興地死呢？當時我有點生氣地說：「不就是一死嗎？老兄，還有什麼別的？我準備迎接死亡的到來！」可憐的德

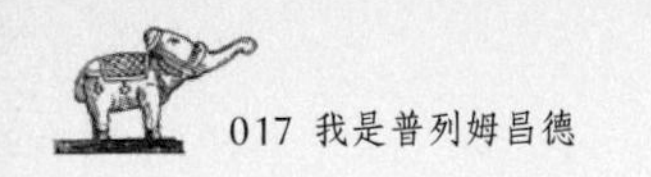

維威蒂先生有點發窘。這是一九二〇年的事，後來我對自己當時的暴躁感到很遺憾。那時不合作運動正處於高潮，傑利亞公園大屠殺的慘案已經發生，那些日子裡，聖雄甘地巡視戈爾克布爾；加吉米揚廣場上搭起了高台，至少有二十萬的群眾聚集在廣場上。不分城市和農村，所有虔誠的男女群眾都湧來了，這樣大的集會我生平從來還沒有看見過。由於見到聖雄甘地產生的巨大威力，使得像我這樣一個要死的人也醒悟過來了，幾天以後，我便辭掉擔任了二十年的公職。

我想到農村中去進行宣傳。博達爾先生在農村裡有一座房子，我和他到了那裡，開始製作紡車，一個星期以後，我的痢疾減輕了，甚至不到一個月，大便中也沒有膿血了。後來我又回到貝拿勒斯，待在自己家鄉的農村裡，一面作宣傳，一面從事文學創作，以此來豐富我的人生。從奴役中得到解脫的同時，我也從長達九年的慢性病中得到了解脫。

這一感受使我變成一個堅定的宿命論者了。現在我堅定地相信，老天的意旨要怎樣就怎樣，沒有老天的意旨，人的努力是不能成功的。

家裡收入一個子兒也沒有。
我的腿上不僅有鐵的鎖鏈，
而且還有其他金屬的鎖鏈，
可我卻想爬到高山上去。

——普列姆昌德

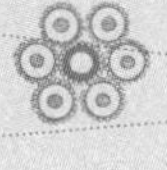

悲傷的獎賞

我要拋棄古穆蒂尼！
我可以和家人斷絕關係、背罵名，
但我一定要使里拉沃蒂小姐成為我的妻子。

I

到今天爲止，已經過了三天了。那天傍晚，我正心情愉悅地從大學的辦公樓走出來，幾百個同學向我祝賀，我高興地伸開了兩隻手臂。我一生中最美好的願望——通過大學畢業考試——今天實現了，而且是以我從來沒有幻想過的優異成績通過的，我得了第一。院長先生親自和我握手，並且笑著說：「願老天爺賜給你擔負更重大責任的能力。」我無限歡喜，我年輕，長得俊美、健壯；我不貪圖錢財，也不缺少錢財，我的父母給我留下不少。在世界上爲了獲得真正的歡樂所需要的條件，我都具備，而最主要的是我有一顆爲了獲得榮譽而積極向上和好勝的心。

我回到家裡，朋友們也尾隨著我，我宴請了他們，一直招待到夜裡十二點。當我躺下來的時候，我想到了里拉沃蒂小姐，她就住在我家附近，曾和我一同念完大學二年級。那位將來和她結婚的人將是何等幸福啊！她長得多美，她唱的歌多麼好聽，性格與教養又是如此好！我常常爲了教授先生在哲學方面的幫助而到她家裡去，最幸運的時刻是教授不在家的時候，里拉沃蒂小姐親自熱情地接待我，使我感到：如果我成爲一個基督教徒，那她決不會拒絕接受我作她的丈夫。

她喜歡雪萊、拜倫、濟慈的詩，而我的愛好也完全和她一樣。當我倆單獨在一起的時候，常常議論愛情和愛情的哲理。當我從她嘴裡聽了那充滿熱情的話語後，心中對她產生了一種強烈的好感。可是令人遺憾的是，我身不由己，我已經和一個高等門第的女孩子結過婚了。儘管我至今還未見過我妻子的面1，然而我完全相信，我和她生活在一起是不可能有什麼樂處的，只有和里拉沃蒂生活在一起才會有樂處。結婚已經兩年了，可是她連一封信也沒有寫給我，我給她寫過兩三封信，但她一封也沒有回，從而使我懷疑她所受的教育。

啊，難道我非得和那個女孩子生活一輩子不可嗎？這個想法摧毀了我近來所幻想的所有空中樓閣，難道我要永遠失去里拉沃蒂嗎？

不行，我要拋棄古穆蒂尼。

我可以和自己家裡人斷絕關係，我可以背罵名，我不怕什麼煩惱，但是我一定要使里拉沃蒂小姐成爲我的妻子。

在這些想法的促使之下，我寫了日記，寫完後就隨手放在桌子上，接著我躺上床去，想著想著也就入睡了。

第二天早上起來，看到尼倫金達斯先生坐在我前面的椅子上，他手裡拿著我的日記仔細看。我一看到他就熱烈地和他擁抱了起來。他是古穆蒂尼的親哥哥，長得結實而又英俊，性格開朗樂觀，比我大三四歲。他當了一個不算小的官，前不久才調到這個城市裡來。我和他之間擁有了很深厚的友誼，但很遺憾現在再也見不到那個像天神一樣性格的年輕人了，死亡突然將他永遠和我們隔絕開來。

我問他：「你看了我的日記？」

尼倫金達斯說：「對。」

1：這裡指舉行了結婚儀式，但未圓房，所以彼此未曾見面。

我說：「可不要對古穆蒂尼說！」

尼倫金達斯說：「那好，我就不說。」

我說：「你在想什麼？看過我的畢業證書了嗎？」

尼倫金達斯說：「我家裡來了信，父親病了，所以三兩天內我就要回去了。」

我說：「那你就回去吧，願老天爺讓他早日恢復健康！」

尼倫金達斯說：「你也跟我去吧？不知道會不會出什麼事。」

我說：「這個時候請原諒，我不能走。」

交談完後尼倫金達斯走了。我刮了臉，換了衣服，心中懷著熱切的希望去會見里拉沃蒂小姐。到那裡一看，大門上了鎖，一打聽才知道，幾天來小姐的身體不大好，為了換換環境她已經到奈尼達爾去了。真遺憾，我搓著手毫無辦法。我想：里拉沃蒂生我的氣嗎？她為什麼不告訴我呢？里拉沃蒂，難道妳是負心人？我從來沒想到妳會負心。我當機立斷，決定乘當天的郵車趕到奈尼達爾去。可是一回到家，就收到了里拉沃蒂的信。

我用發抖的手拆開信，信中寫道：「我生病了，沒有活的希望了。醫生說是得了鼠疫。當你趕來的時候，也許我早已完了。我很難過最後的時刻沒有見到你，請把我留在你的記憶裡吧！我非常遺憾的是臨走時沒有向你告別。請原諒我的錯誤，請不要忘記你的不幸的里拉沃蒂。」

信從我的手裡掉落在地上，眼前的世界是一片昏暗，我深深地抽了一口冷氣，立刻將行李打包，準備到奈尼達爾去。剛從家裡走出來，就遇到里拉沃蒂的父親鮑斯教授，他正從學院裡出來，滿臉還留有悲傷的痕跡。他一看到我就從口袋裡掏出一封電報扔給我。我的心為之一震，眼前漆黑一團。誰去拾電報？唉，電報給了我沉重的打擊。里拉沃蒂，妳這麼快就和我永別了！

2

我哭著回到家裡，蒙著頭躺在床上大哭了一場。到奈尼達爾去的意圖打消了，有十多天的時間我像瘋子一樣東遊西蕩。朋友們建議我到外地去遊歷，我心裡也是這麼想，於是就出發了。我像個流浪漢一樣到文迪亞山、巴爾斯那特等山區旅行了兩個月；隨著遊歷新的地方，看到新的景色，我的心情也稍微舒暢了。我在阿布收到了電報，上面說已經任命我擔任學院裡的教師了。

心裡本來不想再回到這座城市，可是院長的信迫使我不得不來，沒有辦法，只得回來並開始了自己的工作。生活中一點樂趣也沒有了，我不願和朋友們在一起，詼諧玩笑更使我氣惱。

有一天傍晚，我躺在昏暗的房間裡正胡思亂想的時候，從對面房子裡傳出了一陣歌聲。啊！多好聽的聲音，像箭一樣射中人心，調子多麼淒楚動人！這個時候我感受到歌聲能夠產生多大的影響！我全身為之震動，心中像是有什麼東西在攪動，一陣奇特的痛楚立刻充滿心頭，我眼中開始流出眼淚。唉！這是里拉沃蒂愛唱的曲子啊！

「多情的女郎啊！要見到妳難上難！」

我再也不能忍受了，像一個瘋子一樣站了起來，跑到對面房子的大門口敲門。當時我一點也沒有意識到：站在一個陌生人的房子前打擾他們的安寧生活是多麼粗暴的行為。

3

有一個老太婆來開門，看見我就馬上回頭走了，我也跟著她到了裡面，跨過門檻，走進一個大房間，房裡鋪著白色的地毯，還有大靠墊，牆上掛著精緻的圖畫。有一個十六、七歲，嘴角上還未長汗毛的英俊少年，坐在靠墊旁，在一面彈風琴一面唱歌。我敢發誓，這樣英俊、健美的少年我還從來沒看見過。他的行爲舉止像一個錫克人[2]。他看到我吃了一驚，離開風琴站起來，害羞得低下了頭，顯得有些不知所措的樣子。我說：「請原諒，冒昧打擾你了。看來你是歌唱這方面的行家，尤其是你剛才唱的那首歌，我特別喜歡。」

少年睜著大大的眼睛望著我，接著又低下頭，說自己才不過剛學。

我又問道：「你什麼時候來的？」

少年說：「差不多三個月了。」

我問：「你貴姓？」

少年說：「人家叫我默赫爾・辛赫。」

我坐下來，並有點粗野地或者說不大客氣地拉著默赫爾・辛赫的手，邀他坐下，然後又向他告罪。從當時交談的情況看來，他是旁遮普人，是來這裡上學的。醫生們也許告誡過他，旁遮普的氣候對他不大適宜。我心裡也感到不大好意思，和一個中學生坐在一起這樣不拘禮節地交談——可是我喜愛他唱的歌。初步認識之後我又請求他繼續彈琴唱歌。

默赫爾・辛赫低頭回答道：「我才不過剛開始學而已。」

我說：「這只是你客氣罷了。」

默赫爾・辛赫不好意思地說：「你彈吧，風琴就在這兒！」

我說：「我對這一竅不通，要不我一定滿足你的要求。」

這以後我一再堅持要他彈唱，可是他總是不好意思，我天性不喜歡客客氣氣，雖然沒有任何理由顯

[2]：印度的錫克人可以從裝束打扮上看出來，錫克男子不剃頭，全部頭髮都用頭巾裹著。

得不快，可是當我看到他怎麼也不肯答應時，就生硬地說：「算了，我很遺憾，浪費了你許多時間，請原諒！」說完我站起身來。

看我不愉快的樣子，默赫爾・辛赫也許可憐起我來了，他不好意思地拉著我的手說：「你生氣了！」

我說：「我沒有任何權利生你的氣。」

默赫爾・辛赫：「那好吧！請坐下。我滿足你的要求吧，不過我完全是新手。」

我坐下了，默赫爾・辛赫開始彈風琴，並唱那首歌。

「多情的女郎啊！要見到妳難上難！」

多麼悅耳的調子，多麼美好的歌聲，多使人心情不寧的感情！他的嗓子裡有著一種說不出來的韻味。唱著唱著，他的眼中也充滿了淚花。這時，我也像在做著一場迷人的美夢，心裡產生了一種甜蜜、微妙而又帶著哀愁的感受，這種感受是不能用言語表達的——我面前彷彿出現了一片翠綠的原野，里拉沃蒂，我可愛的里拉沃蒂坐在原野上，正用那深懷惋惜的目光望著我。我深深地嘆了一口氣，一聲不響地站了起來，默赫爾・辛赫望著我，眼中閃著兩顆大大的像珍珠一樣的淚珠，他說：「請常常光臨吧！」

我只是這樣說：「我非常感謝你。」

4

慢慢地，我養成了一種習慣：只要一天不到默赫爾・辛赫那裡去聽他唱幾句，心中就感到煩悶不安。每天傍晚，我去他那裡，輕快地聽他唱一會兒之後就開始教他讀書。教這樣聰明和有頭腦的少年讀書，使我特別感到一種樂趣。我感到，我說的每一句話好像都刻在他的心裡頭，每當我教他的時候，他總是全神貫注地坐著聽我講。無論什麼時候他都在埋頭讀書，經過一年，由於老天爺賜給他的智慧，他的英語達到了一定的水平，開始能寫簡單的信。

在第二年快結束的時候，他在自己中學的班上壓倒了其他同學。所有的老師都對他的聰明大為驚異，他的行為作風這樣端正、純樸，任何人對他也沒有什麼不好的印象——他是那所中學的希望和光榮。儘管他是錫克人，可是他對體育活動卻不感興趣，我從來沒看他玩過曲棍球。傍晚一放學，就直接回到家裡，然後開始埋頭看書。

我和他的關係愈來愈密切了，除了師生關係以外，我還把他當作我的好朋友。

從年齡上來說，他的理解能力是驚人的。乍看之下，他只是一個十六七歲的少年，但每當我激動起來，向他講解詩人深奧的幻想和細微的感情時，從他的表情可以看出，他對每一種細微的區別都能理解。

有一天我問他：「默赫爾・辛赫，你結婚了嗎？」

默赫爾・辛赫不好意思地回答道：「沒有。」

我說：「你喜歡什麼樣的女子？」

默赫爾・辛赫：「我根本不打算結婚。」

我問：「為什麼？」

默赫爾・辛赫：「像我這樣一個愚蠢的土包子，任何一個女子也不會願意和我結婚。」

我說：「比你更有出息的青年，或者說比你更懂事的青年，根本不多見了。」

默赫爾・辛赫用驚異的目光看了看我，說：「你開玩笑吧！」

我說：「不是開玩笑，我說的是真的。我自己也感到奇怪，在這麼短的日子裡，你是怎樣取得了這麼大的進步？你學英語才不過三年。」

默赫爾・辛赫：「那麼我能讓一個有內涵的女子感到高興嗎？」

我激動地說：「那是毫無問題的！」

5

夏季，我到西姆拉旅行，默赫爾・辛赫也跟著我來了。我在那裡病倒了，得了天花，全身都出水疱，只能朝天躺在床上。默赫爾・辛赫那時對我的照顧，我將永遠不忘。醫生們嚴厲地禁止他到我房間裡來，可是他總是一天二十四小時坐在我身邊；他餵我吃東西，讓我喝水，扶我坐起來，放我躺下去，通宵不睡地坐在我的床頭。即使是自己的親兄弟，也不能服侍得比這更周到了。

過了一個月，我的病情一天天惡化下去。有一天，我聽到醫生對默赫爾・辛赫說：「他的病情很危險。」我明白這次沒救了，可是默赫爾・辛赫仍然那麼一心一意服侍我，好像一定要把我從死亡的深淵裡救出來。一天傍晚，我躺在房間裡，聽到有人抽泣。那裡除了默赫爾・辛赫外，沒有其他任何人。我問：「默赫爾・辛赫、默赫爾・辛赫，你在哭嗎？」

默赫爾・辛赫抑制自己的淚水說：「沒有，我為什麼哭呢？」說完他用非常痛苦難受的目光看著我。

我說：「我聽到了你的哭聲。」

默赫爾・辛赫：「沒有什麼，有點想家了。」

我說：「跟我說真話！」

默赫爾・辛赫的兩眼又濕潤了，他從桌上拿起鏡子放在我的面前。啊，我的老天！我已經不認識自己了。我的臉孔起了這麼大的變化！原來紅潤的臉色，現在變成墨水的顏色了，特別是天花留下的難看的麻點，使面孔變得醜陋不堪。看到自己這樣一副醜相，我忍不住眼淚盈眶了，原來引以爲驕傲的俊美面孔，完全與我永別了。

6

那天，我準備從西姆拉往回走，默赫爾・辛赫已經向我告別回家去了。我感到心灰意懶。行李已經捆好了，這時有一輛汽車開到了我的門口停了下來，裡面出來的是誰呢？是里拉沃蒂小姐！我不相信自己的眼睛，吃驚地打量著。里拉沃蒂走上前來向我致意，並伸出手來和我握手。我在神經錯亂中也把手伸了出去，但是我仍然不敢相信，這到底是在做夢還是真的現實。里拉沃蒂的臉頰上沒有過去那種紅潤和活潑的表情，而是顯得既嚴肅又憔悴。最後當她看到我的驚訝並沒有消除時，努力裝出笑臉對我說：「看你這位文質彬彬的先生，見到一位女士來了，連椅子也不端一把來！」

我從裡面取來了一把椅子放在她面前，但我到這時仍然以爲是在做夢。

里拉沃蒂說：「也許你已經把我忘記了！」

我說：「一輩子都忘記不了，不過我不相信自己的眼睛。」

里拉沃蒂：「你完全認不出來了。」

我說：「妳不像以前的樣子了。不過這是怎麼一回事呢？難道妳從天上回到人間來了嗎？」

里拉沃蒂：「我一直在奈尼達爾我舅舅家裡。」

我說：「那是誰給我寫的信？又是誰給我發的電報？」

里拉沃蒂：「是我！」

我說：「爲什麼？妳爲什麼那麼騙我？也許妳想像不到，我的悲哀帶給我多麼大的痛苦！」那個時候我內心產生了一種無名的怒火。我說：「妳爲什麼還來見我？不是死了嗎？爲什麼不仍然死著呢？」

里拉沃蒂：「這中間有點曲折。不過以後再說吧！現在請你過來一下，讓我來爲你介紹我的一個女朋友，她很想見你。」

我驚異地問：「很想見我？」但是里拉沃蒂並沒有答話，她抓著我的手，把我帶到汽車的前面，車子裡坐著一個穿著印度服裝的年輕婦女，她看到我之後站了起來，伸出手來和我握手。我帶著詢問的眼色望了望里拉沃蒂。

里拉沃蒂說：「你難道還沒有認出來？」

我說：「我很遺憾，我以前從來沒有見過她。即使曾見過一面，現在隔著一層面紗，又怎麼會認得出來呢？」

里拉沃蒂說：「這就是你的妻子古穆蒂尼呀！」

我用詫異的口氣問道：「古穆蒂尼？她在這裡？」

里拉沃蒂：「古穆蒂尼，把面紗拉開，歡迎自己的丈夫吧！」

古穆蒂尼用顫抖的手把面紗掀開了一角，里拉沃蒂連忙把面紗全部掀開了，就像撥開了雲霧，露出了明月。

我記起來了，這張面孔我好像在哪裡見過。在哪裡呢？啊！她的鼻子上也有那樣一個小黑點，手指上也是戴著那樣一只戒指。

里拉沃蒂：「你在想什麼？現在認出來了吧！」

我說：「我現在的腦子不大管用，這張面孔和我朋友默赫爾・辛赫完全一模一樣！」

里拉沃蒂笑著說：「你的眼力不是始終都很厲害的嗎？這一點也看不出來？」

我高興得跳了起來，說：「是古穆蒂尼打扮成默赫爾・辛赫！」當下我立刻把她擁抱在懷裡，而且盡情地親了她。在那頃刻間我所感到的喜悅，是生平從來沒有過的。我們兩人緊緊地擁抱在一起。古穆蒂尼，我可愛的古穆蒂尼嘴裡沒說一句話，不過，眼淚不停地從她的眼裡流出來。

里拉沃蒂小姐站在一旁用溫柔的目光看著這一景象。我親吻她的手，說：「親愛的里拉沃蒂，妳是真正的女神，只要我活著，我就不會忘記妳的恩情。」

里拉沃蒂的臉上浮現出一絲微笑。她說：「現在你大約得到了夠多的『悲傷的獎賞』了吧！」

1908.06

沙倫塔夫人

如果是妳的丈夫，妳會直接把他藏在心窩裡。

I

在靜悄悄的黑夜裡，特桑河的河水沖擊著懸崖峭壁，發出轉動磨盤一樣嗡嗡的悅耳聲響。河的右岸是一個山崗，山崗上築有一座樹林圍繞著的古老城堡；山崗東面是一個小小的村落——城堡和村落，都是崩德拉族首領榮譽的象徵。幾個世紀已經過去，崩德拉地區多少小王朝建立後又覆滅了，穆斯林來了又走了，崩德拉族王公們興起以後又倒下，幾乎沒有哪個村落或地方不曾受到這種動亂的破壞，可是，只有這一座城堡上面未曾飄揚過任何敵人勝利的旗幟，只有這一個村落裡沒有印上任何作亂者的足跡，這是它們的幸運。

阿尼魯特・辛哈是英勇的拉傑布德人[1]，他所處的時代是尚武和驍勇的時代，一方面穆斯林軍隊昂然屹立，然而另一方面，一些強大的印度教王公卻伺機扼殺比自己弱小的同族。阿尼魯特・辛哈有一支騎兵和步兵組成的精銳小衛隊，他正是依靠這支衛隊來維護自己的家族和它的榮譽，他從來沒有度過幾天清靜的日子。三年前，阿尼魯特和西德拉小姐結了婚，但他婚後的日日夜夜卻是在山林裡度過的，西德拉則整天為他的安全祈禱。她多次向丈夫請求，又多次跪倒在他的腳邊哭訴，求他別遠離她，要不就把她帶到聖地去；她認為同丈夫一起去隱居也好，現在這種分居生活是再也不能忍受了。她親切地說服他，執拗地要他答應，或者懇求他，可是阿尼魯特・辛哈是崩德拉人，西德拉憑什麼也不能制服他。

1：居住在崩德拉地區的崩德拉族是拉傑布德人的一支。拉傑布德人是印度以尚武勇敢聞名的一族，屬於剎帝利種姓。

2

一個漆黑的夜裡，萬籟俱寂，只有星星在天空裡眨著眼睛。西德拉躺在床上翻來覆去不能入睡，她的小姑子沙倫塔坐在地板上用悅耳的聲音唱著：

西德拉說：「別氣人了，難道妳也睡不著？」

沙倫塔說：「我在給妳唱催眠曲呢！」

西德拉：「我的睡意不知哪兒去啦！」

沙倫塔：「也許是找什麼人去了。」

這時門打開了，一個身材勻稱的英俊男子走了進來，他就是阿尼魯特・辛哈。他的衣服全濕透了，身上沒有任何武器，西德拉從床上起身，在地板上坐了下來。

沙倫塔問道：「哥哥，你的衣服怎麼濕了？」

阿尼魯特說：「我是泗水回來的。」

沙倫塔：「那武器呢？」

阿尼魯特：「被搶走了。」

沙倫塔：「同你在一起的人呢？」

阿尼魯特：「都英勇犧牲了。」

西德拉低聲地自語，多虧上天保佑他。但是沙倫塔卻怒目橫眉，臉上勃然變色，激動地說：「哥哥，你損害了家族的榮譽，這樣的事從來沒有發生過！」

沙倫塔是很愛哥哥的，阿尼魯特・辛哈聽到她的責難，難過且羞愧得無地自容，一度被兒女之情所沖淡的英雄本色再次煥發了光輝，他掉轉身說：「沙倫塔，是妳提醒了我，妳的話我永誌不忘。」於是就向外走了。

漆黑的夜，星光黯淡，阿尼魯特走出城堡，不一會兒到了河的對岸，消失在黑暗裡。西德拉尾隨他來到城牆邊，可是當阿尼魯特越牆以後，這個滿腹離愁的女子卻坐在一塊岩石上哭泣起來。這時沙倫塔也已來到這裡，西德拉像一條雌蟒般怒氣沖沖地說：「榮譽就那麼寶貴？」

沙倫塔：「當然。」

西德拉：「如果是妳的丈夫，妳會直接把他藏在自己心窩裡。」

沙倫塔：「不，要用寶劍刺進他的心窩裡。」

西德拉固執地說：「會把他藏在衣服裡兜著的，好好記住我的話！」

沙倫塔：「有朝一日出現了這樣的事，也讓妳看看我如何履行我的諾言。」

三個月以後，阿尼魯特戰勝了馬哈勞尼凱旋歸來。又過了一年，沙倫塔和阿爾卡的王公金伯德拉伊結了婚，可那天姑嫂間的對話始終像針一樣刺痛著各自的心。

3

金伯德拉伊王公是一個有雄才大略的人，整個崩德拉族都愛戴他，承認他的首領地位。他一即位就停止了向莫臥兒王朝的皇帝進貢，而且開始靠自己的武力來擴充疆域。莫臥兒王朝的穆斯林部隊一再向他進攻，但每次都鎩羽而歸。就在這時候，阿尼魯特把沙倫塔嫁給金伯德拉伊。沙倫塔實現了她的宿願，她要嫁給一個崩德拉族英雄的理想達到了。雖然王公的後宮裡有五位夫人，可是金伯德拉伊很快就發現，從心底裡崇拜他的只有沙倫塔。

但是，接連發生的事件使金伯德拉伊不得不投靠莫臥兒王朝的皇帝，他把屬下的小土邦委託給自己的弟弟巴哈爾・辛哈後就到德里去了。這時正值沙加汗統治後期，達拉西戈赫太子執政；太子心地善良，寬宏大量，他早就聽說金伯德拉伊的英勇事蹟，所以很尊敬他，並把加爾比地方每年收入達九十萬盧比的寶貴領地分封給他。

對金伯德拉伊說來，這還是生平第一次擺脫了連年不斷的戰爭的困擾，享受安樂的生活。白天黑夜，人們都談論著尋歡作樂的話題，王公沉湎於享受，夫人們醉心於珠寶首飾。這些日子裡，沙倫塔卻顯得侷促不安，快快不樂，她遠遠避開各種嬉戲遊樂，對歌舞場像對荒野一樣不感興趣。一天，金伯德拉伊對沙倫塔說：「沙倫塔，妳爲什麼悶悶不樂？我沒見妳笑過，難道是生我的氣嗎？」

沙倫塔眼裡含著淚水。她說：「主公，你怎麼這麼想呢？你高興我也會高興的。」

金伯德拉伊說：「自從我來到這裡，我從沒看到妳的臉上綻露過迷人的笑容，妳從沒有親手餵過我檳榔包吃，從沒爲我整理過頭巾或給我身上佩帶過武器，莫不是愛情的花朵開始凋謝了？」

沙倫塔：「我的主公，你向我提的問題，我怎好回答啊！說實在的，這些日子我的心情有些沉悶；我多麼希望自己能高高興興，可是心頭卻像有塊大石頭壓著。」

金伯德拉伊自己貪圖安逸，所以在他看來，沙倫塔生活得不如意是說不過去的。他眉頭緊皺地說：「我看不出妳快快不樂地過日子有什麼特別的理由，在阿爾卡有什麼樣的幸福是這兒所沒有的呢？」

沙倫塔漲紅了臉，說：「我說出來你不會生氣吧？」

金伯德拉伊：「不會，妳放心地說吧！」

沙倫塔說：「在阿爾卡我是王公的夫人，可在這裡我卻是一個領主的奴僕；在阿爾卡我好似阿逾陀的憍薩里雅[2]，在這裡我卻不過是皇帝的臣子的妻子。你今天所低頭朝拜的皇帝，正是昨天聽到你的名字就要發抖的人。從夫人變成奴僕，怎麼能讓我打起精神高興呢？你如今的地位和享受的生活，它們的代價太大了。」

好像一道遮住視線的帷幕從金伯德拉伊的眼前拉開了，直到剛剛爲止，他都不知道沙倫塔的精神如此崇高。如同無父無母的孤兒聽人談起母親就要落淚一樣，金伯德拉伊想到阿爾卡，兩眼立刻濕潤了。他懷著敬佩的心情把沙倫塔擁抱在懷裡。

從這天開始，他又掛念起那荒蕪的小城，這由於名利誘惑而使他一度離開的地方。

4

遊子的歸來，使母親感到寬慰；金伯德拉伊的返回，使崩德拉地區的人們心滿意足。幸福降臨阿爾卡，人們額手稱慶，而沙倫塔蓮花一般的眼睛裡又開始閃耀出民族自豪的光芒。

過了幾個月之後，沙加汗皇帝生病了。原先，王子們彼此之間忌妒之心就不小，聽到皇上患病，猜忌就更加熾烈，一個個劍拔弩張。王子穆拉德和穆赫烏丁率領裝備齊全的親兵從南方出發了。這時正值雨季來臨，富饒的土地把自己裝扮得色彩繽紛，分外好看。

穆拉德和穆赫烏丁得意地不斷向前挺進，直抵套勒城附近的金白爾河邊，可是在這裡遇到了等著迎戰的皇家軍隊。兩位王子驚惶失措了。眼前的河水波濤洶湧，就像一個瑜伽修行者看破紅塵一般深邃。他們不得已給金伯德拉伊捎去了信，請他看在真主的面子上前來搭救他們的沉船。

2：憍薩里雅是史詩《羅摩衍那》中十車王的大王后，即羅摩的母親。

王公走進後宮問沙倫塔：「該怎樣答覆呢？」

沙倫塔說：「必須幫助他們。」

金伯德拉伊說：「那就得和達拉西戈赫結仇了。」

沙倫塔說：「當然啦。不過，給伸手乞求的人以幫助，這種傳統的榮譽是應該維護的。」

金伯德拉伊說：「親愛的，妳的回答沒有經過仔細考慮。」

沙倫塔說：「我的主公，我深知這條路是艱苦的，可眼下我們不得不讓戰士的血像水一樣流淌，我們必須流血，要用自己的血染紅金白爾河的波濤。請你相信，只要河水還在奔流不息，它就會一直為我們的英雄歌唱；只要崩德拉人還能留下一個子孫，這些血就會成為他頭上的顆顆明珠而光芒四射。」

天空中黑雲密布，阿爾卡城堡裡也捲起崩德拉軍隊的一片黑雲，這片黑雲迅速地飄向金白爾河。士兵們個個陶醉於英雄主義的氣氛。沙倫塔緊緊地擁抱了自己的兩位公子，又把檳榔包奉獻給王公，說：「崩德拉人的榮譽現在就掌握在你的手裡。」今天，她完全沉浸在歡樂之中，感到格外興奮。

兩位王子看到崩德拉軍隊喜出望外。金伯德拉伊對那裡的每一寸土地都很熟悉，他讓崩德拉人都埋伏著，自己卻整裝帶著王子們的部隊沿河向西挺進。達拉西戈赫誤認為對方要從另外的渡口過河，於是從這裡的渡口撤走了軍隊；埋伏在附近的崩德拉人正等待著他們轉移，這時立刻跑出來騎馬渡河；金伯德拉伊趁機調轉了軍隊，並讓他們尾隨崩德拉軍隊渡河。這場鏖戰延續了七個小時，金伯德拉伊趕到前面一看，只見七百個崩德拉人已倒在戰場上。

看到金伯德拉伊，崩德拉人又增長了勇氣。兩位王子的部隊一邊喊著「真主偉大」一邊發起攻擊。皇帝的軍隊裡出現了混亂，陣勢開始瓦解。雙方展開了肉搏戰，戰鬥一直進行到傍晚，鮮血染紅了戰場。天色逐漸暗下來，激烈的戰鬥還在繼續。

皇家的軍隊眼見就要壓倒王子們的軍隊，這時從西方突然出現了崩德拉的一支隊伍，飛速地衝擊皇家軍隊的後衛，使他們措手不及，失掉了即將獲得的勝利。人們都很詫異，這是哪裡來的神兵呢？天真的人都以爲是天兵下凡來援助王子們，而當金伯德拉伊走近前去時，只見一女子跳下馬來拜倒在他的腳邊。金伯德拉伊喜出望外，原來是沙倫塔。

這時戰場上一派凄涼景象。不久前，那裡還是裝束整齊的勇士們的隊伍，而現在卻是一些木然不動的屍體。人類爲了自私的目的，從來就是殘殺自己的同類的。

現在，勝利的隊伍忙於奪取戰利品。前不久還是人和人之間的搏鬥，是一幕勇氣和力量較量的場景，而現在卻變成一幅卑鄙齷齪、令人沮喪的畫面。那時人成了動物，而現在人連動物也不如了。

在這場掠奪中，人們發現了皇家軍隊統帥瓦利・巴哈杜爾・汗躺在那裡，他的戰馬正在他身旁甩尾驅趕蠅群。王公非常喜歡馬，見到這馬就愛上了牠。這是一匹伊拉克種駿馬，牠的每一部分都像用模型鑄出來的——獅子一樣的胸脯，老虎一般的腰。人們看到牠對主人的忠心和眷戀都感到十分驚異。

王公下令，不准用武器傷害這匹可愛的馬，要把牠活捉來，爲他的馬廄增加光彩；誰能把馬捉到，他將給以重賞。

戰士們從四面八方圍攏，但是誰也不敢走近牠。有的親切地呼喚，有的忙著用繩索套，但都是枉費心機。那裡慢慢地聚集了愈來愈多的戰士。

沙倫塔走出帳篷，從容不迫地走到馬的跟前。她的眼睛裡沒有誘騙的神色，而是閃耀著愛的光輝。馬低下了頭，夫人把手放在馬的頸項上，撫摩著牠的脊背，馬把臉藏在她的衣角裡。夫人拉起韁繩走向帳篷，馬不聲不響地跟著她走，好像牠本來就是她的坐騎。

如果這匹馬對待沙倫塔也毫無情義，那倒好了，因爲對王室說來，正是這匹駿馬後來成了金鹿[3]。

[3]：史詩《羅摩衍那》中十首妖王利用小妖化成金鹿，引開羅摩兄弟而劫走了悉達，這裡指禍根之意。

5

世界是一片戰場，在這戰場上只有當機立斷的統帥才能取得勝利——他能抓住有利時機熱情飽滿地衝鋒陷陣；在危急的時刻，他也會情緒鎮定地撤退。這樣的英雄是國家的締造者，而歷史也將稱頌他的英名。

但是在戰場上有時也會有這樣一種勇士：他只知利用時機衝鋒，但不知在危急關頭退卻。這樣的英雄爲了道義而斷送勝利，他們可以使自己全軍覆沒，但是一旦前進到了某一地方，則決不後退一步。這種人在世界上能獲勝的很少，但是他們的失敗往往比勝利更加光榮。如果說老練的統帥是國家的奠基者，那麼，臨危不懼、爲榮譽而獻身的勇士卻使民族的大廈顯得更加崇高，同時還在自己民族的心裡打上道義的光榮印記。他即使沒有獲勝，可是只要有人說起他，在集會上提到他的名字，聽眾就會異口同聲地稱頌他的榮譽。沙倫塔就是一個這樣的人。

王子穆赫烏丁沿著金白爾河向阿格拉進發時，幸運正等待著他；當他到達阿格拉時，勝利之神已爲他安排了寶座。

穆赫烏丁是個善於用人的人，他即位後赦免了皇家軍隊的將領，並恢復了他們的官職。爲了酬謝金伯德拉伊王公寶貴的援助，封給他統帥一萬二千軍隊的官職。從阿爾卡到貝拿勒斯，從貝拿勒斯到葉木那河的一大片土地成了他的封地。崩德拉王公又成了皇帝的臣子，他又一次享受榮華富貴，而沙倫塔也再一次陷入寄人籬下的悲哀。

瓦利・巴哈杜爾・汗是能說會道的人[4]，他的花言巧語很快使他成了新皇帝的寵信，在朝廷裡人人都很尊敬他。

由於丟失了馬，瓦利・巴哈杜爾・汗感到很傷心。一天，沙倫塔的公子切德爾沙爾騎著那匹馬出去遊

4：作者沒有寫他是如何從金白爾河邊的戰場上死裡逃生的情節。

玩，經過他的府邸。瓦力・巴哈杜爾・汗正等待著時機，他馬上示意隨從動手。公子一人無可奈何，徒步回家，把這事告訴了沙倫塔。夫人漲紅了臉，說：「丟了馬我並不感到難過。難過的是你爲什麼還活著回來？難道你的身體裡就沒有崩德拉人的血？馬奪不回來倒也罷了，但是你總應該讓人知道：從一個崩德拉孩子手裡搶走馬，不是輕而易舉的事。」

說完，她便下令二十五名戰士作好準備，自己則佩帶了武器和戰士們一起來到瓦利・巴哈杜爾・汗居住的地方。瓦利・巴哈杜爾・汗正好騎了那匹馬到朝房去了。沙倫塔一行像一股激流一般湧向朝房[5]，不一會兒衝到了皇帝的朝房前面。朝房裡騷動起來，文武官員從四面八方聚攏，皇帝也駕到。人們握緊自己的劍把，鬧成一片。多少隻眼睛曾在這朝房裡看過阿木爾・辛哈[6]寶劍的閃光，人們又一次回想起當年的情景。

沙倫塔大聲地說：「汗老爺，多丟臉的事呀！你的勇敢本應在金白爾河岸顯示出來，如今卻在一個無知的孩子面前表現出來了。你搶走孩子的馬，難道有什麼道理嗎？」

瓦利・巴哈杜爾・汗的眼睛裡迸發著火星，他惡狠狠地說：「別人有什麼權利用我的東西？」

夫人說：「那不是你的東西，而是我的戰利品。牠是我在戰場上得到的，我有權利使用牠。難道你連這一點起碼的軍事常識都不懂？」

汗：「我不能把那匹馬給妳。但我可以把整個馬廄裡所有的馬都送給妳作爲交換。」

夫人：「我一定要取回我的馬。」

汗：「我寧可出同樣價值的珠寶，也不能給馬。」

夫人：「那麼就讓寶劍來作決定。」崩德拉戰士們拔出了寶劍，朝房的地面眼看就要浸在血泊裡。這時皇帝出面調停，說：「夫人，妳制住妳的士兵吧。妳會得到馬的，但是得付出很大的代價。」

5：臣子等待上朝之處。

6：莫臥兒王朝後期，仍不斷有印度教的王公貴族起來反抗，阿木爾・辛哈就是其中之一。

夫人：「爲了馬，一切我在所不惜。」
皇帝：「領地和高官呢？」
夫人：「這算不了什麼。」
皇帝：「連自己的土邦？」
夫人：「對，土邦也算不了什麼。」
皇帝：「只是爲了一匹馬？」
夫人：「不，是爲了世界上最寶貴的東西。」
皇帝：「什麼？」
夫人：「自己的尊嚴和榮譽。」

就這樣，夫人爲了一匹馬而失去了廣大的領地、高官和朝廷的寵信；不僅如此，她還種下了禍根，金伯德拉伊從此再也得不到安寧。

6

金伯德拉伊王公又一次光臨阿爾卡的城堡。他對失去領地和官職感到非常傷心，但是他毫無怨言。他深知沙倫塔的性格，這時候抱怨會傷害她的自尊心。

在這裡過了一些平靜的日子，可是皇帝並沒有忘記沙倫塔刺耳的話語，他是根本不會寬恕她的。當他對自己的弟兄沒有後顧之憂以後，就派了一支大軍來懲罰金伯德拉伊的傲慢。他命二十二個富有經驗的將領組織這次進攻：崩德拉人秀帕格倫是皇帝的省督，也是金伯德拉伊兒時的摯友和同窗，但他決心打敗金

伯德拉伊；還有一些崩德拉首領背棄了王公，倒向皇帝的省督。雙方展開了一場激戰，崩德拉族弟兄們的劍被血染紅了，王公在這場戰鬥中雖然取得了勝利，卻從此一蹶不振。

鄰近的其他崩德拉王公本是他一邊的人，後來竟成了皇帝的寵信。他的朋友有的戰死，有的背棄了他，甚至一些親戚也對他冷淡了，但是金伯德拉伊並沒有因此而喪失勇氣和耐心。他放棄阿爾卡，有三年的時間一直隱匿在崩德拉地區的深山密林裡。皇帝的軍隊像獵犬般在整個地區搜索，王公經常要和他們正面交鋒。沙倫塔始終和丈夫在一起，鼓舞他的勇氣。當他處在危急關頭，失去耐心和希望的時候，自衛的神聖職責激勵著他。

三年過去了，皇帝的將領們最後向皇帝上書，要獵取這頭獅子，除陛下以外任何人都無能爲力。皇帝下令要他們撤軍，解除包圍。金伯德拉伊以爲擺脫了困境，但很快證明這種想法是錯誤的。

7

三周來，皇帝的軍隊包圍了阿爾卡，就像尖刻的言詞能把心刺傷一樣，火炮的炮彈也打穿了阿爾卡的城牆。

城堡內圍困著兩萬人，其中一半以上是婦女和兒童，兒童比婦女略少，男子也日漸減少。四面的通道都被堵死，城堡被圍得水洩不通，糧草將盡，婦女們爲了讓男人和孩子們活下去，自己絕食。人們感到失望，婦女們面向太陽舉起雙手詛咒敵人，孩子們恨得躲在牆後向敵人扔石頭，可憐只勉強扔到牆外。金伯德拉伊正在發燒，他已經好幾天沒有起床了；人們看到他還感到一些寬慰，但是他的病卻使整個城堡籠罩著一層失望的陰影。

王公對沙倫塔說：「今天敵人一定會進攻城堡。」

沙倫塔：「願老天保佑，不要看到這一天。」

王公：「我最擔心的是這些無依無靠的婦女和兒童也將跟著一起遭殃。」

沙倫塔：「我們離開這裡怎麼樣？」

王公：「撇下這些無依無靠的人？」

沙倫塔：「這個時候留下他們才好。我們不在這裡，敵人反而會對他們好些的。」

王公：「不行，不能拋棄他們。我絕不能甩開那些爲我們獻出了生命的人的孤兒寡婦。」

沙倫塔：「不過我們在這裡對他們也沒有好處。」

王公：「我們可以和他們同生死，我要爲保衛他們而戰鬥到死。我可以爲他們向皇帝的軍隊求情，我可以忍受流放的苦難，但不能在危急關頭甩掉他們。」

沙倫塔慚愧得低下了頭。她開始想：「毫無疑問，把自己的親人扔在火裡逃命是可恥的，我怎麼會成了這麼個自私自利的人？」但是她轉念一想，說：「如果你確信他們不會遭到殘殺，那就不妨礙你離開這裡吧？」

王公想了一想說：「誰能使我相信呢？」

沙倫塔：「皇帝的統帥的書面許諾。」

王公：「行，那我就高興地離開。」

沙倫塔陷入沉思：怎樣才能使得皇帝的統帥許下這種諾言呢？誰能帶著這個要求前往呢？那些殘酷無情的人深信自己會取得勝利，是不會答應的。我身邊有誰這樣靈活、善辯和機智，能夠完成這一艱巨的任務？如果切德爾沙爾願意，是可以做到的，他具有這才智。

夫人打定了主意，然後把切德爾沙爾叫來，這是她的四個兒子中最聰明、最勇敢的一個，夫人也最疼他。當切德爾沙爾來向夫人行禮時，她的兩眼潤濕了，從心底裡深深地嘆了一口氣。

切德爾沙爾問道：「媽媽，您有什麼吩咐？」

夫人說：「今天的戰局怎麼樣？」

切德爾沙爾：「又犧牲了五十個戰士。」

夫人：「崩德拉人的榮譽如今只有靠天了。」

切德爾沙爾：「我們今天晚上去進行襲擊。」

夫人簡要地說出自己的想法，接著問道：「這項任務交付給誰呢？」

切德爾沙爾：「交給我吧！」

「你能完成嗎？」

「能，我完全有信心。」

「那好，你去吧，願上天保佑。」

切德爾沙爾臨走的時候，夫人緊緊地擁抱了他，然後朝天舉起雙手說：「仁慈的主，為了崩德拉人的榮譽尊嚴，我奉獻出我年輕有為的兒子，現在一切由您作主，我已經獻出自己最寶貴的東西，請您答應我的請求吧！」

8

次日清晨，沙倫塔沐浴後帶著盛祭品的盤子向神廟走去。她臉色發黃，眼皮下出現了陰影。她走到廟門口時，只見一支飛箭落在她的盤子裡，箭頭用一張紙條包著。沙倫塔把盤子放在神廟的台階上，打開紙條一看，高興得露出了笑容，然而這種高興是非常短暫的。啊，爲了這紙條她失掉了自己親愛的兒子，有誰付出這麼高的代價來換取一張紙條呢？

沙倫塔從神廟回來以後，走到金伯德拉伊王公身邊說：「我的主公，現在履行你許下的諾言吧！」王公驚訝地問道：「妳履行了妳的諾言嗎？」夫人把那書面許諾交給王公。金伯德拉伊仔細地看了以後說：「現在我可以走了。如果上天許可，我一定再次來懲罰敵人。不過，沙倫塔，妳說真話，爲了這張紙條，妳付出了什麼代價？」

夫人哽咽著說：「很大的代價。」

王公說：「妳說給我聽聽。」

夫人：「一個年輕的兒子。」

王公像中了箭一樣，問道：「誰？恩格德拉伊？」

夫人：「不是。」

王公：「勒登沙赫？」

夫人：「不是。」

王公：「切德爾沙爾？」

夫人：「對啦。」

就像一隻中彈的飛鳥拍打一下翅膀，然後斷氣跌落下來一樣，金伯德拉伊從床上跳起來，接著又昏迷過去，倒下了。切德爾沙爾是他最喜愛的兒子，是他對未來全部的依託。當他恢復了知覺，他說：「沙倫塔，妳搞砸了。一旦切德爾沙爾被害，崩德拉族就完蛋了。」

夜色深沉，沙倫塔夫人自己騎著馬，將金伯德拉伊安頓在轎子裡，從城堡的祕密小道出走。很久以前，也是一個如此漆黑和淒涼的夜裡，沙倫塔曾對西德拉夫人說過幾句刺耳的話，當時西德拉夫人所作的預言，如今已經應驗了；可是沙倫塔給她的答覆，難道也會成爲事實嗎？

9

到了中午，烈日當空，照得火辣辣的。一股猛烈而燙人的熱浪使山林都像著了火，令人感到彷彿火神帶領了它的全部人馬咆哮而來，使天空都嚇得發抖。沙倫塔夫人騎著馬帶金伯德拉伊向西走去，離開阿爾卡已經好幾十里了。隨著時間一分一秒地過去，他們愈來愈清楚自己現在已經脫離了險境。王公昏昏沉沉地在轎子裡躺著，轎夫們則全身都被汗水浸濕了。轎子後面跟著五個騎兵。由於口渴，大家都十分狼狽，個個口乾舌燥，眼睛向四下打量著樹蔭和水井。

突然，沙倫塔回頭一看，只見追來一路人馬。她預感情況不妙，這些人肯定是敵人，接著她又想，可能是她的兒子帶著自己的人馬前來接應他們。人在失望中總是抱有一線希望，她好一陣子陷入這種希望和恐懼交織的心情之中。直到那隊人馬走近，兵士們的武器都看得清楚了，這時夫人深深地抽了一口冷氣，她的身體像枯草一般顫抖了——原來是皇帝的兵馬。

沙倫塔命令轎夫們放下轎子，崩德拉戰士也抽出了寶劍。王公的情形很淒慘，但是就像即將熄滅的火一遇到風仍然閃耀起來一樣，金伯德拉伊一旦感到大難臨頭，他那衰弱身軀裡的英雄本色也顯露出了光芒。他掀開轎簾，手執弓箭，走了出來，但是那張過去在他手裡像因陀羅[7]手裡的雷杵一樣純熟的弓，這時卻一點也拉不動，他只感到天旋地轉，兩腿哆嗦，倒在地上了。

7：根據印度神話，因陀羅是神王，雷杵是他的武器。

不祥的結局是肯定的。就像一隻沒有翅膀的鳥，看到蛇朝牠撲來，往上飛蹦摔落下來一樣，金伯德拉伊王公掙扎著站起來，接著又倒下去。沙倫塔扶起他坐下，哭著想說些什麼，但是卻只說出「我的主公」，就再也吐不出一個字了。爲榮譽、尊嚴可以獻身的沙倫塔，這時像一個平凡的女子一樣無能爲力。不過在某種意義上說，這種軟弱也是女性的美德。

金伯德拉伊說：「沙倫塔，妳看，我們又一個勇士倒下了。多可悲呀！一輩子提心吊膽的災禍竟在這最後的時刻降臨了。敵人就在我眼前要用手玷污妳驕傲的身體，而我卻在這裡動彈不得。唉！死神啊，你什麼時候到來呢？」他說著，內心產生了一個念頭；他把手伸向寶劍，但是一點兒力氣也沒有。於是他對沙倫塔說：「親愛的，妳有多少次維護了我的尊嚴！」

聽到這話，沙倫塔焦黃的臉上呈現出欣喜之色，她的眼淚乾了。她現在對丈夫可能還有點用，這樣的希望使她打起了精神。她帶著充滿信心的神色朝王公看了看，說：「如果上天願意，我至死也要維護你的尊嚴。」

夫人還以爲是王公暗示她自盡。

金伯德拉伊說：「妳從來沒有不聽我的話。」

沙倫塔：「至死也聽從你的吩咐。」

王公：「這是我最後一次請求，妳可不要拒絕。」

沙倫塔抽出寶劍對著自己的胸口，說：「這算不得你的命令，而是我衷心的希望。但願死後我的頭能夠倒在你的腳前。」

金伯德拉伊說：「妳沒有懂我的意思。難道妳可以把我扔在敵人手裡，讓我戴著腳鐐手銬，在德里街頭成爲人人恥笑的角色嗎？」

夫人用迷惑不解的眼光望著王公，她沒有領會他的意思。
王公：「我要向妳乞求一個恩典。」
夫人：「你爽快地說出來吧！」
王公：「這是我最後的要求，我說出來，妳會照辦嗎？」
夫人：「萬死不辭。」
王公：「好，妳既然答應，就不能拒絕了。」
夫人顫抖著說：「只等你說出口。」
王公：「用妳的劍刺進我的心窩。」
夫人像是遭到了晴天霹靂一樣。她喊了一聲：「我的主公……」就再也說不下去了，整個人完全陷入絕望之中。
王公：「我決不願戴著腳鐐手銬活著。」
夫人：「可我怎麼能那樣做呢？」
第五個也是最後一個戰士倒下了。王公不耐煩地說：「過去不就是憑著這點維護尊嚴的膽量而感到驕傲嗎？」
皇帝的軍隊向王公撲來了。王公絕望地瞅著夫人。夫人舉棋不定地站了一會兒。但是，在緊急關頭，人們往往是能夠當機立斷的。當士兵快要俘虜住王公時，沙倫塔像閃電一樣撲了上去，把手中的寶劍刺進了王公的心窩。
愛情的船在情海裡覆沒了。血從王公的胸口噴射出來，但他的臉上呈現一片安詳。
是怎樣的一顆心啊！可以為丈夫而獻身的妻子，今天卻讓丈夫死在自己的手裡！曾經由於她的緊緊擁抱而盡情享受過青春歡樂的一顆心，曾經是她全部理想核心的一顆心，曾經是她驕傲源泉的一顆心，今天卻被她的寶劍刺穿了；有哪個女子的寶劍曾做出這樣的事來呢！

啊！自尊的結局多麼悲慘！烏德伊城和馬拉巴爾有史以來從未出現過這樣的事蹟。

皇帝的軍隊看到沙倫塔這種膽量和沉著，都嚇呆了。

帶兵的軍官走上前來說：「夫人，真主可以作證，我們都是妳的奴僕。妳有什麼吩咐，我們一定馬上照辦。」

沙倫塔說：「如果我們的兒子有哪個還活著的話，就把這兩具屍體交給他。」

說完，她又用那柄寶劍刺進了自己的心窩。當她昏迷過去，倒在地上時，她的頭正好垂在金伯德拉伊王公的胸前。

赫拉姆尼的救命恩人

赫拉姆尼帶著自己的隨從打那兒過，
他看到坍塌的房子後笑了。

I

雨季七月的一天，少奶奶勒沃蒂腳上塗了鳳仙花汁1，梳好了頭，在頭頂中央抹了紅色朱砂2，然後走到婆婆跟前，說：「媽，今天我也去看廟會。」

勒沃蒂是婆羅門金達姆尼的妻子。金達姆尼看到求學無望就轉向求利了，他開始放債，不過與其他債主相反，除了特殊情況外，他認爲收取的利息超過百分之二十五是不妥當的。

勒沃蒂的婆婆正抱著孫女坐在床上。

聽了媳婦的話，婆婆說：「妳會淋雨的，還會讓孩子著涼。」

勒沃蒂說：「不會，媽，我不會去很久，很快就會回來的。」

勒沃蒂有兩個孩子，一男一女，女孩正由婆婆抱著，男孩赫拉姆尼已經六歲多了。勒沃蒂給男孩穿上整齊的衣服，爲了不中人家的邪眼，她在孩子的額上和臉頰上都塗了烏煙點3，還他們拿著一根彩色木棍兒，以便在廟會上撥弄布娃娃。然後，她和女伴們一起去看廟會了。

這時烏雲布滿了天空，吉爾德湖的岸邊，圍著一大群婦女，她們一個個打扮得花枝招展，在湖邊平坦如茵的草地上盡情地享受著細雨紛飛的雨季來臨的樂趣。樹枝上吊著鞦韆架，有的人愉快地唱起了雨季的

1：腳上或手上塗上鳳仙花的紅色花汁，是印度婦女的一種傳統打扮。
2：這是印度已婚婦女的跡象，並用以表示吉祥，如果丈夫死去，就不再保留。
3：迷信的人害怕孩子被不懷好意的人或心懷嫉妒的人看後短命，故意不讓孩子的相貌那麼顯眼。

歌，有的坐在湖邊戲水；令人陶醉的清涼的濛濛細雨，小山上透明的翠綠，湖面上誘人的微波，這一切把大自然點綴得令人心曠神怡。

今天是給布娃娃送行的日子，布娃娃將各自去婆家。少女們在腳上和手上擦上鳳仙花汁，給布娃娃穿戴整齊，紛紛來到這裡爲布娃娃送行。她們把布娃娃放在湖裡，讓水波將它們飄走，同時興致勃勃地唱起了雨季的歌。

可是這些受撫愛的布娃娃一離開小主人的懷抱被投進湖水之後，棍子和竿子就像雨點一樣落在它們身上了。

勒沃蒂正觀看這一有趣的情景，她的孩子赫拉姆尼站在湖岸的台階上和少女們一同用棍子聚精會神地敲打布娃娃。台階上長滿了苔蘚，忽然他的腳一滑，掉進了水裡。勒沃蒂尖叫著跑了過來，她捶胸頓足地喊了起來，很快圍上了一大群男男女女，但是誰也沒有出於人道之心，跳進水裡把落水的孩子救上岸來，也許是怕把理好了的頭髮弄亂，也許是怕把整齊的衣服弄濕！有多少男子有救人的勇氣呢？十分鐘過去了，也沒有人敢下水，可憐的勒沃蒂呼天搶地地大哭。

突然有一個騎著馬的男子從一邊走過來，他看見圍觀的人群後下了馬，向一個看熱鬧的人問道：「圍這麼多人幹什麼？」

看熱鬧的人回答他：「有一個孩子落水了！」

過路的人又問：「在哪裡？」

看熱鬧的人說：「就在婦女站著哭的那兒。」

過路人立刻脫下身上厚厚的短外衣，把圍褲緊紮在腰間，跳進了水裡。周圍的人都屏息無聲，一個個都感到驚訝：這個人是誰呢？

只見他第一次潛進水裡，出來時帶著孩子的帽子；第二次潛進水裡，撈起了孩子的棍子；第三次浮出水面時，懷裡抱著那個落水的兒童。看熱鬧的人一陣歡呼，孩子的母親跑來摟著孩子。這時婆羅門金達姆尼的幾個朋友正好來了，他們馬上開始搶救昏迷的孩子，半個小時以後，孩子的眼睜開了，人們這才鬆了一口氣。

懂點醫學的人說：「如果再遲兩分鐘，就不可能救活孩子了。」可是當人們開始找那個不知名的好心人時，他卻連影子也不見了，派人四下去找，甚至找遍了整個廟會，但是哪兒也沒有。

2

二十年過去了，婆羅門金達姆尼所經營的放債業務愈來愈興旺。這期間，他的母親在七十歲的那年去世了，金達姆尼以母親的名義修了一座神廟，而勒沃蒂已經由媳婦成了婆婆。現在，銀錢來往帳項都由赫拉姆尼來管理，如今他已經是一個體格魁梧，身體健壯的年輕人，脾氣很好，心地善良。有時他還背著父親借錢給窮苦的農民，不收取利息。金達姆尼有幾次對兒子的這種過錯很生氣，甚至發出要分家的威脅。

有一次，赫拉姆尼捐了五十個盧比給一所梵文學校，老婆羅門氣得兩天沒有吃飯，像這種不愉快的事近來時有發生，正因爲如此，赫拉姆尼的性格和父親總有些不那麼合拍。可是他這麼做，都是勒沃蒂暗地出的主意。

每當鎭上窮苦的寡婦們，或者受地主欺壓的農婦們來到勒沃蒂身邊，向赫拉姆尼致謝並祝福時，她就感到世界上再也沒有比她更幸福的人了，再也沒有比她兒子更善良的人了。接著，她會不由自主地想起那一天，赫拉姆尼掉進了吉爾德湖裡，那位救了她寶寶性命的人的形象就出現在她眼前，她打從心底裡祝福那個人。她多麼希望能夠見到那個人，多麼渴望倒在他的腳前。如今她已經深信不疑了，那個救她寶寶的不是凡人，而是一位天神。

現在她所坐的床，正是當年她的婆婆坐著逗一對孫兒孫女的地方。

今天是赫拉姆尼滿二十七周歲的生日，對勒沃蒂來說，這一天是一年中最吉祥的日子。今天他那顆仁慈的心比任何時候都更爲慷慨，而也只有慷慨施捨這樣一項冤枉的開支，是連婆羅門金達姆尼也都同意的。勒沃蒂高興、激動得落淚，她內心對那行了好而沒有留下姓名的人所流露的祝福，更加深了她無限感激之情，正因爲有當年的那一天，她才能看到今天，才能得到今天的幸福。

3

一天，赫拉姆尼對勒沃蒂說：「媽，悉利布爾村的土地在拍賣，如果妳同意，我就出錢買下來。」

勒沃蒂問道：「是整個村子的土地嗎？」

赫拉姆尼說：「是整個村子的土地。村子很不錯，不大也不小，離這兒幾里地。現在已經有人出到兩萬盧比的價錢了，再增加一兩百盧比就能買下來。」

勒沃蒂：「和你爸爸商量商量吧。」

赫拉姆尼：「誰有空和他消磨兩個鐘頭的時間呢？」

赫拉姆尼現在已經成了家裡當家主事的人。金達姆尼的話不大算數了，可憐的老頭，現在只有戴著眼鏡坐在軟椅上在咳嗽中度過時光。

第二天，悉利布爾村轉到赫拉姆尼的名下了，而他也從一個債主成了一位地主。他帶了帳房和兩個聽差去看自己新買的村子，悉利布爾村的農民得知新地主將第一次光臨的消息，家家戶戶都開始準備起獻禮的東西。

第五天傍晚，赫拉姆尼進了村子，有人用酸奶和米飯在他額上畫了符誌。大約有三百個佃農垂著手，伺候他直到深夜。大清早，經紀人把佃農一一介紹給他，凡是到地主面前來的佃農，就按自己的身分拿出一個或兩個盧比放在他的腳邊，到中午的時候，大約差不多有五百個盧比了。

赫拉姆尼第一次嘗到當地主的滋味，也是第一次感受到錢財和力量的樂處；世界上最大同時也是最有害的樂處，就是金錢帶來的樂處。

當佃農的名單都念完了以後，赫拉姆尼對經紀人說：「沒有其他的佃農了吧？」

經紀人說：「先生，還有一個名叫德赫達・森赫的佃農。」

赫拉姆尼：「他爲什麼不來？」

經紀人：「他有一股傲勁。」

赫拉姆尼：「我要打掉他那股傲勁，把他叫來吧！」

不久，一個老頭手拄著拐杖出現了。他行過禮後就坐在地上，既沒有獻禮也沒有送錢。赫拉姆尼看到他這樣一副高傲的樣子很是生氣，他厲聲地說：「到目前爲止，還沒有和地主打過交道吧？我要讓你忘掉你的傲慢！」

德赫達・森赫瞪了赫拉姆尼一眼，然後回答道：「在我面前，多達二十個地主露過面，又都走了，可是，還從來沒有任何地主發出過這種威脅！」

說完他拾起拐杖，回家去了。

老太婆問他：「見過新地主了吧？是怎樣的一個人？」

德赫達・森赫：「是個好人，我認出他來了。」

老太婆：「你以前跟他見過面？」

德赫達・森赫：「我認識他已經有二十年了，妳還記得我說過的廟會上玩布娃娃的事吧？」

自那天起，德赫達・森赫再也沒有到赫拉姆尼那裡去了。

4

半年過後，勒沃蒂也有興趣要看一看悉利布爾村，她帶著媳婦以及孫子來到悉利布爾村，村裡所有的婦女都來看望她，其中也有德赫達・森赫的老太婆。勒沃蒂看到她的談吐、儀容和性格後感到詫異，當她起身要走時，勒沃蒂對她說：「老太太，以後常來吧，看到妳我心裡很高興。」

從此，這兩位婦女之間的來往逐漸密切起來，但另外一方面，赫拉姆尼卻在經紀人的唆使下設法向德赫達・森赫奪佃。

五月中的某一天，赫拉姆尼家裡準備爲他過生日，勒沃蒂正在用篩子篩麵粉時，德赫達・森赫的老太婆來了，勒沃蒂笑著對她說：「老太太，明天請妳來我們家做客。」

老太婆說：「我非常感謝妳的邀請，是滿多少歲的生日呀？」

勒沃蒂：「滿二十九歲了。」

老太婆：「願老天爺保佑，今後妳還能看到他這樣過上一百個生日。」

勒沃蒂：「老太太，妳的話很吉利。我們許了多少願，還了多少願，這才託你們的福，能夠有今天。當他還不到七歲的時候，曾發生過幾乎喪生的危險——我去看布娃娃的廟會，他掉進了水裡。我的天，一個聖人來救了他的命，他的命是那個聖人給的。我叫人到處找，始終沒找到那個聖人。每過一個生日，我就以聖人的名義存放一百盧比，現在已經兩千多個盧比了。兒子的心願是想以聖人的名義在悉利布爾村修一座廟。老太太，說真的，如果能夠見到那位聖人，我的一生算沒有白活了，那就滿足我的心願了。」

勒沃蒂說完停下來的時候，老太婆的眼中淌下了眼淚。

第二天，一邊在慶祝赫拉姆尼的生日，而另一邊德赫達・森赫的田被奪走了，老太婆對丈夫說：「我到勒沃蒂那裡喊冤去。」

德赫達・森赫說：「只要我活著，千萬別這麼做。」

5

六月到了，老天爺表現得很慷慨，下了透雨[4]，悉利布爾村的農民都開始了犁地。德赫達・森赫用羨慕的目光望著農民下地，他的兩眼久久地停留在地裡。

德赫達・森赫還有一頭乳牛，他整天放這頭乳牛，他現在只有這唯一的依靠了，靠著賣牛奶和賣牛糞餅過日子。有時老夫妻倆還不得不餓肚子，他忍受這一切的苦難，從來沒有到赫拉姆尼那裡去哭窮。赫拉姆尼立意要羞辱他，可是自己卻受到了藐視；看起來勝利了，然而實際上卻是失敗了，他那卑劣的微火是無法將久經風霜的鋼鐵烤彎的。

有一天，勒沃蒂說：「孩子，你折磨了窮人，這不是好事。」

赫拉姆尼激動地說：「他不是窮人。我要打掉他的傲氣！」

因金錢而飄飄然的地主忙著要打掉那根本不存在的東西，正如無知的幼兒要和影子爭鬥一樣。

[4]：透雨指充足的雨。

6

就這樣，德赫達．森赫好壞也度過了一年，雨季又來臨了，他的家沒有重新翻修過，下過幾天傾盆大雨，房子的一邊倒塌了，那裡正是繫乳牛的地方，乳牛被壓死，他本人也受了重傷。從那天起，他就開始發燒了。有誰給他治病呢？何況生活的唯一依靠已經斷送了。無情的苦難摧殘了他，房子沒有倒的部分也浸滿了水，家裡一顆糧食也沒有。

德赫達．森赫正躺在黑暗的角落裡呻吟，這個時候勒沃蒂來到他的家裡，他睜開了眼睛，問道：「是誰呀？」

老太婆答道：「是勒沃蒂太太。」

德赫達．森赫：「我很有幸，她太憐憫我了。」

勒沃蒂很不好意思地說：「老太太，老天爺知道，我對我的兒子很不安。你們有什麼困難，就對我說吧，你們受了這麼大的災難，也沒有告訴我！」

說完勒沃蒂把一小包盧比的錢放在老太太的面前。聽見盧比的響聲，德赫達．森赫坐了起來說：「太太，我們不貪求金錢，不要讓我斷氣的時候犯罪吧！」

第二天，赫拉姆尼帶著自己的隨從打那兒經過，他看到坍塌的房子後笑了，心裡思索著，畢竟算是打掉了他的傲氣。他走進房子，說：「德赫達．森赫，現在怎樣啦？」

德赫達．森赫慢慢答道：「一切都託老天爺的福，你怎麼忘了？」

赫拉姆尼第二次又失敗了，他期待德赫達．森赫會跪在他的腳前哀求他的這種願望仍未能實現。就在那天夜裡，那個可憐的，自由自在的，誠實而又沒有私心的德赫達．森赫離開了這個世界。

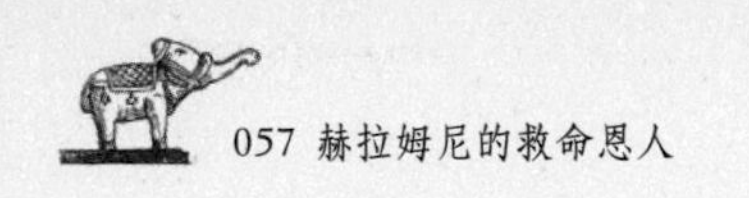

7

現在老太婆在世界上是孤零零的一個人了，沒有人來爲她分憂，也將沒有人爲她的死灑下幾滴同情的眼淚。窮困的處境更加重了苦難，儘管生活中最起碼的東西不能癒合死亡留下的傷口，然而對傷口畢竟可以起一些作用。

擔心吃的問題是一種災難，如今，老太婆從地裡和牧場拾來牛糞，做成餅後出賣。她拄著拐杖到田地裡去，頭頂著滿筐牛糞，被壓得氣喘吁吁，從田地裡回來。這是一幅多麼悲慘的景象啊！就連赫拉姆尼看到以後也對她產生了同情。

有一天，赫拉姆尼準備了一些麵粉、豆和米，裝在袋子裡，勒沃蒂自己帶著這些東西去了。可是老太婆含著淚說：「勒沃蒂，只要眼睛還能看得見，手腳還能動，我不要施捨，別讓我這個不久於人世的人再犯罪吧！」

從那天起，赫拉姆尼再也沒有膽量從物質上對她表示同情了。

後來，勒沃蒂向老太婆買牛糞餅。村子裡一個拜沙可買三十塊，勒沃蒂給一個拜沙卻只要二十塊，從那天起，老太婆不再給她家送牛糞餅了。

這樣像女神一樣的人世界上有多少啊！難道她不知道，只要她把隱藏的祕密說出來，就可以結束所有的苦難，豈有得不到報答之理？可是俗話說「行了好，快忘掉」，也許在她心中從來沒有想過他們曾經施恩於勒沃蒂。

這位對自己的信念毫不動搖，爲自己的尊嚴寧可死去的老太婆，在丈夫死後還活了三年。這三年的時間，她是多麼艱難地度過的，一想到那幅情景就使人毛骨悚然——她有時一連幾天吃不上飯，有時撿不到牛糞，有時牛糞餅又被人偷走，這真是老天爺有意安排。有的人家裡什麼東西都有，就是沒有吃的人；而有的人卻受苦一輩子，什麼吃的也沒有。

老太婆忍受了一切痛苦，可是她從來沒有在人前伸過手。

8

赫拉姆尼三十四歲生日到了，家裡響起了優美的鼓樂聲。一邊用酥油炸油餅，另一邊炸油餅時用的是普通的植物油；用酥油做的油餅是爲富足的婆羅門準備的，而用植物油做的油餅則是爲飢餓的窮苦人和身分卑微的人準備的。

忽然有一個婦人來對勒沃蒂說：「德赫達・森赫的那個老太婆不知要怎麼了，她叫妳過去呢！」

勒沃蒂心裡想：「唯願能吉利地度過今天這個日子！老太婆不會是快死了吧？」

她這麼一想，就不打算去看老太婆了。赫拉姆尼見母親不想去，於是就自己去了，近來他開始對老太婆產生憐憫之心。可是，勒沃蒂卻趕到大門口來勸阻他——這就是那仁慈的、善良而又高尚的勒沃蒂啊！

赫拉姆尼來到老太婆的家裡，那兒靜悄悄的，一點聲音也沒有。老太婆的臉色一片蠟黃，眼看就要斷氣了。赫拉姆尼高聲叫道：「老太太，我是赫拉姆尼。」

老太婆睜開了兩眼，示意叫他把頭靠近她，然後斷斷續續地說：「我床頭有一個盒子，裡面裝著我丈夫的骨灰，還有我成寡婦之前用的朱砂，請你把這兩樣東西灑在阿拉哈巴德的恆河裡。」

說完，她閉上了眼睛。赫拉姆尼打開盒子，裡面妥善地放著這兩樣東西，此外，在一個小包裡還放著十個盧比，大約是作爲安葬費。

夜裡，老太婆永遠地結束了痛苦的一生。

就在那天夜裡，勒沃蒂做了一個夢。她夢見七月的廟會上，烏雲滿天，她站在吉爾德湖的岸邊，這時赫拉姆尼掉進湖水裡，她開始捶胸頓足大哭，突然一個老者跳進湖裡把赫拉姆尼撈了起來，勒沃蒂跪倒在他的腳前問他：「您是誰？」

他答道：「我住在悉利布爾村，名叫德赫達・森赫。」

悉利布爾村現在仍屬赫拉姆尼所有，不過這個村子比以前熱鬧多了，到那裡去的人遠遠就可以看到濕婆神廟的金頂。這座神廟是由德赫達・森赫原來的住所修建而成的。神廟前方還修了一口用磚石砌的水井和一座宗教會館，遊客在這兒歇腳住宿，並稱頌德赫達・森赫的高尚行為。這座神廟和宗教會館以他的名字而遠近聞名。

1910.04

赫勒道爾王公

他的臉上露出充滿嫉妒的微笑，
但眼中的熱淚奪眶而出。

I

崩德拉地方有一個古老的阿爾卡小王國，其王公是崩德拉族人，這些崩德拉族人世世代代在高山峽谷中度過他們的一生。有一時期阿爾卡王國的王公名叫糾恰爾・辛哈，他是一個智勇雙全的小君主；那時沙加汗是德里在位的皇帝。當康加汗・羅蒂發動叛亂，在皇朝的疆域內燒殺搶掠，並且騷擾到阿爾卡時，糾恰爾・辛哈奮起進行了抵抗，這一壯舉使知人善任的沙加汗皇帝龍顏大悅，他當即委任糾恰爾・辛哈王公以治理南方的重任。

皇朝的欽差使臣持著皇帝的賞賜和委任的詔書來見王公，這一天阿爾卡地方熱熱鬧鬧地慶祝了一番。於是，王公得到了施展才能的機會。他一面準備赴任的行裝，一面把自己的弟弟赫勒道爾・辛哈叫來說：「御弟，我要走了。現在我把王位交給你，你要一心一意地愛護它。公正是國君最大的支柱，公正的堡壘是任何敵人也攻不破的，即使他帶了羅波那或因陀羅[1]的全部人馬來攻也罷。不過，只有老百姓認同的公正才算是真正的公正，你的職責不僅是公正地辦事，而且要在公正方面取信於民。我還有什麼必要再囑咐你呢？你本來就是很懂事的人。」

說完，他取下自己的頭巾[2]，並把它戴在赫勒道爾頭上。赫勒道爾哭著倒在他的膝前。此後，王公為

1：羅波那是史詩《羅摩衍那》中的十首妖王，後被羅摩殺死。因陀羅是天神的首領，佛經中把他稱作「天帝釋」。這裡是說他們都有很強大的軍事力量。

2：印度古代封建君主的頭巾相當於王冠。這裡指暫時移交王位。

了和自己的夫人告別來到後宮。夫人正站在宮門口啜泣，一看到他就跪在他的腳前，糾恰爾・辛哈扶起她並緊緊地擁抱著她說：

「親愛的，這不是哭泣的時候，崩德拉族婦人在這種場合是不哭的。如果上天有靈，我們很快就會見面的。妳要像現在一樣愛著我。我已經把王位托給了赫勒道爾，他現在還是孩子，沒見過什麼世面，妳要不斷地出謀獻策幫助他。」

夫人啞口無言了，她心裡這樣想：唉，他還說，崩德拉族婦人在這種場合是不哭的，也許那種婦人根本沒有心，即使有心，但心裡根本沒有愛情。

夫人一邊壓抑著內心的苦楚，一邊拭了淚，雙手合掌勉強露出笑容望著王公。可是這又是怎樣的笑容啊？正如同在黑暗的原野裡，火把的亮光使黑暗變得更爲深沉一樣，夫人的笑容也更表現出了她內心深沉的痛苦。

糾恰爾・辛哈走後，赫勒道爾開始治理國家，在很短的日子裡，他的公正以及對百姓的恩寵便立刻吸引了臣民，人民逐漸忘記了糾恰爾・辛哈。

糾恰爾・辛哈既有朋友，也有仇人，但是赫勒道爾卻沒有任何仇人，所有人都是他的朋友。他態度和藹，說話親切，凡是和他交談過的人便一輩子忠於他。整個小王國裡，沒有一個人不能去見他，他的宮門不分晝夜地爲所有人敞開。

在阿爾卡從來沒有出現過這樣得到所有人愛戴的王公，他既開明，又公正，既好學不倦，又能吸收人家的長處；但是他最大的優點還在於他那蓋世無雙的勇氣。一個靠寶劍賴以生存的民族，對自己國王任何優秀品質的崇拜也不及對他英勇的崇拜。赫勒道爾由於自己種種美德成了百姓衷心擁護的國王，取得這一點要比治國理財困難得多。

經過了一年，糾恰爾・辛哈在南方通過自己的治理爲皇朝樹立了威信，而在阿爾卡，赫勒道爾卻贏得了黎民百姓的心。

2

三月，灑紅節[3]的紅粉染紅了大地，愛神挑動著人們的春心。春季的莊稼使田野裡一片金黃，禾場上堆放著一垛垛的糧食；心滿意足的人們高興得在金黃色的田野裡手舞足蹈，或者是在禾場上的糧食垛旁邊輕聲吟唱。

在這樣的日子裡，德里有名的大力士——迦蒂爾・汗來到了阿爾卡。從德里到阿爾卡，一路上成百的自持驍勇的大力士們和他交過手，但是沒有一個人能夠勝過他。和他交手可不是碰碰運氣，而是和死亡戰鬥。迦蒂爾・汗倒不是貪圖什麼豐厚的獎賞，就如同他有一股大無畏的勇氣一樣，他也有一種自由和豪放的性格。

灑紅節那天，他鄭重其事地通知阿爾卡：真主的雄獅——德里的迦蒂爾・汗到阿爾卡來了，凡是自認爲命大的，可以前來一決自己的命運。

阿爾卡的一些崩德拉勇士聽到這傲氣十足的口吻都惱怒了，慶祝灑紅節的鼓樂聲被戰鼓的咚咚聲所代替。赫勒道爾的摔跤場是阿爾卡大力士最大的活動場所，傍晚，全城所有的勇士都集中到這裡。迦爾德沃和帕爾德沃是崩德拉族身經百戰的明星，他們準備使迦蒂爾・汗發熱的頭腦清醒清醒。

第二天在城堡前湖邊的廣場上，阿爾卡的老老少少都聚集在一起。看看那些裝束新穎的青年小伙子，他們個個歪戴著鮮豔的頭巾，額上塗著檀香末，眼中閃爍著豪邁的神情，腰間懸掛著寶劍；再看看那些老

3：灑紅節或稱潑水節，在這一天，人們用紅水或其他顏色的水互相澆潑以示慶祝。

年人，他們翹著鬍子，歪戴著素色的頭巾，兩鬢的鬍鬚整齊地繫在耳上，看起來是老年人，行動起來卻像青年人一樣，誰也不放在眼裡，他們那種大丈夫氣概連青年人也自嘆弗如。

每個人口頭上都是豪言壯語。青年人說：今天看一看，阿爾卡的榮譽是否保得住；可是老年人卻說：阿爾卡從來沒有失敗過，今天也決不會失敗。赫勒道爾王公看到勇士們的這種豪情後說：「請注意，不管崩德拉族的榮譽是否能夠保持，但是千萬不能有損於民族的尊嚴。如果有人讓別人拿著話柄，說阿爾卡人不能通過寶劍取勝就使出了不光明正大的手段，那他就是民族的罪人。」

太陽已經升起，戰鼓敲響了，希望和害怕的情緒使得人們的心好像都要跳了出來似的。迦爾德沃和迦蒂爾・汗兩人腰纏三角褲，像獅子一樣走到廣場上，兩人擁抱了一下。接著，各自抽出寶劍向對方的腰間刺去，就像兩片雲層相碰一樣發出閃電似的火星，他們像兩團火球整整地碰撞了三個小時。成千上萬的人站著看熱鬧，而場上像午夜一樣悄無人聲。不過，當迦爾德沃巧妙地刺上一劍或者是躲過了厲害的一著時，人們自然而然地昂起了頭，但是嘴裡誰也不說什麼。

場內是雙方的寶劍在比高低，對觀眾來說，場外廣場上的緊張氣氛更勝場內。由於一再考慮到民族的尊嚴，抑制內心的情緒且不讓高興或失望的話語表露出來，這比場內躲過寶劍的攻擊還要困難。突然迦蒂爾・汗大喝一聲「真主偉大」，好像響起了一聲驚雷，隨著電光一閃，迦爾德沃的頭被閃電擊中了。

迦爾德沃一倒下，崩德拉人再也按捺不住了，每個人的臉上都露出無可奈何的忿怒，以及自尊心受到損害的神色，成千上萬情緒激昂的人湧向場內，這時赫勒道爾說話了：「要注意，現在任何人都不要再前進一步！」他的話讓人們原地站著不動。制止了人群後，他走進場內，看了看迦爾德沃，眼中充滿熱淚；迦爾德沃像受傷的獅子一樣在地上掙扎，他的寶劍也像他的生命一樣斷成兩截。

白天過去，夜晚來臨，可是崩德拉人的眼中哪兒有睡意？人們一整夜翻來覆去沒有合眼，就像一個痛苦的人焦躁地等待黎明的到來一樣，崩德拉人也不時地瞭望著天空，對時間的緩慢很不耐煩。他們的民族自尊受到了很嚴重的傷害。第二天太陽一出來，三十萬崩德拉人就奔向湖邊。

當帕爾德沃像獅子一樣走向場內時，人們的心中怦怦直跳。昨天迦爾德沃出場時，崩德拉人的情緒異常高漲，但今天就不是那樣了，他們心中的恐懼取代了希望。當迦蒂爾·汗刺上精采的一劍時，人們的心好像都要從口裡跳出來了。太陽已經升到頭頂，人們的情緒卻持續低落。毫無疑問，帕爾德沃比自己的弟弟高明和機靈，他也曾不止一次地使迦蒂爾·汗處於不利的地位，但是，德里的老練大力士每次都擺脫了不利的局面。

兩位大力士整整交鋒了三個小時，突然「咔嚓」一聲，帕爾德沃的劍斷成了兩截。赫勒道爾王公就站在場前，他很快地把自己的劍擲向帕爾德沃，當帕爾德沃正低下頭去取寶劍時，迦蒂爾·汗的寶劍落到了他的脖子上。傷不重，只是一點輕傷，但是這已經決定了比武的勝負了。

垂頭喪氣的崩德拉人各自回家了。雖然帕爾德沃現在仍然準備重新上場，可是赫勒道爾勸解說：「兄弟們，當我們的寶劍成了兩截時，我們就已經算是失敗了。如果我們是迦蒂爾·汗，我們決不會對已經沒有武器的人下手；當我們的對手手中沒有寶劍時，我們不會用劍攻擊他。但是，迦蒂爾·汗又哪裡有這種胸懷呢？面對強大的對手，寬厚之心就只得扔在一邊了，但我們仍然表明了，在比試擊劍中，我們和他不相上下，現在我們還需表明我們的寶劍也像他的寶劍一樣精良。」赫勒道爾王公這樣安慰大家以後，回到了後宮。

古莉娜問道：「小叔，今天比武的結局怎樣？」

赫勒道爾低頭回答道：「今天的結局和昨天一樣。」

古莉娜說：「帕爾德沃被刺死了？」

赫勒道爾說：「沒有死，不過失敗了。」

古莉娜說：「那現在該怎麼辦呢？」

赫勒道爾說：「我自己也正在考慮這個問題。迄今爲止，阿爾卡還從來沒有在人前抬不起頭。我們很窮，但和英勇的精神比起來，我們把財富和權力是看得什麼也不值的。現在我們還有什麼臉爲自己的英勇而驕傲呢？阿爾卡和崩德拉族的面子全丟光了。」

古莉娜說：「難道現在一點希望也沒有了嗎？」

赫勒道爾說：「我們的壯士中沒有一個可以勝過他。帕爾德沃的失敗已經使崩德拉人失去了勇氣。今天全城都籠罩著悲傷的氣氛，千家萬戶沒有生火做飯，甚至沒有點燈。我們國家和民族賴以受到尊敬的基礎現在快要崩潰了。帕爾德沃是我們的大師，他失敗後，由我來上陣是顯得有些不自量力的。但是，既然崩德拉人的威望要化爲烏有，那麼讓我的生命也隨之而結束吧。

毫無疑問，迦蒂爾•汗是一般人所不能及的，但是我們的帕爾德沃也決不會在他之下。如果帕爾德沃手裡有他那樣的好劍，場上的局面一定會改觀。阿爾卡只有一把寶劍能夠打敗迦蒂爾•汗，那就是哥哥的劍，如果妳希望維護阿爾卡的榮譽，就把那把劍交給我。這是我們最後的努力，要是這一次也失敗了，那麼阿爾卡的名字就要永遠消失了。」

古莉娜開始思忖，把劍給他還是不給他。國王走時留過話，他的意旨是不要讓任何人碰他的劍，在現在這種情況下違背他的意旨，他會生氣嗎？絕對不會的。當他聽到我是在怎樣危急的時刻拿出劍來的，他會真正感到高興。有誰這樣愛護崩德拉人的榮譽呢？還有誰比他更希望阿爾卡幸福呢？在這樣的場合違背他的意旨就是執行他的意旨。古莉娜想好以後就把寶劍交給了赫勒道爾。

天一亮消息就傳開了，赫勒道爾王公要和迦蒂爾•汗比劍，人們聽到這個消息都爲之震動，大家像瘋了似地奔向比武場，每一個人都說：「只要我們活著，我們不能讓大王上陣比武。」可是當人們到達比武場時，看到寶劍的閃光正在飛舞，這時崩德拉人懷著怎樣的心情，是很難想像的。

一眼望去，寬闊的廣場上人山人海，但是周圍卻異常寂靜；每一個人的眼睛都盯著比武場，每一個人的心都在向上帝祈求赫勒道爾比武順利。迦蒂爾・汗的每一次舉劍刺來都像刺進了成千上萬人的心，而赫勒道爾王公的每一次回擊都激起了人們心中興奮的浪潮；比武場內是兩個武士的決鬥，而比武場外卻是希望和失望的較量。

最後，第一局三個鐘頭的比武時間到了，鐘響了，赫勒道爾的劍像一道閃電落到迦蒂爾・汗頭上。一看到這情景，崩德拉人高興得發狂了，誰也不考慮對方是誰就擁抱起來，有的在跳，有的在跑，英勇豪邁的激情使成千上萬的人陶醉。人們自動地抽出寶劍，拔出匕首，寶劍和匕首一片亂舞，爲慶祝勝利，成百的人受傷倒下了。

但是，當赫勒道爾走出比武場，用嚴峻的目光看著崩德拉人時，他們立刻清醒過來，寶劍入了鞘。他們想到了：爲什麼這樣高興？爲什麼這樣興奮？又爲什麼這樣瘋狂？對崩德拉人來說這並不是什麼新鮮事，這樣的想法使大家的心情平靜下來。赫勒道爾的這種英勇頑強，使他從每一個崩德拉人的內心深處赢得了那公正的寬厚也不能赢得的崇高威信；他以前就爲每一個人所愛戴，而現在他成了自己民族的英雄，成了英勇的崩德拉人頭上的一顆明珠。

3

糾恰爾・辛哈在南方也顯示了自己的才能，他不僅是戰鬥中的英雄，而且在處理國事方面也是獨一無二的人物，他通過妥善安排，使南方各邦成了很強盛的地區。但是，對阿爾卡的懷念經常使他不安。啊！阿爾卡，哪一天能夠再見到你呢？一年後，他終於取得朝廷的同意返回阿爾卡。王公騎馬兼程趕路，既不感到飢餓，也不感到渴，阿爾卡人的愛戴把他從南方吸引過來，他來到阿爾卡的森林，隨同他前來的人都落到了後邊。

正是中午時分，熾熱的陽光照射著，他下馬走到一棵樹蔭下坐下來。湊巧今天赫勒道爾為了慶祝勝利也來到森林裡打獵，幾百個崩德拉貴族簇擁著他，他們一個個驕傲得忘乎所以，他們看到糾恰爾・辛哈單獨坐在那裡，由於他們傲氣十足，根本沒有走到他的跟前，而把他當成了一個過路人。

赫勒道爾的眼睛也沒有看清，他騎著馬揚揚得意地來到糾恰爾・辛哈面前，正要打算問他是什麼人的時候，兩兄弟的眼睛碰在一起了，赫勒道爾認出是自己的哥哥，就趕快跳下馬來向哥哥行禮。王公也站起身來和赫勒道爾擁抱，但是他的胸膛裡卻沒有兄弟之愛了，嫉妒心取代了手足之情，原因只不過是赫勒道爾沒有赤著腳遠遠地向他跑來，他的隨從沒有熱烈地前來歡迎他。

傍晚時分，兩兄弟雙雙來到阿爾卡城。一聽到王公回來的消息，城裡就響起了歡迎的鼓聲，到處高興得像過節一樣，而且很快全城燈火通明。

今天古莉娜夫人親自做了飯。大約九點鐘時，女僕來向王公說：「王爺，晚飯準備好了。」兩兄弟坐下來開始吃飯。金盤子裡為王公盛了飯菜，銀盤子裡為赫勒道爾盛了飯菜；古莉娜親手做了飯，並且親自給他們盛到盤子裡，然後放在他們面前。但是，不知是碰上了倒霉的日子還是命運的捉弄，她卻錯把金盤子放到了赫勒道爾面前，而把銀盤子放到了王公的面前。

赫勒道爾一點也沒有留意，一年來，他用金盤子吃飯已經習慣了，但是糾恰爾・辛哈卻漲紅了臉。他嘴裡沒說什麼，但臉色變了，滿臉通紅，他用眼睛狠狠地向夫人瞪了一眼，然後開始吃飯，可是對他來說，這飯菜像毒藥一樣，吃沒幾口就站起身來。夫人看到他的臉色後害怕了，今天她是怎樣滿懷深情地做了飯，而她又是等多久才等到了這個吉利的日子，本來她內心充滿了無限的歡樂，但看到王公怒容滿面時，她嚇壞了。王公起身以後，她看到王公的盤子，突然驚惶失措，感到一陣天旋地轉，悔恨不已。心想：老天爺，平安地度過今晚吧，我感到不祥之兆出現了。

糾恰爾王公躺在後宮裡。能幹的理髮師妻子把夫人好好地打扮了一番，笑著跟夫人說：明天要向王爺請賞，說完她就走了。但是古莉娜卻沒有起身，她陷入沉思：「我以什麼樣的面貌去見王公呢？理髮師的妻子白白的給我打扮了。他看到我這樣打扮會高興嗎？我今天犯了罪，是個罪人，這時候，我打扮得整整齊齊到他那裡去是不恰當的。不行，不行，我今天應該以一個乞丐的裝束去見他，我要請求他赦罪，現在這個時候，對我來說只能如此。」她想好之後站到了大鏡子的前面，這時她像仙女一樣美麗，她曾經看過許許多多美麗的圖畫，但是她覺得現在鏡子裡的那個影像最美。

美人沒有不自賞的，正如薑黃沒有不帶黃色的。有好一陣子古莉娜陶醉在自己的美貌裡，她直直地站在那兒。她想，人們說：美有一種魔力，而這種魔力是沒有人能夠擺脫的。職責和事業，肉體和心靈，都可以爲美而犧牲。我就算不很美，但是也並不那麼醜啊！難道我美麗的清涼之風就不能平息他的怒火嗎？

但是過了一會，夫人明白過來了。啊！我這是在做什麼夢啊？我心裡爲什麼想到這些呢？不管我是好，還是不好，反正都是他的僕人。我犯了罪，應該向他請求赦免，這種裝飾和打扮在現在這個時候是不恰當的。這樣一想，她把首飾全都卸了下來，脫下了灑了香水的綠色絲綢紗麗，散開了頭頂上用珍珠串聯的朱砂線，傷心地嚎啕大哭起來。唉！這個團聚的夜晚比起離別的夜晚還要使人傷心。她把自己打扮成一個乞丐的樣子向後宮走去，兩隻腳向前邁步，而心卻不斷往後退。她來到宮門口，但不敢繼續往裡走，心撲通撲通直跳，她的腳好像在打哆嗦。

糾恰爾・辛哈王公說：「誰呀？是古莉娜？爲什麼不進來？」

古莉娜壯著膽子說：「王爺，我怎麼來呢？我在生我自己的氣呢！」

王公說：「妳爲什麼不說這是妳心裡有鬼，才使妳不敢來見我啊？」

古莉娜說：「毫無疑問，我是犯了罪，可是一個懦弱的女子請求你的赦免。」

王公說：「不過得進行懺悔。」

古莉娜說：「怎麼懺悔呢？」

王公說：「用赫勒道爾的血。」

古莉娜全身發抖了，說：「就只是因爲今天我把吃飯的盤子搞顛倒了？」

王公說：「不，是因爲赫勒道爾把妳的愛情搞顛倒了。」

正像熾烈的人可以把鐵燒紅一樣，夫人的臉也被憤怒的火烤紅了；憤怒的人可以燒毀善良的感情，愛和尊嚴，同情和正義，一切的一切都可以化成灰燼。霎時間，夫人感到她的心和頭腦好像在沸騰，但是她以一種作出最後自我犧牲的努力，抑制自己，好不容易她吐出了一句話：「我只是把赫勒道爾當作自己的孩子和弟弟看待啊！」

王公坐了起來，用較緩和的口氣說：「不，赫勒道爾不是孩子，我是孩子，是我相信了妳。古莉娜，我沒有想到妳會這樣，我原來還因爲妳而驕傲呢！我過去以爲，日月可以移動，但妳的心是不會移動的，如今我終於明白了，那是我的幼稚。聖人說得好，女人的感情就像一股流水，發現哪裡是低的地方，就會向那裡流去。金子被燒得太熱了也會熔化的。」

古莉娜開始哭了，憤怒的火化成了眼淚，從她眼中流了出來，當她能說出話來時，她問：「我怎樣才能消除你的疑心呢？」

王公說：「用赫勒道爾的血。」

夫人說：「我的血不行嗎？」

王公說：「妳的血會更加深它的色彩。」

夫人說：「沒有其他的辦法嗎？」

王公說：「沒有。」

夫人說：「這是你做的最後決定嗎？」

王公說：「是，這是最後的決定。妳看，這個放檳榔的盤子裡有一包檳榔，考驗妳的貞操的辦法，就是妳親自用手把檳榔餵給他吃。只有當赫勒道爾的屍體從這裡拖走時，我內心的懷疑才會消除。」

夫人用鄙視的目光看了一下檳榔包，掉頭往回走了。

她開始想：我要把赫勒道爾置於死地嗎？我要用無辜的、品德高尚的英雄赫勒道爾的生命，來檢驗我的貞操嗎？我要用那個把我當作姐姐的赫勒道爾的血來染黑我罪惡的手嗎？這種罪惡將要落在誰的頭上呢？難道一個無辜者的血不會帶來惡果？唉！不幸的古莉娜，妳今天得讓自己通過貞操的考驗了，而且這考驗卻是如此嚴格。

不行，我不能犯這種罪行，如果王公把我當作蕩婦，那就由他去吧！他現在懷疑我，就讓他懷疑吧！我不能犯這種罪行。王公為什麼會這樣懷疑呢？難道只因為搞錯了盤子嗎？不是，一定還有其他什麼事。今天赫勒道爾是在森林中碰見他的，王公一定看見過他腰間懸掛的寶劍。他也許還受到赫勒道爾的怠慢，這也不足為奇。我又有什麼罪呢？為什麼要在我頭上加上這麼大的罪過呢？難道只是因為把盤子放錯了嗎？啊！老天爺，我向誰訴說我的苦衷啊？只有你才是我的見證人。不管出現什麼情況，反正我是不能犯這種罪的。

夫人又想：王公，難道你的心胸就這樣狹窄和卑污嗎？你要我將赫勒道爾置於死地嗎？如果你不願看到他的權力和威望，那爲什麼不清清楚楚地說出來？爲什麼不像男子漢大丈夫那樣來一次決鬥？爲什麼不親自用自己的手去割下他的頭？卻叫我這麼做呢？你知道得很清楚，我不能那麼做。如果你的心已經討厭我了，如果我成了你的生命的負擔，那就把我送到貝拿勒斯或馬杜拉[4]去吧！我會毫不猶豫地離開，但是請看在老天爺的面上，別讓我染上這麼嚴重的罪惡的污點吧！我爲什麼活著呢？對我來說，生活中已經沒有任何幸福可言了，現在我死去倒好些，我可以去死，但我不能犯下這麼大的罪。

她又反過來想：妳得去犯這個罪，比這嚴重的罪在世界上也許至今未發生過，但是妳得去犯這個罪。現在妳的貞操正在被人懷疑，而妳必定要洗清這一點。如果是妳自己的生命有了危險，那倒沒有什麼關係，妳可以付出妳的生命來挽救赫勒道爾。但是現在是妳的貞操受到了威脅，所以妳必定得去犯這種罪，而且在犯了這種罪以後，還要有說有笑，高高興興。如果妳的心有一點兒動搖，如果妳的臉色變得陰沉，那妳儘管犯了這麼大的罪，仍然不會成功地消除懷疑。不管妳內心多麼難受，妳都得去犯這種罪。可是該怎麼做呢？難道我要把赫勒道爾的頭給砍下來嗎？

一想到這裡，夫人全身發抖了。不，不行，我不能對他下此毒手。可愛的赫勒道爾，我不能讓你服毒。我承認，你會爲我而高興地吞下含毒的檳榔包的。是，我知道，你不會拒絕的，但是我不能犯這麼大的罪。一千個不行，一萬個不行。

4

赫勒道爾對這件事一無所知。半夜裡有一個女僕哭著到他這裡來了，她一五一十向他講了全部真情。

4：兩處皆爲印度教聖地，這裡是指到聖地去修行，變相地脫離關係。

這個女僕曾拿著檳榔包的盤子尾隨夫人來到後宮的大門口，聽到了他們全部的談話。赫勒道爾早先看到王公的神情，就料到王公的心裡一定有什麼在作怪，而女僕的話更加證實了他的懷疑。他嚴厲地禁止女僕把這件事聲張出去，而他自己則準備好一死了。

赫勒道爾是崩德拉人英勇的旗手，他的一個眼色就可以使三十萬崩德拉人立刻聚集起來，爲他赴死或爲他拼命，整個阿爾卡可以爲他犧牲。如果糾恰爾・辛哈在公開的決鬥場和他對峙，那肯定會一敗塗地，因爲赫勒道爾也是崩德拉人，而崩德拉人對自己的敵人是不講任何情面的。自己死或打死別人在他們的生活中正好是一件開心的事情——他們一直嚮往有人向他們挑戰，嚮往有人尋釁，他們始終渴望流血，而這種渴望從來得不到滿足。

但是，這時是一個女子需要他的血，而他的勇氣在耳邊對他說：爲了一個無辜貞潔的女子不應該拒絕付出自己身上的鮮血。如果哥哥是懷疑我要謀害他，懷疑我要把他除掉、奪取他的寶座，那沒有什麼關係，爲了王位，所有屠殺和流血，一切欺詐和陰謀都被認爲是合理的。但是，他現在的這種懷疑除了我死以外，是沒有其他任何辦法可以消除的。

當前我的職責是拿我的生命來打消他的猜疑，如果使他內心產生了這種可悲的懷疑後我還活下去，並且表明我的內心純潔的話，那是我的不識時務。不行，在這重大的事情上過多的猶豫是不妥當的，我要高高興興地去吃含毒的檳榔包，還有什麼死比這種死更豪邁呢？

赫勒道爾義憤塡膺，其處境比起戰場上的戰士耳聽著恐怖氣氛加劇的戰鼓聲，不怕犧牲地衝鋒陷陣還要困難，今天真正的英雄赫勒道爾爲了表明自己心靈的潔白準備付出自己全部的英勇和果敢。

第二天，赫勒道爾大清早就洗了澡，身上佩帶武器，高高興興地來到王公面前。王公也才剛剛起床，正睡眼惺忪地望著懸掛著的赫勒道爾的肖像。前面大理石的台上，放著一個金盤子，裡面盛著摻和毒藥的

檳榔包。王公有時望望檳榔包，有時望望肖像，也許他的腦海裡已將毒藥包和肖像做了必然的聯繫。正在這個時候，赫勒道爾突然走了進來。王公大吃一驚，鎮定下來說：「這個時候要到哪裡去？」

赫勒道爾帶著一副興奮的神色，笑著說：「你昨天歸來了，爲了慶祝你的到來，我今天去打獵。大神使你變得天下無敵，請你親手賜給我象徵勝利的檳榔包吧！」

說完，赫勒道爾從大理石的台上端起了放檳榔包的盤子，並把它放到王公面前，請王公取檳榔包。看到赫勒道爾欣然的臉色，王公內心嫉妒的火更加熾烈地燃燒起來。他心裡想：「卑鄙的傢伙，來給我的傷口抹鹽了，把我的榮譽和威信徹底破壞以後還不心滿意足！還向我要象徵勝利的檳榔包！對了，這是象徵勝利的檳榔包，不過不是象徵你的勝利，而是象徵我的勝利。」

糾恰爾‧辛哈這樣想過之後，就把檳榔包拿在手裡，他沉思了一會兒，然後笑著把檳榔包給了赫勒道爾。赫勒道爾低下頭接過檳榔包，把它捧到前額上，接著很沉痛地環視四周，最後把檳榔包放進自己的嘴裡。他表現出了一個真正拉傑布德族男子的大丈夫氣概！

毒藥非常猛烈，一下喉嚨，赫勒道爾的臉就蒙上了一層死亡的陰影，兩眼失去了光澤。他深深地吸了一口冷氣，雙手合掌向糾恰爾‧辛哈敬了個禮，然後坐到地上。他的額上滲出了一顆一顆的汗珠，呼吸也變得急促起來，不過臉上卻顯露出愉快和滿意的神色。

糾恰爾‧辛哈一動也不動地坐著，他的臉上露出充滿嫉妒的微笑，但眼中的熱淚奪眶而出。黑暗和光明已經交織在一起了。

1911.04

鹽務官

溫希特爾生氣地說：

別說一千盧比，十萬盧比也不能使我離開正道！

I

在成立了管理食鹽的新機構後，自由使用食鹽這種天賜之物便遭到禁止，於是人們開始悄悄地買賣它，許許多多欺騙的手法也應運而生，有的行賄，有的投機倒把。官員們卻很幸運，一些人紛紛放棄受尊敬的農業稅務部門的官職而到新的部門裡擔任看門的工作，甚至連律師也羨慕起鹽務官的職務。那時，人們往往把英國式的教育和基督教看成一回事。當時波斯語的勢力還很大，讀過愛情故事和豔情詩的波斯語學者往往被委任以很高的職位。溫希特爾也在讀完羅密歐與茱麗葉的悲劇故事後，認爲麥季儂和法爾哈德的愛情故事[1]要比那羅和尼羅的戰爭[2]甚至新大陸的發現還重要得多，在這種狀況下他出來找工作了。

他的父親是一個歷練豐富的人，他勸溫希特爾說：「孩子，家庭的拮据你是看到的，債務壓得我們抬不起頭來；幾個女兒，像雨後的枝條，長得很快；我像長在懸崖邊的樹，不知什麼時候就將倒下了。現在你是家長了，找工作的時候不要在意職位，職位像是聖人的陵墓，受人尊敬，但是中看不中用。

你應該找那種有外快的工作。工資就像十五、十六的月亮，有那麼一兩天圓滿，然後就慢慢缺了，最後完全消失，而外快則像流水，永遠可以止渴；工資是人給的，它不會增加多少，而外快是老天爺賜的，它會不斷膨脹開來。你本是一個聰明人，沒有必要由我開導你。在這方面非常需要頭腦，要會看人，看人

1：麥季儂和法爾哈德都是波斯和阿拉伯古代傳說中的兩個非常痴情的男子。

2：那羅和尼羅是史詩《羅摩衍那》中兩名猴軍頭目，曾助羅摩在海中築橋滅妖。

的需要，看機會，然後你覺得怎麼才妥當就怎麼做。對自私的人嚴厲一點有好處，但是要適可而止，不自私的人是沒有的。好好記住我的話，這是我一輩子積累的經驗。」

父親給了兒子這樣的訓示以後也祝福了他。溫希特爾是很孝順的兒子，他認真地聆聽了父親的教導，然後從家裡走出去了。在這廣闊的世界裡，對他來說，耐心是他的朋友，理智是他的嚮導，自主則是他的助手。好在他出門大吉，很快就被委任以食鹽管理部門的鹽務官，工資高，外快的來源更沒有止境。年老的父親聽到這個好消息，喜出望外，感到美好的希望就在眼前。債主們也改變了態度，甚至鄰居們對他家都嫉妒起來了。

2

溫希特爾來到這裡已經六個多月，在這不長的日子裡，他卻通過自己的工作能力和高尚行爲讓自己深受官員們的肯定——他們逐漸地十分信任他。

在鹽務辦事處東面一里路遠的地方就是葉木那河，河上用船連起來搭成了一座浮橋。冬天的一個夜裡，看管食鹽的士兵以及看門人都喝得酩酊大醉了。鹽務官溫希特爾先生關著門睡得正香，忽然睜開了眼睛，他聽到的不是葉木那河的流水聲，而是好多車子咿咿呀呀的聲音，以及船夫們的喧譁聲。他坐了起來，心想：深更半夜了，車子爲什麼還渡河呢？一定是有什麼事。合乎情理的推測加深了他的懷疑，他連忙穿好制服，把小手槍塞進口袋裡，很快騎著馬趕到了橋邊，他看到很多車子排成一條線正在渡河，厲聲地問道：「這些車子是誰的？」

沉寂了一會兒，然後有人交頭接耳地說了一陣子，前面一個人說：「是婆羅門阿羅比丁的。」

「哪一個婆羅門阿羅比丁？」

「就是那達塔耿吉地方的阿羅比丁！」

溫希特爾吃了一驚。婆羅門阿羅比丁是本地區最有聲望的地主，放債的數目高達幾十萬盧比，這裡從小到大沒有一個人不欠他的債，他經營的產業也很多，是一個機靈又狡猾的人。英國官員來到本地打獵的時候就在他的家裡作客。他家一年四季還施捨糧食。

溫希特爾問車子到哪裡去，得到的回答是去坎布爾，但是當問到車子上面裝的是什麼東西的時候，卻都沉默不語了，鹽務官先生更懷疑了，等了一會兒後又大聲地說：「難道你們一個個都成了聾子？我問車上裝的是什麼東西！」

他仍然沒有得到回答，於是就讓馬靠近車子，他用手摸了摸麻袋，真相大白了，麻袋裡都是鹽塊。

3

婆羅門阿羅比丁在自己很講究的車子上半睡半醒地躺著，突然有幾個車夫慌慌張張地來叫醒他，說：「老爺，鹽務官截住了車子，站在渡口叫你去。」

婆羅門阿羅比丁是絕對相信財神的。他經常說：別說人間了，連天堂裡都是財神的天下。他的這個說法倒也符合實際，因為公正和道德全都是財神手中的玩物，他願意怎麼擺布就可以怎麼擺布。這時阿羅比丁依舊躺著，滿不在乎地說：「你們去吧，我就來了。」說完他泰然自若地把檳榔放在嘴裡吃了起來，然後披著毯子走到鹽務官的身邊說：「先生，祝福你！你說我有什麼事得罪了你，你把車子截住不放行呢？你應該對我們婆羅門另眼相看啊！」

溫希特爾冷冷地說：「這是政府的命令！」

婆羅門阿羅比丁笑著說：「我們不知道政府的命令，也不知道政府，我們的政府就是你。我們和你之間的事都是家庭內部的事，難道會是外人嗎？你冤枉費神了，打從這渡口經過，豈有不敬渡口的神之理。我正打算親自來為你效勞呢！」這種用錢財迷人的調子對溫希特爾一點作用也沒有，他抱著一片忠誠的心嚴厲地說：「我不是那種會為了錢而出賣自己良心的人。你現在被拘留了，明天早上依法提交法院。就這樣，我沒空再多說什麼。班長伯德魯・森赫，你把他拘留起來，這是我的命令！」

阿羅比丁嚇呆了，車夫們也一陣喧譁。婆羅門先生不得不聽聽這麼嚴厲的話，這可能還是他生平第一次！伯德魯・森赫走上前來，但由於婆羅門先生的威嚴，他不敢去抓住他的手。婆羅門先生從來沒有見過這樣小看錢財的盡職的人，他想：這不過是個毛孩子，還沒有陷進金錢的羅網，幼稚得不知高低深淺，於是他怪可憐地說：「請別這樣吧，先生！這樣一來我就完了，面子全丟光了。讓我丟臉，你又會得到什麼呢？無論如何我總不是外人。」

溫希特爾用嚴厲的口氣說：「我不願意聽這樣的話！」

阿羅比丁自認為堅如磐石的依靠，看起來已經動搖了，他的自尊心和富翁身分受到了沉重的打擊，但是他到現在仍然相信金錢的威力，他對他的經理說：「經理先生，請拿出一千盧比的鈔票送給鹽務官先生吧，他現在正像餓急了的獅子呢！」

溫希特爾生氣地說：「別說一千盧比，十萬盧比也不可能使我離開正道！」

阿羅比丁心裡對他這種愚蠢而又頑固的責任心和非凡而又少見的捨棄精神很是惱恨。現在兩種力量開始爭鬥，金錢跳躍式地展開進攻，從一千到五千，從五千到一萬，從一萬到一萬五千，甚至從一萬五千到了兩萬，但是責任心卻以非凡的勇氣像高山一樣毫不動搖地獨自屹立在這龐大的數目面前。

阿羅比丁失望地說：「現在我不敢再加了，下面聽憑你吧！」

溫希特爾命令班長動手。伯德魯・森赫心中一面咒罵鹽務官先生，一面向婆羅門阿羅比丁走去，婆羅門先生不知所措地退了幾步，用非常可憐的口氣說：「先生，請看在老天爺的面上，開開恩吧！我打算出二萬五千盧比來解決這個問題。」

「這是不可能的事。」

「那三萬呢？」

「無論怎樣也不可能。」

「難道四萬盧比也不行嗎？」

「別說四萬盧比，就是四百萬盧比也不可能。伯德魯・森赫，現在馬上把這個人拘留起來，我一個字也不願再聽了。」

責任心完全把金錢踩在腳下。阿羅比丁看見一個粗壯的人拿著手銬向他走來，他用失望而又痛苦的目光向周圍打量，接著突然昏倒在地。

4

昨天晚上人們上床睡覺，但他們卻沒有真正入睡，事情連夜傳開了。一大清早，就可以看到婦孺們都在傳誦昨晚的事件，不管碰到什麼人，都能聽到他在議論婆羅門先生的違法行為，大家都譴責他，好像世界上從此不再有任何罪過。那些把水充當牛奶賣的養牛人、報假帳的官員、不買票坐火車旅行的先生、偽造文件的富商和銀行老板，這些人個個都神氣得像個天神。當婆羅門阿羅比丁作為被告，手上戴著手銬，

內心充滿痛苦和憤恨，羞愧地低著頭，隨同士兵們一起走向法庭的時候，全城都轟動了；人們在逛廟會時的目光也沒有這麼急切，法庭內外的陽台和牆上都站滿了人。

法庭上的人都在等待他的到來。婆羅門阿羅比丁是這密密麻麻像森林一般人群中的雄獅，官員們是他的崇拜者，工作人員是他的勤務員，律師們一個個都俯首貼耳，至於聽差、僕役和門房，簡直都是他無代價的奴隸。一看到他，這些人從四面八方跑上去迎接他。

人們都感到奇怪，奇怪的不是阿羅比丁為什麼竟做出這樣的事來，奇怪的是他怎麼陷進了法網。一個擁有萬能的金錢的人，同時還是一個有無比雄辯的口才的人，竟然會落入了法網？每一個人都對他表示同情。為了妥善地阻止這次對他的攻訐，大批律師作好了準備。在正義的戰場上，天職和金錢展開了殊死的爭鬥。溫希特爾一聲不響地站著，他除了真理以外別無其他力量，除了毫不含糊的言詞以外別無其他武器，雖有證人，但由於貪財他們都動搖了。

甚至溫希特爾在正義這一問題上也感到有點站不住腳了。雖然這是伸張正義的法庭，但是法庭裡的所有工作人員都偏袒對方。偏袒和公正怎麼能調和起來呢？凡是有偏袒的地方，就不可能再去奢望有公正的存在。案子很快就結束了，副縣長在自己的判決中寫道：「控告婆羅門阿羅比丁所提出的證據是沒有根據的，也是令人迷惑不解的；他是一個非常有威望的人物，無法想像他會為了這一點微不足道的好處就那樣冒險。雖然鹽務官溫希特爾沒有太多的過錯，但是非常令人遺憾的是，他的粗暴和缺乏理智使得一個好人不得不忍受折磨。我們高興的是他對自己的職責是小心謹慎的，但是由於對鹽務部門過分的忠誠卻損害了他的理智和頭腦，對此，以後他應該小心。」

律師們聽了這個判決，高興得跳了起來。婆羅門阿羅比丁笑著從法庭裡出來時，他的親戚朋友散發了許多錢財，大表了慷慨之心，這種施捨的熱鬧場面甚至震撼了法庭。當溫希特爾從法庭走出來的時候，諷刺他的話像箭一樣從四面八方向他射來，聽差們給他低頭行了禮。這時，嘲諷的話和眼色卻使他自傲的心情更加強烈了，也許這場官司打贏了，他也不會像現在這樣大搖大擺地邁著步子。今天他對這個世界有了痛心而又奇怪的感受，公正、學識、榮譽、稱號，法官長長的鬍鬚、寬大的法衣，沒有一種是真正值得尊敬的！

既然溫希特爾和錢財結下了仇，那他必然要付出代價。不出一個星期，解除他職務的通知來了，他得到了盡忠職守的懲罰。可憐他懷著一顆破碎的心，帶著悲憤的情緒回家去了。

他年老的父親早就在向人嘀咕著：「離家找工作的時候我勸過這孩子，可是他一句也沒有聽進去，只知道一意孤行。我忍受商店老板的逼債，成天誠心敬神，而他到那裡後還是只賺幾個乾巴巴的工資！我們也做過公事，雖然沒有什麼官銜，還是大大方方地把工作做好了，而這個小子卻硬充誠實的人。正如俗話說：即使家裡漆黑，也要讓清真寺大放光明[3]。這樣的一副腦筋真叫人遺憾，書全都白讀了。」

隔沒多少日子，當溫希特爾狼狽地回到家裡的時候，年老的父親一聽他說，兩隻拳頭就不住地敲打著頭。他說：「真想讓我們兩人一起同歸於盡。」他悔恨而又懊喪地不停地搓著兩隻手，在忿恨中說了很難聽的話，如果溫希特爾不從那裡走開，他的忿恨一定會發作到更可怕的地步。年老的母親也很難過，他的兄弟傑格那特和拉默西瓦爾出外旅行的希望也告吹了，他的妻子有幾天沒有好好跟他說一句話。

這樣過了一個星期。有一天傍晚，年老的父親正坐著，口裡不停地在頌羅摩[4]，這時有一輛很講究的牛車來到他家門口停下來，一對西部產的高大的牛，脖子上掛著藍色的纓絡[5]，牛角上還有青銅作裝飾，牛車上掛著綠色和粉紅色的窗幔，幾個佣人肩上背著棍子跟隨著。

老人趕去歡迎客人，一看，原來是婆羅門阿羅比丁，他深深地把頭低下來行禮，並開始大加奉承：「您的貴體光臨了這個家門，這是我們的幸運。您是我們可敬的神，我們有什麼臉見您呢？我們的臉已經

3：有諺語稱：先點自家的燈，後點清真寺的燭。這裡是指先人後已。
4：羅摩即史詩《羅摩衍那》中的中心人物，被神化。頌羅摩即念經頌神。
5：以珠玉綴成的裝飾品。

丟盡了，不過又有什麼辦法？我兒子是一個倒霉的敗家子，要不為什麼要迴避您呢？老天爺即使要使人斷子絕孫，也別給這樣的兒子！」

阿羅比丁說：「不，不，老兄，請別這麼說。」

老頭子詫異不解地說：「有這樣的兒子還能說什麼？」

阿羅比丁用憐愛的口氣說：「世界上那些光宗耀祖的人中，又有多少人為了盡天職而能夠獻出自己的一切呢？」

接著阿羅比丁對溫希特爾說：「鹽務官先生，若是單純為了奉承你，我沒有必要前來自找麻煩。那天晚上你運用自己的權力把我拘留了起來，但今天我是自願來接受你的拘留。我見過成千上萬的富翁和貴族，跟成千上萬的達官貴人打過交道，但是擊敗了我的卻是你。我把他們變成了我的或者說我的金錢的奴隸……你允許我向你提點要求嗎？」

適才，溫希特爾一見到阿羅比丁，也站起身來迎接他，但是自尊心讓他以為這位先生是羞辱他和故意氣他而來的，所以沒有表示請他原諒，而且他對父親那些阿諛奉承的話感到很不能忍受，但是聽過婆羅門先生的話之後，他心中的嫌隙全消了。他抬頭用目光很快地掃了婆羅門先生一下，發現他流露出來的是善意，驕傲的心情在羞愧的心情面前屈服了，他難為情地說：「您這樣說，是您的寬大為懷。之前對您不禮貌的地方，請您原諒。當時我是受著天職的束縛，要不，我本來就是您的奴僕。現在您有什麼吩咐？我一定俯首聽令！」

阿羅比丁用謙虛的調子說：「在葉木那河的渡口邊，你沒有接受我的請求，但是今天你得接受我的請求了！」

溫希特爾說：「我又有什麼資格呢？不過有需要我為您效勞的地方，我保證絕不會出什麼差錯。」

阿羅比丁拿出了一張貼有印花稅票的文書，放到溫希特爾面前說：「請接受我的這個職務，在上面簽個字吧！我是婆羅門，只要你不解決這個問題，我是不會離開大門的。」

溫希特爾拿起那張文書一看，感激的眼淚奪眶而出。婆羅門阿羅比丁委派他擔任他所有財產的終身經理，除了年薪六千盧比，還補助日常的生活開支，出門有馬，居住有公館，免費配備僕役人等。他用顫抖的聲音說：「婆羅門先生，我沒有能力來稱頌您這樣的慷慨精神，也沒有能力接受這麼高的職位。」

阿羅比丁笑著說：「現在我就是需要一個沒有能力的人！」

溫希特爾認真地說：「我本來就是您的奴僕。對我來說，能夠爲您這樣有聲望的高尚的人效勞是幸運的事。但是，我一沒有學問，二沒有智慧，而且也沒有彌補這些缺陷的經驗，這樣偉大的事業需要有一個學識淵博的富有經驗的人才行。」

阿羅比丁從筆盒裡取出了筆，把它放在溫希特爾的手裡說：「我希望的不是智慧，不是經驗，也不是學識，更不是工作能力。對於這些有利條件的重要性，我已經有所認識了。現在我有幸而又有緣，得到了這樣一顆寶石，在它面前，能力和學識都黯然失色。請拿起筆，不要再考慮了，簽字吧！我請求大神，讓他永遠使你成爲河邊那一位不講情面、耿直、嚴厲，然而卻又善盡天職的鹽務官。」

溫希特爾的眼中充滿了熱淚，他那狹窄的心房裡容納不下這麼巨大的恩情。他再一次用他那虔誠和崇敬的目光看了看婆羅門先生，然後用發抖的手在委派他爲經理的文書上簽了字。

阿羅比丁興奮地和他緊緊地擁抱在一起。

1913.12

兩兄弟

曾經有一個時期，
他們坐在同一個搖籃裡，共同在一個胸脯上吸奶……

I

在清晨美好的金色陽光下，格拉沃蒂將兩個孩子放在大腿上，給他們餵牛奶和麵餅。大的叫格達爾，小的叫馬特沃，兩個孩子嘴裡含著餅，蹦跳了幾下又爬到母親的大腿上坐了下來。他們用含糊不清的語言重複這樣一個要求，它是古代一個富有同情心的詩人以一個受凍孩子的心聲表達出來的：

「天神啊！你的孩子冷得直發抖，
趕快給他蓋間屋。」

母親親切地叫他們大口大口地吃餅，她內心充滿對孩子的慈愛，眼中閃耀著作爲母親的驕傲神色。兩個孩子慢慢地長大了，手攜手遊戲。格達爾比較聰明，而馬特沃身體結實，兩兄弟的關係非常親密。他們一同去上學，一同吃飯，睡覺也在一起。後來兩兄弟都結了婚，格達爾的妻子叫金巴，口齒伶俐，能說會道，性格活潑。馬特沃的妻子叫希亞瑪，棕色的皮膚，長得很美麗，說話和氣，性格文雅、沉靜。

格達爾很愛他的妻子金巴，而馬特沃也和自己的妻子希亞瑪感情很好，但是，母親格拉沃蒂卻和哪一個媳婦也不太合得來，她對她們兩人既滿意又不滿意，她想盡力使金巴的一部分才能和希亞瑪的一部分沉靜彼此交換一下，不過她在這方面的開導沒有起多少作用。

兩兄弟都有了孩子，弟弟像一棵枝繁葉茂的樹，果實累累；哥哥像一棵枯樹，只結了一個顯得枯黃的果子。但是兩人都不滿意，弟弟渴望錢財，哥哥渴望孩子。

命運的捉弄，使他們慢慢地產生了隔閡，這是很自然的。希亞瑪成天都在照料和護理自己的孩子，她連抬頭的時間也沒有；可憐的金巴不得不燒火、作飯、推碾子、磨麵，這種不公平有時就通過難聽的言詞發洩了出來。希亞瑪聽後很氣憤，但不聲不響地忍受著，可是她的忍耐不僅不能平息金巴的惱怒，反而使她更加生氣，甚至掩蓋不住怒火。野鹿無路可逃的時候還要向獵人衝來，金巴和希亞瑪像兩條平行線一樣分開了。有一天，他們家裡生了兩個灶；兩兄弟都沒有吃飯，格拉沃蒂哭了一整天。

2

幾年的時間過去了。曾經有一個時期，兩兄弟坐在同一個搖籃裡，在同一個碟子裡吃飯，共同在一個胸脯上吸奶。如今，在一個家裡，甚至在同一個村子裡都待不下去了。不過，爲了不給家族丟臉，他們極力掩蓋互相嫉妒和仇恨的烈火，儘管這樣做是枉然。他們之間再也沒有兄弟之愛，只能表面維持兄弟關係的空名。母親現在還活著，但每每看到兩兄弟這樣彼此仇視就暗自流淚。她心裡還有母愛，然而眼裡再也沒有作爲母親的那種驕傲的神色。還是原來的花朵，卻失去了原有的光澤。

當兩兄弟還小的時候，這一個看到那一個哭也會跟著哭，那時他們幼稚純樸不懂事；今天，這一個看到另一個哭時就會笑，因爲現在他們懂事了，聰明起來了。當他們還不分彼此的時候，如果有一個人逗他們中間的一個，威脅著要把另一個帶走時，這一個就會在地上打滾，大哭大鬧，抓住那個人的衣角不放；現在如果是死神來威脅一個時，另一個也不會流一滴眼淚，因爲他們現在要分彼此了。

可憐的馬特沃處境很慘，他開支多，收入少，另外還得維持家族的門面。內心即使想哭，但臉上還要帶著笑；內心即使陰沉昏暗，但外表的衣服卻要色彩鮮明。他有四個兒子，四個女兒，而日常生活用品又很貴，幾畝田產哪能維持得了？男孩子們結婚還可以量力而行，但是女兒們出嫁就搪塞不過去了。大女兒結婚的時候花掉了兩畝地，儘管如此，迎親隊連飯也沒有吃就起身而去。其餘的地在第二個女兒結婚時又花掉了。一年以後第三個女兒又結婚了，這時家裡花得什麼也不剩了。不過，這一次親家送來的衣物首飾倒還不少，但是這樣的東西送到窮人家裡，等於一塊肉落到狗的嘴裡一樣。

3

還沒有等到第三個女兒圓房[1]的日子到來，法院就簽發了拘票，因爲馬特沃已經有兩年沒交稅了。他把第三個女兒親家送來的首飾抵押後才算脫身。金巴正等待著這樣的時機，馬上給馬特沃的親家送去了信，說：「你們還被蒙在鼓裡，這兒你們的首飾已經被搞光了。」

第二天，一個理髮師和兩個婆羅門[2]找上了馬特沃家的門。可憐馬特沃的脖子像被套上了絞索，他一無土地，二無錢財，三無林木果園，錢到底要從哪裡來呢？至於人們對他的信任，也早已不存在了。如果說現在還有什麼財物的話，就只有兩間房了。這兩間房他住過大半輩子，是不會有買主要買它的。愈拖時間，愈丟面子，不得已，他來到哥哥格達爾身邊，熱淚盈眶地說：「哥哥，現在我的處境非常困難，幫我一下吧！」

格達爾回答道：「馬特沃，說老實話，最近我手頭也很緊。」

金巴用權威的口氣說：「難道對他我們還能說手頭緊嗎？分開來吃飯，難道體面也分開了不成？」

1：印度的一種婚姻習俗，男女舉行婚禮之後，經過若干時日再同居，稱圓房。

2：印度習俗：理髮師往往充當媒人，而婆羅門則是看吉日和主持婚禮的人。

格達爾偷看一下自己的妻子說：「不，不，我不是這個意思。手頭緊又有什麼關係？總還可以想辦法安排的。」

金巴問馬特沃：「首飾抵押了一百多個盧比嗎？」

馬特沃回答道：「對，連同利息共一百二十五個盧比。」

格達爾原來正在朗讀《羅摩衍那》ᢋ，這時又讀了起來。金巴開始談到實際的問題：「錢的數目很大，如果我們有的話，那就算不了什麼，但是我們也得向人借，不寫抵押的字據，債主是不借錢的。」

馬特沃心想：如果我有東西作抵押，那其他債主難道都死光了？幹嘛還求上你的門？他說：「我還有什麼可作抵押的呢？如果說還有點什麼財產的話，那只有這兩間房了。」

格達爾和金巴彼此交換了會意的眼色，暗自思忖，難道平生朝思暮想的願望今天真的要實現了嗎？但心頭的這種興奮他們卻不表露出來，表面上裝得很謹慎。

金巴很嚴肅地說：「拿房子抵押，恐怕沒有一個債主肯借錢。如果房子是在城裡，那還可以有房租的收入，但在農村中，白白叫人住，人家還不願意哩！何況還是共有的房子。」

格達爾害怕了，他擔心要是金巴說得過分了，事情會弄糟，於是連忙說道：「我倒認識一個債主，給他說說也許會願意的。」

金巴點頭讚許這個辦法：「不過，超過五、六十個盧比怕不大容易。」

格達爾狠了心說：「逼他一下，會願意給八十盧比的，八十個盧比算得了什麼！」

這時金巴狠狠地盯了格達爾一眼，冷冷地說：「債主可不是不長眼睛的人。」

馬特沃多少感覺到一點哥哥嫂嫂心底的盤算，他覺得很奇怪，兄嫂何時成了這樣精明的人了。他說：「那其餘的錢從哪裡來呢？」

ᢋ：《羅摩衍那》本是史詩，亦被當作宗教經典，這裡不是指文學欣賞而是指念經。

金巴不耐煩地說：「其餘的錢你再自己去張羅吧！反正這一輩子也不會有人出一百二十五個盧比買這兩間房，如果你願意抵押八十個盧比，那我們就找個債主說妥，把字據寫好。」

馬特沃對那些捉摸不透的話產生了懷疑，他害怕兄嫂對他耍陰險手腕，於是堅定而執拗地說：「其餘的錢我怎麼再去張羅呢？如果家裡有首飾，那我會說，拿錢來，我把首飾作抵押。現在我是連一根線也沒有了。要丟臉，五個盧比也是丟臉，五十個盧比也是丟臉，反正是一回事。如果把房子賣掉或抵押出去，還能留下面子，那我勉強還能答應，如果房子也沒有了，還要丟醜，那我可不幹。我只是從名聲著想，要不，我什麼也不理，誰能把我怎麼辦？說實在的，我並不是擔心我自己的名聲，有誰知道我？人家會恥笑哥哥。」

格達爾沉下臉來，金巴也感到有點驚訝，她是很能說會道的女人，卻怎麼也沒想到，馬特沃這個土包子這麼堅決。她懷著一點敬意朝馬特沃看了一眼，說：「兄弟，你有時也像孩子一樣說話，憑這座破房子有誰會給成百盧比的錢呢？別說一百二十五個盧比，你就給一百盧比，我今天馬上就賣掉我這一半房子，我不是也有一半嗎？你可以得到抵押房子的八十個盧比，至於其餘的錢，那由我們給你想辦法好了。我們的名聲和你的名聲不是一回事嗎？名聲是不會有什麼損害的，不過那其餘的錢另行作帳罷了。」

馬特沃的意願得到滿足了，他算獲得了勝利。他想：反正我要的是錢，管它記在一個帳上，還是記在十個帳上。至於房子，他是絕對丟不掉的。他高興地走了。格達爾和金巴在他走後不再裝什麼樣子了，好長一段時間裡，他倆彼此盡力證明對方是這一筆狠心交易的主謀。不過最後他們的心裡還是滿意了，因為這一頓筵席雖然味道不美，畢竟很豐盛。今後他們要看，希亞瑪這位貴婦人在這個家裡如何作威作福！

格達爾的家門口繫著兩頭水牛，這兩頭牛感情非常好，彼此十分友愛。兩頭牛一同拉犁，牠們只有這麼一種共事關係；可是幾天前，當其中一頭牛被金巴的娘家借去後，另一頭牛竟三天不吃草料。然而可悲的是，在一個胸脯上吸過奶，在一個懷抱裡玩過的一對親兄弟，竟然視彼此爲路人，甚至不願同住在一個家裡。

4

大清早，格達爾的門口坐著村長和村上的收稅員，文書達達德亞爾洋洋自得地坐在床上一心一意在起草抵押字據；他一次又一次地整理他的筆，一次又一次地改他的書法，但是書法仍不怎麼好看。格達爾興致勃勃，而金巴更是心花怒放；馬特沃則臉色陰沉，精神萎靡不振。

村長說：「互相照顧彼此的利益，才是兄弟，不然就只能算仇人。格達爾維護了弟弟的體面。」

收稅員附和著說：「要說兄弟，這才稱得上兄弟！」

村上的一位頭人[4]說：「老兄，講究孝悌的人才能這樣做呀！」

達達德亞爾問道：「抵押字據寫誰的名字？」

格達爾說：「馬特沃・沃爾德・希沃德得。」

「接受抵押收據人的名字？」

「格達爾・沃爾德・希沃德得。」

馬特沃驚異地望著哥哥，眼淚瞬間奪眶而出。格達爾沒有敢看弟弟。收稅員、村長和那位頭人也感到奇怪，難道是格達爾本人在借錢給馬特沃？本來是和某一個債主談定的呀！既然家裡有錢，那有什麼必要寫抵押字據呢？兄弟之間竟然這麼不信任！啊！老天啦老天！難道馬特沃連八十個盧比也不值嗎？就算馬特沃以後賴了，難道錢是丟進水裡了嗎？

[4]：頭人指的是「地保」，地方上的基層幹部。

所有人用眼神彼此會意，他們都陷入了無限驚異之中。

希亞瑪站在門口，她原先一直對格達爾懷著敬意，但如今只是礙著傳統的人情約束，才沒有公開挖苦這位大伯。

年老的母親聽了，枯乾的眼眶裡也老淚縱橫。她望了望蒼天，接著捶打自己的頭額。

突然，她憶起過去曾有一天，也是這樣一個美好的金黃色的早晨，兩個可愛的孩子坐在她的懷裡，有時蹦下地，有時又爬到大腿上，吃著牛奶和麵餅。那時她這個母親的眼中閃耀著多麼驕傲的神色，內心又是多麼興奮和愉快！

而今天，啊！今天的眼中則是羞愧，心中則是悲憤，她的兩眼望著大地，沉痛地說：「啊！老天爺！我注定要生出這樣的孩子嗎？」

1916.01

他拿起那些帳單扔到桌子底下，接著用腳踩爛它們。

沙爾達爾先生的懲罰

I

和普通人一樣，沙加汗地區的工程師沙爾達爾・西瓦辛赫既有優點，也有缺點。他的優點是公正、有同情心，而且兩者密不可分；他的缺點是不貪財、不自私。他的優點使得他的下級人員既大膽，又偷懶；他的缺點又使得他那單位所有的官員一個個成了他的死對頭。

一天大清早，他準備動身去視察某座橋樑工程，但是他的馬車夫還睡得正香。前一天晚上，他還提醒過馬車夫，要他天亮以前就把馬車準備好，可是現在天已經大亮了，太陽也已經高高升起，陽光都變得熾熱起來了，馬車夫還睡著未醒。

沙爾達爾先生站得疲乏了，就在一把椅子上坐了下來。好不容易馬車夫醒來了，但聽差又不知哪兒去了。一個去取郵件的聽差，正站在一座太古爾神廟前面等散發神水[1]；而那位去叫承包商的聽差，則正陪同拉姆達斯大爺抽大麻煙。

陽光更加熾烈，沙爾達爾先生氣忿地回到屋子裡，他對妻子說：「太陽這麼高了，到現在連一個聽差的影兒也沒有，這些人真使我煩透了！」

妻子把臉對著牆，說這一切都是他放縱的結果。

沙爾達爾先生說：「那怎麼辦？難道把他們一個個都絞死不成？」

1：太古爾神廟即信奉毗濕奴大神的神廟，獻給神的水被認爲是聖潔而又珍貴的東西。

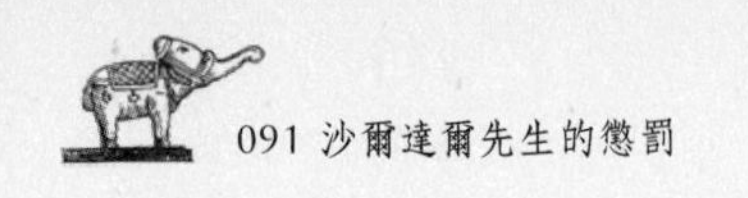

2

沙爾達爾先生身邊別說小汽車，就連一架四輪馬車也沒有，他滿足自己的兩輪馬車，而這馬車被他的僕人們稱作是飛船；不過，城市裡的人卻不肯這麼尊重地稱呼它，他們認爲乾脆叫它牛車更合適些。同樣，沙爾達爾先生在其他方面也很節省，他有兩個弟弟在阿拉哈巴德讀書，守寡的母親住在貝拿勒斯，還有一個守寡的姐姐都要靠他養活；除此之外，他還給幾個青年人一些私人獎學金，因此，他的手頭往往是空的，甚至從他的衣服上也可以看出這種經濟拮据的跡象。

儘管必須忍受這些不便，但他仍然不讓自己有絲毫貪財之心。和他有交情的那些人都稱讚他的廉潔，把他當作非凡的人，因爲他的廉潔對他們沒有造成什麼損失。而那些與他有業務關係的人，卻不買他高尚品格的帳，因爲這給他們造成了損失，甚至他還經常免不了要從妻子口中聽到一絲不愉快的話。

有一天他從辦公室回家，他的妻子好意地提醒他說：「你的這種廉潔有什麼用呢？所有人都不說你一個好字！」

沙爾達爾堅定地回答：「人們願意怎麼說，就怎麼說吧！老天爺總有眼嘛！」

他的妻子拉馬早就料到他會這樣回答，她說：「我不是和你爭論，可是你得好好想一想、看一看，你的這種廉潔公正給人家什麼影響？你拿的工資不少，如果不伸手，照樣能生活下去，粗茶淡飯總也不缺，可是那些拿十個八個盧比工資的聽差、文書、職員等等，他們這些可憐人怎麼過日子呢？他們有孩子，也有家庭，也一樣要應付婚事、喪事、過年、過節等節日、習俗，不充當體面人又不行。你說，他們該怎麼過日子？剛才聽差拉姆丁的妻子來過，上衣都哭濕了一大片。女兒已經成年了，該讓她出嫁了；種姓又是婆羅門，要花成千盧比的錢。你說，她向誰哭訴去？」

這一切確是事實，沙爾達爾先生不能否認。他自己在這方面也曾想過很多，所以他對待下屬的態度很和氣，但是，誠實、謙虛，即使有其精神方面的意義，又有什麼經濟價值？他說：「妳說的都是事實，但是我毫無辦法，我怎好破壞自己的信念啊？如果我能辦到，我可以給他們每個人都增加工資，但是，要叫我巧取豪奪，同時讓其他的人也巧取豪奪，這是不可能的。」

拉馬用嘲諷的語氣說：「害死人的罪責該誰負呢？」

沙爾達爾先生激動地回答道：「那些不量入為出的人，那些花錢超過自己身分和收入的人，他們該自己負責。身為一個聽差，幹嘛一定要把女兒嫁給律師的兒子呢？作為一個職員，如果還要雇請傭人，那這種犯罪並不輕於其他任何類型的罪惡。我的馬車夫的妻子要是想戴銀項圈，那是她的愚蠢，我不可能承擔因為愛好虛榮而造成的罪責。」

3

工程師和承包商的關係，某種程度上像蜜蜂和花的關係，花汁就叫作佣金；如果他們不過分追求獲得超過自己所應得的部分，那他們彼此誰也不會有什麼不滿。賄賂既可以毀滅一個人的這一輩子，而且能毀滅下一輩子，賄賂中包含有恐懼、偷盜的味道，也包含有惡名；佣金卻是迷人的花園，在這裡既沒有必要害怕人，也沒有必要害怕老天，甚至於不用擔心良心受到譴責，可以說有很多好處，一句話，惡名是沾不上的。這樣說吧！佣金就如同用來祭祖的犧牲，儘管這是一種殺生，但卻是宗教範疇的一部分，是可以被接受的。因此，在這樣的情況下，如果沙爾達爾・西瓦辛赫仍然不讓自己光明磊落的行為染上污點，並以此而自豪，那他的確應該受到寬恕的。

三月的某一天，總工程師先生要來區裡檢查工作，可是工程建築還沒有完工，道路沒有修好，承包商連土和石子也沒有運齊。

沙爾達爾先生每天都催促承包商，可是沒有一點效果。一天，他把承包商召集起來，他說：「你們是不是想把我在這個地方的名聲搞臭，以便攆我走？我對待你們並不壞，我真想把工作從你們手裡接過來，自己指揮來做，但我覺得讓你們受損失不妥。結果，現在該我受到懲罰，是吧?!」

承包商離開時，互相交談起來，戈巴爾・達斯先生說：「現在他該嘗到一點滋味了！」

謝赫巴茲・汗說：「不管怎樣，如果他的靈柩從這裡抬走，那……。」

糾尼拉爾大老板說：「我認識總工程師，我和他一起合作過，他一定會好好數落他一頓的。」

對此，赫利達斯老者教訓大家：「朋友們，這是個人私利的問題。要不，說一句真話，他不是人，而是神。別的暫且不說，一年的佣金大約得有一萬盧比吧！不把這麼多錢放在眼裡難道是簡單的事？而我們呢，爲幾個小錢就到處出賣良心。一個公正的人，和我們沒有一點兒銀錢上的交往，忍受各方面的艱難，可是良心一點兒不動搖，對這樣的人我們卻不得不採取這麼低下和卑鄙的態度，如果這不可悲，還有什麼才可悲呢？」

謝赫巴茲・汗說：「不錯，這點是毫無疑義的，這個人是一個善良的天使。」

糾尼拉爾大老板嚴肅地說：「汗老爺，事情的確像你說的一樣，但是怎麼辦呢？好心有什麼用？這個世界哪裡不是充滿欺騙？」

戈巴爾・達斯先生是大學畢業生，他驕傲地說：「如果他原來就打算這樣做的話，那又有什麼必要承擔公務呢？誰不知道，保持光明磊落的作風是好事，可是也應該看一看這對人家產生什麼樣的影響呀！

我們需要的人是：他自己吃，也請我們吃；或者說他自己吃好的，讓我們吃差一點的；他取一個盧比的佣金，讓我們得到幾十個盧比的利潤。而這位先生算什麼？所以你願意怎麼說就怎麼說，反正我是始終和他合不來的。」

謝赫巴茲·汗說：「保持好的品德和清廉當然是好事，但是那種要人家命的好品德有什麼好處？」

凡是同意赫利達斯老者的人都開始附和戈巴爾·達斯的話了，在怯弱的人當中，真理的光輝只不過像螢火蟲的閃光而已。

4

沙爾達爾先生有一個女兒，已經決定嫁給默拉特一個律師的兒子；律師的兒子是一個很有出息的青年，種姓門第也很高。沙爾達爾先生奔忙了幾個月才定下了這門親事，一切都準備好了，只有陪嫁一項還未談妥。今天律師先生來了一封信，他把陪嫁的問題也決定下來了，但是與原來的想法、願望和許諾完全相反。

先前，律師先生認為同一個區的工程師確定陪嫁的多少是毫無意義的，所以表現出了廉價的慷慨大方。不過，後來他對自己的作法有點懊悔，在多方打聽到沙爾達爾先生的財產底細之後，他認為把陪嫁的數目決定下來是非常必要的。沙爾達爾猶疑不決地拆了信，信中寫道：「陪嫁少於五千盧比則婚事難以成功。」律師先生表示自己難過又羞愧，關於這方面他是被迫才表明態度的；全是他同族幾位閱歷豐富的長者和沒有什麼頭腦而又自私的人物使他動彈不得，他毫無辦法。工程師先生長嘆一口氣，一切希望都破滅了；原來想的一套，現在已經完全變了。他不安地在房中走來走去。

過了一會兒，他把信拿起來往裡屋走去。他想把信念給拉馬聽，但是接著又想，他從拉馬那裡是休想得到同情的，幹嘛要暴露自己的弱點呢？幹嘛充當傻瓜呢？她不挖苦一陣是不會談問題的。這樣一想，他又從院子裡走了回來。

沙爾達爾先生天性是一個十分好心腸的人，溫柔的內心受不了這種挫折，他痛苦和懊喪地想著：「我是做了什麼壞事而得到這樣的後果呢？經過幾個月奔波才成功了的事，又毀於一旦了。現在我是無能為力了，我沒有辦法掌握自己了。周圍都是一片黑暗，哪兒也沒有一線希望，沒有一個人來幫助我。」想到這裡，他的兩眼濕潤了。

前面桌子上，放著承包商的帳單。

這些帳單擱在桌子上已經有幾個星期了，沙爾達爾從來沒有打開看過。在今天這種痛苦的心情和失望的氣氛下，他忍不住用一種貪婪的眼光看了看。他知道，只要稍稍暗示一下，全部的困難都可以解決，聽差和職員會按照他的意思把一切辦妥，根本不需要感到羞愧和不好意思。這樣的想法變得如此強烈，以至於他不自覺地把帳單拿起來仔細觀察和計算起來，看從中能得到多少利潤。

但是，良心很快又使他醒悟過來。啊！我陷進了什麼迷霧中？難道我要把我那聖潔的靈魂，僅僅因為一點錢財就完全犧牲掉嗎？我在同事面前昂首為之驕傲的榮譽和尊嚴，那些坐小汽車的兄弟們還因此而不敢抬頭看我，難道今天為了幾千上萬的盧比就要拋棄全部的榮譽和尊嚴，拋棄所有的精神財富？這樣做絕對不行！

為了打消那曾經在頃刻間戰勝了他的錯誤思想，他在冷清清的房間裡大聲狂笑起來，不管那些帳目和房間的牆壁是否聽到了他的笑聲，但是他的靈魂肯定聽見了，他的靈魂在通過一場嚴厲的考驗之後感到極大的愉快。

沙爾達爾先生拿起那些帳單，把它們扔到桌子底下，接著用腳把它們踩爛，這才帶著勝利的微笑走進裡屋去。

5

總工程師先生按預定的時間來到了沙加汗地區，沙爾達爾先生的不幸也跟著他一起來了，地區裡的工程都沒有完工。

總工程師的廚師說：「老爺，工程怎麼能完工呢？沙爾達爾先生總是找承包商的麻煩，總會計師又發現辦公室的帳目混亂有錯。」沙爾達爾既沒有宴請他，又沒有給他送什麼禮物，他也不是沙爾達爾的什麼親戚，還有不挑他的毛病的嗎？

區裡的一些承包商準備了一份很體面、很值錢的禮物，他們把它送到總工程師的面前說：「老爺，即使把我們槍斃也罷，沙爾達爾先生的專橫跋扈實在使我們受不了了。說起來是不要佣金，實際上，簡直是要命。」

總工程師在視察報告中寫道：「沙爾達爾・西瓦辛赫是很老實的人，他的行爲是光明磊落的，但是他擔負不了這個大區的工作。」

結果是他被派到一個小小的區裡，而且還降了級。

沙爾達爾先生的朋友和老相識爲他舉行了一個盛大的宴會，會上大家稱讚他忠實履行職責的精神和豪爽性格，會議主席含著眼淚用顫抖的聲音說：「沙爾達爾先生離開我們，給我們造成了終身難忘的痛苦，這一傷痕是永遠癒合不了的。」

但是送別的宴會證明了：在美味的佳餚中，離別的痛苦並不那麼令人難於忍受。

出發前的一切都安排妥當了。沙爾達爾先生從宴會上回來，拉馬發現他垂頭喪氣，臉色陰沉。她曾一再跟他說：送點賞錢給總工程師的廚師，請總會計師吃飯，可是沙爾達爾先生沒有接受她的意見。所以當她聽說他降了級，又調動了工作時，她曾非常冷酷地諷刺過他；但是，現在看到他一臉垂頭喪氣時，她再也忍不住了。她說：「為什麼這麼垂頭喪氣呢？」沙爾達爾先生回答說：「那又怎麼辦？要我笑嗎？」拉馬嚴肅地說：「是應該笑。那為了幾個錢而玷污了自己靈魂的人，那為了金錢而出賣了崇高信譽的人，他們才該哭呢！這不是對做了壞事的懲罰，這是對善良和廉潔的懲罰，應該高高興興地忍受。」

說完，她看了丈夫一眼，眼中充滿真誠的愛，沙爾達爾先生也以飽含深情的目光看著她，發現妻子的臉上煥發出真正欣喜的神色，他緊緊地擁抱了她，說：「拉馬，我需要妳的同情。現在我能愉快地忍受這種懲罰了。」

1916.11

犧牲

他坐在田埂上哭了幾個鐘頭，像在與它們告別！

I

一個人的經濟狀況對他的名字有著極大的影響。維拉村的門格魯・太古爾自從當上了警察以後，他的名字就改叫作門格爾・辛赫[1]，現在，沒有一個人敢再叫他門格魯了；餵牛的加爾魯自從和警察局長交上了朋友，並且當上村長之後，他的名字也變成了伽利加丁[2]，如今要是誰再叫他加爾魯，他就會對你怒目而視。

同樣，農民赫爾克・金德爾現在變成了赫爾庫[3]了。距今二十年前，他家裡有幾張犁耕的土地[4]，還製土糖，生意做得頗為興旺；可是，當外國糖一進來，就把他給毀了，買主慢慢的沒有了，製糖的作坊已經倒閉，地皮已經出讓，而他自己也就倒霉了。

過去他習慣坐在放有枕墊的躺椅上喝椰子汁，如今已是七十歲的老人，卻仍然頭頂糞筐到地裡去施肥。不過，到現在為止，他的臉上還保留著一種嚴肅的神情，談話中還帶有一點高傲的口氣，行動上處處還表現出一種自尊心，在這些方面還沒有受到時代進程的影響。光景不如從前，但是遺風尚在，好日子始終要給人的性格上打上烙印的。現在赫爾庫只有五畝地[5]，兩頭耕牛，種一張犁耕的土地。

不過在鄉村長老會上，在人們發生糾紛時，他的意見仍然受到尊重；他講話很公正，村子裡沒有受過教育的人在他面前是不敢開口的。

1、2：門格爾・辛赫和伽利加丁都是表示有身分的人的名字，兩人原來的名字比較粗俗。
3：這個名字表明身分已降低。
4：印度用兩頭牛拉犁，一張犁的土地大約相當10畝左右。
5：其實這5畝地是指有權耕種的土地，所有權並不屬於他。

赫爾庫在自己的一生中從來沒有吃過藥，他生過病，在秋季也逃不掉瘧疾的折磨，但是他不吃藥，過上十天八天，自己也就好了。

今年八月裡他又病倒了，他仍以爲會自己好的，所以根本沒有理會。但是，這一次的高燒看來要置他於死地，一周的時間過去了，又一周的時間過去了，甚至過去了整整一個月，但赫爾庫仍然爬不起床來，這時他才覺得有吃藥的必要。他的兒子吉爾塔利有時給他喝楝樹汁，有時叫他喝蘆根湯，可是沒有什麼效果，於是赫爾庫心裡明白，他離開這個世界的日子即將到來。

有一天，門格爾・辛赫去看他，只見可憐的赫爾庫躺在破床上口裡不停地念叨著老天。門格爾・辛赫說：「大叔，不吃藥是好不了的，你爲什麼不吃奎寧呢？」赫爾庫無精打采地說：「你下次來就給我拿點來吧！」

另一天，伽利加丁也來對他說：「大叔，吃幾天藥看看吧！現在你的身子不像年輕人的身子，不吃藥是不會好的。」赫爾庫同樣有氣無力地說：「你下次給我帶點藥來吧！」

但是，看望一個病人是一回事，真正給病人拿藥來是另一回事，前者是出於客氣禮貌，後者則是出於真正的同情。門格爾・辛赫沒有關心這回事，伽利加丁也沒有，任何第三者也沒有。

赫爾庫躺在走廊裡的床上，他有時看到門格爾・辛赫經過，就說：「老弟，你有沒有給我拿藥來？」門格爾・辛赫趕快避開。他看到伽利加丁也提出同樣的問題，伽利加丁也迴避了他。要嘛是他根本沒有想到，沒有錢是要不來藥的；要嘛是他愛惜錢財更超過了愛惜生命；或者說他對生活已經失去了希望，他從來沒有談起買藥的事，所以藥也沒有買來。他的病情一天天惡化下去，以致在受了五個月的折磨以後，在灑紅節的那天，他斷氣了。

吉爾塔利爲他熱熱鬧鬧地出了殯，葬禮舉行得很隆重，宴請了幾個村子裡的婆羅門。

維拉村沒有慶祝灑紅節，既沒有灑紅粉，也沒有奏鼓樂，更沒有喝酒。有些人在心裡咒罵赫爾庫，這個老傢伙爲什麼不早幾天或晚幾天死呢？

但是村子裡還沒有人這麼不講臉面，在人家誌哀時還辦喜慶的事。鄉村裡不像在城市裡，在城市裡誰也不參與別人的活動，鄰居嚎啕大哭的聲音也傳不到我們耳裡。

2

村子裡的人都看中了赫爾庫的地。他種的五畝地靠近水井，田坎上堆滿了糞便肥料，又靠堤壩，一年可以收三季。赫爾庫一死，人們紛紛對這幾畝地打起主意來。這時吉爾塔利正忙於舉行葬禮，而村子裡一些性急的農民已經使溫加爾・那特東家安不下心來了。

他們答應向他交很優厚的禮金，有的甚至情願先交一年的地租，還有的打算寫下給雙倍禮金的字據。但是，溫加爾・那特都推掉了，他的想法是：吉爾塔利有優先權，即使他給的禮金少於其他人，那土地也該讓給他。所以，當吉爾塔利把喪事一辦完，而三月眼看著就要過去時，地主老爺溫加爾・那特把吉爾塔利叫了來，問他說：「關於土地的問題，你打算怎麼辦？」吉爾塔利哭訴著說：「我就是靠的這幾畝土地，要是我不種地，那叫我去幹什麼呢？」

溫加爾・那特說：「是的，你一定要種。土地是你們種的，我不是在勸你不種這幾塊土地。赫爾庫種了二十年，你有種這幾塊土地的權利。不過你得看看，現在地租上漲了多少。你們以前每畝付八個盧比的地租，現在有人出十個盧比，外加一百盧比的禮金。我對你可以放寬一些，地租還是以前那麼多，不過禮金你得付出來。」

吉爾塔利說：「老爺，現在我家連吃的都沒有著落哩！從哪裡弄到這麼多錢？過去剩下的一點錢，都花在幫我父親辦喪事上了。糧食還在禾場上，由於父親生病，今年產量也不太好，哪裡還有錢呢？」

溫加爾・那特說：「也確是如此，不過我不能把條件再放寬了。」

吉爾塔利說：「老爺，請不要這麼說，要不，我們真沒有活路了。您是大人物，如果您說可以，我就賣掉我的耕牛，可以有五十個盧比，比這更多的錢我就不敢想了。」

溫加爾・那特生氣地說：「你可能以為我拿這些錢會存放在家裡，舒舒服服地花這些錢，可是我們要應付的事，只有我才知道。什麼捐款啦、賞錢啦，這樣的事情把我折磨得要死。聖誕節送禮一項就要花掉幾百盧比，要是不給誰送禮物，那他就要生氣。我自己的孩子想要也要不到的東西，我得從外地買來補進我要送的禮品中去。除此以外，有時法官來了，有時收稅官來了，有時還有副縣長的衛兵，這些都是我的客人，如果不招待他們，那我就要出醜，就要成為人人所不齒的人。

一年之內，就糧食開支一項，就得給糧食商一千多盧比。這一切從哪裡來？真的，我真想把這一切拋開一走了之。可是，老天爺就是讓我們成了這樣一種人，向一個人勒索來的錢，只好又哭喪著臉交給另一個人，這就是我們的事務。我現在對你已經夠寬厚的了，可是你對這種寬厚卻還不滿意，那就只有由老天爺作主了。禮金是一個子兒也不能少的，如果在一個星期之內，你能拿出這麼多錢，就可以照樣耕種，否則就不行，我會作出其他安排的。」

3

吉爾塔利垂頭喪氣，失望地走回家去，要湊足一百盧比是他力所不能及的事。他想：如果把一對耕牛都賣掉，那要了土地又有什麼用呢？把房子賣掉，又有誰要？而且賣房子也給父親和祖上丟臉。有幾棵樹，全賣掉至多也只能得到二十五個盧比或三十個盧比。要借錢的話，誰又肯借呢？現在還欠商店老板五十盧比，他一個子兒也不會再借給我了。

家裡又沒有首飾，不然的話，還可以變賣點錢。過去好不容易曾打過一個項鍊，現在還抵押在商店老板的家裡，已經一年了，仍沒有能力把抵押品贖回來。吉爾塔利和妻子蘇帕吉兩人對這件事很著急，但是想不出任何辦法。吉爾塔利吃不下飯，喝不下水，甚至到晚上也睡不著覺。他一想到土地要離開自己時，內心就一陣劇痛。唉！那片土地他們耕種多少年了，施了很多肥，修了田埂，打了田界，現在卻要由別人來享用了。

這幾塊土地已經成了吉爾塔利生活的一部分，每一寸土地都是用他的血汗染過的，每一撮泥土都是由他的血汗澆灌的。

這幾塊土地的名字也常掛在他的口頭上，就像他三個孩子的名字常掛在他的嘴上一樣。有一塊叫二畝四，有一塊叫一畝二，有一塊叫靠水溝，還有一塊叫池塘邊。一想到這幾塊田地的名字，他眼前就浮現出一幅幅美好的畫面。

他談起這幾塊田地時，那模樣就好像它們是具有生命的，好像是他的伙伴一樣。他一生中的一切希望、一切打算、一切理想、內心的歡樂，甚至不切實際的空中樓閣，全都建立在這幾畝田地上面。沒有田地，他的生活就不可想像，而這幾塊田地眼看著就要離開他了。

吉爾塔利焦急地從家裡走出來，走到田裡，坐在田埂上哭了幾個鐘頭，好像在與它們告別似的。這樣，一個星期過去了，吉爾塔利沒能湊足這筆錢。

到了第八天，他得知伽利加丁給了一百盧比禮金，每畝十個盧比的租金，把田地都租下了。吉爾塔利抽了一口冷氣，接著他呼喊父親的名字，傷心地哭了起來。這一天家裡沒有舉火，讓人有一種赫爾庫好像今天才剛剛死去一樣的錯覺。

4

但是蘇帕吉卻不是個一聲不吭的女人，她氣沖沖地走到伽利加丁家裡，把他的女人狠狠地數落了一陣：「昨天的一個小商販，今天成了富翁，要種我們的田！看吧！看誰把犁背到我家的田裡去？我要讓我的血和他的血流在一起。」蘇帕吉在左鄰右舍的面前傾訴了自己的不幸，而且對伽利加丁的妻子著實地詛咒了一番。鄰居們都站在她這邊，大家住在一個村子裡，彼此之間是不應該這麼爭執的。老天爺把錢給了誰，難道他就該欺壓沒有錢的人麼？蘇帕吉認爲她已經占了上風，心情平靜了下來。在水中能夠捲起波濤的風，在陸地上則可以拔起樹木。

這時，吉爾塔利坐在自己家的大門口，心裡一個勁兒地想著：今後該怎麼辦？他們怎麼生活下去呢？他的孩子們向誰家去乞討呢？一想到要去當雇工，他心裡就惶惶不安。長期以來，他一直享有自由和尊嚴的幸福。他認爲，與其去充當低三下四的僕役，還不如死了好。

到現在爲止，他是一家之主，他是村子裡有身分的人當中的一個，他有權對村子裡的事發表自己的看法。雖然他家裡沒有錢，但有尊嚴，理髮師、木匠、陶工、祭司和藝人，以及村裡的聽差都還有求於他，今後哪兒還有這種體面？還有誰會理他呢？還有誰來上他的門呢？現在他已經沒有權利和別人平起平坐，或者跟別人共同議事了。

今後爲了填飽肚皮，他不得不當人家的奴隸。還有誰在夜裡替他把牛牽來繫在牛槽旁邊呢？他一面唱山歌一面耕地的日子以後不會再來了。從前就是累得汗流浹背，也不感到一點疲乏；看到那長得綠油油的莊稼時，心裡可真是樂開了花；當人家把一堆堆糧食替他堆到禾場上的時候，他就感到自己好像成了一個富翁。今後還有誰會把糧食一滿筐一滿筐地給他往禾場上運呢？

現在，地窖有什麼用？裝糧食的大壇又有什麼用？他一面這樣想，眼淚就像珠串似的往下流。村子裡有幾個有臉面的人，由於不滿伽利加丁，有時也走過來安慰吉爾塔利幾句；但是，他並不敞開心思和他們交談，因爲他明白，他的地位在人們的心目中已經下降了。

如果有人說他在父親的喪事上白白花掉了太多的錢，那他會非常難過，他對自己在這方面的所作所爲一點也不懊悔。一切聽天由命，但是欠下父親的帳，總算償還了；父親在他的一生中養活了一些人，也養活了自己，難道在父親死後還讓他沒吃沒喝嗎？

這樣過了三個月之後，已經是六月了。

天空中布滿烏雲，下了雨，農民們都在安排犁頭，木匠們都在修理犁耙。吉爾塔利像發瘋了一樣，時而走到門外，時而回到屋裡。他有時把自己的犁拿出來查看一番，犁的把斷了，犁頭鬆動了，軛上的木栓沒有了。他看到這些東西時，不知不覺忘掉了一切，他跑到木匠那裡，對木匠說：「拉糾，我的犁也壞了，到我家來幫忙修理一下吧！」

拉糾傷心地看了他一眼，又接著幹自己的活，於是吉爾塔利如夢初醒般清醒過來了，他悲憤地低下頭，眼中含著淚珠，一聲不吭地回家了。

村子裡到處人聲嘈雜，有的忙著找大麻種子，有的從地主的倉庫裡借來了稻種；有的地方人們聚集在一起，商議著地裡該播種什麼，還有些人在議論著雨下得過多了，該等幾天播種才好。耳裡聽著這些聲音，吉爾塔利像一條離開了水的魚一樣，感到一陣焦灼不安。

5

一天傍晚，吉爾塔利在給一對耕牛搔癢時，門格爾・辛赫來了，東拉西扯地聊了一陣之後，他說：「還把牛繫在這裡餵到什麼時候啊！為什麼不賣掉呢？」吉爾塔利難受地說：「是呀！要是有買主的話，我也想賣掉算了。」

門格爾・辛赫說：「我也是買主嘛，就賣給我吧！」

吉爾塔利還沒有來得及回答，商店老板杜爾西就來了，他一來就厲聲說：「吉爾塔利，你欠的錢到底還不還？說明白一點。三個月的時間，你就這樣支支吾吾地過去了。你又不種地了，難道還叫人等候你的收成嗎？」

吉爾塔利無可奈何地說：「大老板，就像你以前答應拖了這許多日子一樣，今天你就答應讓我再拖一天吧！明天我一定分文不少地還你。」

門格爾・辛赫和杜爾西兩人交換了一下眼色，然後杜爾西就罵罵咧咧地走了。吉爾塔利這才對門格爾・辛赫說：「你要是買下了，牛也就等於在我家裡一樣，我還可以經常看牠們一眼。」

門格爾・辛赫說：「我現在倒不是等著要這對牛，等我回家商量商量看。」

吉爾塔利說：「我是要還杜爾西的錢，要不，我還是有飼料餵的。」

門格爾・辛赫說：「杜爾西這人很壞，他不會去起訴吧！」

頭腦簡單的吉爾塔利被他的話嚇唬住了，手段高明的門格爾・辛赫碰上了買便宜貨的好機會，值八十盧比的一對耕牛，他用六十個盧比就拍板了。

直到今天為止，誰也不知道吉爾塔利仍然餵著這一對耕牛是有什麼打算。不過由於耕牛的出賣，現在什麼打算也都落空了。門格爾・辛赫坐在吉爾塔利的床上數錢，而吉爾塔利卻站在耕牛的旁邊傷心地望著牠們。唉！這一對爲我的田地勤勞耕作的牛，牠們是我生活中的寄託，牠們是糧食的施與者，牠們是我榮譽的保護者。爲牠們，我天不亮就起來鍘草，我爲牠們的飼料所操的心超過了爲我自己吃的東西，我爲牠們成天割青草。牠們是我的希望的兩盞燈，是我的理想的兩顆星星，是我幸福日子的兩個見證，牠們是我的兩隻手，而今天牠們卻要永遠地離開我了。

當門格爾・辛赫數完錢，放下錢去牽牛時，吉爾塔利靠在他的肩上痛哭失聲起來；正像出嫁的女兒在離開娘家時，父母拉著手不願鬆開一樣，吉爾塔利也拉著牛不願放手。蘇帕吉也站在屋簷下哭泣。他們最小的兒子拿著竹枝不停地打門格爾・辛赫。

吉爾塔利晚上什麼也沒有吃，就躺到床上去了。第二天一大清早，蘇帕吉裝了煙要拿給他時，發現他不在床上，她以爲他只是去了哪裡一下，但是幾個小時後，當太陽升得老高還不見他回來時，她急得哭了起來。村子裡的人來了，到處去找，但是沒有找到吉爾塔利。

6

傍晚，天黑了下來，蘇帕吉點了燈，把燈放在吉爾塔利睡的床頭。她坐下來，眼睛望著門口，這時她突然聽見腳步聲，蘇帕吉的心跳了起來，連忙跑出門去到處尋找，只見吉爾塔利低著頭站在牛槽的旁邊。

蘇帕吉說：「進來吧！站在那裡幹什麼呢？你今天一整天都待哪兒去了？」她一面說一面朝吉爾塔利走去。吉爾塔利什麼也沒有回答，只是往後退，不一會兒就什麼也沒有了。蘇帕吉大叫一聲，昏倒在地。

第二天，伽利加丁背著犁來到新租的田裡，這時天還沒大亮，他正在把犁往耕牛身上拴時，突然看見

吉爾塔利站在田埂上，吉爾塔利穿的還是那件短外衣，戴的還是原來的頭巾，手中拿的還是原來的那根短木棍。

伽利加丁喊道：「喂，吉爾塔利，你這該死的傢伙，你還站在這裡！可憐你老婆蘇帕吉急得不得了。你是從哪裡來的？」他一面這麼說，一面放下牛繩向吉爾塔利走去。吉爾塔利開始往後退，突然投進後面的井裡。伽利加丁大叫一聲，把牛和犁扔下就跑。全村的人都轟動起來，對此作了種種猜測。伽利加丁再也沒有膽量到原來吉爾塔利的田裡去了。

吉爾塔利失蹤半年後，他的大兒子在一個燒磚的窯裡工作，每月給家裡二十個盧比，現在他穿上了襯衣和皮鞋，家裡一天兩頓飯，還有菜吃，而且不吃大麥，吃上了小麥。但是，他在村子裡一點兒面子也沒有，他是一個被人看不起的工人。蘇帕吉像是從外村來的野狗一樣不願見人，她也不參加村裡的長老會去聽人們議事了，因爲她是沒有體面的工人的母親。

伽利加丁把原來由吉爾塔利耕種的地退掉了，因爲吉爾塔利現在還在他耕種過的田地周圍走來走去。天一黑他就來到田埂上坐著，有時夜裡還從那裡傳來他的哭聲。他不和任何人說話，也不惹任何人，他只滿足於看到自己耕種過的土地。晚上點燈以後，就沒有人敢打那兒走了。

溫加爾．那特老爺非常想把那幾塊地租出去，可是現在村裡的人提起那幾塊地就會感到毛骨悚然。

1918.05

難題

主任把所有東西的一半叫人送回家，
另一半分給其他人，就這樣結束了一場表演。

I

我的辦公室裡有四個聽差，有一個聽差的名字叫格利波，人很老實，非常聽話，對工作小心翼翼，受了斥責也一聲不吭，正如他的名字一樣，是一個窮苦老實人[1]，單純得不會推諉工作。來這個辦公室工作整整一年了，但是我發現他從未缺過一天勤，每天早上九點就看到他坐在辦公室自己的座位上，我簡直都看習慣了，就好像他也是這棟房子的一個組成部分似的。

還有一個聽差是穆斯林，不知爲什麼整個辦公室的人都怕他，我只知道他愛說大話，除此以外，還有什麼原因我就不清楚了。根據他的說法，他的一個堂兄在拉姆布爾鎮的一個小土邦當警察總監，大家一致給了他一個「法官」的綽號。還有兩個聽差屬婆羅門種姓，他們的祝福的價值[2]比他們的工作本身大得多。後面這三人又懶又高傲，叫他們做一點小事，也是滿臉不高興，根本不把辦事員放在眼裡，只是對辦公室主任有點顧忌，雖然有時對他也是比較粗暴的。儘管他們三人這麼不好，可是他們三人中任何一個人的處境也要比可憐的格利波好得多。

有升級的機會，也是輪到這三個人，誰也不理會格利波。他們三人每月都拿十個盧比，而可憐的格利波仍然停留在拿七個盧比的一級上。從早上到傍晚，他的腳沒有一會兒停的時候，而那三個聽差還對他逞

1：格利波在原文中的意思是「窮苦的」、「窮人」。
2：婆羅門在種姓制度中的地位很高，通常是執行祈禱的祭司或其後代，故言「祝福的價值」大於其工作職位。

威風，有時得到一點外快，根本沒有他的份。儘管如此，辦公室裡所有的工作人員，從普通職員到辦公室主任，對他都不滿，好多次還罰過他的款，受斥責更是家常便飯。這裡面的祕密我一點兒也不清楚，我很同情他，想通過自己的行動表明：在我心目中他的身分並不低於其他三個人，甚至有幾次我爲此還在背後和幾個職員吵架。

2

有一天辦公室主任要格利波給他擦桌子，他馬上動手來擦，湊巧抹布碰倒了墨水瓶，墨水流了一桌子。辦公室主住一看，氣得不得了，便使勁地擰他的兩隻耳朵，用全印度所有語言中通用的罵人的話來咒罵他。可憐的格利波含著眼淚，木偶似的一聲不響地聽著，好像他犯了殺人罪一樣。我覺得辦公室主任爲這一點小事而發這麼大的脾氣是不恰當的，如果是另外一個聽差犯了比這嚴重得多的錯誤，也不至於對他進行這麼嚴厲的指責和打擊。我用英語說：「先生，你對他太不公正了。他又不是有意把墨水瓶搞翻的，爲這點事，給他這麼嚴厲的處罰太過分了。」

主任有禮貌地說：「你不知道，這個傢伙很壞。」

「我倒沒有看出他壞在哪裡。」

「你現在還不瞭解他，他是一個很可惡的傢伙。他的家裡有兩張犁耕的地，有成千的盧比放債，家裡還有幾頭牛，所以他高傲得很！」

「要是他家裡的情況這樣好，那他幹嘛要到這裡當聽差？」

主任用很嚴肅的口氣說：「請你相信吧！他是一個頑固的人，一個天字第一號的吝嗇鬼。」

「即便是這樣，那也算不了什麼罪惡呀！」

「再過一些時候，你就會明白，他是一個多麼卑賤的傢伙。」

另一位先生說話了：「老兄，他的家裡有上百斤的牛奶，幾百斤小米呀、三角豆呀、豌豆呀！可是他從來也沒想到多多少少給辦公室的人帶來一點，而這裡的人是渴望得到這些東西的，這樣一來怎不使人氣憤呢？他家的一切都是由於他得到了這個差使才有的，在這之前，他家裡窮得連下鍋的米也沒有。」

主任有點不好意思地說：「這倒沒有什麼，他自己的東西嘛，願不願意給別人，那全憑他。」

我大體上瞭解到了一點奧祕，就對他們說：「如果真是這麼小氣，那真不近人情，這點我以前一點也不知道。」

這一來，主任自己也表露了心聲，不再遮遮掩掩了。他說：「也不是說這麼做就可以使人發大財，只不過表明給東西的人的好意罷了。究竟對什麼人才抱這種希望呢？那也只是對能拿得出來的人才抱這種希望。如果是一個什麼也拿不出來的人，誰也不會期望從他身上得到什麼，誰能從一個赤條條的人那裡要到什麼嗎？」

祕密完全公開，主任用簡單的語言把全部真相表達清楚了。一個人寬裕了，大家都成了他的對頭，不僅窮人成了他的敵人，就是體面的人也成了他的敵人。要是我們的丈人家或姥姥家很窮，我們不會抱著從他們那裡得到什麼的希望，也許我們根本就忘記了他們；但是，要是他們很富足，而不理我們，逢年過節不送東西給我們，那我們就會產生嫉妒之心。

如果我們到某一個窮朋友家去，在他家只吃了一個檳榔包，我們也會感到滿意；可是如果到一位有錢的朋友家裡，沒有吃上一頓飯就回來，那還有不永遠鄙視他的嗎？蘇達馬如果從黑天家空手回來，那他也許會成為比黑天的死對頭——童護和妖連還要大的敵人[3]。

[3]：黑天是史詩《摩訶婆羅多》中的英雄人物，被認為是大神毗濕奴的化身，蘇達馬是黑天幼時的朋友，黑天使他由窮變富。童護和妖連與黑天為敵，皆被他所殺。

3

過了幾天，我問格利波：「你家裡有田產嗎？」

格利波可憐地說：「有一點，先生，家裡還有您的兩個奴才種地。」

我問：「還有水牛和乳牛嗎？」

「有，老爺，家裡有兩頭母水牛，有一頭乳牛懷了牛犢了，托您們這些老爺的福，家裡有碗飯吃。」

「是不是有時也孝敬孝敬辦公室的先生們呢？」

格利波又難過又驚異地說：「老爺，我有什麼東西可以孝敬老爺們呢？田裡除了收一點大麥、三角豆、玉米、小米和秸稈以外，還有什麼呢？老爺們都是貴人，我有什麼臉送這樣普普通通的東西給您們呢？我害怕那樣會挨一頓痛罵，說這小子竟這麼大膽，所以我一直沒有這麼大的勇氣。要不，牛奶、酥油之類的東西有什麼要緊。總得考慮什麼東西送什麼人才合適吧！」

「那你就找個機會拿來試試，看人家說什麼。在城裡，這些東西哪能那麼容易弄到？他們這些人心裡也常常想這些普普通通的東西哩！」

「老爺，如果一旦有人說什麼，那怎麼辦？要是告到主任那裡，那樣一來我可沒有容身之地了。」

「這個，我負責好了，沒有人會說你的。如果有誰說你，那我會勸他。」

「老爺，目前正是收豌豆的季節，甘蔗也正在用壓榨機加工。除此之外，別的沒有什麼。」

「那好，你就拿這些東西來。」

「要是有什麼麻煩，那您可得出來調解呀！」

「對，我不是說了，由我來承擔嗎？」

第二天，格利波來了，同他一起來的還有三個身強力壯的小伙子。有兩個小伙子頭上頂著筐子，裡面裝的是豌豆莢；一個小伙子的頭上是一個桶，裡面裝的是甘蔗汁，三個人的腰間都分別夾著一捆甘蔗。格利波悄悄到走廊前面的樹下站住，沒有膽量走進辦公室，好像是犯了罪的罪人。當他站在樹底下的時候，辦公室的聽差以及其他的職員把他圍住，有的拿了甘蔗在啃，有幾個人就去動手取筐子裡的東西。正在這時候，主任也到辦公室裡來了，看到這熱鬧的場面，他高聲地說：「幹嘛圍在那兒呀？來，大家去做自己的事！」

我走上前去，附耳跟他說：「格利波從自己的家裡帶來了這些禮物，你拿一些，剩下的就分給其他的人吧！」

主任裝出一副生氣的樣子說：「格利波，你幹嘛把這些東西帶到這裡來？馬上拿回去！要不，我就要向上邊的老爺報告了，你難道把我們當成了乞討的人了嗎？」

格利波的臉色變了，身子開始發抖，嘴裡一句話也說不出來，只用那像罪人的眼睛瞅著我。

我代他請求寬恕，好說歹說主任同意了。他把一半的東西叫人送回了家，把另外一半分給了其他的人，就這樣結束了一場表演。

4

現在，格利波在辦公室裡開始有地位了，他不再每天受斥責，也沒有必要成天奔忙，更不會聽到職員的嘲諷和其他聽差不客氣的話語，聽差們主動替他做事。他的名字起了一點小小的變化，變成了格利波達斯[4]；他的性格也有了一寫轉變，自尊心代替了原來的可憐相，懶惰代替了勤勞。現在他有時遲到，有時

[4]：印度古代有不少有名的人物的名字後面有「達斯」兩字，這裡指格利波有身分了。

藉口生病在家待著。如今他所有的過錯都是可以寬容的，他已經掌握了取得身分地位的方法。現在他每隔十天八天，總要拿點牛乳、酸牛奶送辦公室主任。他學會了如何敬奉神明，狡猾取代了原來的純樸。

有一天，辦公室主任派他到車站去取政府表報的包裹。包裹有幾大捆，他叫了幾個推手推車的工人運了來，和工人談妥要付十二個安那的車費。表報運到辦公室後，格利波也向辦公室主任按每個工人十二個安那領了錢，準備給推手推車的工人；但是，他走出辦公室後不久卻改變了主意，他要求回扣，工人們不答應。這一下格利波生氣了，他把所有的錢裝進自己的口袋裡，並且威脅說：「現在我一個子兒也不給了，你們走吧！你們願意到哪兒去告狀就告吧！我看看你們能把我怎麼樣！」

推手推車的工人們眼看若不送點錢，全部的車費都要落空，於是一個個哭喪著臉，答應每人給四個安那。格利波付給他們每人八個安那，替他們寫了收到十二個安那的字據，並讓他們蓋上手印，然後把字據交回辦公室。

看到這個畫面後我整個人目瞪口呆，這就是幾個月以前那個真誠和老實的化身格利波！當時他連向其他聽差要回自己一份錢的膽量都沒有，他不知道如何請客送禮，更談不上佔有人家的東西了。我看到他性格的變化後很難過，誰要對此負責呢？我應該承擔這份責任，是我給他上了耍邪門歪道的第一課。於是我內心產生了一個問題：比起這種勒索人家的狡猾來，那種忍受別人虐待的純樸有什麼不好呢？當我向他指明取得身分地位途徑的時候，是很不祥的時刻，因爲實際上那是他走上可怕的墮落的道路的開始，我爲了他外表的體面而犧牲了他靈魂的純潔。

1921.01

最遙遠的愛情

兩人的目光交織在一起，接著又各自低下了頭。

I

戈比那特從青年時代起就愛好哲學，念大學預科時，他熟悉了彌爾和柏克萊[1]的哲學思想。他對任何娛樂活動都不感興趣，甚至對學院裡的板羽球賽也毫無熱情。開玩笑的場合他更是遠遠避開，有人同他談起男女間的愛情，他就像小孩子聽到妖魔鬼怪那樣害怕。早上他從家裡出門，到城外某一濃密的樹蔭下坐著，整天專心致志地看哲學書；他對小說、詩歌、文藝理論都不屑一顧，他一生中還不曾讀過任何小說，他認爲讀小說不僅浪費時間，而且對身心和智力的發展都有害。不過，他也不是對任何事情都沒有熱情，他很熱心地參加委員會的工作，不放棄爲大眾服務的任何機會；他還經常到附近街區的一些小房裡去坐一坐，聽小店的老板講述永遠說不完的生意經。

慢慢地，他對學院的生活感到厭倦。那時，如果說他對哪項科目感興趣的話，那就是哲學。學院裡進行多學科的教育對他的哲學愛好是一種妨礙，所以他退了學，專心地研究科學的哲理。不過，隨著對哲學的愛好，他的愛國思想也增長了，退學以後不久，他理所當然地參加了民族服務團體。哲學中有謬誤、迷信和不可知的領域，而爲民族服務中有榮譽，還能獲得頌揚，他對這兩者都羨慕。他的這種興趣被哲學的各種主義壓抑了許多年，現在隨著一股爲民族服務的強勁的風而活躍起來。

他開始參與城市的社會活動了，他發現，這兒還是很少人涉足的領域，到處都是一派沉寂，打著各種

1：彌爾（1806～1873年）和柏克萊（1685～1753年）都是英國唯心主義哲學家。

旗號的人倒不少，但是實心實意做的一個也沒有。各個方面都吸引著他，他當了這個組織的祕書長，又當了另一個協會的會長，還當了其他一些團體的什麼負責人等等。在這種熱情中，對哲學的愛好也淡薄了。在籠中歌唱的小鳥來到廣闊的森林以後，已經忘記了過去唱的老調。現在他也還抽出時間翻翻哲學著作，但是思考和研究它就沒有空了。他內心經常有著思想矛盾，到底朝哪個方向走呢？是這邊還是那邊？哲學把他朝哲學方面拉，爲國家民族服務的思想又把他朝另一方面拉。

有一天，他正左右爲難地坐在河岸邊。河中的流水不理會沿岸的景色，也不理會逆風的吹拂，迅速地奔向自己的目標，但戈比那特沒有注意到這些，他希望通過自己豐富的記憶想出一個既爲民族服務又在哲學海洋裡進行探索的哲學家的例子。忽然他學院裡的一位教師婆羅門阿姆爾那特•阿格里荷德利坐到他身邊說道：「戈比那特先生，最近怎麼樣呀？」

戈比那特漫不經心地答道：「沒有什麼新鮮事，地球還是那樣轉動！」

阿姆爾那特：「市政委員會第二十一號位置空缺，決定選誰呢？」

戈比那特：「看能選上誰吧！你不是也被提名了嗎？」

阿姆爾那特：「唉，人家硬是把我拖了出來，要不我哪裡有空？」

戈比那特：「我也是這樣想，作爲教師積極投入政治活動不是件好事。」

阿姆爾那特聽了這種批評感到很不好意思，過了一會兒他帶著反駁的口氣說：「你近來還持續在研究哲學嗎？」

戈比那特：「很少研究了，現在我左右爲難，是應該走爲民族服務的道路呢，還是爲尋求真理度過一生呢？」

阿姆爾那特：「對你來說，參加民眾組織的時刻尚未到來。現在你還很年輕，只要思想上還不沉著，對原則還沒有堅定的信仰，只憑一時的衝動而置身於某項事業中並不是一件好事，爲民族服務是責任重大的事業。」

2

戈比那特決定自己要爲民族服務一輩子，阿姆爾那特也下決心一定要進入市政委員會，兩人的分歧把他們分別帶到不同的實際領域。戈比那特早就有了一定的威望，他家有錢，作食糖和金錢的代理商；他的父親在商人中很有影響力，他有兩個哥哥，也是代理商，互相配合。家裡有錢，又有人。如果說有什麼不足，就是他們算不上是受過教育的人物，而這點，因爲有戈比那特而得到了彌補。所以，戈比那特的自由活動沒有受到家裡人的反對，誰也沒有強迫他掙錢，他沒有任何擔心，和家裡也沒有任何衝突。

在爲民族服務的工作中，有時爲某一個孤兒院募捐，有時爲某一個女子學校乞求社會的聲援。市的國大黨委員會任命他爲祕書長，到那時爲止國大黨還沒有開展實際工作，戈比那特的積極活動使這個癱瘓的組織好像得到了復興。他從早到晚埋頭工作，甚至一直到深夜。人們習以爲常地看到他手裡拿著募捐的登記冊成天站在一些富豪家的門口，許多青年慢慢成了他的信奉者。人們讚揚他是一個無私的、懷有理想的、肯自我犧牲的民族服務者。有誰從早到晚大公無私地爲人民做好事這樣奔忙啊！他的捨己爲人往往使敵視他的人也心悅誠服。

他在募捐時不必忍受富豪們的鄙視、白眼，不會聽到難聽的話。現在他明白了，爲民族服務有很大程度上表現在募捐上，對此，有時還不得不對施主說好聽的話，或者獻殷勤。在研究哲理時的那種自豪感，和這種貪圖得到施捨之間，存在著多大的差別啊！

單獨坐著和彌爾、康德、斯賓塞、孔德[2]等討論人和自然之間深奧而複雜的問題是一幅什麼景象，而在傲氣十足的粗俗而又愚蠢的商人們面前低三下四又是一幅什麼景象！他打心底裡討厭那些人，他們有錢，也只想賺錢，除此之外，他們沒有任何特別的美德。他們中間大部分是投機取巧而賺錢的人，但是對戈比那特來說，這些人都需要尊重，因爲他爲民族服務的事業有賴於他們的青睞。

這樣過了幾年，戈比那特成了城裡的頭號人物了，是窮苦人以及受難者的依靠和資助者。另外，他的膽量也大了許多，有時候看到大商富賈走上邪路也會加以抨擊，事實上，他這種尖刻的批評還有助於他的募捐行動呢！

他到現在還未成家，他早就決定要過獨身生活，所以不打算結婚。可是，當他父親和一些近親一再堅持要他結婚，而他自己也從幾種科學著作中看到抑制情慾對身體有害時，又感到爲難了。他考慮了幾個星期，下不了決心。個人利益和最高理想之間在進行角力，結婚就意味著扼殺自己的自由和束縛自己廣闊的胸懷，而不是爲民族而生存。

他認爲現在放棄這樣崇高的理想會遭到恥笑和譴責，除此以外，他也從許多方面發現自己不適合過成家的生活，他沒有維持生計所需要的勤奮、進取精神和心情。爲民族服務也很需要勤勞和努力，但不會喪失自豪感；爲了行善向人要錢是一種募捐，而爲了自己向人要一支煙也是乞討。他的性格中已經產生了一種自由放任，爲了掩蓋自己的一些弱點，爲民族服務是一個很好的藉口。

有一天他正在散步，在路上遇見了阿姆爾那特，這位先生已經是市政委員會的祕書長了，最近在是否承包出售酒的問題上有些進退兩難；如果承包下來，可以獲大利，但名聲也會很臭，到現在還沒有拿定主意。他看到戈比那特後問道：「戈比那特先生，你近來可好！你結婚的事怎麼樣了？」

戈比那特堅定地說：「我不打算結婚。」

[2]：康德（1724～1804年）德國古典唯心主義哲學家；斯賓塞（1820～1903年）英國唯心主義哲學家；孔德（1798～1857年）法國實證主義哲學家。

阿姆爾那特：「可別犯不結婚的錯誤！你現在還很年輕，在社會上沒有什麼經驗，我見過不少抱獨身主義的例子，不僅沒有好處，反而有害。成家立業是使人走上正路的最好辦法，這是人類的發明，後果不怎麼美妙的獨身主義有什麼可取？」

戈比那特反問他：「關於承包出售酒的問題你做出什麼決定了？」

阿姆爾那特：「什麼決定也沒有做出。心裡還有點猶豫，因爲名聲肯定會不太好。」

戈比那特：「我認爲對一個教師來說，這種行當是一種恥辱。」

阿姆爾那特：「任何職業都不壞，只要老老實實就行。」

戈比那特：「這方面我和你的看法不同，有許多行業是一個受過教育的人絕不能從事的，比如承包酒就是其中的一種。」

戈比那特回到家裡後對父親說：「我絕對不會結婚，你們不要強迫我，不然你會懊悔的。」

阿姆爾那特當天就寫了承包銷售酒的申請，而且得到了批准。

3

過了兩年，戈比那特開辦了一所女子學校，他擔任管理委員會的主任；他很仔細地研究了各種不同的教育制度，而且就在這所女子學校中有選擇地加以實施。在城裡，這所學校很受歡迎，在很大程度上消除了一些父母對女孩子受教育的一種保守傾向，城裡一些大人物也愉快地把自己的女兒送去上學。

學校的教育方法非常生動有趣，女孩子們一進學校就好像著了迷似的，不想成天只待在家裡。學校裡作的安排是在三、四年之內讓所有女孩子們都能熟悉主要的家務，更爲重要的是開設了宗教的課程；另外，從本學期開始，戈比那特還新開了英語課，從孟買請來一位受了良好教育的古吉拉特婦女來主持學校的教學工作。

這位婦女的名字叫阿南蒂巴依，是一個寡婦，雖然印地語不太精通，但是用古吉拉特語寫過幾本書。她先後曾在幾所女子學校任職，有關教育的問題她很在行。由於她的到來，學校更有起色。幾個有身分的人士原來打算把自己的女兒送到邁蘇里或奈尼達爾去，現在也把她們送到這所學校裡來了。阿南蒂走訪富有的人家，向婦女們宣傳受教育的意義。從她的穿戴可以看出她的愛好，她是體面人家出身，所以城裡的人對她都很尊敬，女學生們特別愛她，叫她媽媽。

戈比那特看到學校愈來愈興旺，很高興，不管遇到誰，就向他讚揚阿南蒂巴依；從外地來了著名人物，也一定把他帶到學校裡參觀，他稱頌阿南蒂巴依所得到的樂趣就像他自己受到人家稱頌一樣。阿南蒂也愛好哲學，她對戈比那特無比崇敬，打心底裡尊重他。

戈比那特的自我犧牲精神和對民族無私的愛使她五體投地，她當面倒不稱讚他，但是在富戶人家卻帶著深厚的感情頌揚他：這樣真誠爲民族服務的人哪兒有啊？人們追求的是名譽，做一點服務工作也是給人家看的，誰也沒有真正的熱心。我認爲戈比那特先生不是凡人而是天神，他的生活多麼簡單，又是多麼知足，既不追求享受，也沒有任何嗜好。他從早到晚到處奔波，吃飯睡覺沒有一個準確的時間，也沒有人關心他的休息，可憐他回到家裡，誰給他端來什麼，就一聲不吭地吃什麼，吃完又拿起手杖急著到什麼地方去了，一個婦女絕對無法以他那樣的精神服侍自己的丈夫。

德希哈拉節[3]快到了，女子學校在準備慶祝節日，他們決定演一場話劇，會場進行了仔細的布置，邀請了城裡的一些有錢人。很難說清阿南蒂和戈比那特誰的熱情更高，戈比那特在張羅東西，而阿南蒂則負責布置，她寫了一個劇本，每天指導排演，而且她自己也擔任其中一個角色。

[3]：史詩《羅摩衍那》中羅摩戰勝十首妖王的日子，稱德希哈拉節，又稱勝利節。

節日那天，戈比那特忙著安排地毯和桌椅一直忙到中午，後來都已經一點了，他也還沒有離開。於是阿南蒂說：「戈比那特先生，耽誤你的午飯了，現在準備得差不多了，剩下的一點，交給我吧！」

戈比那特說：「我會吃的，我吃飯沒有嚴格的時間，誰還回家去吃呢？回家要花幾個鐘頭，吃過飯要想再休息一下，那就到傍晚了。」

阿南蒂說：「我這兒飯都準備好了，是婆羅門做的飯[4]，你就在這裡吃吧！吃後也就在這裡休息。」

戈比那特說：「幹嘛在這裡吃！一頓不吃，也不是什麼了不起的事。」

阿南蒂：「飯已經準備好了，爲什麼一定要挨餓呢？」

戈比那特：「妳去吃飯吧！耽誤妳吃飯了，我忙著忙著就沒想到讓妳去吃飯。」

阿南蒂：「我一頓不吃，又有什麼關係呢？」

戈比那特：「不，不，這有什麼必要？我對妳說真話，我經常只吃一頓飯。」

阿南蒂：「啊！我懂得了你不肯吃的原因了，這樣簡單的事我都沒有想到。」

戈比那特：「妳懂得什麼了？我是不講究可接觸或不可接觸[5]那一套的，這點妳知道。」

阿南蒂：「這我知道。但是關於你不肯到我這裡吃飯的原因，我只想表示這樣的看法：即你和我不存在主僕的關係，我們之間還有友誼的關係，你拒絕接受我微薄的東西是你對一個忠實追隨者的一種沉重打擊，我是這樣看待這個問題的。」

戈比那特現在不能有任何異議了，他去吃了飯。當他吃完飯坐在椅子上休息時，阿南蒂一直坐在旁邊給他搧扇。

戈比那特的朋友們對這一事件是這樣評論的：如今戈比那特先生還在那裡（特別強調「那裡」這兩個字）吃飯呢！

4：印度不同種姓之間在飲食方面區分得很嚴格，戈比那特可能出身高等種姓，下面他自己說了不講究可接觸不可接觸那一套了。不管怎樣，婆羅門做的飯是任何人都可吃的。

5：印度種姓制度的首陀羅，地位非常低，被視爲不可接觸之人，通常他們只被允許做清掃、理髮、鞋匠、皮革加工、洗衣、捕魚、喪葬相關的工作。

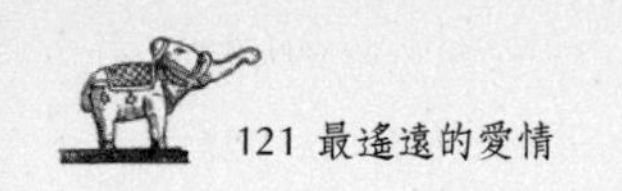

內幕慢慢地明朗了。

4

現在形勢迫使戈比那特開始從事文學創作。本來他是可以從家裡得到必要的幫助的，但是在訂閱報刊和其他許多事情上他不好意思向家裡提出要求，他的自尊心認爲爲了一些小事向哥哥們伸手很不妥當，所以希望自己動手來滿足自己的需要。在家裡，哥哥們的一些孩子鬧得很厲害，使他不能專心寫作，所以當他想寫點東西的時候，就大大方方地來到學校裡。

在這裡沒有人吵鬧，他可單獨地安心寫作。到了吃飯的時候，就在學校裡吃飯。過了不久，由於他的眼力較差，坐下來寫東西不太方便，於是找了阿南蒂——她本來就住在學校——承擔了這項執筆的任務，戈比那特口述，阿南蒂記錄。由於戈比那特的建議，阿南蒂早已學會了印地語，在很短的時間裡她已經非常熟練了，做做記錄不成問題。她在記錄的時候還常常想起一些精闢的詞句和成語，使戈比那特感到興奮，也像是給作品注入了生命。

戈比那特說，「如果妳自己用印地語寫，會比我寫得要好許多。我只是給妳一份差事，而老天爺卻賦予了妳這種寫作天分。」城裡一些胡亂猜測的人對於他們這種合作議論紛紛，但有學識的人在純潔的心靈面前是不理會那帶著妒意的嘲諷的。阿南蒂說，這是社會，誰想說什麼，就說什麼，但是我怎麼可以不尊重我崇敬的人呢？但是戈比那特卻沒有這麼大膽，他好名聲的基礎就是輿論，他不能責怪輿論，所以他不在白天裡寫作，而改到夜晚去了。這時候學校裡沒有人會看見他，而夜晚的寂靜讓他的心思可以更集中。

他躺在搖椅上，阿南蒂坐在桌子前面拿筆望著他，他嘴裡說什麼，她就馬上寫下來。她的眼中好像放射出一種謙恭、謹慎、崇敬和愛的光芒，當戈比那特心中想好了所要表達的某種思想，看阿南蒂是否準備好了時，兩人的目光交織在一起，接著又各自低下了頭。戈比那特對於這樣的相處已經成了習慣，以至於因為某種原因而不能來時，他的心就惴惴不安。

在和阿南蒂接觸以前，戈比那特對婦女的瞭解僅僅限於書本知識。古今和東西方的學者一致認為婦女是騙人的，是心靈發展的障礙，她們反對追求崇高目的，使人走上邪路，使人心胸變得狹隘。因此，戈比那特認為還是避開她們為妙。可是，現在他感受到婦女也可以把人引上正路，她們也具備一些美德，也能夠喚醒責任感和服務精神；於是，他心裡出現了一個疑問，如果和阿南蒂結婚，他有什麼好拒絕的呢？他會很愉快地和她度過一生的。

有一天，他到阿南蒂那裡去後頭痛起來了，他不想寫什麼東西。阿南蒂知道以後，就在他的頭上慢慢擦油。這時，戈比那特感到一種非凡的幸福，他的心中湧起了愛情的波濤，他的眼睛、臉和聲音都浸透了愛。從那天起，他就再也不到阿南蒂這兒來了。

一周過去了，他沒有去，阿南蒂寫信給他，說學校有些問題要和他商議，請他過來，他還是沒有來。於是她又寫信說，看來你是在生我的氣，我沒有故意做過使你生氣的事，不過如果實際上你生我的氣，那我待在這裡是不適宜的；如果你還是不來，那我就把任務交給另外一位教師後離開這裡。這個威脅對戈比那特也沒有起作用，他還是沒有來。最後經過了兩個月，當他知道阿南蒂病了，兩天沒能上課的時候，他沒有任何藉口或理由不來了。

他來到學校，帶著不知所措和不好意思的心情走進阿南蒂的房間，一看，阿南蒂靜靜地躺在床上，臉色發黃，身子瘦了好多，帶著一種祈求憐憫的目光望著他，她想坐起來，但是沒有力氣。

戈比那特用激動的聲調說：「妳躺著，妳躺著，有什麼必要坐起來呢？我坐下了，醫生來看過嗎？」

阿南蒂：「是，來過兩次，給了藥。」

戈比那特看了看處方，他多少懂一點醫學常識，從處方上知道她有心病，開的都是滋補和富於營養的藥。他又看了看阿南蒂，阿南蒂的眼睛正在流淚，他的喉嚨也哽咽了，心裡很難受，他斷斷續續地說：「阿南蒂，妳沒有早告訴我，要不，妳不會病成這個樣子。」

阿南蒂：「沒有什麼，我會好的，會很快好起來的。我就是死了，又有誰坐在旁邊為我哭啊？」她一邊說一邊嚎啕大哭起來。

戈比那特是研究哲學的，但到現在為止，他內心溫柔的感情還沒有泯滅，他用顫抖的聲音說：「阿南蒂，在世界上至少還有一個人，可以為妳獻出生命。」說著說著他不響了，他感到自己的話和感情有點放蕩和古怪，他想用比這沒有實質內容的詞句更富於詩意的話表達自己的感情和愛，但是這個時候他記不起任何詞語了。

阿南蒂興奮地說：「長達兩個月的時間你把我扔給誰了呢？」

戈比那特：「在這兩個月裡，我是怎樣一種心情，那只有我知道。我沒有自殺，妳就把這當成奇蹟好了，我沒有想到堅持自己的決心對我來說這麼困難。」

阿南蒂把戈比那特的手慢慢地拉在自己的手裡，說：「今後不再這麼殘酷無情了吧？」

戈比那特擔心地說：「那後果呢？」

阿南蒂：「不管有什麼後果！」

戈比那特：「不管有什麼後果？」

阿南蒂：「對，不管有什麼後果！」

戈比那特：「那就意味著屈辱、責難、譏笑、內疚！」

阿南蒂：「不管是什麼，我都能忍受，你也不得不為我忍受。」

戈比那特：「阿南蒂，我能夠爲愛情獻身，但是我不能爲愛情獻名。我讓我的名字保持純潔，這樣可以爲社會做更多的服務。」

阿南蒂：「那就不獻名吧！你放棄了一切才贏得這樣的名聲，我不願意毀掉它。」說完她把戈比那特的手拉到自己的胸脯上說：「我只希望如此，我不希望你再作更大的犧牲。」

戈比那特：「兩者都同時照顧到，這可能嗎？」

阿南蒂：「可能，對我來說是可能的，我爲愛情可以犧牲我的靈魂。」

5

此後，戈比那特開始講阿南蒂的壞話了，對朋友們說：「阿南蒂的心思現在不在工作上了，不像以前那樣專心。」他對其他人說：「她的心已經對這裡厭煩了，她希望回家，還希望每年都得到升等，而這裡沒有這樣的機會。」戈比那特視察了學校幾次，他的評語是：工作不令人滿意，教學組織和安排等方面都發現了令人失望的缺陷。在年終的會議上，有些人提議給阿南蒂增加工資，戈比那特反對這個提議。

阿南蒂呢？她也抱怨起戈比那特來了。她說：他不是人，而是石頭雕的神，要使他滿意非常困難。幸好他沒結婚，要不，那可憐的女人會因忍受不了他的怪脾氣而死去。叫人怎麼注意衛生和安排呢？牆上有什麼污點，哪個角落裡發現蜘蛛網，走廊上看到了碎紙片，他就會大發脾氣。我好歹維持了兩年，但現在看到戈比那特先生的態度愈來愈嚴峻，在這種情況下，我不可能在這裡待得很久。對我來說，這份差使並不幸福，我什麼時候想走都可以，但我和大家都有了感情，和女孩子們的愛是這樣深厚，使我還捨不得離開她們。奇怪的是，任何人都沒有發現學校在走下坡路，恰恰相反，情況比以前還好。

有一天，阿姆爾那特碰見了戈比那特，他問道：「戈比那特先生，你的學校辦得怎麼樣？」

戈比那特說：「你就別問了，一天天在走下坡路。」

阿姆爾那特：「是阿南蒂鬆懈下來了嗎？」

戈比那特：「對，完全不假，現在她的心不在工作上了，老是坐著讀瑜伽修行6的書和科學著作。我才說她幾句，她就回說：『現在我不能再多做什麼了，我難道不該考慮考慮我的來世，而只顧著一天二十四小時都忙於塡肚子的事嗎？爲了塡飽肚子，工作五個小時就夠多了。以前我一天工作十二小時，我不能夠再像原來那樣過日子了。到這裡以後，我失去了我健康的身體。有一次病得很重，學校管委會給我開支醫療費用了嗎？有人來問過我嗎？而我幹嘛這樣不顧自己的死活呢？』我耳聞，阿南蒂在別人家裡還說我的壞話。」阿姆爾那特深有感觸地說：「這一切我早就明白了。」

過了兩年，有一天夜裡，女子學校樓上的一間房間內，戈比那特正坐在桌子前面的椅子上，對面的安樂椅上躺著阿南蒂，她的臉色顯得很憔悴。

有幾分鐘的時間，他們兩人都陷入了沉思，最後，戈比那特說：「我第一個月的時候就跟妳說過，叫妳到馬吐賴去。」

阿南蒂：「在那裡怎麼能待上十個月呢？我身邊又哪裡有那麼多的錢？而你也沒有答應作出安排。我原來想再在這裡住上三、四個月，到那時也可以省下一些錢，你的書出版後也能夠有一些稿費，再去馬吐賴不遲。但是，我哪裡知道恰恰這個時候又病了，如果我好了幾天，那我就走了。在目前的情況下，要我去旅行是不可能的。」

戈比那特：「我怕妳的病拖得很久，妳的這種腹瀉是不容易治好的。再在這裡待上一兩個月，事情的真相就要暴露了。」

6：瑜伽是印度一種哲學宗教派別，有神祕主義色彩，但在調息、靜坐等方面有近似氣功的作用。

阿南蒂生氣地說：「暴露就暴露了吧！還要怕到什麼時候呢？」

戈比那特：「如果城裡的幾個組織不因爲我而陷入危機的話，那我也不會害怕什麼。我害怕給城裡的幾個組織丟臉，社會上的這種束縛完全是虛僞的一套，我把它看成是百分之百的不公正。在這個問題上，妳對我的想法知道得很清楚，可又有什麼辦法呢？不幸的是，我承擔了爲民族服務這一副擔子，而其結果是，我不得不違背我所信奉的原則，我那比生命還可貴的東西，今天不得不拋棄掉。」

可是阿南蒂的健康狀況不但沒有好轉，反而一天一天更下降了，由於體弱，連行動都很困難了。他們沒有請任何醫生來看病，只由戈比那特把藥帶來給她吃。身體愈來愈虛弱，已經向學校請了假。她在家裡跟誰也不來往，幾次下決心到馬吐賴去，但是在一個陌生的地方一個人怎麼待下去呢！身邊沒有一個人，連給一口水的人也沒有，考慮到這一切，她就失去了勇氣。就在這反覆思考和左右爲難的情況下，又過了兩個月。

最後，阿南蒂不得已決定了，不管怎麼樣，她都要走。如果在旅途中死了，那也沒有什麼，反正戈比那特可以不丟面子，他的名聲可以不受玷污，不會因爲我而聽到諷刺嘲笑。她作了準備，打算在晚上出發。可是，突然從傍晚起，肚子裡就開始一陣陣地痛了起來，夜裡十一點時，一個七個月小而衰弱的嬰兒出生了。

一聽到嬰兒的啼哭，戈比那特就很快從樓上跑到樓下，直奔家裡去了。阿南蒂一直隱瞞著自己懷孕的事，不讓外人知道，在發生難忍的陣痛時她也沒有告訴人，連產婆也沒有通知。可是當嬰兒的啼哭聲在小學裡傳出來以後，產婆很快就來到了她的面前。

小學裡的女工們早就對她有所懷疑，所以她們並不感到奇怪。產婆叫阿南蒂時，她已經失去了知覺，嬰兒在一旁啼哭。

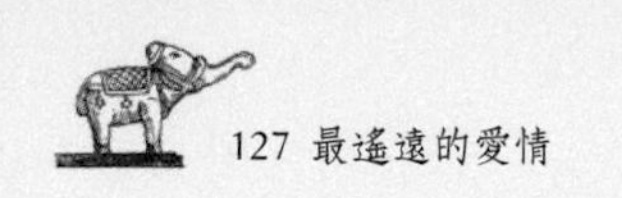

6

第二天上午這個消息很快傳遍了全城，家家戶戶都在議論這件事，有的人表示驚異，有的人表示厭惡，有的人在嘲笑，挑剔戈比那特毛病的人不少，阿姆爾那特就是其中主要的一個。這些人開始到處譴責他，無論在哪裡，總可以看到幾個人坐在那裡暗暗地在評論這一事件。有的人說，人們早就看出這個女人的跡象了；在大多數人看來，這醜事是戈比那特所為，如果他們彼此愛得這麼強烈，那他們本來該拿出勇氣結婚的。

孩子肯定是戈比那特的，任何人對這一點都不懷疑。這些人出於應酬到他的家裡來，說幾句雙關或影射的話後就走了。與此相反，人們卻憐憫阿南蒂。也還有一些崇拜戈比那特的人，認為給他臉上抹黑是一種罪過。不過戈比那特本人對此保持沉默，聽到人們那些不三不四的話也不開口，他還不敢斷絕和人們的往來。

問題是現在怎麼辦，關於阿南蒂，人們已經作出了決定，應該討論的是如何對待戈比那特。有人說，他做出了這種醜事，就讓他承擔後果吧！讓他把阿南蒂正式地接回家去；有的人說，這種事情與我們有什麼關係？阿南蒂心裡明白，戈比那特心裡明白，他們兩個都是一丘之貉，一個巴掌是拍不響的，不過，我們不應該讓這位先生跨進學校的大門了。人民群眾作決定時不需要任何物證或人證，推理就是他們最大的見證。

但是阿姆爾那特和他一伙的人都不願意這麼便宜放掉戈比那特，他們與戈比那特有舊的仇隙。阿姆爾那特認為：昨天還是個毛孩子，翻閱了幾本哲學著作，對政治一知半解，今天成了領袖到處招搖過市，你看他戴著金邊眼鏡，脖子上搭著絲綢披肩，那樣驕傲地東看看，西瞧瞧，好像是真理和道義的化身；這種滿口仁義道德，一肚子男盜女娼的人，被揭露得愈徹底愈好。應該提醒我們的民族，要警惕這種行騙的、道德敗壞的、怯弱的服務者。

阿姆爾那特向學校裡的女教師和佣人進行了調查，戈比那特平常什麼時候來，什麼時候走，待多長的時間，在這裡做些什麼，你們在他在場時能不能夠到阿南蒂那裡去等等。但是，這些沒有任何理由對戈比那特感到滿意的小人物（佣人們對他的嚴厲經常發牢騷），在戈比那特處於困境時都爲他掩蓋過失；阿姆爾那特既使用了引誘的辦法，還使用威脅和恐嚇的辦法，但是沒有任何人爲戈比那特作反證。

戈比那特從那天起和阿南蒂斷絕了往來。不幸的阿南蒂也只在女子學校裡再待兩個星期而已，第十五天，學校的管委會發出通告，要她把學校的房子騰出來，連一個月的期限也不通融。可憐的阿南蒂只得住進一間狹小的房間裡，也沒有人過問她。孩子體質很弱，她自己又生病，身邊沒有一個人，更沒有和她共患難或同情她的人，她懷裡抱著嬰兒成天不吃也不喝地躺著。

她雇了一個女佣爲她做飯洗炊具。她有時把嬰兒摟在懷裡過夜，她的耐性和自足是驚人的。對於戈比那特，她嘴裡沒有一句怨言，心裡也沒有一點不滿；她想：在目前的情況下，他是應該避開我，除此以外，也沒有其他辦法。他的名聲不好，對城市的損失該多大，所有的人都懷疑他，但誰也沒有膽量站在他的對立面作證。

她一面這麼想著一面拿起了阿帕達南德寫的一本著作，並著手翻譯該書中的第一章，現在，這是她維持生計的唯一依靠。這時突然有人輕輕敲門，她吃了一驚，發現是戈比那特的聲音，便馬上把門打開，戈比那特站到她的面前，親切地望著入睡了的嬰兒說：「阿南蒂，我真沒有臉見妳，我對自己的膽怯和道義上的懦弱感到非常羞愧。雖然我知道要丟的臉已經丟了，以我的名義進行活動的組織要受的損害已經受了，現在要我在人民群眾面前拋頭露面既不可能，人們也不可能還信任我。儘管這我都知道，可是我還是

沒有勇氣把自己罪過的責任承擔下來，我以前對社會制度一點也不理會，可是現在由於害怕它，每走一步我都直發抖。

妳蒙受了這樣的災難，妳不得不面對疾病和窮困，以及輿論的責備，而我卻這樣站在一邊，好像與我沒有任何關係。我是多麼卑鄙啊！但是我的心妳是瞭解的。我心裡多麼難受，有多少次決心到妳這裡來，可是仍然沒有勇氣。現在我明白了，我的全部哲理，只是表面上裝裝樣子，我沒有行動起來的勇氣，但同時我又不能忍受和妳的分離，我如果遠離了妳，是活不下去的。為了看看我可愛的孩子，許多次按捺不住我心頭的渴望，可是我又怎麼能相信，妳在看到我這種墮落的直接證明之後還不會厭惡我呢？」

阿南蒂：「我的主人，你心中產生這樣一些想法是多麼冤枉我啊！我不會這麼愚蠢，僅僅為了自己的利益而抹黑你。我把你當作我崇拜的神，而且永遠會如此。我現在也不能忍受和你的分離，能夠經常目睹你的尊容，這就是我這一生最大的願望。」

這件事發生後過了十五年了。在這十五年裡，戈比那特經常在夜裡十二點和阿南蒂坐在一起，他追求的是名譽，而阿南蒂追求的是愛情。兩人的名聲都不好，但是人們同情阿南蒂。在人們的心中，戈比那特的地位下降了；不過，他的一些親密朋友把這一事件當作人之常情，現在還仍然尊重他，但人民群眾對他卻沒有那麼寬容。

1921.11

家

格彥那說：「這樣的家本來就該毀的！」

I

德瓦·伯爾卡西爲慶祝孩子斯德亞·伯爾卡西的出生曾經花了不少錢，也熱熱鬧鬧地爲孩子舉行了入學典禮[1]。斯德亞有專門兜風的小車，傍晚時僕人推著小車帶他到處遊玩。僕人還送他上學，整天陪他在學校裡，放學後伴著他回家。斯德亞是一個多麼懂事、多麼有出息的孩子！白淨的臉、大大的眼睛、高高的前額、薄而紅的嘴唇、結實的腳，每天他都是一副笑臉，從來沒有人見過他哭鬧或固執任性；此外，他敏捷的才思，也使人感到驚訝。每個人看到他，嘴裡都會不由得誇口稱讚：「將來一定是個了不起的人物，老天爺保佑他長命百歲吧！」

雨季的一天，德瓦帶妻子到恆河去沐浴。恆河的河水已經漲到了堤岸，好像無依無靠的人的眼淚湧滿了眼眶。德瓦的妻子尼爾馬拉坐在水中玩水，她有時向前走著，有時又向後退幾步，有時把整個身子浸入水中，有時又用雙手打水，德瓦叫她：「好了，現在出來吧！會著涼的。」

尼爾馬拉說：「你看，我走到齊胸脯的深水裡去了！」

德瓦：「要是腳站不穩，滑倒了怎麼辦？」

尼爾馬拉：「怎麼會滑倒呢？」說完她走到齊胸脯的深水裡去了。

德瓦說：「好了，好了，別往前走了。」但是尼爾馬拉已經鬼迷了心竅，她不是在玩水，而是在和死

1：印度教家庭的習俗，一個人從出生到死要舉行不少次典禮，如出生、滿月第一次進食、第一次剃頭、周歲……，五六歲開始上學也是其中之一。

神嬉戲。她又向前走了一步，果然滑倒了，她嘴裡發出一聲尖叫，兩隻手伸出水面求救，接著沉入水中，很快就被水吞沒了。這時德瓦正站著用毛巾擦身子，他立即跳進水裡，同去的一個挑水的也跳進水裡，另外還有兩名船夫也下水搶救。他們潛入水底，到處探索，沒有找到尼爾馬拉；於是又叫來了船，船夫們一個個入水尋找，仍沒有找到。最後，德瓦傷心地回到家裡，斯德亞抱著獲得禮物的希望跑了來，父親把孩子摟在懷裡，怎麼也忍不住傷心抽咽。

斯德亞問：「媽媽在哪兒？」

德瓦：「孩子，恆河女神把她請去了！」

斯德亞好奇地望著父親的臉，但他很快明白了父親的意思，開始叫喊著媽媽哭了起來。

2

失去了母親的孩子是世界上最可憐的人，一無所有的人還有那個穩定著他們的心的老天爺作依靠，而失去母親的孩子卻不知道有老天爺，只有母親才是他生活中的唯一依靠，沒有母親，他就是一隻沒有翅膀的小鳥。

斯德亞變得愛好孤獨了，他經常一人坐在園子裡，他從樹木花草那裡感受到一點他從家裡人那裡得不到的模糊的同情。當他有母愛時，大家也都愛他，當他失去母愛時，大家對他也就冷淡了，甚至在父親的眼裡，他也不那麼可愛了。究竟有多少人施捨財物給一無所有的人啊！

過了六個月，有一天，斯德亞突然得知他的母親要來了。

他跑到父親的身邊問道：「我的媽媽要來了嗎？」

父親對他說：「是，孩子，她會來撫愛你。」

斯德亞：「是我那個從天上來的媽媽？」

德瓦：「對了，是那位媽媽。」

斯德亞：「還會那樣愛我？」

德瓦要怎麼回答他呢？不過這不重要，斯德亞從那天起就顯得很高興。他想，我的媽媽要來了，她會把我摟在懷裡親我，今後我再也不讓她生氣，再也不固執了，我還要講好多好多故事給她聽。

結婚的日子到了，家裡正在作各種準備。斯德亞高興得手舞足蹈，母親就要來了。他隨著迎親隊去迎親，得到了新衣服。他坐在轎子裡，外婆把他叫進裡屋，摟著他給了他一枚金幣；就在那裡，他看到了他的新母親。

外婆對他的新母親說：「孩子，多好看的寶寶，好好地撫愛他！」

斯德亞看了看新母親，他著迷了。孩子也是愛美的，在他面前站著一個全身戴滿首飾的美麗形象，他用雙手拉著她的衣角叫了一聲：「媽媽！」

多麼討厭的字眼！多麼使人難爲情！多麼令人不愉快！這位稱作德沃伯利婭的美麗姑娘忍受不了這個象徵著職責、犧牲和寬恕的稱呼，現在她還在做著享受愛情生活的美夢，她還激動在青春時代令人陶醉的氣氛裡，媽媽這個字眼打破了她的美夢，她生氣地說：「別叫我媽媽！」

斯德亞睜大了眼睛奇怪地望著她，他那稚子的幻想也破滅了，頓時兩眼噙滿了淚水。

外婆說：「孩子，妳看，小孩子的心多麼脆弱啊！他怎麼知道應該說些什麼呢？叫了妳一聲媽媽，對妳有什麼傷害呢？」

德沃伯利婭又說了：「別叫我媽媽！」

3

丈夫前妻的孩子在後母的眼中爲什麼這麼礙事，至今還未有心理學家作出結論，我們又算是老幾呢？當德沃伯利婭還未懷孕的時候，她有時還和斯德亞說說話，講講故事，但是當她一懷了孕，她的舉止就明顯冷淡了；隨著產期的臨近，她愈來愈冷淡。當她懷裡抱著一個漂亮的小寶寶的那天，斯德亞高興得跳了起來，他連忙跑進產房裡看新生的嬰兒，嬰兒正睡在德沃伯利婭的懷裡，斯德亞非常想從後母的懷裡把嬰兒抱過來，突然德沃伯利婭生氣地說：「小心點，別碰著他，要不，擰掉你的耳朵！」

斯德亞扭頭走了出來，到樓上的陽台上哭了一場。多麼好看的孩子，如果我把他抱在懷裡，那該有多好玩，我怎麼會失手讓他摔在地上呢？她爲什麼責備我？天真的孩子怎麼會懂得這種指責不是出於後母的過分小心，而是另有原因啊！

有一天，這個已經取名爲格彥那•伯爾卡西的嬰兒正在睡覺，德沃伯利婭正在浴室裡，斯德亞悄悄地走了來，把嬰兒蓋著的東西掀開，親切地望著嬰兒。他多麼想把他抱在懷裡，好好親親他，可是由於害怕，他沒有抱他，只是用嘴親他的臉，這時德沃伯利婭走了出來，看到斯德亞在親孩子後大爲生氣，遠遠地就斥責他：「滾開，從這兒滾開！」

斯德亞用那可憐的目光望著母親走了出來，傍晚的時候，父親問他說：「你爲什麼老是把弟弟折磨得哭了？」

斯德亞：「我從來沒有把他弄哭過，媽媽沒有讓我跟他玩。」

德瓦：「你說謊，今天你擰了他。」

斯德亞：「我沒有，我只親了親他。」

德瓦：「你又說謊。」

斯德亞：「我沒有說謊。」

德瓦生氣了，打了孩子幾耳光，他第一次挨了打，而且是在沒有任何罪過時受到的處罰，這使他的一生發生了根本變化。

4

從那天起，斯德亞的性格慢慢地變了。他很少回家，看到父親就迴避。有人來叫他吃飯，他就像小偷一樣躡手躡腳地去吃，既沒有什麼要求，也不和誰說話。以前他很聰明，人們都誇他乾淨、機靈和敏捷，現在他不愛讀書了，穿的衣服也很骯髒，家裡沒有一個人喜歡他，所以他和街頭的孩子們一起到處閒逛、搶風箏、罵人。他的身體也瘦弱了，臉上失去了光澤。德瓦近來還聽到人家來抱怨，說他在外邊惡作劇，結果，他經常挨罵，被打耳光，甚至他有事回到家裡，家裡的人還跑來趕他走。

格彥那有專門的教師來上課，德瓦每天都帶著他去散步。格彥那是一個開朗的孩子，德沃伯利婭不讓他和斯德亞在一起。

兩個孩子之間有多麼大的差別啊！一個乾乾淨淨，穿得漂漂亮亮，像文雅和懂禮貌的化身，從不說謊，人們看到後很自然地為他祝福；另一個骯髒、淘氣、像小偷那樣鬼鬼祟祟，說話不乾不淨，動不動就罵人。一個像是青枝綠葉的樹苗，用愛來培育，用愛來澆灌；而另一棵樹苗則枯萎了，長彎了、沒有枝葉，它的根部連一定的水分也沒有得到。看到格彥那，父親的心裡感到極大的安慰；而看到斯德亞，他就火冒三丈。

5

令人奇怪的是，斯德亞對自己的弟弟卻沒有一點嫉妒之心。

如果說他的心中還剩下什麼溫情的話，那就是對弟弟的愛，這是那一塊沙漠上唯一的一點綠地；嫉妒表示相同身分的一種競爭，而斯德亞認爲自己的弟弟比自己高得多，也幸運得多，所以完全沒有嫉妒弟弟的情緒。

厭惡別人引起別人對自己的厭惡，而愛人則能得到別人對自己的愛；格彥那也愛自己的哥哥，有時他還站在哥哥一邊和自己的母親爭辯：哥哥的外衣破了，妳爲什麼不給他做新的呢？母親說：對他來說，那就夠好的了，將來還要讓他赤裸著身子呢！

格彥那很想把自己的零用錢省出一些來給哥哥，可是斯德亞從來不肯接受。實際上，只有在他和弟弟待在一起的時間，他才能感受到一種平靜和樂趣，他也才處在善良感情的圈子裡。這時，他的嘴裡不說那種粗魯的和令人不愉快的話，他那沉睡了的靈魂也會一度甦醒過來。

有一次，斯德亞一連幾天沒有上學，父親問他：「最近你怎麼不上學？難道你認爲我已經包了你一輩子嗎？」

斯德亞：「我該交的學費和罰款總共有好幾盧比，我要是去上學，就會從班上被趕出來。」

德瓦：「爲什麼欠下了學費？你不是按月把學費都取走了嗎？」

斯德亞：「最近有募捐的，我把學費作爲捐款給人了。」

德瓦：「那爲什麼罰你的款呢？」

斯德亞：「由於沒有交學費。」

德瓦：「你為什麼捐款給人？」

斯德亞：「格彥那捐了款，所以我也捐了款。」

德瓦：「怎麼，你嫉妒格彥那麼？」

斯德亞：「我不嫉妒他。在家裡，我和他是兩個人，可是在外邊，我們兩人被看成一樣的，我不願意說我身邊沒有錢。」

德瓦：「為什麼？不好意思說嗎？」

斯德亞：「對，那樣說對你的名聲不好。」

德瓦：「好啊！你還維護了我的名聲！你為什麼不說你現在不願念書了？我可沒有那麼多錢讓你在一個年級裡念上三年，每個月還要另外給你其他的開銷。你好好想一想，格彥那比你小多少？可是只比你低一個年級。你這一年肯定又要留級，而他一定會升級，來年就和你待在一個年級裡了，那時你的臉上還有光彩嗎？」

斯德亞：「我命裡注定不能得到學問。」

德瓦：「那你命裡注定了什麼？」

斯德亞：「乞討！」

德瓦：「那你就去乞討吧！從家裡給我滾出去！」

這時德沃伯利婭也來了，她說：「不感到可恥，還一句頂一句！」

斯德亞：「命裡注定乞討的人，從小就要成為沒有母親的孤兒。」

德沃伯利婭：「現在我不能忍受這種刺人的話了，我已經受夠了！」

德瓦：「不要臉的東西！從明天起，我就給你把學退了，你要乞討就去乞討吧！」

6

斯德亞聽了這一些話後，覺得在那個家裡再也待不下去了，第二天就準備離家出走。以前，他還處在少年兒童的年幼無能的階段，不能靠自己的雙手爲生，所以即使要忍受一切輕視、侮辱、無情的責罵，還是得待在家裡。現在，他已經十六歲了，手和腳都聽使喚了，爲什麼還要被束縛在家裡呢？自尊心像希望一樣是很能持久的。

這是夏季的一個中午，家裡的人都午睡了，斯德亞把圍褲夾在腋下，手裡拿了一個小包包，想悄悄地從客廳走出去，這時格彥那來了，見他正準備到什麼地方去，就問他：「哥，到哪裡去？」

斯德亞：「我走，去討個工作。」

格彥那：「我去告訴媽媽。」

斯德亞：「那我就躲著你偷偷走掉。」

格彥那：「你爲什麼要走掉，你一點兒也不愛我嗎？」

斯德亞摟著弟弟的脖子說：「我本來不想離開你的，可是在一個沒有人理會的地方一直賴下去，那顯得多麼無恥！我到一個地方討工作，每月掙上幾個盧比來養活自己算了！再賴下去又能幹嘛呢？」

格彥那：「媽媽爲什麼這樣生你的氣？她一直不讓我和你接近。」

斯德亞：「是我的命不好吧！不然怎麼會這樣呢？」

格彥那：「你沒有心思念書？」

斯德亞：「不想念，怎麼能安心念書呢？既然沒有人關心我，不如離開，我想，頂多也只是到處碰壁吧！又有什麼關係？」

格彥那：「你不會忘記我吧？我會給你寫信，以後你也把我接到你那裡去。」
斯德亞：「我會把給你的信寄到學校裡。」
格彥那哭著說：「不知爲什麼，我很捨不得你！」
斯德亞：「我會永遠記住你的！」
說完，他又摟住弟弟的脖子，然後從家裡走了，身邊一個錢也沒有，可是他要去加爾各答。

7

斯德亞是如何到達加爾各答的，對此加以記述沒有什麼意義，青年人身上有很大的冒險成分，他們能夠幻想空中樓閣，能夠幻想旱地行船，他們不考慮各種困難條件，對自己有著無限的信心。

到加爾各答去也不是什麼困難的事情，斯德亞是一個機靈的小伙子，他早就想好了，到加爾各答以後住在什麼地方、要做什麼。他的小包包裡放有紙筆和墨水，在大城市裡謀生既困難，也不困難，對那些能夠靠自己的雙手付出勞力的人來說不困難，但是對那些動筆的人來說則是困難的。

斯德亞看不起賣勞力的工作。他把行李放在一座宗教會館裡，然後到城市裡的主要地區考察了一番，最後他在郵局的前面擺上紙筆坐了下來，他開始做的工作是代不識字的工人寫信，塡匯款單。開頭幾天，他所得到的錢還不夠他吃一頓飽飯，但是慢慢收入增加了。

他非常和氣地跟工人們談話，把他們要寫的內容詳詳細細地寫下來，工人都很高興。沒有受過教育的人有時一件事叫人寫上得說兩遍甚至三遍，這種情況像病人一樣，病人向醫生也是喋喋不休地敘說自己的病情和痛苦。

斯德亞把一點事寫得很長，這使得工人們很入迷。一個工人感到滿意後就會帶來其他的工人，這樣一來，一個月內，他每天都可以掙上一個盧比。

他從宗教會館裡搬了出來，到城外租了一間每月租金五個盧比的房間。每天他只吃一頓飯，炊事用具都自己洗，晚上就睡在地面上。他對自己被趕出家門一點也不感到遺憾和痛苦，他對自己的現狀很滿意，他也從來不想念家裡的其他人，只記著格彥那充滿感情的話語；這是黑暗中的一點光明，和弟弟分別時的那一幕景象經常出現在他的眼前。

對生計不發愁後，他給格彥那寫了一封信，不久收到了回信。他感到非常高興，弟弟還想到我，有時還哭呢！他還想到我這裡來，可憐他的身體不大好。口渴的人得到了水的那種滿意心情，正是斯德亞收到了弟弟回信後的感受；他不是孤立的，還有人想著他，惦記著他。從那天起，斯德亞急著要給格彥那送點禮物了。

青年人彼此容易混熟，斯德亞也和幾個年輕人交上了朋友，他和他們一起去看過幾次電影，還有幾次一同抽煙喝酒。他對鏡子、頭油、梳子也產生了興趣，他所掙到的一點錢，就這樣全部都花光了，他很快在道德墮落和危害健康的道路上滑下去。

弟弟那充滿友愛的來信束縛住了他的手腳，爲了買禮物，他開始改掉這些不良嗜好，看電影的愛好改掉了，他找藉口避免和青年朋友來往，飯也吃得極其簡單，要積極攢錢的焦急心情戰勝了所有欲望。他決心給弟弟買只錶寄去，一只錶的價錢至少要五十盧比，如果接連三個月一個子兒也不隨便亂花，那麼是能買到手錶的。格彥那看到錶後該多麼高興！母親和父親也會看到的，他們會明白，我在外並沒有餓死。

爲了千方百計省錢，他夜裡經常不點燈，一大清早就去工作，一整天只吃幾個錢的糖果點心來維持生活。他的主顧一天天增多，除了代人寫信外，他現在還學會了擬寫電報的電文。兩個月的時間裡，他積攢了五十個盧比，當他把錶和錶鏈縫成一個郵包寫上格彥那的名字寄走之後，他的心是這樣激動，好像一個沒有子嗣的人有了兒子。

8

家庭能喚醒多麼純潔、溫柔和美好的記憶啊！家庭是充滿愛的地方，而經過磨煉的愛所取得的結果就是家庭。少年時代，家庭使人回憶起父母、姐妹兄弟等親人的愛；成年時代，家庭使人回憶起妻子和孩子們的愛。家庭使整個人類生活保持穩定，避免大海的洶湧波濤和暗礁，它是使生活安全渡過艱難險阻的基地。

斯德亞的「家」在哪裡呢？是什麼力量保護著他不受加爾各答各種各樣的引誘呢？是母親的愛？是父親的愛？是爲了自己後代著想的思想？都不是，保護他和拯救他的就是格彥那的感情。爲了弟弟的感情，他節省每一塊錢，他辛苦的工作，想各種辦法掙錢。

他從格彥那的信裡得知，德瓦的經濟狀況不太好，他在蓋房子，由於花了比預計更多的錢，不得不借債，所以現在沒有家庭教師到家裡來給格彥那上課了，從那時起，斯德亞每月都多少給格彥那寄些錢去。他現在不僅是代人寫信的人，他還開了一個賣文具的小商店，通過這個小商店，他有了較好的收入。這樣過了五年，一些游手好閒的朋友看到他不和他們合群，也就不和他來往了。

9

傍晚，德瓦坐在自己家裡和德沃伯利婭討論格彥那的婚姻問題。格彥那現在已經是一個十七歲的英俊

少年，德瓦即使反對早婚，也不能再把結婚的時間往後推了，尤其是在有人準備給五千盧比陪嫁的情況之下，更是如此。

德瓦：「我同意這門親事，但是妳的孩子得答應才行。」

德沃伯利婭：「你把事情談妥吧！孩子會答應的，所有的男孩子開頭總是不肯。」

德瓦：「孩子拒絕這門婚事不僅是出於不好意思，還有他自己的道理，格彥那說得很清楚，只要哥哥不結婚，他是絕不同意結婚的。」

德沃伯利婭：「有誰願意把女兒給他？他在那裡也許有了姘頭，結什麼婚？有誰到那裡去看他？」

德瓦有點生氣地說：「如果有了姘頭，那麼他現在就不會每月給妳的孩子寄四十個盧比，也不會從第一個月開始就一直不斷地寄東西來，真不知道爲什麼，妳對他竟然會這樣狠，即使他把心都掏出來，也感化不了妳！」

德沃伯利婭生氣地走開了。德瓦本來想對她說，先讓斯德亞結婚是合適的，但是，德沃伯利婭不讓他有說話的機會。德瓦衷心地希望，先給大孩子結婚，但是他至今還從來沒有給斯德亞寫過信，德沃伯利婭走開後，他第一次提起筆來給斯德亞寫信了。

信的開頭，先對這麼久不理會兒子表示了歉意，接著，親切地要求他回家一次。他寫道：「現在我已經不久於人世了，我的心願是能夠看到你和你的弟弟兩人結婚成家，如果你不答應我的請求，我將會感到很痛心。」他把格彥那感到爲難的情況也寫了，最後他又慎重地補充：「即使不從其他方面考慮，只考慮到格彥那的感情，你也應該回家來成親。」

斯德亞接到這封信後很難過，他沒有想到他對弟弟的愛會導致這樣的局面，同時他也感到有點幸災樂禍，母親和父親現在終於有了精神上的痛苦了。他們哪裡關心我？我即使死了，他們也不會流下一滴眼淚。七年來，從來沒有寫封信問我到底是死了還是仍然活著，現在感到有點爲難了吧！格彥那最終總會同意結婚的，只是不會那麼容易罷了。

不管怎樣，我還是得說明我爲什麼拒絕這個回去的機會。格彥那是愛我的，但是我不能因此而成爲家庭不公道的犧牲品，我們的家庭生活是完全不公道的，它播下了惡意、不和、殘忍和冷酷的種子，一個人陷入這種境地後就可以成爲自己親生兒子的仇人。不，我不能眼睜睜地吞下這一苦果。我要勸格彥那，這是肯定的，我身邊所有積攢的東西，都將爲他的結婚貢獻出來，我不能做得比這更多了。如果格彥那也不結婚，難道人類世界就會絕種嗎？這種父親的兒子傳什麼宗，接什麼代啊？難道他的生活就不會重演毀滅了我的一切的那一幕嗎？

第二天，斯德亞寄了五百盧比給父親，給父親寫了回信說：你想到了我，這是我的幸運。格彥那的婚事訂下來了，對此我表示祝賀，這點錢請用來給新娘子打一些首飾。至於我的婚事，根據我自己親眼所見，以及我自己的經歷，如果還要陷入家庭生活的泥坑，那世界上再也沒有比我還愚蠢的人了。希望你能原諒我，提起結婚的事對我的心是一種打擊。

另外一封信是寫給格彥那的，信中說：請你服從父母親的命令吧！我是一個讀書不多、愚蠢而又無知的人，我沒有結婚的權利。我不能親自參加你的婚禮，但是對我來說，不可能有比這更使我高興和滿意的事情了。

10

德瓦讀了斯德亞的信後目瞪口呆，他不敢再向他提出要求了。

德沃伯利婭恨恨地說：「這傢伙表面看起來簡單，其實全身都是毒，你看他是如何在千百里之外向我們放冷箭的！」

但是，格彥那讀了信後感到很傷心，父母親的不公道迫使他作出了這可怕的決定，是他們把他趕出了家門，也許這是永遠的驅逐。不知道爲什麼母親會那樣生他的氣，我現在還記得，在兒童和少年時代，他是很聽話、很溫順和很守規矩的人，從未聽到他和母親頂過嘴。我吃最好的，可是他卻一點也不計較，雖然本來是有理由生氣的。在這種情況下，如果他對家庭生活厭惡了，一點也不奇怪！哥哥是經過周密考慮後作出決定的，而我又爲什麼要陷進這種災難中呢？誰能肯定，我就不會面臨這種形勢？

傍晚，當他的父母親坐在那裡商議這個問題時，格彥那走來說：「我明天看哥哥去。」

德沃伯利婭：「你去加爾各答？」

格彥那：「對。」

德沃伯利婭：「爲什麼不叫他回來？」

格彥那：「我有什麼臉叫他回來呢？你們早就在我的臉上抹了黑。由於你們的不公道，這樣一個不凡的人在遙遠的地方倍受折磨，我能這樣不要臉地……」

德沃伯利婭打斷他的話：「住嘴，你不結婚就不要結算了，可別又在傷口上抹鹽。本來是出於作父母的責任，我才要你結婚，不然，誰也不會管你。你願意結婚就結，不願結婚就當光棍好了，不過請離我遠一點。」

格彥那：「討厭我了是不是？」

德沃伯利婭：「你要不聽我們的，那你願意待在哪裡就待在哪裡好了，我們也當作老天爺根本沒有給我們兒子。」

德瓦：「幹嘛說這些難聽的話啊！」

格彥那：「如果你們是這樣想的話，那就這樣吧！」

德瓦看到事情愈來愈僵，於是暗示格彥那走開，然後努力平息妻子的怒氣；可是，德沃伯利婭卻嚎啕大哭起來，而且一再說，她不願再見到他了。

最後德瓦發火了，說：「畢竟是妳說些難聽的話刺激了他！」

德沃伯利婭：「這都是那個卑鄙的傢伙使的壞，他待在千百里遠的地方還在想方設法毀掉我們！他為了把我的兒子從我手裡奪走，表演了假心假意愛他的一場戲，我看透了他的詭計！他的這一陰謀最終會要我的命的，要不，我那從不頂嘴的格彥那不會這樣氣我。」

德瓦：「別扯遠了，難道他會不同意結婚？剛才在氣頭上，說了幾句不中聽的話，等心平氣和了，我會說服他同意結婚的。」

德沃伯利婭的懷疑得到證實了，德瓦一再勸兒子，說：「你的媽媽會難過死的。」可是，沒有任何作用。他說了一次不同意，就決不會改口同意的，最後父親失望了，只得作罷。

一連三年，每年在人們舉行婚禮的季節都提出這個問題，但格彥那的決心毫不動搖；母親的哭訴也沒有用，不過格彥那有一點聽從了她，那就是他沒到加爾各答去見哥哥。

在這三年裡，家中發生了巨大的變化，德沃伯利婭的三個女兒都結婚了，現在家裡除了她以外沒有其他婦女，寂寞的家撕裂著她的心，當她因絕望和憤怒而難受時，就拚命地咒罵斯德亞，但格彥那和斯德亞之間密切的信件來往一直不斷。

德瓦的性格中慢慢出現了一種奇怪的消極冷漠的情緒，他已經退休，成天讀宗教著作。格彥那也獲得了「教師」的稱號，在一所學校裡當了教員，現在德沃伯利婭的生活很孤獨。

德沃伯利婭爲了把兒子吸引到成家立業方面來，使盡各種手段；在同種姓中，誰家的姑娘美貌、品德端正又受過教育，她就說個不休，但是格彥那連聽這些話的時間都沒有。

在他們居住的這一片街區，經常有人家舉辦婚事。有的人家迎來了新媳婦，有的年輕媳婦懷裡抱了小娃娃，家裡一片歡樂景象。有的人家姑娘出嫁，賀喜的人來來往往，敲鑼打鼓，看到這種熱鬧的場面，德沃伯利婭的心不平靜了，她感到只有她才是世界上最不幸的人，只有她的命裡注定不能享受這種幸福。

她想：我見到媳婦的日子什麼時候到來呢？什麼時候我能抱著小孫子，餵他吃東西呢？在我家裡，哪一天能夠唱起娶媳婦的喜慶歌曲來呢？她日日夜夜想著想著，神經都好像不正常了，於是又不由自主地咒罵斯德亞：「他就是要我命的人！」

幻覺是神經不正常的主要特徵，幻覺富有想像力和創造力，它可以讓人覺得自己在空中給天神們駕駛飛船；吃飯時的菜鹹了，它可以使人認爲是敵人設下的計謀。德沃伯利婭現在常常出現這種幻覺——斯德亞已經回到了家裡，他想殺害我，他在逼著格彥那服毒。

有一天她寫了一封信給斯德亞，用盡一切惡毒之詞咒罵他，信中說：「你是置我於死地的仇人，你是滅絕我家門的凶手、劊子手。把你的死屍抬出門的日子什麼時候到來呢？你用魔咒控制了我的兒子。」第二天她又寫了這樣的信，甚至這成了她日常的一項工作；只要她不寫信咒罵斯德亞，她就得不到安寧。她的這些信是通過挑水的女工到郵局去投遞的。

II

格彥那當了教師對斯德亞來說卻是一個打擊，他在遙遠的地方始終感到滿意的，是他在世界上不是沒有寄託的；而現在，他的這個寄託也沒有了，因為格彥那給他寫信時，強調要斯德亞別再為他受苦了，他已經有足夠的錢過日子。

雖然斯德亞的小店生意不錯，但是像在加爾各答這樣的大城市裡，一個小小的店主的生活是不可能幸福的。每個月六、七十盧比的收入又算得了什麼！以前他所省下的一點錢，其實並不是他的節餘，而是他作了種種犧牲後省下來的。他一天只吃一頓粗茶淡飯，住在一間又窄又潮濕的房間裡，這樣省下二、三十個盧比。現在他開始吃兩頓飯了，衣服也比以前穿得乾淨了。可是過不多久，他的開支中又增加了一項醫藥費，於是他又回到了以前那種狀況。

多年來呼吸不到新鮮空氣，照不到陽光，吃不到營養的飯食，一個人的身體再好也是會垮下來的。斯德亞受到食慾不振和消化不良等疾病的纏繞，有時還會發燒。一個人在年輕的時候有自信心，不考慮什麼寄託；隨著年齡的增長，他就有求於人，想要尋求庇護。斯德亞以前睡覺的時候，一躺下就睡到大天亮，有時從街上買點餅吃，有時吃點甜食就過去了。但是，現在晚上輾轉不能入睡，厭惡從街上買來的食品；晚上回到家時，都已經疲憊不堪了，對生火做飯也就更反感了。

他有時對自己的孤獨傷心哭泣。夜裡不能入睡時，他的心多麼渴望同一個人說說話啊！但是在他身邊除了一片黑暗外還有什麼人呢？即使牆壁有耳朵，能夠聽他的傾訴，但是能說話的嘴是絕對沒有的。

另外，格彥那的來信也減少了，而且信也寫得很平淡枯燥。這些信中不再有從前那種純樸感情的傾訴，而斯德亞現在的信仍然像以前那樣充滿感情。對一個教師來說，多愁善感又能增加什麼光彩啊！於是斯德亞慢慢地有了一種錯覺，他認為：格彥那對我也開始冷淡起來了，不然，難道到我這裡來待上幾天都不可能嗎？對我來說，家裡的大門是關閉著的，而對他來說，來往於什麼地方有什麼障礙呢？可憐的斯德亞哪裡知道，格彥那已經答應過母親不到加爾各答來，這種誤會使斯德亞更加灰心失望。

城市裡的人很多，但人情很少。斯德亞住在那麼多人的中間仍然是孤獨一人。在他心裡，現在萌發了一種新的願望：為什麼不回家去呢？為什麼不去尋求某個姑娘的愛情作庇護呢？那種幸福和平靜難道可能從其他地方得到嗎？還有什麼樣的光輝能夠照亮我生活中充滿絕望的黑暗角落呢？他用自己全部的理智來抑制這種衝動，但是正像一個孩子想到家裡放有糖果點心，就一再從玩耍的地方被吸引回家一樣，他的心也一再地被那種甜蜜的感情所牽動了。

他想：老天爺剝奪了我一切幸福，要不，我的情景哪能像現在這麼可憐？難道我生來就是愚蠢的嗎？難道是我不願意勞動嗎？如果在我幼小的時候，我向上的精神和興趣不遭到摧殘，我的智力不遭到扼殺的話，我今天也能成為有用之人，也不會來到這遙遠的外地謀生，不，我再也不能對自己這麼殘酷無情了。

一連幾個月，斯德亞的理智和感情一直在拉扯。有一天，他從小店回來，正要到廚房裡點火做飯，郵差來叫他。除了格彥那，再沒有其他的人給他來信，而今天格彥那的信早已來過，為什麼接連寄第二封信呢？他懷疑發生了什麼不祥的事件。他開始讀起信來，很快信就從他手中落到地上，他用雙手捧著頭坐下來，要不，他一定會摔倒在地。這是德沃伯利婭用那浸透了毒液的筆寫下的充滿刻毒語言的信，使他在讀的一瞬間就失去了知覺，他的憤怒、悔恨、絕望等一切深沉的痛苦都在一聲嘆息中完結了。

他躺倒在自己的床上，精神上的痛苦由熾烈的火化成了水，他哭了。

唉！我的一生全完了，我成了格彥那的敵人。這樣久以來，我只是出於要毀掉他的一生而表演了假意愛他的一幕。老天爺，你可以為此作證！

第二天，德沃伯利婭的信又來了，斯德亞把信撕了，他再沒有勇氣讀她寫的信。

隔了一天，第三封信又來了，他照樣撕掉它，以後這就成了他一件經常性的工作。信來了，接著被撕掉，但是，就算不讀信，德沃伯利婭的意圖也達到了，她就是要給斯德亞的要害處一個接一個的打擊。

經過了一個月可怕的內心痛苦之後，斯德亞對人生厭煩了。他關閉了小商店，也不和外界來往，成天躺在床上。他想起了以往的日子，幼小時母親親著他、把他抱在懷裡，叫他「兒子」。父親在傍晚時下班回來，雙手把他舉起，親切地叫他「寶寶」。這時，母親活生生的形象出現在他面前，正像她去恆河沐浴時的那個形象，她那親切的話語開始在耳邊迴響。

接著又出現了一幕景象，那是他在叫新娘子母親爲「媽媽」，接著憶起了那冷硬的言詞，在他眼前新母親那充滿憤怒的可怕的眼睛又出現了，他記起了當時自己嗚嗚地哭泣。接著又出現了產房的一幕，他懷著多麼深厚的愛想把弟弟抱在懷裡，這時耳邊響起了母親雷擊一般的斥責聲。唉，那霹靂的聲音毀了我的一切。接著多少這樣的往事一一來到他的記憶中，他沒有任何過錯，無緣無故地受到母親的責罵。他還記起了父親對他的殘酷無情，動輒對他聲色俱厲，相信母親無中生有的誹謗。

唉，我的一生毀了。這時他翻過了身子，剛剛過去的一幕幕景象又一次出現在他眼前，於是他又把身子翻了過來，他尖聲地叫喊起來：「爲什麼不了結這一生呢！」

他就這樣躺著度過了幾天。一天傍晚，他忽然聽到門口有人叫他，仔細一聽，結果吃了一驚，是有點耳熟的聲音，他跑去開了門，一看，格彥那站在門口，一個多麼英俊的年輕人！他摟住了格彥那的脖子，格彥那低下頭去摸了他的腳。兩兄弟走進房間，房子裡一片黑暗；格彥那看到哥哥家裡這樣一幅情景，再也抑制不住剛才還憋在喉嚨裡的衝動，哭出聲來了。斯德亞點燃了燈，這是一個什麼家啊？簡直是鬼魂棲息的地方！斯德亞很快找了一件襯衣披在肩上，格彥那看著自己哥哥那衰弱的身體、焦黃的面孔、失神的眼睛，不住地哭泣。

斯德亞說：「最近我生了病。」

格彥那：「這看得出來。」

斯德亞：「你要來也沒有寫信告訴我，你怎麼找到我住的這個地方？」

格彥那：「我寫過信，大約是你沒有收到。」

斯德亞：「對了，信也許投在小店裡了，這幾天我沒到店裡。家裡的人都好嗎？」

格彥那：「母親死了。」

斯德亞：「哦，生的什麼病？」

格彥那：「不是生病，不知道是服了什麼毒。最近一段時期她像瘋了一樣，父親說了她幾句難聽的話，也許就因為這點事服了毒。」

斯德亞：「父親還好吧？」

格彥那：「好，現在還沒有死。」

斯德亞：「哦，生了什麼病？」

格彥那：「母親服毒後，父親掰開她的嘴灌藥，母親使勁地咬破了他的兩個手指，毒液又浸入了父親的身體，於是全身都腫了，現在住在醫院裡，看到誰就咬誰，沒有救的希望了。」

斯德亞：「那這個家就毀了！」

格彥那：「這樣的家本來早就該毀的！」

第二天一清早，兩兄弟就告別加爾各答走了。

1923.06

默奴

牠看見一個老婦人光著身子，披頭散髮，像鬼一樣走來了。

I

有一個名叫吉溫達斯的耍把戲的人，很窮，以耍猴子爲生。他和他的妻子布迪婭都很愛自己的猴子默奴，他們兩人沒有子女，默奴就是他們愛護的對象；兩人和猴子一塊兒吃飯，自己吃也給猴子吃，晚上就讓猴子睡在自己的身邊。在他們看來，再也沒有什麼比默奴更爲可愛的了。

吉溫達斯給牠買了一個球，默奴就在院子裡玩球。牠吃飯有一個專門的瓷碗，有一塊毯子讓牠披在身上，睡覺時還有一個口袋。爲了讓牠跳躍玩耍，草屋頂上特別繫了一根粗繩子。默奴非常喜歡這些東西，如果不把吃的東西放進牠的碗裡，牠是不吃的；對牠來說，那塊毯子和麻布口袋簡直比禮服和寶座還要更寶貴。

牠過得很愜意，大清早，隨主人吃過早點就去耍把戲。牠很善於模仿人的動作，觀眾們看了以後都很著迷。牠手裡拿著一根木棍，學老人拄著拐杖走路；牠還像和尚一樣在蒲團上打坐拜神，學印度教徒在額上抹上檀香末，學教師腋下夾著書本去上課，學藝人打鼓唱歌。牠表演得這樣生動有趣，使得圍觀的人們都笑得前仰後合。把戲耍完之後，牠還向所有的人致敬，抱著人們的腳討錢。於是，默奴的錢罐裡裝滿了錢。接著還有人給牠一只番石榴，有人把糖果扔在牠面前。

孩子們看牠耍把戲的好奇心總沒有滿足的時候，他們紛紛跑回自己的家拿烙餅來給猴子吃。默奴成了

社區裡所有居民的娛樂對象。當牠在家的時候，總有人來逗牠玩。推手推車的小商販也總是扔給牠一點東西，如果不給而想把手推車推走的話，那默奴就抱著他的腳向他索取。

牠在家裡是自由自在的，如果說牠討厭什麼的話，那就是狗，所以沒有一隻狗可以打那兒經過。如果狗真的來了，默奴一定要擰牠的耳朵，或者給牠幾個耳光，這也是逗人喜愛的一個原因。布迪婭有時在白天躺下休息，默奴就用手給她頭上捉蝨子，而布迪婭就唱歌給牠聽。不管布迪婭到哪裡去，默奴總是緊緊跟在她的後面，母子之間的愛也不可能超過他們之間的感情。

2

有一天，默奴忽然想起該到外邊吃點果子。牠本來有果子可吃，可是爬到樹上自由自在地在枝頭邊吃果子邊把果子打落，卻別有一番風味。猴子的天性是頑皮的，默奴比起一般猴子來更甚；牠從來沒有被捉住挨過打，牠覺得爬上樹吃果子是天經地義的。牠不知道，在世上，大自然的產物上面都總是有屬於某人所有的印記，甚至人們連水、空氣和陽光都講究佔有，何況果園，那更不在話下了。

中午的時候，吉溫達斯要把戲回來不久，默奴卻不見了。一般情況下，牠經常在附近玩耍，所以誰也沒有想到牠會跑到什麼地方去。默奴隨便跑著、走著，翻過了人家的屋頂，來到了一座園子裡，牠在那裡看到棵棵樹上都掛滿了果子，什麼隨風子、鳳梨、荔枝、芒果、木瓜，應有盡有。看到樹上掛著這麼多的果子，牠心裡高興極了，好像這些果樹都在向牠招手，都在跟牠說：來吃吧！吃個飽吧！這裡誰也不會干涉你。

於是牠縱身一跳就到了牆頭，第二次，一跳就到了樹上，把樹枝搖來搖去，成熟的芒果紛紛落了下來，發出撲通撲通的響聲。這時園丁從午休的睡夢中驚醒過來，看到默奴就用石頭朝牠打去。可是，要麼是園丁的石頭沒有能到達牠的身邊，要麼是牠掉過頭或挪動了身子躲開了，石頭沒有打著牠。牠不時地向園丁齜牙咧嘴，嚇唬園丁，有時做鬼臉，威脅著要咬他。園丁害怕牠的威脅，跑開了，接著又撿來了石頭。附近的孩子們看到這一幕景象都擁來了，嚷成了一片，孩子們唱道：

啊，猴子，猴子，拔掉你的鬍子，你的嘴發紅，你的臉頰長，

猴子的姥姥見了閻王，猴子的兩腿受了重傷。

默奴對這熱鬧的場面很高興，牠拿著果子咬了一口後就一個一個地扔下來，孩子們爭著拾起來，並拍著手唱道：

猴子舅爺請你講：你的老家在何方？

園丁看到這場亂子平息不了，就去報告主人。那位主子老爺是警察局的一位官員，一聽到報告就大爲生氣，猴子竟然這麼大膽，居然到我的園子裡搗亂來了，這座院子是我付的租錢，不是猴子付的租錢。在這裡，拖走了多少搞不合作運動的人，連報社記者聽到我的名字都發抖，猴子是什麼東西！於是他拿起槍來到了園子，一看，只見默奴正用力把樹搖來搖去，他更是火冒三丈，於是舉起槍向猴子瞄準。默奴一看見槍，被嚇住了，直到今天，還從來沒有人用槍這樣對著牠，但牠曾聽到過放槍的聲音，也曾看見過鳥被槍擊落。如果沒有見過的話，那牠自然也不知害怕。

畜類的理智對敵人總是很警覺的。這時默奴的腳好像癱瘓了，連跳到另外一棵樹上也做不到，只能瑟縮著待在那根樹枝上。老爺對牠的反應滿意極了，發了善心，叫園丁去把猴子抓來。園丁心裡雖然害怕，但他知道老爺很容易發脾氣，於是不聲不響地爬上樹，用繩子把猴子捆了起來，然後把牠繫在老爺走廊裡的一根柱子上。

默奴的自由被剝奪了，牠一直躺在那裡用可憐的聲音「嗚嗚」叫著。傍晚過後，有一個佣人來到牠面前給牠撒了一些豆。現在，默奴明白自己處境的變化了，既沒有毯子，也沒有麻布口袋，躺在地上難受得很，牠碰也沒有碰給牠撒的豆。牠懊悔不該出來尋找果子吃，牠記起了主人對牠的感情：可憐的主人也許在到處找我，女主人可能端著放了餅和牛奶的碗在不停地叫默奴。啊！不幸的苦難，你把我弄到了什麼地步啊！牠一晚沒有入睡，一次又一次地繞著柱子轉。老爺那名叫達米的狗一再嚇唬牠，朝牠吠。默奴氣得真想抓著牠，給牠幾個耳光，使牠頭昏眼花。可是狗卻不走近，只是遠遠地不停地汪汪叫。

夜晚過去了。早晨老爺過來踢了默奴幾腳：「你這混蛋，整夜叫得使人不能入睡，我連眼也沒有闔。狗崽子，要是今晚你再鬧，我就一槍結果了你。」說完他走了。現在輪到那些淘氣的孩子了，老爺家的和其他人家的幾個孩子圍上來了，有的向默奴擠眉弄眼，有的向牠扔石塊，有的拿出糖果來饞牠。沒有一個是牠的保護者，誰也不可憐牠。牠知道的所有辦法都使用過了，但都是白費。牠向人叩頭行禮，合掌膜拜，但是卻換來孩子們對牠更起勁的折騰。今天誰也沒有在牠跟前扔豆子，如果有人扔了，那牠也是不會吃的，牠很傷心，吃不下東西。

傍晚的時候，要把戲的人一路打聽著來到了老爺家。默奴一看見主人就再也按捺不住了，好像要把繩子扭斷，甚至要把柱子給推倒似的，要把戲的人跑上去把默奴摟在懷裡，對老爺說：「老爺，就是人也會犯錯的呀！何況牠還是畜生呢？您想怎樣處罰我，就處罰吧！不過請放了牠吧！老爺，我靠牠糊口呢！沒有牠，我們兩口子是會餓死的。我們像哺育自己的孩子一樣餵養了牠，自牠出走之後，我女人就茶飯不思了。老爺，請您行行好吧！願您高升，永遠走運，願您的彩筆生花，打官司必勝，您家會兒孫滿堂，長命富貴，願您的仇敵遭瘟。」

可是老爺卻不懂得開恩，斥責說：「住嘴，你這混蛋一套一套的廢話把人都搞煩了。你這狗東西，將猴子放出來把我園子全給毀了，現在卻來說奉承話。你去看看，牠糟蹋了多少果子，如果你想把牠要回去，那就拿十個盧比來送禮，要不，就別廢話，從這裡滾蛋了事。牠要麼就捆在這裡等死，要麼有誰給十個盧比把牠帶走。」

耍把戲的人失望地回去了，他哪裡能拿出十個盧比來呢？他回去對布迪婭一說，布迪婭更信賴自己求得人家憐憫的能力，她說：「夠了，我算看到你的本事了。你去後也許像木頭人一樣吧！對老爺們要有能說會道的手段，這才能使他們受到感動。你跟我去，我要是不能讓他把猴子放了才怪呢！」說完她把默奴的所有東西用包袱包好，和丈夫到老爺那裡去了。這一次默奴使勁地跳了起來，連柱子都晃動了。

布迪婭說：「老爺，我們到您家門口乞討來了，請您把這猴子施捨給我們吧！」

老爺說：「我認爲施捨是罪過。」

布迪婭說：「我們是四海爲家的人，我們會到處頌揚您的美德的。」

老爺說：「我既不貪求美名，也不希望得到什麼美名。」

布迪婭說：「老天爺會賜福給您的。」

老爺說：「我不知道，老天爺是什麼玩意兒。」

布迪婭說：「老爺，寬恕別人是崇高的德行。」

老爺說：「在我這裡最大的德行是實行懲罰。」

布迪婭說：「老爺，您是長官，長官的本分就是辦事公正，請不要因爲果子的事而毀掉兩條人命吧！辦事公正正是長官的偉大之處。」

老爺說：「我們偉大之處可不是來自辦事公正或寬恕人，辦事公正也不是我們的本分——我們的本分是享樂。」

在這個傲氣十足的老爺面前，布迪婭的任何理由也不起作用。後來，她失望了，說道：「老爺，請您允許我把這些東西給猴子留下，牠像愛惜生命一樣愛惜這些東西呢！」

老爺說：「我這兒不是放這些破爛的地方。」

最後，布迪婭失望地走了。

3

達米這條狗看到猴子一聲不響，更神氣起來了，牠汪汪地叫著來到了默奴旁邊，默奴撲上去擰住了狗的兩隻耳朵，給了牠幾記耳光，打得牠暈頭轉向。老爺聽到狗的嘶叫聲後，從房間裡走了出來，踢了默奴幾腳，並且命令僕人三天不要給這個混蛋吃的東西。

湊巧那天有一個馬戲團的經理來向老爺申請演馬戲，他看到默奴被繫在柱子上哭喪著臉坐在那裡，就來到牠身邊親切地叫喚牠。默奴馬上跳起來抱住了他的大腿，向他行禮致敬。經理明白了，這是一隻馴養過的猴子，他的馬戲團裡還需要一隻猴子，他和老爺一談，給了一些錢就把猴子牽走了。但是，默奴很快地發現，牠到了更壞的境地。

經理把牠交給了馴猴的人，馴猴的人是一個很殘忍和粗暴的人，他還管著另外幾隻猴子，所有的猴子都受他的折磨，他還吃掉餵猴子的食物。其他的猴子並不怎麼歡迎默奴，牠的到來在牠們中間引起了騷動，如果不是馴猴的人把牠另外放在一邊的話，那牠們也許會把牠撕裂吃掉。

默奴現在不得不學新的技藝了，比如騎自行車，雙腳站在奔跑著的馬背上，在細索上行走等等，都是些很困難的功夫。在練這些功夫時默奴挨了不少打，如果稍有失誤，棍子就要落在牠的背上。比這更使牠難受的是，牠成天被關在一個籠子裡，不讓人看見牠。牠在耍把戲的主人那裡本來也是得表演的，但是那時的表演和現在的表演有很大的區別；那時主人親切的話語裡充滿了感情的關愛，怎麼能和這裡遭禁閉和挨棍棒的生活相提並論呢？在學習新的技藝方面牠爲什麼遲遲學不會呢？原因是直到現在爲止，牠還沒有拋開要逃到吉溫達斯身邊去的念頭，牠成天在等待時機。

但是，所有動物在那裡都受到極嚴格的監視，別說逃掉，就連外邊的空氣也呼吸不到。驅使牠的人，比比皆是，而關心牠的人一個也沒有。老爺的拘禁，牠倒很快擺脫了，但是在這裡，牠卻度過了受囚禁的三個月。牠身體變瘦了，成天心緒不寧，又沒有辦法逃走。不管牠願意不願意，都得表演，主人貪的是錢財，哪裡還管牠是死是活！

事有湊巧，有一天馬戲團搭的棚裡著了火。馬戲團的成員都是賭徒，他們成天賭博、喝酒和爭鬥，在這種混亂中突然媒氣管破裂了，哀號聲叫成一片，觀眾們都沒命地跑了，團裡的人員都在搶救自己的東西，誰也沒有注意到那些動物。馬戲團中有一些凶猛的野獸參加表演，有兩頭獅子、幾隻豹子、一頭大象，還有一頭熊，而狗、馬和猴子的數目比那些猛獸要多得多。爲了賺錢，馬戲團根本不把演員的生命當一回事，這時所有的動物都已放了出來準備表演，一著火，牠們都吼叫著跑掉了，默奴也逃跑了，甚至沒有回頭看一看搭的棚是否已經燒毀。

默奴跑著跳著，直接來到吉溫達斯原來住過的那個家，可是大門是關閉著的。牠爬上屋頂鑽到屋子裡，但沒發現有什麼人的跡象。牠原來睡覺的地方，過去經常由布迪婭用牛糞水粉刷得乾乾淨淨，現在卻長滿了草。那根牠經常爬上跳下的粗繩子已經被白蟻咬斷了。附近的人看到牠後認出來了，大家都嚷著：「默奴回來了！默奴回來了！」

自那天起，默奴每天傍晚都回到原來那個家裡來，躺到牠原來睡覺的老地方。牠成天在附近蹦蹦跳

跳，有人給牠吃，牠就吃，但是牠從來不碰任何人的什麼東西。牠至今仍然希望原來的主人會到這裡來看牠。夜裡，人們聽到牠發出淒慘的呻吟，凡是看到牠那副可憐樣子的人，無不落淚。

這樣過了幾個月，有一天默奴正坐在小巷子裡，這時牠聽到了孩子們的鬧嚷聲，牠看到一個老婦人光著身子，只是腰間繫了一塊破布，披頭散髮，像鬼一樣走來了。幾個孩子跟在後面一面拋石塊，一面叫著「瘋外婆」、「瘋外婆」，還拍著手。老婦人不時地停下來，對孩子們說：「我不是瘋子，爲什麼叫我瘋外婆啊？」後來老太婆坐在地上，說：「你們告訴我，爲什麼叫我瘋外婆？」她一點也不生孩子們的氣，她既不哭，也不笑，身上挨了石塊，也不言不語。

一個孩子說：「妳爲什麼不穿衣服？妳不是瘋子是什麼？」

老婦人說：「衣服是在冬天穿著避寒的，現在天氣很熱呀！」

孩子說：「妳不知道害羞嗎？」

老婦人說：「孩子，害羞是什麼啊？那麼多和尚和出家人都赤裸裸的不穿衣服，爲什麼不用石塊打他們呢？」

孩子說：「他們是男人。」

老婦人說：「難道只要求婦女害羞，而男人們就不應該害羞麼？」

孩子說：「不論誰給妳吃的，妳都吃，妳不是瘋子又是什麼？」

老婦人說：「孩子，這又怎麼能算發瘋呢？肚子餓了，該填肚皮啊！」

孩子說：「妳沒有頭腦，不管誰手裡的東西都吃，就一點不噁心嗎！」

老婦人說：「孩子，什麼叫噁心？我都忘記了。」

孩子說：「大家都感到噁心。什麼叫噁心，我該怎麼對妳講呢？」

另外一個孩子對她說：「妳爲什麼要把錢扔掉？有人給妳衣服，妳爲什麼也扔掉走開呢？這不是發瘋是什麼！」

老婦人說：「孩子，要錢要衣服作什麼用呢？」

孩子說：「妳不知道別人拿來作什麼用嗎？所有的人都貪財呀！」

老婦人說：「孩子，什麼叫貪財，我忘記了！」

孩子說：「大家這才叫妳『瘋外婆』呀！妳不貪心，也不噁心，沒有頭腦、沒有羞恥，這樣的人就叫作『瘋子』！」

老婦人說：「那就叫我瘋子吧！」

孩子說：「妳爲什麼不發火？」

老婦人說：「誰知道，孩子，我不發火，難道另外有人還發火嗎？這我都忘了。」

於是幾個孩子又是「瘋子」、「瘋子」地嚷成一片，老婦人仍然不動聲色地往前走了。當她走近默奴時，默奴認出她來了，這原來是我的女主人呀！牠朝她跑去，很快抱住了她的腳；老婦人吃驚地看了看默奴，她也認出來了，立刻就把默奴摟在懷裡。

4

布迪婭一把默奴摟到懷裡，就感到自己赤裸著身子，羞得她站不起身來。

她坐在地上對一個孩子說：「孩子，給我找點什麼穿的來，好嗎？」

孩子說：「妳不是不害羞嗎？」

老婦人說：「不，孩子，現在害羞了。不知我過去是怎麼了。」

一些孩子又「瘋子」、「瘋子」叫了起來，老婦人開始扔石塊打孩子們，而且跟在他們後邊追著。

一個孩子問她：「妳從來不生氣的，爲什麼現在生氣了呢？」

老婦人說：「不知爲什麼現在生氣了。要是還有人叫我瘋子，我就叫猴子咬他。」

有一個孩子跑去拿了一件衣服來，老婦人穿了衣服，用手理了理頭髮，以前她那種非人的面色，現在顯露出了苦惱的表情。她哭著對猴子說：「孩子，你到哪裡去了呢？在這樣長的日子裡，你理也沒有理我們。你的主人因爲見不到你歸天去了，我過著乞討的日子，我們的家毀了。有你的時候，我想到吃、想到穿、想到戴首飾、想到家，你一走，這一切欲望都消失了，只剩下飢餓還折磨著我。除此之外，我在世界上不擔心任何事情，你的主人死了，我沒有流一滴淚。他躺在床上呻吟，我的心已經成了一塊石頭，別說給他治病，我在他身邊站也沒有站一會兒。我當時想，他是我的什麼人呢，現在想起這些事，想到當時自己的情形，那不得不承認我的確是瘋了。孩子們戲弄我，把我叫作『瘋外婆』，一點不假。」

說完，布迪婭抱著猴子來到城外的一座園子裡，就住在那兒的一棵樹下，樹下有一點稻草鋪在地上，除此之外，沒有其他任何人住的跡象。從這一天起，默奴和她住在一起。大清早，牠就離開樹下，表演模仿人的動作，或者向人乞討，爲布迪婭弄來吃的糧食和麵餅。即使是自己的兒子，也不會這樣孝敬母親。人們爲牠的表演而高興，也給牠一點錢，牠用這錢爲布迪婭從市場上買來吃的東西。

人們看到猴子對布迪婭的這種感情後都感到驚訝，他們一個個都說，這不是猴子，而是一位天神。

1924.02

秦古爾的報復

如果我是你，我不燒他的家是不甘心的！

I

兵士因自己的紅頭巾而感到得意[1]，美女因自己的首飾而引以自豪，而醫生因自己面前坐著許多候診的病人而覺得了不起；同樣，農民則在看到自己豐收在望的莊稼時洋洋自得。秦古爾看到自己田裡的甘蔗時，渾身覺得飄飄然。他有六畝地的甘蔗，可以輕而易舉地賣得六百盧比，而且如果老天爺讓過秤的時候多出點分量，那就更沒有說的了。兩頭耕牛已經老了，這一回趕集時要買一對新的壯牛來；要是再能租到兩畝地，就一定立下字據租下來。不用擔心錢，剛才商店老板還對他說奉承話哩！村子裡沒有一個人沒有和他打過架的，因為他誰也沒有放在眼裡。

有一天傍晚，他抱著自己的孩子正在田裡摘豌豆，這時，他看到有一群羊正朝他走來，心裡便想：從這裡又沒有羊過去的路，難道羊群不能走田埂上嗎？有什麼必要把羊群趕到這裡來呢？羊會踩壞莊稼，而且會吃莊稼，由誰來賠償呢？看來好像是牧羊人布屠的羊，這小子驕傲了，才把羊群趕到人家田裡，想從田中間過去；他那一副傲慢的樣子，看到我就站在這兒，可是仍然不把羊往回趕。誰又對我寬宏大量過呢？還要我對他客氣嗎？要是現在我向他買隻羊，他會要上五個盧比的，很多地方的氈子都賣四個盧比，可是他賣氈子時，人家出的價錢不到五個盧比時，他連理也不理。

這時羊群已經來到田邊了。秦古爾大聲喝道：「喂，怎麼把羊趕到這裡來了！」

1：以前印度士兵頭巾都是紅色的。

布屠很客氣地說：「大東家，羊會從田溝裡過去的，要是繞道的話，我就得繞兩里路的大彎子。」

秦古爾：「爲了你不繞大彎子，就讓羊踩壞我的莊稼？要把羊從田溝裡趕過來，那爲什麼不從別人的田溝裡趕過來呢？是把我看成不可接觸的清掃工了？還是你有了錢驕傲起來了？趕快把羊趕回去！」

布屠：「大東家，今天就讓我過去吧！下次要是再經過這兒，你想怎麼處罰就怎麼處罰好了。」

秦古爾：「我已經說了，趕快把羊趕回去，如果有一隻羊走到溝裡去，你放明白點，那是不會有你的好處的。」

布屠：「大東家，要是我的任何一隻羊踩了你的莊稼一片葉子，你要怎麼罵我，就罵好了。」

布屠話說得很溫和，但是他覺得要把羊往回趕是一種恥辱。他在心裡嘀咕：要是像這樣隨隨便便嚇唬一下，我就把羊往回趕，那我今後還怎麼放羊呢？今天往回趕了，那明天哪兒也沒有我趕羊的路了，大家都會欺負我的。

布屠也是硬性子的人。他總共餵有二百四十隻羊，其中有一部分是幫人放的，每天還可得半個盧比的工錢；除此之外，他還賣羊奶，還織氈子。這時他在想：生這麼大的氣，又能把我怎麼辦？我才不會讓步哩！羊見到了莊稼的青葉子，再也忍不住了，就鑽進了田裡。布屠趕打著羊，想把羊轟走，可是牠們卻四下鑽進去了，秦古爾大爲惱火，說：「你是對我逞威風來了，那我就把你的威風打下去！」

布屠：「這些羊看見你受驚了。你走開，我把牠們趕出來。」

秦古爾把孩子放了下來，舉起手中的木棍就向羊打去，也許任何一個主人對自己的狗都沒有下過這樣的毒手。有的羊腿被打斷了，有的羊腰被打折了，所有的羊都開始咩咩亂叫起來。布屠一聲不吭地站在那裡，親眼看著自己的羊群被糟蹋，他既不吆喝羊群，也不對秦古爾說什麼，只是站在那裡看熱鬧。幾分鐘的時間裡，秦古爾通過野蠻和無情的暴力把羊群打跑了。

在擊潰了羊群之後，他帶著得勝的驕傲口氣說道：「現在老老實實地回去吧！記住，可別再向這裡趕羊了！」

布層看著傷殘的羊群說：「秦古爾，你幹的好事！要懊悔的！」

2

向農民進行報復比砍瓜切菜還容易，農民的一切家當都長在地裡或者是堆在禾場上，在經過許多意外或自然的災害之後，糧食才能收到家裡；如果人的破壞與自然災害結合起來，那可憐的農民就要走投無路了。秦古爾回來之後向其他人繪聲繪影地描述了這場搏鬥，大家勸他：「秦古爾，你這樣做太沒有道理了，這不是明明知道而裝作不知道嗎？你難道不知道布層是多麼愛鬧事的人嗎？現在事情還不大要緊，你去對他說幾句好話吧！要不，整個村子都要跟著你遭殃。」

這一來秦古爾心裡也恍然大悟了，他開始懊悔：我阻攔他做什麼呢？即使羊吃了一點莊稼，難道我就會破產嗎？的確，我們莊稼人要圖個安寧，還是克制一點兒好，老天爺也不滿意我們搖頭晃腦傲氣十足。他本來不想去布層家裡，可是由於大家一再勸說，他不得不向布層家走去。

這時正是九月的天氣，天降大霧，周圍是一片昏暗。他剛走出村子，就突然看到自己田地的那個方向起了火，他大吃一驚，心中怦怦亂跳。田裡著火了！他飛跑過去，一面暗自祈禱：可別是我的田裡著火！可是當他愈接近火場，所抱的希望愈發成了泡影，他從家裡出來所要防止的災禍竟然發生了，這個殘忍的傢伙終於放了火，想讓我和全村的人都遭受滅頂之災。他感到今天他的地是這樣近，好像原來隔著的那一片荒地根本不存在了，最後當他跑到自己的農地邊時，那裡已經成了一片火海。

秦古爾發出一陣哀號，村子裡的人也跑了來，一個個連忙從地裡拔豆秸來撲打火舌，人和火展開了一場激烈的搏鬥，混戰了兩三個小時。在這場搏鬥中，有時人占了上風；有時火占了上風；有時看來火快撲滅了，卻又燃了起來，而且以更大的威力更瘋狂地肆虐。在滅火的人群中，做得最出色的要算布屠，他把圍褲捲在腰間，冒著生命危險鑽進火裡，撲滅了一處的火又去撲滅另一處的火，他的身子幾乎都被燒著了才出來。最後人們還是戰勝了火，取得了勝利，然而卻是一次可悲的勝利；全村的甘蔗都被毀了，隨著甘蔗一起毀了的還有人們寄託的希望。

3

火是誰放的，這是公開的祕密，但是誰也不敢說出口，因爲沒有證據，沒有證據的道理一錢不值。秦古爾已經寸步難行了，走到哪裡，那裡的人就怨他，人們公開對他說：「這個火是你讓放起來的，是你把我們大家都毀了，是你表現得那麼趾高氣揚的樣子。你自己完蛋就算了，還把我們也拖下水。你若不去惹布屠，怎麼會有今天？」秦古爾聽了這些諷刺挖苦的話，比自己家破產還要傷心，於是他只好成天待在家裡不出門。

已經是十一月了，以往這些日子，壓榨甘蔗的碾子連夜轉個不停，到處散發著紅糖的香味，熬糖的爐火始終熊熊地燃燒著，而人們也圍坐在爐火邊不斷地抽水煙。可是現在到處是一片寂靜，由於怕冷，天一黑人們就把門關上，待在家裡咒罵秦古爾。

一月更是難熬的日子，甘蔗不僅僅是農民的財源，而且是農民生活的基礎；農民靠著它過冬，他們喝糖漿，燒甘蔗葉子取暖，將榨過糖的秸稈用來餵牲口。村子裡的狗原來都睡在火爐旁的灰堆裡，現在因爲冷，狗都凍死了；好多牲口也因爲沒有飼料而死去。寒流一來，全村的人都傷風感冒。而這一切禍害的根源都是秦古爾的所作所爲，是這個倒霉的害人的秦古爾搞的！

秦古爾左思右想，下定決心要讓布屠也變成他現在這個樣子。就是由於他，我現在破產了，而他卻在那裡舒舒服服地享樂，我也要讓他破產。

自從種下這場不幸糾紛的種子以後，布屠就再也不到這邊來了；秦古爾開始增加與他的來往，他想向布屠表明，他絲毫不懷疑他。有一天他藉口買氈子去了一趟，接著又藉口買羊奶去了，布屠很熱情接待他；人們對仇人也是請抽煙的，布屠不僅請抽煙，而且執意留他喝了羊奶和果汁後才讓他走。秦古爾後來在一家捲麻廠裡工作，往往隔幾天才發一次工錢，靠布屠的熱心幫助，秦古爾才有日常的用度，所以秦古爾和他的關係變得很密切了。有一天布屠問他：「喂，秦古爾，如果你發現了那放火燒你家甘蔗的人，那你怎麼辦？說真的。」

秦古爾嚴肅地說：「我會對他說：老兄，你幹得好！你打掉了我驕傲的氣焰，使我成了人。」

布屠：「如果我是你，我不燒他的家是不甘心的。」

秦古爾：「人活在世上有幾天？在短短的一生中加深仇恨，有什麼好處？我自己已經毀了，把人家也毀了，我又能得到什麼？」

布屠：「對了，這就是人的天性。不過老兄，有時人在一氣之下也會亂來的。」

4

三月裡，農民在田裡準備播種甘蔗，這時布屠的生意很不錯，大家都想要羊來餵，每天總有幾個人在他家門口，對他說好話，奉承他。布屠對誰也是愛理不理的，他把羊的價格提高了一倍，如果有誰不同意，他就直說：「老兄，我並不是強迫你養羊，你不想養，就不養吧！不過我說出口的價錢，是一個子兒也不能少的。」出於利益的考慮，所以即使受到這種不留餘地的對待，人們還是圍著他轉，好像一個婆羅門纏著一個施主不放。

財富女神的身材倒不是很高大，而且可以根據時間的條件縮小；她有時把自己蜷縮起來隱藏在紙上的幾個字裡，有時還待在人們的舌頭上，完全失去了自己的形象。但是爲了讓她住下，卻要很寬敞的地方，她一來到誰的家裡，誰的家也就擴大了，小房子容她不下。

布屠的家也擴大了，門口修起了走廊，原來是兩間的房子，現在成了六間。或者說，他的房子重新蓋了，向這個農民要了木頭，向那個農民要了燒瓦用的牛糞餅，向某一個農民要了竹子，向另一個農民要了蘆葦；只有築牆花了一點工錢，那還不是用現錢，而是用羊羔抵的。這就是財富女神的威力，幾乎全部的工程都是利用無償的勞動完成的。白白地得到了一棟好房子，布屠在看吉日準備遷入新居。

秦古爾成天作工，好不容易才得到能吃個半飽的糧食，布屠家裡卻這麼有錢！秦古爾憤憤不平，難道是自己以前做過壞事？不然，這種不平誰又能受得了？

有一天，他信步走到皮匠族聚居的不可接觸者那裡，找一個名叫赫利赫爾的人。這個人是皮匠族的頭頭，是個很壞的傢伙，農民們看到他就害怕。赫利赫爾來向他問好，請他吸煙，兩人一塊吸了起來。

秦古爾一面抽煙一面說：「怎麼近來不唱灑紅節的歌呀？根本聽不見你的聲音了！」

赫利赫爾：「灑紅節的歌有什麼？塡肚子的時間都不夠了！你說說，你近來是怎樣過日子的？」

秦古爾：「過日子？丟盡了臉的人活著算過日子？整天在機器旁工作，好不容易才能吃上一碗飯。現在只有布屠家銀錢多得無處放，新修房子，又添了羊，如今正要遷入新居，聽說請了村子的七個人。」

赫利赫爾：「財神到了家裡，人的眼睛就有神。不過你看他那趾高氣揚的樣子，說話的口氣真大！」

秦古爾：「口氣為什麼不大呢？在這個村子裡，有誰能和他比？不過，老兄，我對這種不平是看不下去的。老天爺給了你錢，那你該低著頭謹慎一點，而不能夠把自己擺在所有人之上。我一聽他的滿口大話，身上就像著了火一樣；昨日的小販，今天成了財主，跟我們擺架子；昨天還是一個穿著三角褲衩在田裡趕烏鴉的毛孩子，而今天卻發跡了！」

赫利赫爾：「咱們是不是想點什麼辦法？」

秦古爾：「你能怎麼辦？他就是害怕人家算計他，所以才不養牛。」

赫利赫爾：「不是有羊嗎？」

秦古爾：「什麼？羊？那有啥用？」

赫利赫爾：「你想想。」

秦古爾：「你想一個讓他永遠不能翻身的辦法。」

此後，他們兩人低聲商量起來。令人迷惑不解的是：好人之間嫉妒之心有多深，壞人之間的感情就有多深；學者看到學者以後，修道士看到修道士之後，詩人看到詩人之後都懷嫉妒之心，彼此不願看到對方；但是賭徒看到賭徒之後，酒鬼看到酒鬼之後，小偷看到小偷之後卻深表同情，並給予幫助。

如果一個婆羅門學者在黑暗中被絆倒了，另外一個婆羅門學者不但不會去扶他起來，相反，還會再給他幾腳，讓他壓根兒再也起不來；可是一個小偷看到另一個小偷有危難時，卻會來為他分擔痛苦。

人們都憎恨壞人的行為，所以壞人之間彼此會產生同情；全世界的人都稱讚好人的行為，所以好人之間會彼此對立。小偷打小偷得到了什麼呢？小偷受到憎恨；而學者侮辱了學者之後得到了什麼呢？學者受到稱讚。

秦古爾和赫利赫爾經過商議，方法想好了，時間、步驟也都定好了。秦古爾離開時整個人感到一陣飄飄然，這一下把仇人打下去了，他還能逃到哪裡去？

第二天秦古爾去上工，先到了布屠家裡，布屠問他：「怎麼？今天不上工？」

秦古爾：「我正上工去哩！我是來對你說說，你為什麼不替我把那頭小母牛和你的羊群一起放牧呢？這頭小母牛繫在樁上都快死了，沒有飼料，沒有草，給牠什麼吃？」

布屠：「老兄，我不餵牛。你知道那些皮匠嗎？一個個都是屠夫。就是那個赫利赫爾，曾經弄死了我的兩頭母牛，不知他餵了什麼，從那時起我就警覺起來，決定不餵牛了。不過你只有一頭小母牛，誰能把牠怎麼樣？你什麼時候想牽來就牽來吧！」

說完布屠讓他看了他為喬遷之日準備的東西：他已經準備了酥油、白糖、細麵粉、蔬菜等物，只差準備念頌神經[2]了。秦古爾一看，大開眼界，他從來沒有進行過這麼盛大的準備，而且也沒有看見任何人這麼準備過。下工回到家裡，他做的第一件事就是把自己的小母牛送到布屠家裡。正是當天晚上，布屠家裡念了頌神經，還宴請了婆羅門，整個晚上都在招待婆羅門的事務中過去了，他沒有時間去看一看自己的羊群。第二天早上吃過早飯起來（因為晚上的飯在大清早才吃），有一個人來告訴他：「布屠，你還坐在這兒！小母牛已經死在羊群中了，連繫牛的繩子也沒有解開呢！」[3]

布屠一聽，像挨了當頭一棒，當時秦古爾也吃完飯坐在他這裡，他說：「哎呀！我的小母牛！去，先去看看再說。我沒給牠繫過繩子，把牠送到羊群裡後我就回家了，你什麼時候給牠繫上繩子的？」

布屠：「老天爺知道，我看見過什麼繩子啊！我根本還沒有到羊群中間去呢！」

秦古爾：「你不去，誰給牠繫上繩子呢？你大約去過，是記不起來了吧！」

一個婆羅門說：「不是死在羊群中嗎？世人都會說小母牛是因布屠的不小心死的。那繩子是誰的？」

[2]：印度的節日、吉日都有念頌神經的內容，用以表示吉祥。

[3]：母乳牛在印度被認為是神牛，一旦死了，被認為是一件大事。

赫利赫爾：「我昨天傍晚看到他在羊群中捆過牛的。」

布屠：「看到我捆牛？」

赫利赫爾：「你當時不是肩上背著棍子，一面在捆小母牛嗎？」

布屠：「你真會說實話！你看到我捆小母牛麼？」

赫利赫爾：「老兄，為什麼生我的氣呢？你沒有捆，就沒有捆得了！」

婆羅門：「這罪還是要定下來，殺害母牛得進行懺悔，不是開玩笑的事。」

秦古爾：「先生，他不是有意捆的。」

婆羅門：「這又有什麼區別？一般殺害母牛就是這樣搞的，誰也不是去打死的。」

秦古爾：「對了，捆牛是很危險的事！」

婆羅門：「經書裡把這叫作大罪過，殺害母牛的罪不比殺害婆羅門的罪輕。」

秦古爾：「對了，到底是母牛嘛！弄死牠，牠會感到不平的，母牛就像母親一樣。不過先生，就算犯了錯誤，請你想想辦法，多少進行一點懺悔後就讓可憐的布屠脫身吧！」

布屠站著聽他們說話，心想：就這樣簡單地把殺害牛的罪過安在我頭上？他也懂得了秦古爾的手法。又想：我即使說上十萬句沒有捆小母牛，可又有誰信呢？人們會說，我是為了逃避懺悔而這麼說的。

婆羅門——這些人間的神——在給他作懺悔時可以大撈一筆，他們怎麼會放過這種難得的機會呢？結果是：布屠犯了殺害母牛的罪。婆羅門本來就很嫉妒他，天賜了他們以報復的良機；他們給了他三個月行乞的處罰，然後朝拜七處聖地，另外要宴請五百個婆羅門，還要施捨五頭母牛。布屠一聽，魂飛天外，痛哭起來，於是行乞的三個月減為兩個月；除此之外，不能再作任何寬容。無處可以申訴，無處可以控告，可憐的布屠不得不接受這種懲罰。

布屠的羊只好聽天由命了。孩子還小，妻子一人能做什麼？可憐的布屠外出行乞，站到人家的大門口，他口中說，「小母牛把我放逐了。」東西倒是可以討到一點，但是他在接受人家的施捨時，還不得不聽人家幾句難聽的話。白天討到一點東西，傍晚的時候在某棵樹下燒來吃，然後就躺在那裡。他倒不去想有什麼難受之處，他本來就成天牧羊，也在樹底下睡覺，吃的東西也比現在好不了多少，但是，行乞總是感到丟臉，特別是碰上厲害的主婦挖苦說：「好哇，找到了謀生的好法子！」這時他內心就非常難受，可是又有什麼辦法？

兩個月後，他回到家裡，頭髮長得長長的，身體衰弱得像是一個六十歲的老頭子；現在又要籌備朝拜聖地的一筆錢，有哪個放債的肯借錢給牧民呢？羊又怎麼靠得住呢？一旦生病，一個夜裡羊群可以全部死光，何況又是五月的大熱天。當從羊群身上沒有弄到錢的希望時，有一個油店老板答應借錢給他，月息百分之十二點五，八個月利息和本錢就一樣多了，他不敢借錢。

這兩個月中，羊又被偷走不少。孩子去放羊，鄰村的人悄悄地把一兩隻羊藏在地裡或人家家裡，然後殺了吃掉。可憐的孩子一是抓不著他們，另外即使看到了，也對他們無可奈何，全村的人都聯合起來對付他。如果再等一個月，羊也許還剩不到一半。這是一個尖銳的問題，最後不得已，布屠找來了一個屠夫，把羊全部賣給他，得了五百個盧比。他拿了兩百盧比朝聖去了，其餘的錢留下來準備宴請婆羅門。

布屠走後，小偷在他家裡打了兩次洞進去偷東西，幸好由於家裡的人醒著，錢沒有被偷走。

5

七月裡，到處是一片翠綠。秦古爾沒有耕牛，田讓人家種了，對分收成；布屠從懺悔中脫身了，同時也從錢財的羅網中解脫了。現在秦古爾身邊一無所有，布屠身邊也一無所有。誰還嫉妒誰呢？又爲什麼要嫉妒呢？

由於麻廠關閉，秦古爾現在在做挖土的工作。城裡在修建一座大的宗教會館，有幾千個工人在做工，秦古爾就是其中之一，一個星期拿一次工資回家，住上一夜，早上又去上工。

布屠也到這兒來找工作了。領工的人一看，體質太弱，不能做重一點的工，就讓他給技工送石灰泥。布屠把桶子頂在頭上去取石灰泥時，看到了秦古爾，兩人互相問了聲好；秦古爾裝了石灰泥，布屠把石灰泥運走了，兩人整天不聲不響地做著自己的工。傍晚的時候，秦古爾問道：「要做點東西吃吧？」

布屠：「不做吃什麼呢？」

秦古爾：「我倒是一天吃一餐豆，晚上這一餐就是炒米粉，誰願意找麻煩！」

布屠：「這周圍到處都有木材，弄一點來。這裡的麵粉太貴，我從家裡帶麵粉來了，是家裡磨好的；我就在這塊大石頭上揉麵，你不吃我做的東西，那你就自己做餅烤吧，我把麵揉好。」

秦古爾：「沒有鍋呀！」

布屠：「鍋有的是。我來洗這個裝石灰泥的鐵桶。」

火生起了，麵也揉好了，秦古爾做了餅，布屠取來了水，兩人用餅裹著辣椒和鹽吃，然後抽煙。兩人躺在大石基上抽著煙，布屠說：「你甘蔗田裡的火是我放的。」秦古爾會心地說：「我知道。」隔了一會兒，秦古爾說：「小母牛是我捆的，赫利赫爾給牠餵了點東西吃。」布屠也會心地說：「我知道。」然後兩人都入睡了。

1924.04

幸運的鞭打

你竟膽大包天，敢睡在勒德娜的床上！

I

不管是富人家的孩子，還是窮人家的孩子，都是很淘氣的，他們調皮的性格並不因他們的處境而有所不同。納吐阿的父母早就死了，作爲孤兒，他投靠到拉伊・坡拉那特家裡。拉伊先生是一個慈善的人，有時還給他幾個錢。要吃的話，他家每頓剩下的食物，足夠他這樣幾個孤兒吃飽；要穿的話，他家的孩子有穿過不要了的許多衣服。所以，納吐阿即使是孤兒，也沒感到什麼痛楚。

拉伊先生曾經把他從一個基督教徒的手中解救出來，他哪裡關心這個孩子在教會裡可以受教育，可以生活得比較舒服？他只是一心希望納吐阿仍然是印度教徒，他認爲他家裡吃剩的食物，比起教會的食物來也要聖潔得多，給他打掃房間，比起在教會學校讀書還要好得多。不管處於什麼條件，只要仍然是印度教徒就行，如果成了基督教徒，那就永遠無可挽回了。

除了給拉伊先生打掃庭院外，納吐阿沒有其他的事，吃過飯就到處遊玩。根據他所做的工作，也給他劃分了種姓，家裡的其他僕人都叫他清掃夫，對此，納吐阿沒有任何不滿。名字對一個人的處境能有什麼影響，這個可憐的孩子還一點也不知道。充當清掃夫也沒有什麼壞處，掃地時他偶爾可以撿到錢，有時還可以撿到其他東西，他用撿來的錢買香煙。由於朝夕和僕人廝混在一起，他從小就有了抽煙葉、吸紙煙和吃檳榔的癮。

說來拉伊先生家裡有很多男孩和女孩，外甥、姪兒一大群，但是他自己只有一個孩子，即名叫勒德娜的女兒，他專門為她請了兩個家庭教師，另外還有一個歐洲女士來教她英語。拉伊先生打心底裡希望勒德娜成為一個全才，將來嫁到誰家，就成那個家的福星；他不讓女兒和其他孩子生活在一起，因此為她單獨安排了兩個房間，一間是書房，另一間是臥室。人們說，過分溺愛會使孩子養成固執和調皮搗蛋的性格；勒德娜儘管受到了溺愛，但她仍然是一個很溫順的女孩子，甚至對僕人也不用「喂」、「喂」來叫喚，對任何乞丐也從不粗聲粗氣地斥責。她經常給納吐阿錢和糖果點心，有時候還和他說說話，所以納吐阿很願意接近她。

有一天納吐阿正在給勒德娜打掃臥室，勒德娜在另一個房間裡跟歐洲女士學英語。也正好是納吐阿倒霉，他一面打掃，一面卻想到勒德娜的床上躺一躺；床上鋪著多麼潔白的被單！褥子多麼厚實和柔軟！夾被又是多麼漂亮！勒德娜睡在這褥子上該有多舒服啊！就像雛鳥在鳥巢裡一樣，難怪勒德娜的手那麼白皙和細嫩！而身上柔軟得好像塡的都是絲絨一般！

在床上躺一躺又有誰看見呢？他這樣一想，於是把那沒有穿鞋子的腳在地上擦了擦，很快就爬到床上躺下了，並且把夾被蓋在身上，他驕傲和高興得忘乎所以，由於興奮，還在床上跳了幾下，他感到自己像是躺在柔軟的棉絮裡，只要向一邊翻身，身子就向下陷進一截。他想，這種天堂似的樂處我又哪裡享受得趣到？老天爺為什麼沒有讓我投生到拉伊先生家裡作他的兒子呢？在感到舒適的同時，他明白了自己實際的處境，於是覺得很不是滋味。

突然，拉伊先生因為有什麼事來到了房間裡，看到納吐阿正躺在勒德娜的床上，他立刻無名火高三千丈，說：「呀，你這豬崽子，在這裡做什麼？」

納吐阿這一驚非同小可，像失足跌到深水裡一樣，從床上滾了下來，站在一邊，接著又拿起了掃帚。

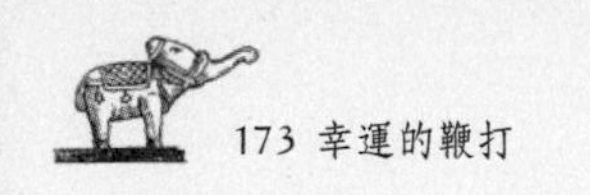

拉伊先生又問他：「喂，你剛才在做什麼？」

納吐阿：「老爺，我沒有做什麼！」

拉伊先生：「你竟膽大包天，敢睡在勒德娜的床上，你這不知天高地厚的傢伙，給我拿鞭子來！」

納吐阿拿來了鞭子，拉伊先生狠狠地抽打了他一頓。可憐的納吐阿向他又是作揖，又是磕頭，可是拉伊老爺的怒火一點兒也沒有平息；僕人們都圍了上來，紛紛說納吐阿的壞話，使得拉伊先生更是怒不可遏，他丟掉鞭子，狠狠用腳踢他。勒德娜聽到哭喊的聲音，趕來打聽是怎麼回事，當她知道事情的原委時，說：「爸爸，這個可憐的孩子快被打死了，現在請你開恩吧！」

拉伊先生：「要是打死了，就把他拖出去扔掉，讓他嘗到做壞事的滋味！」

勒德娜：「床不是我睡的嗎？我原諒他了。」

拉伊先生：「妳看看，妳的床搞成了什麼樣子？這個狗崽子身上的髒東西全給弄到床上了，他是安的什麼心？喂，你這壞蛋，你安的是什麼心？」

拉伊先生說完又朝納吐阿撲去，這時納吐阿趕快躲在勒德娜的身後，對他來說，哪裡有庇護的地方啊！勒德娜哭著說：「爸爸，看在我的面子上，請你饒恕他的罪過吧！」

拉伊先生：「妳說什麼，勒德娜？這樣的罪行難道能夠饒恕嗎？既然妳這樣說了，那好吧，我就放過他算了，要不，我今天非要了他的命不可。你聽到了吧，納吐阿！你要想活下去，以後就別上我家的門，現在你立刻給我滾蛋。你這狗崽子，你這廢物！」

納吐阿沒命地跑了，沒有回頭看一眼。他跑到大街以後站住了，他想，在大街上拉伊先生再也不能把他怎麼樣了，這裡的人是不會看他的臉色說話的。有人會說：還是孩子，犯了過失，難道就該要他的命嗎？要是他在這裡那樣打我，那試試看，我要一邊跑一邊罵他，有誰能夠抓得住我？這樣一想，他的膽子又壯起來了，他朝拉伊先生的住宅大聲地叫著說：「你來吧，到這裡來試試看！」說完他又跑了，生怕萬一被拉伊先生聽見。

2

納吐阿沒有走多遠，就看見教勒德娜的那位歐洲女士坐著馬車來了，他以爲是來捉他的，於是拔腿就跑，但是他再也跑不動了，又停了下來。

他心裡想：她能把我怎麼樣？我又沒有得罪她。不一會兒，歐洲女士來了，停下馬車說：「納吐阿，你跑到哪裡去？」

納吐阿：「哪兒也不去！」

歐洲女士：「你要是再到拉伊先生那裡去，還會挨打的，幹嘛不跟我去？在教會裡舒舒服服過日子，才真像一個活著的人。」

納吐阿：「妳不會把我變成基督教徒吧？」

歐洲女士：「難道基督徒比清掃夫還不如？你這不懂事的孩子！」

納吐阿：「不，小姐，我不願當基督徒。」

歐洲女士：「你不願當就不當吧！誰也不會強迫你當。」

納吐阿坐上馬車走了一會兒，但是他心裡老是嘀咕著，突然他跳下馬車，歐洲女士問他：「幹嘛？你爲什麼不去了？」

納吐阿：「我聽說過，凡是到教會裡去的人，都得成基督徒，我不去了，妳是哄我！」

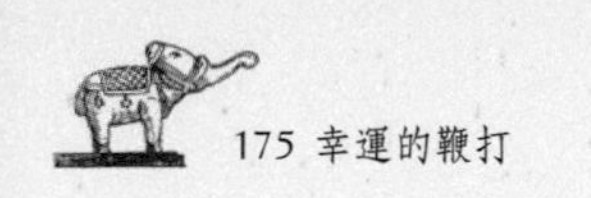

歐洲女士：「哈，你這瘋子！教會裡會讓你讀書，你根本不必做服侍人的差事，下午還有遊戲的時間，還會發給你新襯衣和褲子。你跟我去，待幾天試試看！」

納吐阿沒有理會她的引誘，向一條巷子裡跑了。等馬車走遠了之後，他定神地開始想：到哪裡去呢？要是被警察捉到警察局去就糟了。我到同種姓的人住的地方去，難道他們不能收留我？我又不是只待著吃飯，不做事，只不過要有個依靠而已。如果今天我是個有依靠的人，難道會這樣挨拉伊先生的打？那樣一來，整個種姓的人會集合起來，把他圍住，不給他家打掃衛生，連給他家門口掃地的人也沒有，那時他這位老爺就會狼狽不堪了。

他這樣想好之後，就來到了清掃夫聚居的地方。

這時已經是傍晚，有幾個清掃夫坐在樹底下的席子上吹喇叭、打鼓，他們每天都作這種練習，因爲這是他們職業的一部分，他們這裡演奏的不景氣的狀況，也許超過其他任何地方。

納吐阿走到他們旁邊站住了，看到他那樣專心地聽著他們的演奏，有一個清掃夫於是問他：「你會唱歌嗎？」

納吐阿說：「現在還不會唱，不過如果教我，我是能唱的。」

清掃夫：「不要支吾了，你坐下，唱幾句給我們聽聽，讓我們知道你有沒有好嗓子。如果沒有好嗓子，那教了又有什麼用！」

納吐阿像一般街頭的孩子一樣，走路時嘴裡總是哼上幾句小調，於是他唱了，作爲行家的老師傅一聽，明白了這不是一塊普通的料，他問道：「你住在哪裡？」

於是納吐阿敘說了自己苦難的經歷，讓大家瞭解他，結果他得到了依靠，而且得到了發展才能的機會。這種機會後來使他從地上一步登天。

3

三年很快過去了，納吐阿的演唱在全城都有了名；他的才能不僅只表現在某一方面，而且在各個方面都表現了出來。唱歌、吹喇叭、打鼓、彈琴，奏冬不拉[1]和七弦琴，樣樣都精通。一些老師傅對他驚人的才華都大爲驚異，使人感到好像他只不過復習原來早已熟練了的技藝。有的人學彈七弦琴，一學就是十年，卻還是彈不好，而納吐阿學了一個月就懂得了彈奏的奧妙，世界上有多少這樣的明珠因爲沒有遇到行家而永遠被埋沒在污泥裡啊！

正巧在那些日子裡，瓜廖爾召開了一個音樂大會，全國各地的音樂大師都應邀出席。庫勒師傅也接到了邀請，納吐阿就是他的弟子，庫勒師傅把納吐阿也帶到瓜廖爾去了。瓜廖爾的音樂大會熱熱鬧鬧地舉行了一個星期，在這一個星期裡，納吐拉姆[2]贏得了好名聲，得到了金質獎牌。瓜廖爾音樂學校的校長要求庫勒師傅讓納吐拉姆進音樂學校深造，同時讓他除音樂外也受到其他方面知識的教育，庫勒只好答應，納吐拉姆也同意了。

納吐拉姆在音樂學校裡學習了五年，獲得學校最高的學位；另外，在語言學、數學和自然科學方面，他的才能也充分表露出來。現在，他成了社會上的名流，誰也不問他是什麼種姓。他的生活方式、裝束打扮不再是一個演唱者身分，而是一個受了教育的文人氣派。爲了維護自己的尊嚴，他的舉止模仿高等種姓的樣子，他不再吃肉，也不再喝酒，他按時地作禱告，任何一個高貴的婆羅門也沒有像他那樣講究。

他的名字早就被叫作納吐拉姆，現在更被美化，以納拉大師聞名了，通常人們只稱他爲大師。他開始從地方當局那裡得到薪俸，很少有一個天才人物能夠在十八歲的年紀就這樣出名的，但是求名是一種永不能滿足的欲望，就像投山仙人把整個大海的海水喝下去也不能止渴一樣[3]。

1：一種中亞地區流行的傳統彈撥樂器。
2：納吐阿是小名，納吐拉姆是一個正規名字，也顯得有點身分。
3：印度神話，投山仙人爲了幫助天神消滅藏在海底的妖魔，曾喝乾過大海的海水。

大師先生出發遊歷歐洲以前，他已經積蓄了幾千盧比，爲了精通西方音樂，他進入德國最大的音樂學院，經過五年不懈的辛勤努力，取得了西方音樂大師的稱號。接著遊歷了義大利，然後回到瓜廖爾。在歐洲的時候，他受到戲院和歌舞劇院的盛情接待，有時一天演奏和演唱的收入就超過印度最大的音樂家若干年的所得。一周以後，馬登演出公司以每月三千盧比的高薪，委派他爲該公司所有分支機構的監督。由於他特別留戀勒克瑙，他決定定居在這個城市裡。

4

大師先生一抵達勒克瑙，心情便無比激動，他曾經在這裡度過童年，那個時候，他是一個孤兒；他曾在這城市裡的小巷子裡搶孩子們的風箏，他曾在大街上伸手討錢。啊！他也曾在這裡挨過鞭打，而傷痕至今還留在身上，但是現在他愛這傷痕超過任何吉利的指紋或掌紋。實際上，他所挨的鞭打對他來說等於濕婆大神的恩典[4]，他的心裡對拉伊先生沒有絲毫憤懣或報復的情緒，他忘記了他壞的一面，而記住了他好的一面。他想到勒德娜時，感到她是一位仁慈和愛的女神。災難加深舊的創傷，然而富裕則可以使舊的創傷癒合。

他在勒克瑙一下車，心頭就突突直跳，原本一個十來歲的孩子，變成了一個二十三歲的青年，而且是受過教育的文明君子。如果他的母親活著，看到他恐怕也不敢說這就是她原來的納吐阿；但是比起他的巨大變化，更使人目瞪口呆的是城市翻天覆地的巨變，在他看來，這不是勒克瑙，而是另外某一個城市。

他從車站一走出來就看到，城裡好多大大小小的人物正站在那裡歡迎他，其中一個年輕美麗的姑娘，樣子很像勒德娜。人們和他握手，勒德娜給他的頸項戴上了花環。這個花環是他在國外爲印度掙得了榮譽

4：印度神話中的三大神之一，可毀滅的人神，他經常滿足向他祈求的人的願望。

的獎賞。大師的腳顫抖起來，好像再也站不穩了；這個戴花環的姑娘正是勒德娜，原來一個天真爛漫的小女孩，現在已經變成了一個美麗、害羞、溫柔而又有點自傲的姑娘，他沒有敢正眼看一看勒德娜。

和大家握過手之後，他被帶到一座早就為他收拾好了的庭院裡，看到這座庭院，他吃了一驚，這就是他曾和勒德娜一起玩過的地方；還是原來的家具、器皿，還是原來的圖畫，原來的桌椅，原來的玻璃用具，甚至地毯也是原來的。大師先生一進門，內心就浮現出一種像虔誠的印度教徒進了某一座神廟時一樣的感情，他走進原來勒德娜的臥室，心中一陣發酸，兩眼開始流淚，啊，這就是原來那張床，還是原來的被單，地上還是原來的地毯！他心神不安地問道：「這是誰的住宅？」

公司的經理跟著他，答道：「有一位名叫拉伊・坡拉那特的先生，這住宅原來是他的。」

大師：「拉伊先生現在到哪裡去了？」

經理：「他到底去了哪兒，只有天知道了。由於一場債務糾紛，這所住宅公開拍賣，我看到這和我們的劇院相鄰，就和公司董事們通信聯繫，商定後以公司名義買下它，包括家具用品一共花了四萬盧比。」

大師：「這等於白撿了，你一點兒也不知道拉伊先生的下落？」

經理：「聽說好像到哪兒去朝聖去了，天知道他回不回來。」

大師先生作了晚禱告後，向一個人問道：「請問，你知道庫勒師傅的消息吧！我久仰他的大名呢！」

那個人用難過的心情答道：「老爺，可別提他的下場了！他在夜裡喝過酒後往家裡走，在大街上昏倒了，對面正有一輛貨車開來，司機沒有發現他，貨車從他的身上壓了過去，第二天早上發現了他的屍體。老爺，他演奏的技術真是沒人相比，因為他的去世，勒克瑙冷清了，再也沒有可以引以為驕傲的人了。他曾經傳藝給一個名叫納吐阿的孩子，我們曾希望這個孩子會光耀師傅的門庭，但是自從那個孩子到了瓜廖爾之後，就再也不知道他的下落了。」

大師先生心情有點緊張，眼看著事情的真相要曝露出來，他屏著呼吸，好像頭上有誰拿著刀子似的；幸好，事情平安過去了，正像遭到碰撞的器皿仍然完好無恙一樣。

5

大師先生住在那所住宅裡，卻好像一個新婚的新娘子住在婆家一樣，過去留在他心上的影響還未消除，他的內心不能接受這座房子已經屬於他的這種現實。他大聲說笑，有時會突然感到被嚇一跳，朋友們的大聲喧譁，也會引起一種莫名其妙的疑心。如果他睡在那間原來的書房裡，就通宵睡不著，因爲他心裡老是想著這是勒德娜原來學習的地方。即使舊的家具已經不大好了，他也不能更換新的。而勒德娜原來的臥室，他再也沒有打開過，仍然還是那樣關閉著；他一走近那間臥室，他的兩腿就打顫，當然就更沒有考慮在那張床上睡覺了。

他曾幾次在勒克瑙大學登台，出色地表演音樂方面的絕技，到現在爲止，他還沒有到任何王公貴族家裡去演唱過，儘管王公貴族能夠給他幾十萬盧比，但人們聽到他那非凡的演唱後卻能享受到一種非凡的樂趣。

有一天早晨，大師先生作完早禱告剛起身，拉伊•坡拉那特來見他，勒德娜也跟著來了。這一下使大師先生感到異常緊張，在歐洲再大的劇院裡，他的心也從來沒有這麼害怕過。他倒在地上給拉伊先生行禮致敬，使得拉伊先生因他的謙恭而詫異起來，人們向他行禮致敬的日子已經過去很久了，現在無論他走到哪裡，都受到人家的恥笑和奚落，勒德娜也感到羞慚，拉伊先生用痛心的目光四下打量了一番後說：「你對這個地方感到滿意嗎？」

大師：「是，先生，我再也不能想像有比這更好的地方了。」

坡拉那特：「這原是我的房子，是我建了它，也是我扔了它。」

勒德娜不好意思地說：「爸爸，談這些有什麼好處？」

坡拉那特：「孩子，沒有好處，也不會有什麼壞處；和體面的君子談談自己的苦楚，心情也能得到平靜。先生，這是我的房子，或者正確地說，這房子曾經屬於我。過去，我每年從我的田產中收入五萬盧比，但是由於和幾個不三不四的人交往，使我對投機生意感興趣。頭幾回很得心應手，於是膽子就更大了，每次都投入幾十萬盧比，但是後來一下子全落空了，一次就把全部老本都虧空了，我失去了所有的財產。請想一想，二百五十萬盧比的交易哩！如果成功了，那今天這座房子又該是另一番景象，而我呢，也不用像現在一樣，一回想起過去的日子就悔恨了。我的勒德娜非常喜歡聽你唱歌，總是談到你。我讓她念到大學畢業……」

勒德娜的臉羞得通紅。她說：「爸爸，大師先生都很瞭解，沒有必要向他作介紹。大師先生，請你原諒，我父親因爲那次虧空，心情變得有些不正常了。他今天來是想向你提出一個請求，如果你不反對的話，他希望能夠經常來看看這棟房子，看看房子會使他心裡得到一點安慰。他感到滿意的是，這棟房子的主人是他的一位朋友。就是爲了這一點才來打擾你的。」

大師先生用很謙遜的口氣說：「這還有什麼必要問我呢？這就是你的家，什麼時候高興來，就可以來；而且如果你們願意的話，還可以住在這座房子裡，我可以爲自己另外找一個地方。」

拉伊先生表示謝意後走了。

後來，每隔一兩天，他總是帶著勒德娜來拜訪一次，而且一坐就是幾個小時；慢慢地，他幾乎每天都來了。

有一天，他把大師先生帶到僻靜的地方問他：「請原諒，我想問問你，你爲什麼沒有把自己的家小接來？獨自一人大約有很多不便吧？」

大師：「我現在還沒有結婚，也不打算結婚。」

他這麼說時低下了頭，兩眼望著地上。

坡拉那特：「爲什麼？你爲什麼對結婚有反感呢？」

大師：「我也講不出什麼特別的理由，就是不想結婚。」

坡拉那特：「你是婆羅門吧？」

大師的臉色變了，猶豫了一會兒後說：「遊歷了歐洲之後我再也不管什麼種姓差別了，不管我出生是什麼種姓，從職業來說還是首陀羅。」

坡拉那特：「你的謙虛真了不起，世界上也確實有些像你這樣的君子，我是從行動來判斷一個人的種姓的，像謙虛、溫良、恭順、正派、虔信宗教、愛好學術，這都是婆羅門的美德，所以我認爲你就是婆羅門。誰要是沒有這種美德，他就不是婆羅門，絕對不可能是婆羅門。勒德娜對你很有感情，直到今天，她沒有看中任何男子，但是你卻征服了她的心，請你原諒我的魯莽，你的父母……」

大師：「你就是我的父母啊。誰生了我，連我自己也不知道。當我還小的時候，他們就都去世了。」

拉伊先生：「啊！要是他們今天還活著，看到你這個樣子會感到非常驕傲的，這樣有出息的兒子又哪兒有啊！」

這時勒德娜手裡拿著一張紙來了，她對拉伊先生說：「爸爸，大師先生還作詩呢！這是我從他的桌上拿來的，除了薩洛季妮・奈都[5]以外，我在哪兒也沒有看過這樣好的詩。」

大師暗暗地看了看勒德娜，不好意思地說：「我是隨隨便便寫下來的，我怎麼會作詩呢？」

5：薩洛季妮・奈都（1879～1949年）印度著名女詩人，用英語寫作，善於寫抒情詩。

6

兩人都因愛情而傾倒了，勒德娜迷戀著大師的美德，而大師卻被她的傾心所征服；如果勒德娜不出現在他生活的旅程中，那他也許根本不認識她。但是有誰又能不受伸開的愛的手臂所吸引呢？哪兒還有不被愛情戰勝的一顆心呢？

大師先生陷入了左右爲難的境地。

他心裡想：一旦我的真情在勒德娜面前暴露了，那我就會永遠爲她所不齒，不管她是多麼開明，不管她認爲種姓的束縛多麼使人苦惱，但是，她是不能從對我油然而生的憎惡情緒中解脫出來的。不過，大師先生即使知道這一點，但他仍然沒有勇氣把自己的實際面目顯露在她的面前。唉！如果只是局限於憎惡，那還不是什麼了不起的事，可是她會傷心，會難過，她的心會裂成碎片，不知道在那種情況下她會做出什麼事來。他認爲：讓她在不知真相的情況下，發展出這種愛情關係是最卑鄙的勾當；這是欺騙，這是在愛情關係中完全不能容許的欺詐行爲。

陷於困境中的大師怎麼也決定不了該如何辦，拉伊先生的來往卻更密切了，他的每一句話都反映了他內心的打算。勒德娜的來往逐漸減少，更明顯地表明了他的意圖。這樣過了三、四個月，大師先生想到，這位拉伊先生當年僅僅因爲我在勒德娜的床上躺了一下就把我揍了一頓，把我趕出家門，如果他知道我原來就是那個孤兒，是那個無依無靠的、不可接觸的孩子時，他將多麼難過，多麼無光，多麼難堪，多麼懊喪而又感到多麼恥辱啊！

有一天，拉伊先生說：「應該把結婚的日子確定下來了，以便在一個吉日良辰讓我從對女兒的這種債務中擺脫出來。」

大師先生瞭解這句話的含義，可仍然問道：「什麼日子？」

拉伊先生說：「就是勒德娜結婚的日子。我不相信什麼黃道吉日之類，但是結婚仍然要選一個吉利的日子。」

大師先生兩眼望著地上，一句話也沒有說。

拉伊先生說：「我的狀況你是一清二楚的，除了一個女兒以外，我一無所有，一無所能。除開勒德娜，我還依靠誰呢？」

大師先生陷於沉思之中。

拉伊先生：「至於勒德娜，你是瞭解她的，在你面前，你稱讚她完全沒有必要，不管她是好是壞，你都得接受她。」

大師先生的兩眼流著眼淚。

拉伊先生：「我完全相信，為了她，老天爺把你送到這裡來了。我向老天爺唯一的祈求是，希望你們兩人過幸福的日子，沒有比這更令我高興的事了。從這種職責中解脫出來以後，我打算花一些時日去念《薄伽梵歌》[6]，你將間接地得到這種善事的善果。」

大師先生哽咽著說：「先生，你就像我的父親一樣，但是，我是絕對不敢當的。」

拉伊先生擁抱著大師說：「孩子，你是具有一切美德的人，你是社會的名流，對我來說，得到你這樣的人作我的女婿，既偉大，又光榮。今天我就把吉日看好，明天通知你。」

說完，拉伊先生站起身來走了。

大師先生想說什麼，但是一直沒有機會，或者說是沒有說的勇氣；他沒有這種毅力，沒有忍受憎惡的力量。

6：《薄伽梵歌》是史詩《摩訶婆羅多》中《教誡篇》的部分內容，乃黑天對阿周那的說教，後被作為印度教的經典。

7

結婚一個月了，勒德娜的到來，使丈夫家大放異彩，也使得丈夫的心神聖純潔，猶如大海裡開放了鮮豔的荷花。

夜裡，大師先生吃完飯躺下了，他躺在原來那張床上，當年因他曾躺過而導致他被趕走，而且導致了他命運的改變。

一個月來，他一直在尋找向勒德娜公開這一祕密的機會。他那受傳統觀念所壓抑的心不承認他的幸運是由於他的什麼美德和才華，他想讓自己的金錢在爐火中熔化後再觀察其價值，但是沒有碰到機會。每當勒德娜來到面前的時候，他就啞口無言了。有誰會到春光明媚的花園裡去哭泣呢？要哭泣得要有一個黑暗的角落啊！

這時勒德娜笑著走進了房間，燈光暗淡了下來。

大師先生笑了笑說：「現在把燈吹滅，好嗎？」

勒德娜：「爲什麼？你現在見到我還害臊？」

大師：「對，實際上我真感到害臊。」

勒德娜：「是因爲我把你贏到手了？」

大師：「不，是因爲我欺騙了妳。」

勒德娜：「你沒有欺騙人的本領。」

大師：「妳不知道，我大大地欺騙了妳。」

勒德娜：「我都知道。」

大師：「妳知道我是誰嗎？」

勒德娜：「知道得很清楚，早在許久之前我就知道了。當年我們兩人在這庭院裡玩的時候，我打你，你哭，我把吃剩的糖果點心給你，你跑著來取，那時我就愛你，不過當時表現出來的是同情。」

大師驚異地說：「勒德娜，妳知道這些，還是……」

勒德娜：「對了，我明知道，還是這樣做了，如果不知道，也許不這麼做。」

大師：「這就是原來那張床！」

勒德娜：「而我一直在等你。」

大師擁抱著她說：「妳是仁慈的女神。」

勒德娜回答道：「我不過是你的僕人。」

大師：「拉伊先生也知道嗎？」

勒德娜：「不，他不知道。可千萬別告訴他，要不，他會自盡的。」

大師：「至今我還記得那根鞭子。」

勒德娜：「現在父親要舉行懺悔的話，身邊就一無所有了。難道你還不滿足嗎？」

1924:06

惡作劇

等到時機成熟了，
有一天他們用女子的口氣給婆羅門先生寫了封信。

I

在高等學校裡，經常出現許多開玩笑的場面，如果能把它們整理出來，就是很優秀的娛樂材料。在那裡，大部分學生對生活不用發愁，很多學生甚至還用不著擔心考試，對他們來說，除了遊逛、閒聊和尋開心之外，其他什麼事情也沒有，他們的積極和熱情有時在學校的舞台上表現出來，有時也在特殊節日的場合表現出來。

要是某先生對某方面表現出特別有興趣（除了板羽球、曲棍球、足球等之外），他就會成為人們尋開心的目標。如果某位先生對宗教很虔誠，或者是早晚還要念經拜神，或者是要禱告真主，那很快就被人們當成笑料。要是有誰特別喜歡念書，非常認真地準備考試，可以肯定的是，有人總會策劃出一套辦法來破壞他的苦功的。

總之，在那裡，對一些與世無爭的、隨和而又開朗的人說來，沒有任何不便，大家對這種人也沒有什麼反感，但是對伊斯蘭教的毛拉和印度教的婆羅門來說，處境卻有點狼狽。

婆羅門傑格爾特爾先生是阿拉哈巴德的一所有名的高等學校的學生，他念的是哲學；正如同有學問的人的脾氣一樣，他也總是遠遠地避開戲謔和玩笑的場合。他很為他出身高等種姓而驕傲，醉心於印度教徒既簡單又聖潔的生活方式，討厭西方式的領帶、硬領衣和坎肩等服飾，穿的是普普通通的粗布上衣，腳上穿的是土裡土氣的鞋子。大清早，按時念經拜神之後，還要在額上塗上檀香末[1]。

按照印度教未成家的青年時期禁慾的原則，他總把頭髮幾乎剃光，只留下中間一條細長辮子，他的說法是：在留辮子的問題上，古代印度雅利安修道士們充分表現了他們的無所不知；通過辮子，身上不必要的內熱可以散發出去，而電的感應又可以通過它進入體內。不僅如此，修道士們還曾經宣布：辮子是印度教種姓的主要標誌。

傑格爾特爾先生始終親手做飯，他的飲食易於消化，量也不多，他的看法是：食物對一個人道德方面的發展有著特殊的影響。他對非印度教民族的東西很藐視，從來不沾板羽球和曲棍球的邊；他厭惡西方文明，甚至用英語寫作或交談都很反感，結果，他連用英語寫封簡單的信都感到困難。如果說他有什麼嗜好的話，那就是吃檳榔，他用印度醫學著作來證明吃檳榔的好處。

學校裡一些愛開玩笑的人看到了這樣一個難得的對象，哪裡還有耐心不下手的呢？他們彼此交頭接耳商議著要整一整這個土包子——他裝成一個婆羅門學者的樣子到處表現自己，誰也不放在眼裡，除了自己之外，將所有的人都看成沒有民族精神的人！應該讓他吃點苦頭，好使得他發熱的頭腦冷靜冷靜！

很湊巧他們碰上了好機會——學校開學不久，有一個英印混血姑娘進了哲學系聽課，她生得像詩人幻想出來的美女那樣美麗，膚色像蘋果那樣鮮豔，苗條的身材、含笑的面孔，再加上穿的衣裳也很漂亮，學生們這一下得到了尋開心的材料了，人們紛紛放棄了歷史和語言課，而到上哲學的教室裡聽課了。

大家的眼光像鷓鴣鳥望月[2]一樣望著這個姑娘，想得到這個姑娘的青睞，渴望能夠聽到她那悅耳的聲音；可是自然的規律是：當愛情一旦在心上萌發時，它總是要有所表現的，其他人滿足於用眼睛看看她，但是婆羅門傑格爾特爾卻因萌發的愛情而苦惱，並且由於出自內心真正的愛而不安。他向姑娘打量，又感

1：印度教徒在額上塗香末或香灰表示對神的虔誠。

2：根據印度的民間傳說，鷓鴣鳥的眼睛始終是望著月亮的，故有此說法。

到難為情，怕被別人發現，帶來對他這個抹檀香末和留辮子的人諷刺和挖苦。當他一得到機會，就用非常溫情、積極、熱情和愛憐的眼光看她，但是總是避開人家的目光，而且也總是低著頭，生怕暴露自己的祕密，生怕被隔牆的眼睛看到或耳朵聽到。

可是，懷孕的肚子是瞞不過保姆的，善於觀察的人早就覺察到了，同學們已經識別出婆羅門先生的飽含愛情的目光，對他們來說，這真是求之不得，滿意極了。有兩位先生開始和他接近，增進交往，促進友誼，當他們感到已經取得了他的信任，而且時機成熟的時候，有一天他們倆坐了下來，用女子的口氣給婆羅門先生寫了一封信：

親愛的傑格爾特爾：

很久以來我一直在考慮給你寫封信，但是總是擔心：由於不認識，這樣冒失寫信恐怕不大妥當。所以至今總是抑制住自己，可是現在再也忍耐不住了！不知道你在我身上使用了什麼魔力，使得你的影子時時刻刻總是浮現在我眼前；你俊美的形象，富有才華的面孔，還有你樸素的穿戴，一再在我的眼前轉動。我天性討厭那種矯揉造作，而在這裡，我發現所有的人一個個都是那麼裝腔作勢，不管是誰，都好像誠心愛我。但是，我能識別那些求愛者的心情，他們一個個都是好色之徒和放蕩的傢伙，只有你是一個正人君子。從你的內心，我發現了你的誠實和真正的愛。我一次又一次地渴望能夠和你談幾句話，可是你卻坐得離我遠遠的，根本得不到談話的機會。看在老天的面上，請你從明天起就坐在我旁邊吧！即使沒有其他什麼，至少由於你靠近我，也使我精神上得到一點安慰。

看過信後請你把它撕掉。回信請放在圖書館第三個書架的下邊。

你的魯西

這封信發出之後，人們開始用熱切的目光注視著它產生什麼影響。他們並沒有等很長的時間，第二天一來到教室裡，婆羅門先生就急於要坐在魯西的旁邊。那兩位和他來往密切的先生，以前就坐在靠近魯西的地方，一個名叫納伊姆，另外一個叫吉利特爾・斯哈耶，傑格爾特爾去跟吉利特爾說：「老兄，請你坐在我原來坐的地方去吧，讓我坐在這裡好了。」

納伊姆：「幹嘛？你羨慕這個地方是不是？」

傑格爾特爾：「不是什麼羨慕，那兒聽教授講聽不清楚，我的耳朵有點背。」

吉利特爾：「以前你是沒有這個毛病的，什麼時候有了這個毛病？」

納伊姆：「先生，教授講課時離這裡不是更遠了嗎？」

傑格爾特爾：「遠了又有什麼？這兒方便些，我有時要打瞌睡，在前面總有點怕教授看見。」

吉利特爾：「你不過只是打瞌睡吧？我有時還要睡上一個小時哩，那……」

納伊姆：「你也是個奇怪的人，既然是朋友，他有這個要求，答應他有什麼不可以的？不聲不響地坐到另外的地方去，不就得了！」

吉利特爾：「好吧，那我就放棄這兒吧！但是請你相信，這可不是什麼普普通通的讓步！我現在極力抑制自己，要是其他的人給上十萬盧比，我也不會讓的。」

納伊姆：「哎呀！老兄，這兒是天堂嗎？不過，友情畢竟也不是小事呀！」

傑格爾特爾用感激的目光看了看他們，接著就坐到那兒去了；隔了一會兒，魯西也來坐在自己的座位上。婆羅門先生一次又一次直直地望著她，想要跟她說話，而魯西卻一心一意在聽教授講課；他以為她也許是因為害羞才不說話，而害羞也正好是女子最好的一種美德。他一再轉頭望魯西坐的桌子，魯西也許是討厭他吃檳榔，總是一再地把頭扭向另一邊。不過，婆羅門先生沒有這麼細心和機靈，他高興得好像上了天，他用輕視的眼光看其他所有的人，好像明白無誤地在說：「你們哪裡能有我幸運呢？有誰能像我這麼光彩啊！」

白天過去了，傍晚的時候婆羅門先生走到納伊姆房間裡，說：「老兄，我需要一本書信範本，誰寫的書信最好？」

納伊姆偷看了一下吉利特爾，問道：「要書信範本做什麼呢？」

吉利特爾：「完全是多餘，納伊姆本人不比任何書信範本作者差。」

傑格爾特爾不好意思地說：「那好！用英文寫情書怎樣開頭？」[3]

納伊姆：「開頭寫『親愛的』，要是非常親密的話，就寫『最親愛的』。」

傑格爾特爾：「那應該怎麼結尾呢？」

納伊姆：「你把詳細情況說說，讓我替你寫吧！」

傑格爾特爾：「不必，不必，你說說，我自己寫好了。」

納伊姆：「若是很心愛的情人，就寫『至死愛妳的』，要是一般的愛情，就寫『永遠愛妳的』。」

傑格爾特爾：「還需要表示祝願的話嗎？」

納伊姆：「當然需要。沒有致意和祝願算什麼信？何況還是愛情信？對情人寫致意祝願的話，應該像出家人祝福一樣誠心，你可以寫：『願上帝使妳永遠健康美麗』或者『願妳生活得幸福美好』。」

傑格爾特爾：「你替我寫在紙上。」

吉利特爾在一張紙上寫了好幾句給他。吃過飯回來，傑格爾特爾關上了門，很仔細地琢磨著寫了信；字跡有時寫亂了，他不得不再重寫，半夜過了，好不容易才把信寫完，然後在信上面灑了香水。第二天他把信放在圖書館裡指定的地方。同學們早就等著，很快取出了信，大伙兒津津有味地一遍又一遍地讀著。

3：以下有好幾處都用英語詞，用雙引號以示區別。

2

三天以後，傑格爾特爾又收到一封信。信中寫道：

親愛的傑格爾特爾：

你的情書收到了。我一次又一次地讀它，捧著它，吻它，多麼清甜的香味啊！我向上帝祈求：願我們的愛情也這樣不斷發出清香。你抱怨我，為什麼不同你說話。親愛的，愛情不是通過說話，而是通過內心而產生的。當我從你那邊扭過頭去的時候，我心裡難受的程度，只有我知道，好像一團壓抑在心頭的烈火，從內部要把我燒成灰燼。你不知道，有多少隻眼睛在注視著我們，如果有人產生了懷疑，那對我們來說，長期不能親近的災難就要臨頭了，所以我們應該非常小心。我對你有一個要求：請你原諒我，我非常渴望看到你穿一身英國式的服裝；說來不管你穿什麼衣服，都是我眼中的明珠，特別是那樸素的上衣，我感到特別好看。不過，對於從孩提時代起一直看到的那種衣服，我對它產生特別的好感是自然的，希望你不會使我失望。我給你做了一件坎肩，請你把它當作我的愛情的一點微不足道的禮物而收下吧！

你的魯西

隨信一起，附有一個小包，坎肩就包在裡面。同學們募捐，很慷慨地把買坎肩的錢湊齊了，這筆錢還可能有超過百分之百的利潤哩！婆羅門傑格爾特爾接到禮物和信以後高興得不知所措，他拿著它在整個宿舍裡走了一圈，朋友們都爭著看，稱道坎肩的剪裁高明，極力稱讚是件好坎肩，故意把它的價錢估得很高，有的說：「這是在巴黎縫好後直接運來的，在我們國家哪有這麼高明的手藝！如果有誰能叫這裡的人縫出這麼好的坎肩，我可以拿一百盧比打賭。」但是，實際上，坎肩的布料的顏色太深，任何一個講究一點的人都不會喜歡穿它。人們選了一個吉日，把傑格爾特爾扶著面向東方站定，將坎肩給他穿上了。他高興得心花怒放。

有人走過來對他說：「老兄，你這個樣子簡直叫人認不出來了，完全成了一個模特兒，成了現代的約瑟夫[4]了。兄弟，這也是不奇怪的，這個樣子真華麗呀！臉上好像在放光，如同烤紅了的純金一樣。啊！穿上一件坎肩就這麼青春煥發，要是穿上成套的西服，那就不知道該有多神氣了。女同學們見了肯定高興得不得了，要擺脫她們都會很困難。」

最後他們商議，認爲應該給他弄一套英國式的西服，在這方面內行的學生成群結隊的和他到商店去做衣服。婆羅門傑格爾特爾家裡頗有錢，他從一家英國人開的商店裡買了一套貴重的西服；晚上，爲這套西服，宿舍裡還舉行了節日的唱歌和樂器演奏。第二天上午十點，人們給婆羅門先生穿上西服，爲了表示自己的冷淡，他說：「我覺得一點也不好，不知道你們爲什麼覺得不錯！」

納伊姆：「照一照鏡子看看，你才會明白的，完全像一個王子。我都嫉妒起你的丰姿來了。真主給了你這樣一副好的容貌，你原來卻用粗布把它掩蓋著！」

傑格爾特爾不知道如何打領帶，他說：「老兄，替我把領帶打好一點！」吉利特爾・斯哈耶幫他把領帶打得緊緊的，使得婆羅門先生呼吸都感到困難了，他說：「老兄，太緊了！」

吉利特爾：「這是現在時髦的打法，我們有什麼辦法？領帶打鬆了被認爲是缺陷。」

納伊姆：「不過他還是打得不算緊，我打領帶比這更緊得多！」

傑格爾特爾：「哎喲，連氣都喘不過來了！」

納伊姆：「打領帶的目的是什麼？不就是因爲不讓人大聲呼吸才打領帶的？」

[4]：據《舊約》稱：約瑟夫是雅各最美的兒子，後被其兄弟賣給埃及商人。

傑格爾特爾的命好像處於危險之中了，眼中閃出了淚花，臉也漲得發紅，可是不敢把領帶鬆動一下，他以這樣的裝束向教室走去。一群朋友爲了表示對他的尊重緊跟著走在後面，好像是一列迎親隊似的；他們彼此打量著，用手帕捂著嘴笑，但是，婆羅門傑格爾特爾哪裡知情，他完全陶醉在自己的這一新的愛好之中。

他神氣十足地走進教室坐了下來，不一會兒魯西也來了，她看到婆羅門的這種裝束，有點吃驚，她的嘴角上露出了一絲前所未有的微笑，婆羅門先生以爲這是她滿意的表示，他一次又一次笑著向她打量，並帶著一種神祕的感情望著她，可是她一點兒也沒有注意到。

婆羅門先生的日常生活、宗教熱情以及民族感情等方面很快起了變化。首先他把辮子剪掉，而按英國的髮式留頭髮，人們說：「先生，這是爲什麼？你以前不是說過，通過辮子，電的感應可以進入體內？現在電的感應得通過什麼渠道呢？」婆羅門先生帶有哲學意味地笑了笑，說：「那時我是捉弄你們的，難道我連這一點都不知道，不過是我虛張聲勢罷了！我自己什麼時候打心底裡相信過那一套呢？只不過是想哄哄你們！」

納伊姆：「好呀！你竟然是一個騙子！我們都一直把你當作一個十分忠厚老實的人，可是你卻這樣狡猾呀！」

傑格爾特爾：「那時我不過是想看看，人們會說些什麼。」

隨著辮子的剪掉，念經拜神也不做了，燒祭火的盆子被扔到床底下，幾天以後，又把它拿來充作煙灰缸。坐著念經拜神的蒲團，現在成了腳墊。如今他每天用肥皂擦洗、用梳子梳理頭髮，吸雪茄煙。同學們過分的讚揚使他的頭腦更發熱。他們決定：現在應該從這個傻瓜身上連本帶利收回坎肩的錢了。

於是，接著魯西又來了信，信中說：「由於你的變化，我的愉快是言詞不能表達的，這就是原來我對你所抱的希望！如今，你已經具備了充分的條件，從而使任何歐洲女士和你同居都不會感到是對自己的侮辱。現在我對你僅有一個要求，那就是請你送給我一件表示你深厚而又親密的愛情的東西，使我能夠永遠留著它，我不想要貴重的物品，只希望要表示愛情的禮物！」

傑格爾特爾問朋友們：「我想給妻子送點禮物[5]，你們看送什麼比較恰當？」

納伊姆：「先生，這要根據她所受的教育或愛好來定。如果她是一個講究時髦的女士，就送貴重、好看而又時髦的，或者說送幾種這樣的東西：比如手帕、手錶、瓶裝薰衣粉、上等的梳子、鏡子、小金盒等等；如果是土裡土氣的鄉下女人，那請你去問其他的人，我不了解這種鄉下女人的愛好。」

傑格爾特爾：「先生，是念過英語的，門第很高的。」

納伊姆：「那就請你照我說的辦吧！」

傍晚，大伙兒跟著傑格爾特爾到市場去，買了一大包東西，都是高級的商品，大約花了七十五個盧比，但是，婆羅門先生一點也沒有猶豫，他高高興興地掏出錢來。回來的時候，納伊姆說：「可惜我沒有幸運碰上這樣高級的女人！」

吉利特爾：「那去服毒吧！」

納伊姆對傑格爾特爾說：「老兄，作爲朋友，也該讓我們看她一眼，是不是，婆羅門先生？你認爲這有什麼關係嗎？」

傑格爾特爾：「若父母不在了，那倒沒有什麼關係，現在我一切都得求他們，哪有這麼自由啊？」

納伊姆：「好吧，願真主使他們早日擺脫這個世界！」

連夜作了一個小包，大清早婆羅門先生就把它放到圖書館裡去了；圖書館一大早就開門，沒有任何不便。他一回頭，朋友們就把東西拿走了，並且走得看不見人影。在納伊姆的房間裡，按捐錢買坎肩的多少

5：這裡提到妻子，不是隨便說的，後面還提他丈人給他寄錢，而前面開頭曾提到他按照印度教未成家的青年時期禁慾的原則，這意味著他訂了婚，或舉行過婚禮。

進行了分配，有人得到了錶，有的人得到了手帕，還有的人得到其他的東西。每個盧比都得到了相當五個盧比的「利錢」。

3

情人的耐心是無限的，即使失望一個接著一個，可是還是不會失去耐心。可憐的婆羅門先生花了大量的錢以後，仍未能得到和情人交談的幸運。情人也是很奇特的，她在信裡說得比冰糖還要甜，可是見面時卻看也不看他一眼。可憐的婆羅門先生很想主動找她交談，但是他沒有勇氣，問題頗為棘手，但他並不因此而氣餒。

念經拜神的事已經丟在一邊，頭髮也已經理成新的時髦的樣式，現在他還經常說英語了，雖然說得不準和有錯誤。每天晚上，他拿著英語成語像課文一樣一遍一遍地念；在低年級的時候，他從來沒有下這樣的功夫背過課文，不管什麼場合，他都運用他背過的成語，有幾次他還在魯西面前講過英語，這樣他說英語的能力就更公開、更為大家所了解了。

但是，惡作劇的人現在仍然沒有可憐可憐他。一天，傑格爾特爾又收到魯西的信，信中懇切地表示她的要求：「我希望看到你參加英國的球類活動，我還從來沒有看見你踢過足球或打過曲棍球，對英國紳士說來，熟練地打曲棍球和板羽球，是非常必要的。我希望你能接受我這個小小的要求。現在在學校裡，在穿英國服裝方面，在講英語方面，在英國的生活方式方面，再也沒有人能比得過你了，希望在球場上也能證明你是一把好手。也許你還有機會得和我一起與一些女士們打球，那時不會玩球將會是你的恥辱，特別是我的恥辱，所以請你一定得打打球！」

十點婆羅門先生收到這封信，中午下課鈴一響，他就對納伊姆說：「老兄，你把足球拿出來吧！」

納伊姆是足球隊的隊長，他笑著說：「把足球拿出來倒沒什麼，不過這麼熱的中午拿足球做什麼呢？對踢球和球場，你是從來不屑一顧的，今天在這麼毒的太陽底下，你爲啥想到踢足球了？」

傑格爾特爾：「這和你沒有什麼關係。請你把足球拿出來好了，我在玩球方面也要超過你們！」

納伊姆：「先生，這樣你要摔傷，會白白吃苦頭的，還會麻煩我們給你包紮傷口，請看在真主的面上，這個時候就算了吧！」

傑格爾特爾：「要受傷的話，畢竟傷的是我，對你有什麼損害呢？爲什麼借一下足球就這麼反感呢？」

納伊姆把足球拿出來了。於是，婆羅門先生就在陽光熾烈的中午開始練習踢足球，他一次又一次地摔倒，周圍響起一陣又一陣的掌聲，但是他完全陶醉在自己的新的愛好當中，根本沒有注意到其他什麼。在練足球時，他看到魯西來了，勁頭更大，一再大腳踢球，可是往往踢不準，腳是踢出去了，球卻沒有動。其他的人有時來踢上一腳，把球踢得像飛上了天，他卻說，我要用勁踢，比他踢得還高，但是踢得高並沒有什麼用處。

魯西站著看了幾分鐘，直笑他那般瘋狂勁，最後她對納伊姆說：「喲！納伊姆，這位婆羅門先生怎麼啦？每天的新花樣層出不窮，莫不是他的神經有點不正常嗎？」

納伊姆：「看來好像是這樣。」

傍晚，大家回到宿舍裡，朋友們都向婆羅門先生道賀：哈，老兄，你多麼幸運啊！我們一再拼命使我們學校的足球運動達到高水平，但是誰也沒有稱讚我們，而大家都稱讚你踢球，特別是魯西讚不絕口。她說你的那種踢法，她在印度人中是很少見到的，好像是牛津大學的某個熟練的選手。

傑格爾特爾：「她還說了些什麼？都一五一十告訴我吧！」

納伊姆：「喂，請別叫我們一五一十說了！看來，你躲在幕後獵取到手了。老兄，你真不愧是個老手，我們還在一邊等著哩，而你卻大獲全勝。難怪你每天都喬裝打扮一番，現在真相大白了，好呀，你可真算幸運兒！」

傑格爾特爾：「我那個踢法，都是書上寫了的。」

納伊姆：「難怪你取得成功了，老兄，要說我們在哪方面比你差？當然，像你長的這副模樣兒我們是比不上的！」

傑格爾特爾：「別逗我了，我也不是長得太美！」

納伊姆：「喲，這不是從結果反映出來了嗎？我們用肥皂洗呀，用油擦呀，每天忙到天亮，可是一點沒有起什麼作用，而你卻不費什麼力就把她撈到手了。」

傑格爾特爾：「關於我的衣著等方面她沒有說什麼嗎？」

納伊姆：「沒有，其他方面什麼也沒有說。當然，我看到她站在那兒，始終目不轉睛地盯著你。」

婆羅門先生非常得意，心中樂開了花，凡是看到他那興高采烈的樣子的人，一定會久久不能忘懷，但是他也不得不為這無比的快樂付出代價，因為這一個學期快要結束了，而朋友們都懷著熱切的希望要讓婆羅門先生請一次客，只差正式提出建議了。

第三天，他又收到了魯西的信，信中寫道：「分別的日子快到了，不知道以後你會在哪兒，而我又會在哪裡！我想：為了紀念這種始終不渝的愛情而請一次客。如果你不能負擔費用，那我打算承擔全部的開支。在這個宴會上，除了我以外，要邀請我的女朋友，還要邀請同學和教員參加；宴會之後，我們還要表示自己離別的心情。如果你的宗教、你的生活方式，以及我父母的無情等不造成障礙的話，那麼世界上沒有任何力量能夠把我們分開！」

傑格爾特爾一接到信又發起瘋來了，他對朋友們說：「老兄，臨別時聚一次餐該有多好，以後不知道誰又在哪裡，也把魯西小姐邀請來。」

雖然婆羅門先生這時身邊沒有錢，而且家裡人對他的揮霍埋怨過好幾次，但是婆羅門先生的自尊心怎能容忍讓魯西來負擔宴會的開支呢？他早連自己的生命也貢獻出來了啊！不知他找了一些什麼藉口，從丈人家要來了錢，很積極地準備起宴會來了。他印了請帖，爲招待人員作了新的制服，安排了英國式和印度式的兩種菜餚。爲了準備英國式的菜餚，跟皇家旅店交涉，由他們供應比較方便；雖然價錢很貴，但是免除了好多麻煩，不然，全部擔子就要落在納伊姆和他朋友吉利特爾的身上。印度式的菜餚由吉利特爾負責準備。

納伊姆和吉利特爾兩人上學本來就是爲了好玩，念書不是真正的目的，他們從來是在嬉戲中消磨時光的。他們整整籌備了兩個星期，還準備了詩歌朗誦會，邀請了一些詩人，學校的工友們也幫忙賣給了食堂吃不完的油炸餅。總之，準備了大規模的宴會，也的確舉行了盛大的宴會，在學校的歷史上這是一次難忘的宴會，朋友們個個都大吃了一頓。宴會上還請來了幾位女士，納伊姆好歹總算求魯西也來參加了，這使得宴會增色不少。

4

可是不幸，而且是非常不幸，這次宴會的結局對可憐的傑格爾特爾並不美妙，事情的結局本來肯定要丟臉和受到屈辱，對朋友們來說是開心的事，可是對可憐的婆羅門先生卻成了要命的事了。他想：現在快要分手了，將來能否再見面？我還要忍耐到什麼時候？爲什麼不讓奔騰在內心的愛情的潮水傾瀉出來呢？

爲什麼不把心剖開讓她看一看呢？其他人都忙於吃東西，而他這位爲愛情所苦惱的青年人卻坐在那裡反覆考慮理想怎樣才能實現：現在爲什麼還要克制？爲什麼要感到不好意思？爲什麼要表現冷漠？爲什麼要暗自傷心？爲什麼採取一種沉默的期待？爲什麼老要內心這麼痛苦下去？

爲了使愛情真正體現在行動上，他坐在那裡鼓起內心的勇氣，有時默念天神，有時向老天爺表示自己的虔誠，坐著等待時機就像蒼鷺站在水邊等待青蛙出現一樣。宴會結束了，檳榔分發了，話別也結束了，魯西小姐以她那悅耳的歌聲所掀起的一片讚嘆聲，也已經過去了，她從宴會場內走出來，騎上自行車。而詩歌朗誦會上傳來了這樣的詩句：

有的人惹人發狂，

也有人自己發狂。

這時傑格爾特爾不聲不響地尾隨著魯西，用嚇人的速度蹬著自行車，在半路上趕上了魯西，她看到他這樣張皇失措地趕來，嚇了一跳，以爲是出了什麼不幸的事，她說：「喲，婆羅門先生，有什麼事？你怎麼這樣上氣不接下氣？你還好嗎？」

傑格爾特爾的喉嚨哽咽了，他用顫抖的聲音說：「現在要和妳永遠地分別了，這種難言的離恨怎能使人受得了啊！我懷疑我會不會發瘋……」

魯西驚訝地問道：「你說的是什麼意思？你生病了嗎？」

傑格爾特爾：「啊！我最親愛的，妳問我是不是生病了，我都快要死了哩！我幾乎沒有生命了，只有對愛情的理想是唯一的依靠。」

說完，他想拉魯西的手，魯西看到他的狂態害怕了，她生氣地說：「你把我截住侮辱我，對此你要懊悔的！」

傑格爾特爾：「魯西，妳瞧，在離別時可別這麼無情！我是如何度過這些相思的日子，只有我的心才知道。我這個人的臉皮厚，今天還活著；要是其他人，早就送命了。真的，只有妳那些甘露般的信成了我生活的唯一基礎。」

魯西：「我的一些信？什麼信？我什麼時候給你寫過信？你是喝醉了嗎？」

傑格爾特爾：「我最親愛的，不要這麼快就忘記吧！不要表現得這麼無情吧！妳寫給我的那些情書，將是我生活中最大的財富。應妳的要求，我穿上了這樣的服裝，放棄了念經拜神，接受了這樣的生活方式。妳把手放在我胸脯上摸摸看，我的心是多麼激烈地在跳動啊！好像要跳出胸口似的。妳這種惡作劇的玩笑會要走我的命。我的所有理想……」

魯西：「你是喝醉了酒呢，還是有人騙了你？我給你寫過情書？呸！你看一看你那樣子，簡直像野豬一樣！」

可是婆羅門先生到這時還一直以爲她是在和他開玩笑，他又企圖抓住她的手，說：「親愛的，經過了多少日子，今天才碰上了這樣好的機會！現在妳跑不了啦！」

魯西這時生氣了，她狠狠地打了他一記耳光，像雌獅一樣咆哮著說：「你這該死的，滾開！要不我就叫警察了，你這個流氓！」

魯西打了耳光後就走掉了，而婆羅門先生在那兒坐了下來。他挨了耳光後感到頭昏目眩，眼前出現一片黑暗，精神上的刺激加上這肉體上的打擊，簡直是雙重的災難啊！但是內心深處卻對整個事件作出判斷；這一記耳光從外表上把他打得兩眼流淚，卻也從心裡把他敲醒了。

莫不是宿舍裡的那些小子搞的惡作劇？肯定是這麼一回事。唉，這些王八羔子搞了一個大騙局！大伙兒才一看到我就發笑！我也真傻，要不，怎麼會成他們手裡的玩具？上了一個大當，一輩子忘不了。

他從那氣鼓鼓地回來，跟納伊姆說：「你是大騙子，頭號狡猾的傢伙，流氓，傻瓜，笨驢，壞蛋！」

納伊姆：「究竟是什麼事，你是說呀，還是這樣一直罵下去？」

吉利特爾：「發生了什麼事？莫不是你跟魯西談了些什麼？」

傑格爾特爾：「我正是從她那裡來的，挨了耳光，受了侮辱。你們兩個人合起來把我捉弄得好苦，我要不報復才怪呢！我不知道，你們作爲我的朋友，竟然拿刀子割我的脖子！好吧，要是她一氣之下向我開了槍，那……」

納伊姆：「老兄，情人的打擊是別有風味的！」

傑格爾特爾：「去你的，情人還有打人耳光的嗎？情人用眼色當箭、當匕首，難道有真正動手打對方的嗎？」

吉利特爾：「你跟魯西說了什麼？」

傑格爾特爾：「說什麼？只不過述說離別痛苦的心情，然後她打了我的耳光，把耳朵都打聾了，簡直不是一隻手，而是一塊石頭！」

吉利特爾：「糟了，糟了，你的一張嘴也特別。我的大好人，你的頭腦竟這麼簡單，我們哪裡知道你竟這麼輕浮，不然，我們幹嘛開這個玩笑！現在我們也跟著你一起倒霉了。要是她到院長那裡去告發，那我們裡外不是人了；假如她向自己的某個英國情人說了，那性命都要出危險。老兄，你真是一個大笨蛋，你的頭腦很獨特，連這也不知道，我們不過是跟你開開玩笑，你又不是長得那麼漂亮的人。」

傑格爾特爾：「對你來說，是開開玩笑；對我來說，就是要我的命。鳥兒被孩子們弄死了，孩子們算開了心。現在你們老老實實還我五百盧比，要不，我要砸破你們的頭！」

納伊姆：「如果你願意的話，作爲交換！我服侍你好了。我給你理髮，給你擦鞋，給你按摩腦袋，而我只要求你給飯吃就行。我可以發誓，一輩子不到哪兒去，也不要求增加待遇，這樣一來，我父母可以甩掉一個包袱。」

傑格爾特爾：「別在我的傷口上撒鹽了。你自己下水了，也要把我弄下水。你的英語倒不錯，反正可以混過去，我卻及不了格，丟了面子不算，還損失了五百盧比，這是開玩笑還是卡人的脖子？不管我明白不明白，老天爺是一定明白的！」

納伊姆：「我錯了嘛，老兄，我自己現在對這件事也感到很遺憾。」

吉利特爾：「要傷心後悔，有的是時候。現在你說，要是魯西對院長說了，那結果會怎樣？我們三人都會被開除，將來連工作也找不到，怎麼辦？」

傑格爾特爾：「我要在院長面前把你們的一切全揭發出來！」

納伊姆：「老兄，爲什麼這麼做？難道這就叫作友誼？」

傑格爾特爾：「對了，像你們這樣的朋友，就該受這樣的懲罰！」

宿舍的一邊，通宵舉行著熱烈的詩歌朗誦會；而另一邊，這三位尊神卻坐在那裡在商議萬全之計。如果事情傳到院長耳朵裡就糟了，涉及到英國姑娘，還不知要採取什麼措施。最後，經過反覆討論決定，第二天大清早納伊姆和吉利特爾到魯西小姐住的地方去求她原諒，如果她提出贖罪的辦法，就接受下來。

傑格爾特爾：「我是一個子兒也不給的。」

納伊姆：「你就不給吧，老兄，反正我們有一條命。」

吉利特爾：「她能要你的命？首先要考慮錢，她不得到賠款是不會罷休的。」

納伊姆：「傑格爾特爾老兄，看在真主的面上，這個時候不能太小氣，要不，我們三人的前途都毀了。發生了的事，你就原諒吧！我們再也不會犯這種錯誤了。」

傑格爾特爾：「得了！最多不過是把我開除吧，我以後開個商店好了。你的前途毀了，你可以嘗嘗惡作劇造成後果的滋味。啊！把人騙得好苦！」

一再說好話和央求之後，傑格爾特爾總算平靜了一些。第二天大清早，納伊姆趕到魯西的住所，得知她已經去院長那裡了，這一下嚇得他全身的血都好像凝固了：唉，真主，你是經常給人化險為夷的，這一次我們可性命難保了。院長一聽，肯定一氣之下要一口把我們吞下去，連放點調料都不需要。由於這個倒霉的婆羅門，我們可真陷入絕境了。這個令人噁心的傢伙，不知怎麼想的，還去向一個美人兒表示愛情。自己長得像水獺的樣子，卻神經錯亂到以為一個花容月貌的女子對他傾心了！這樣把我們也拖下了水。要是在路上遇到了魯西，也許求求她還可能答應，但是，如果已到了院長那裡，那就再也沒什麼希望了。他又騎上自行車，拼命向院長的住所趕去，他騎得這麼快，好像後面有死亡在追趕著他，要是撞上了什麼東西，那肯定要粉身碎骨。

可悲的是哪兒也沒有看見魯西，已經趕了一半路程了，還不見魯西的影子。失望的情緒使他的速度慢了下來，接著又鼓起勇氣向前飛奔，只要在院長住所的大門口碰上，也可以得救。突然，他看見了魯西，納伊姆開始更快地蹬自行車。她已經來到院長的家門口了，再隔一會兒就要決定船是沉下去呢，還是可以渡過河岸，他高興得一顆心都要從胸口跳出來。

他大聲叫喊：「魯西小姐，魯西小姐，請等一等！」

魯西回頭一看，認出是納伊姆後停了下來，說：「你不是向我替那個婆羅門說情來的吧！我正要向院長控告他哩！」

納伊姆：「那先把我和吉利特爾兩人槍斃了，妳再去吧！」

魯西：「子彈對不要臉的人是不起作用的，他給了我極大的侮辱！」

納伊姆：「魯西，有罪過的是我和吉利特爾兩人，可憐的婆羅門不過是我們手中的玩具罷了，這場惡作劇是我們兩人做的，一點不騙妳！」

魯西：「你真是淘氣的孩子！」

納伊姆：「我們兩人爲了尋他開心，來了這一場表演，一點也不知道他會去追妳，我們以爲他沒有這個膽子。看在真主面上原諒他吧！不然妳就害了我們三個人了！」

魯西：「那好吧，你這麼一說，那我就不跟院長說了，但是條件是：婆羅門在我的面前抓著自己的耳朵站起來，蹲下去，連續二十次，另外至少要付給我兩百盧比的贖罪金。」

納伊姆：「魯西，別這麼殘忍了。妳想一想，那個可憐蟲該有多麼難過！天啊，如果妳不長得這麼漂亮的話……」

魯西笑了笑說：「該有人向你學習奉承人這一套！」

納伊姆：「那現在往回走吧！」

魯西：「我的兩個條件都答應嗎？」

納伊姆：「你的第二個條件我們大伙兒共同設法來滿足，但第一個條件太嚴，可憐的婆羅門會服毒死去的，當然，我可以代替他抓著耳朵下蹲五十次。」

魯西：「你是老油條了，還講什麼臉面！我要懲罰他，這個流氓想拉我的手哩！」

納伊姆：「一點兒也不可憐他？」

魯西：「不，決不可憐他！」

納伊姆把魯西帶回宿舍，兩個條件都提到婆羅門面前，可憐的他傷心極了，倒在魯西面前抽抽咽咽地哭了，納伊姆和吉利特爾也爲自己的罪過而感到羞愧。

最後魯西心軟了，說：「那好吧！滿足我提的兩個條件中的任何一個，也就算了。」

人們完全相信傑格爾特爾會答應付贖罪金的條件，而決不會在魯西面前抓住耳朵站起蹲下，所以，當他們聽傑格爾特爾說，他不付錢，他寧願不是二十次，而是四十次地作下蹲的動作時，都吃驚了。納伊姆說：「老兄，幹嘛這樣侮辱我們呢？為什麼不付錢呢？」

傑格爾特爾：「我已經花了夠多的錢了，現在我不會再為這個鬼女人花一個子兒。兩百盧比太多，她以為可以拿兩百盧比高高興興地揮霍一通，盡情享樂，這不成。到現在為止，與其花錢讓人恥笑，不如省下錢，反正得讓人恥笑。我的腿會痛，管它的！人們會譏笑，有什麼關係！但是總不能讓她手中再撈到任何好處。」

說完傑格爾特爾脫掉上衣，捲起圍褲，從走廊走到廣場中間，開始作下蹲的動作；他的臉因憤怒漲得通紅，但是他堅持作下去，好像一個大力士在表演。如果說婆羅門曾經表現過明智的話，那就算這一次。大家都站著看，但誰的臉上也沒有笑容，大家都感到難過，甚至魯西也不敢抬頭，她深深地低頭坐著，也許在懊悔自己製造了這難堪的一幕。

二十次下蹲的動作花不了很多時間，婆羅門高聲地數著作完了，然後驕傲地昂著頭走進了自己的房間；魯西原來是想羞辱他的，相反的她卻受到了羞辱。

這個不幸事件發生後，過了一個星期，學院才放假。在這一個星期裡，任何人也沒有看見婆羅門先生笑過，他冷漠而又若有所失地坐在自己的房間裡，提起魯西的名字他就感到生氣。

這一學年的考試，婆羅門先生沒有及格；他再也沒有到這所學院來，大約到阿里格爾去了。

1924.11

馬妮的自尊心

像妳這樣罪惡滔天的女人死了好，大地還能減輕一點負擔！

I

現在對孤苦伶仃的寡婦馬妮來說，除了悲傷，她生活中就再也沒有其他什麼了。父親死的時候，她只有五歲，母親好歹也把她撫養長大；十六歲時，幸虧有左鄰右舍的幫助，她出了嫁；但不到一年，母親和丈夫相繼去世。在這苦難的時刻，除了叔叔溫希特爾以外，她看不出還有誰能給她以棲身之地。

從溫希特爾至今的表現看來，要想在他家裡平靜地待下去也是不可能的，但是她準備忍受一切，還準備為他家做一切家務事，也準備忍受打罵和斥責。這樣，待在叔叔家裡至少不會有人懷疑她有什麼不軌的行徑，她不會受到誰的造謠中傷，也不會受到流氓地痞的尋釁。溫希特爾多少有點擔心家庭的名聲，所以不能拒絕馬妮的請求。

但是過不了幾個月，馬妮就意識到，她在這個家裡不會待得太久了；家裡什麼活她都做，她聽從使喚，極力使大家滿意，可是不知為什麼，叔叔和嬸嬸兩人總是討厭她。她一來，女佣人就被辭掉了，原來還有一個做粗活的小伙子，也被打發走了。儘管叔叔和嬸嬸從馬妮來了以後得到很大的方便，可是不知為什麼他們仍然生她的氣。有時叔叔苛責她，有時嬸嬸咒罵她，甚至她的堂妹勒里達也動不動就說些難聽話。全家只有堂兄戈古爾同情她，可以從他的話語中得到一些體貼和溫暖。

戈古爾了解自己母親的脾氣，如果他試圖勸說母親，或者公開站到馬妮一邊，那馬妮在家裡就一時一刻也待不下去了，所以他的同情也只限於給她一點安慰，他說：「妹妹，妳等我在什麼地方找到了工作再說吧！到那時候，妳痛苦的日子就會結束啦，看有誰還敢看不起妳。只要我還在讀書，妳的日子就不會好過。」馬妮聽到這些親切的話感到很興奮，她的每根毛髮都在為戈古爾祝福。

2

今天是勒里達結婚的日子，一大清早，客人就開始陸續來到，屋子裡到處都響著首飾的叮噹聲。馬妮看到客人也感到高興，她身上沒有一件首飾，也沒有人給她一件好看的衣服，可是她仍然很高興。

半夜過了，結婚的吉辰快到了，迎親隊把禮物從喜棚裡送了進來，所有的婦女都爭看送來的禮物，並把首飾一一替勒里達帶上。馬妮心裡很想去看一看新娘子，昨天一位不懂事的女孩子，今天成了新娘！她抑制不住自己想去看一眼的心情，於是笑著走進房來。這時嬸嬸突然怒斥：「誰叫妳到這裡來的？給我滾出去！」

馬妮曾經忍受過很大的痛苦，然而今天的斥責卻像一支利箭一樣刺傷了她的心，她在內心埋怨自己：這就是對妳的輕浮的獎賞！妳為什麼非得到那些吉利的婦女中間去呢？她滿面羞愧地走出房門，想坐在無人的地方好好哭一場，她走上樓去，突然在樓梯上遇到了因德爾那特，他是戈古爾的同班同學和好朋友，也是應邀來參加婚禮的，這時他為了找戈古爾而到樓上來。他曾經見過馬妮，也知道她受到很不好的待遇，剛才他也聽到她嬸嬸斥責的話，看到她走上樓來，他猜出了她的心思。為了安慰她，他想了一想，跟著走上樓來，可是房門已經從裡面扣上了，他從門縫朝裡一看，只見馬妮站在桌子旁邊哭泣。

他輕聲地說：「馬妮，妳把門打開！」

馬妮聽到他的聲音後躲到房間的一個角落裡，用嚴肅的聲調說：「有什麼事？」

因德爾那特興奮地說：「我求求妳，馬妮，把門打開吧！」這充滿感情的懇求對馬妮來說是前所未有的，在這冷酷的世界上竟還有人這樣懇求她，這是她從來沒有幻想過的。

馬妮用她發抖的手將門打開了，因德爾那特衝進房去一看，只見屋頂電扇的環上還掛著一根繩子，他的心顫抖了，馬上從口袋裡取出小刀割斷了繩子，並且說：「馬妮，妳準備幹什麼？妳知道，這種罪惡的懲罰是什麼嗎？」

馬妮低下頭說：「還有其他的懲罰比這更嚴厲嗎？一個連影子也被人們討厭的人，如果她死了還要給以懲罰，那我要說，在神的法庭上就根本沒有公正可言了。你根本不能體會我的處境！」

因德爾那特的眼睛潤濕了，馬妮的話裡包含著多麼嚴酷的真理啊！他說：「馬妮，不會永遠都過這種日子，如果妳以為妳在世界上沒有任何親人，那就錯了，世界上至少還有這樣一個人，他愛惜妳的生命超過了愛惜他自己的生命。」

他們突然看到戈古爾來了，馬妮就從房間裡走了出去，因德爾那特的話使她的心裡很不平靜，他的話有什麼含義？這點她還不能全然理解，可是今天她感到自己的生活有了意義，因為在她黑暗的生活中出現了一線光明。

3

戈古爾看到因德爾那特坐在那裡，而馬妮又走了出去，他產生了懷疑，他的臉色變了，嚴厲地說：

「你什麼時候到這裡來的？」

因德爾那特鎮定地回答他說：「我是到這裡來找你的。沒有找到你，我就往樓下走去，如果我下樓去了，那這時你就會發現這間房門關著，而且會看到電扇的環上吊著一具屍體。」

戈古爾以爲他爲了掩蓋自己的罪過在找藉口，他厲聲地說：「你竟會這樣背信棄義，這是我原來沒有想到的。」

因德爾那特的臉變得通紅，他激動地站了起來，說：「我從來沒有想到你竟會這樣污蔑我，我也不知道你竟會把我當成這麼卑鄙下賤的人。馬妮對你們來說是該受輕視的人，但對我來說卻是値得尊敬的人，今後也仍然如此。在你面前我沒有必要爲自己辯護，但是在我看來，馬妮比你想像的要純潔得多，我本來不想在這個時候對你講這些的，我一直在等待更適當的時機，但是事情發展到我不得不說的地步了。

我也知道，你們家裡誰也沒有把她當人，但是，你們把她看得如此卑賤，你們這麼討厭她，這是我今天聽到你母親講的話以後才知道的。僅僅是因爲她去看了新郎家送來的首飾這麼一點小事，你母親就那樣無情地呵責她，就是對一條狗也不會那樣吧！

你會說：『我對這種事情能怎麼辦？我又有什麼法子？』說實在的，一個對待孤苦伶仃的女子這樣不近人情的家庭，喝這樣家庭的水都是一種罪過，如果你早對自己的母親作些勸解說服的工作，也不至於會出現今天這種局面，你是不能逃脫這種罪責的。今天是你家裡喜慶的日子，我不能找你的父母談談，但是和你談談也沒有什麼不好意思，我願意讓馬妮成爲我的終身伴侶，而且把這當作我的幸福。以前我想，等我有個著落以後再提出來，現在我怕再拖下去會使我失去馬妮，所以爲了解除你和你家庭的苦惱，我今天就把這個意思說清楚。」

戈古爾心裡從來沒有對因德爾那特產生過像今天這樣的敬意，剛才對他的懷疑使他感到羞愧。他自己也覺得由於害怕母親而在馬妮的問題上完全袖手旁觀是錯誤的，這是出於膽怯懦弱，而不是出於什麼其他原因，他很難爲情地說：「要是我母親在這點小事上對她那麼不客氣，那是她的愚昧無知，有機會我一定問她。」

因德爾那特說：「問她的最恰當時機已經過去了，關於這個問題，我希望你和馬妮商量以後告訴我，我不願意她今後還在這裡待下去，即使是很短的時間也罷。我今天知道，她是一個自尊心很強的女子，說實在的，我爲她的性格所傾倒了，這樣的女子是受不了虐待的。」

戈古爾有點擔心地說：「她是寡婦，這一點你知道嗎？」

當我們看到某一個人爲我們辦一件大好事時，我們總是願意把自己所有的不利條件都擺在他的面前，我們希望向他表明，我們完全理解他的好意。

因德爾那特聽了之後，笑了笑說：「這我知道，我已經聽說了，也正因爲如此，所以到今天爲止，我一直還不敢向你父親正式提出來。但是，即使不知道，也絲毫不影響我對這個問題所下的決心；即便馬妮不僅僅是個寡婦，而且還是個不可接觸者，甚至比一個不可接觸者還要不如的什麼人，可是對我來說，她仍然是一位非常難得的女子。我們爲了極平凡的工作，總是去找有經驗的人，然而在找一個共同生活一輩子的伴侶的時候，卻把在這方面有過感受的人當作一種缺陷。我，不是那種不講道理的人。至今，人們還沒有開辦過比災難本身更能傳授經驗教訓的學校；一個在災難中取得合格證書的人，我們完全可以放心地把人生之舵交給他去掌握。在我看來，一個婦女成了寡婦正好不是她的缺陷，而是她經過風浪後具備的有利條件。」

戈古爾高興地說：「可是你家裡的人……？」

因德爾那特堅定地說：「我不認爲我家裡的人會愚蠢到反對我這麼做，即使他們反對，我也願意由我自己來掌握自己的命運。我的長輩在我身上有很多權利，在很多方面我把他們的意志當作法律，但是，在

適合我的心靈發展的問題上，我是怎麼也不會讓步的，我願意享有一種自豪的樂趣，那就是我本人是我一生的主人。」

戈古爾有點懷疑地說：「假如馬妮不同意，那……？」

因德爾那特認爲這種懷疑是完全沒有根據的，他說：「戈古爾，現在你完全像個孩子講話！就算馬妮不會輕易答應，她願意在這個家裡忍受折磨，願意挨罵，不願意離開這個家，也就是說，要拋開世世代代留下來的傳統觀念當然是不容易的，但是我們得讓她同意，我們得設法讓她排除她內心積累起來的舊傳統觀念。

我不是籠統地贊成寡婦再嫁，我認爲這種對丈夫忠貞的不凡理想，在世界上是寶貴的，我們在傷害它時，應該十分小心，不過對馬妮卻不產生這樣的問題，愛情和敬仰不是空洞的，是和人聯繫在一起的。對一個連影子也沒有看到的男子產生愛情是不可能的[1]，不過是徒具形式而已，我們不應該注重這種虛假的外表。戈古爾，現在有人叫你，我也要走了，兩三天之後，我們再碰面。但是，請不要出於不好意思，顧慮重重，而把事情擱置起來，讓時間白白地流過去啦！」

戈古爾用一隻手挽著他的脖子說：「我後天到你家裡去。」

4

晚上九點，迎親隊走了，客人們也一個個離開了。人們在結婚的喜慶之後貪睡，是眾所周知的；家裡所有的人從下午起就入睡了，有的睡在床上，有的睡在木板上，還有的睡在地上，在什麼地方找到位置，就在什麼地方睡下了。只有馬妮還在做家務事，而戈古爾則坐在樓上的房間裡看報紙。

1：作者在這裡想說明馬妮和其死去的丈夫只是舉行過婚禮，並未過門圓房。小說開頭說她「出了嫁」也該這麼理解。

戈古爾突然叫道：「馬妮，給我拿一杯涼水來，我口渴了。」

馬妮拿了水來到樓上，當她把水放在桌上正準備返身走開時，戈古爾說：「馬妮，妳等一等，我有話要跟妳說。」

馬妮說：「現在沒有空，哥哥，全家都在睡覺，要是有人鑽了進來，什麼都會偷光。」

戈古爾說：「讓他鑽進來吧！我要是妳，就會和小偷勾結起來偷。馬妮，請不要不好意思，凡是我問妳的話，請妳很快地回答我。明天我要去見因德爾那特，我答應過明天去見他；要是晚了，他會著急的。因德爾那特愛妳，這妳知道不知道？」

馬妮把頭扭到一邊說：「你叫我來是要問這些話嗎？這我不知道。」

戈古爾說：「這一點，他知道，妳也知道。他想和妳結婚，完完全全正規地結婚，妳同意嗎？」

馬妮羞得低下了頭，連一句話也說不出來了。

戈古爾又說：「這件事我還沒有對爸爸媽媽說，原因妳很清楚，他們一再罵妳，一再氣妳，他們寧可打死妳，也不會同意妳結婚，因爲他們認爲這樣丟了他們的臉，所以現在就靠妳作出決定。我的看法是，妳應該答應，因德爾那特是愛妳的，而且他是一個光明磊落的人，非常有膽量，根本就不知道什麼叫害怕。我看到妳幸福，內心一定會感到真正的高興。」

馬妮心裡翻騰得厲害，但是嘴裡卻一聲不吭。

戈古爾這時有點生氣了，說：「馬妮，現在不是叫妳沉默不語的時候，妳到底在想什麼？」

馬妮用顫抖的聲音說：「那好吧。」

戈古爾原來心頭的重擔減輕了，臉上露出了微笑。

馬妮羞得一溜煙地走了。

5

下午，戈古爾對他的母親說：「媽，今天因德爾那特家裡有客人聚會，他母親很著急，因爲一個人忙不過來；我說，我把馬妮派去，如果妳同意的話，我就把馬妮送去給他們幫忙，明後天就可以回來啦。」

這時，馬妮正好來了，戈古爾偷偷地瞥了她一眼，馬妮直羞得上天無路，入地無門。

母親說：「有什麼必要問我的，把她送去吧！」

戈古爾對馬妮說：「馬妮，換一下衣服，準備好，妳要到因德爾那特家去幫忙。」

馬妮不願意地說：「我不大舒服，我不去。」

戈古爾的母親說：「爲什麼不去？難道是要妳到那兒去挖山？」

馬妮換了白色紗麗，坐在馬車上，這時她的心正在發抖，眼睛裡一次又一次地湧出了眼淚，她的心愈來愈沉重，好像在水中往下沉。馬車走了一段路，馬妮對戈古爾說：「哥哥，我心裡不知爲什麼有種說不出的感覺，我求求你，還是把我送回去吧！」

戈古爾說：「妳瘋了，大家都在那兒等妳，妳卻要回去！」

馬妮說：「我心裡在嘀咕，可能要出事。」

戈古爾說：「我心裡在說：妳快要成爲夫人了。」

馬妮說：「爲什麼不等上十天八天，就說馬妮病了呢？」

戈古爾說：「別說瘋話了。」

馬妮說：「人家會議笑的。」

戈古爾說：「我做好事時，對誰的議笑也不在乎。」

馬妮說：「媽媽會不讓你進屋的，由於我，你也會挨罵。」

戈古爾說：「這不必去管，反正罵人是她的習慣。」

馬車到了。因德爾那特的母親是一個開明的婦女，她把新娘子扶下馬車，然後帶到裡面去了。

6

戈古爾從因德爾那特那裡往回走時，已經是晚上十一點了，他一方面由於完成了一件大好事而感到興奮，另一方面又感到害怕。明天當馬妮還不回來時，他怎麼對家裡人說？他決定回去以後就清清楚楚、一五一十地講出來，掩蓋是沒有用的；今天不說，明天也得說，明天不說，後天也得說，反正都得說，何不今天就攤牌呢？

他這樣打定了主意，回到了家。

母親一面給他開門一面說：「你爲什麼搞得這麼晚才回來？爲什麼沒有把馬妮帶回來呢？明天早上誰燒飯？」

戈古爾低著頭說：「她今後可能永遠不會回來了，媽，已經安排好讓她在那裡住下去了。」

母親睜大了眼睛說：「你在胡說什麼？她怎麼能在那裡住下去呢？」

戈古爾：「她和因德爾那特結婚了。」

母親像是從雲端裡掉到地上一樣，聽不清楚她的兒子說的是什麼，接著她就罵開了，她罵兒子是給家庭丟臉的傢伙，是拉皮條的老鴇，是卑鄙下流的壞種，甚至罵得已經超過了戈古爾所能忍受的程度。

戈古爾的臉色通紅，眉毛直豎，他說：「媽，妳別再罵了，現在我再也沒有耐心聽下去了。如果我是

做了壞事，那就是挨妳的鞋底抽打我也不會抬頭，可是我並沒有做壞事，我只不過完成了一件在這種情況下應該履行的任務，是任何好人都應該做的。妳愚昧，妳根本不了解時代在怎樣前進，所以我才會在這裡忍耐著聽妳的謾罵。

妳，而且我不得不遺憾地說，還有爸爸，你們讓馬妮過著地獄般的生活，妳叫她受的折磨是別人連自己的仇人也不叫受的。難道不是因爲她要依賴妳生活嗎？難道不是因爲她是一個孤苦伶仃的女子嗎？今後她再也不會來挨妳的罵了。就在妳家裡舉辦婚事的那天，由於受了妳的一句傷人的話的刺激，她差一點就自盡了。如果當時不是因德爾那特趕到，那麼，妳、我，還有全家人今天也許還被拘留著哩！」

母親也斜著眼睛說：「哦！你是多麼好的兒子呀，你把全家從災難中拯救了出來！爲什麼不是好兒子呀？現在輪著自己的妹妹，再過幾天，也把你的娘帶走交給某一個人得啦！那樣你該發財啦！這一行當是最好的，念了書能幹什麼呢？」

戈古爾傷心得顫抖起來，他痛苦地說：「但願老天不要讓任何孩子投生到妳這種母親的肚子裡，見到妳都是一種罪過！」

他一邊說一邊走出家門，像瘋了一樣向旁處走去，風一陣一陣地向他刮來，可是他卻感到連呼吸的空氣也沒有。

7

一個星期過去了，仍然不知道戈古爾的下落。因德爾那特在孟買找到工作，就到孟買去了；他先在那裡安排好住處，再發電報給母親，然後婆媳兩人一起到孟買去。溫希特爾原來以爲戈古爾會躲在因德爾那特的家裡，而當他發現兒子不在那裡時，幾乎找遍了全城；凡是與他有來往的人、相好的人，或者是朋友和親戚，他都到他們的家裡去過，可是所到之處得到的都是一個否定的答覆。

他東奔西跑了一整天，傍晚一回家就挖苦妻子：「還罵孩子吧！最好是天天罵！不知道妳還有沒有頭腦。不要臉的丫頭跑了，我們還減少了一個負擔。讓她走掉不就完了嘛！雇一個女工，不就完事了嗎？她不在我們家的時候，難道我們都餓死了不成？寡婦再嫁的事到處都有，這並不是什麼從來沒有聽說過的事，如果我們有很大的能力，我們可以把那些贊成寡婦再嫁的人驅逐出境，詛咒他們，讓天火把他們燒成灰，但是這是我們無法辦到的事啊！可是你卻連想都沒有想到來問我一聲，讓我看看該怎麼處理比較恰當。妳難道以為我根本不會從機關回來，我會永遠死在那裡？自作主張就和孩子槓上了，現在哭吧！放開嗓子哭吧！」

已經是黃昏了，溫希特爾把妻子指責了一通後，激動不安地在門口來回地走著，他愈想愈生馬妮的氣：就是這個女妖精毀了我這個家庭，不知她是在什麼晦氣日子來到我的家裡，終於如願以償地毀了我的家；要是她不來我家，怎麼會出現目前這種倒霉的日子呢？多麼有出息的孩子，多麼有天才的孩子，不知到哪裡去了。

一個老太婆突然走到他的身邊說：「大爺，我給你拿來了一封信，你看。」

溫希特爾急忙從老太婆手裡接過信，他內心充滿了希望，信也許是戈古爾寫的，他在昏暗中什麼也看不見，問道：「妳從哪裡拿來的？」

老太婆說：「那個住在胡森耿吉，最近在孟買找到工作的先生，信是他的妻子送來的。」

溫希特爾走到房間裡，開了燈，開始讀信，這是馬妮寫的信，信中說：

尊敬的叔父大人：請接受不幸的人馬妮的敬意。

我聽到戈古爾哥哥出走和至今下落不明的消息以後，感到非常難過，這個事件的根本原因在我，本來該我忍受屈辱，卻把他給連累了。由於我的原因，您這樣沉痛，這使我很傷心，但是我相信：哥哥一定會回來的。我坐今晚九點的火車到孟買去，我所犯的一切罪過，請您原諒，並代我向嬸嬸致意。我向老天爺祈禱，願戈古爾哥哥平安地回到家裡。如果老天爺允許，等哥哥結婚時，我就來看望您。

溫希特爾把信撕得粉碎。他看了看錶，正好八點，他急忙換了衣服，在大街上雇了一輛馬車往火車站去了。

8

到孟買去的列車停在月台上，旅客們正在東奔西跑，小販的叫賣聲吵得人什麼也聽不清楚。火車快開了，馬妮和她的婆婆正坐在婦女坐的車廂裡。馬妮兩眼含著淚望著前面：儘管過去的一切是那樣痛苦，但仍然是一種甜蜜的回憶，今天馬妮回憶起過去苦難的日子感到一種幸福，今後不知什麼時候能夠和戈古爾見面，如果叔叔來了，還可以見上一面。不錯，過去他常常生我的氣，可又有什麼呢？他還不是為了我好才罵我嗎？他是不會來的，現在離開車的時間只有一會兒了，他怎麼會來呢？社會上會議論紛紛的。如果老天爺有意，下次我再來時，我一定去看望他。

突然，她看到溫希特爾走來，她就走出車廂，向叔父身前走去，她正要彎下腰去撲在叔父的腳前時，叔父向後退了幾步，睜大了眼睛說：「不要接觸我，妳站得遠點，妳這個倒霉透頂的傢伙，給我臉上抹了黑，還給我寫信，妳怎麼不死呢？妳把我們家全給毀了。戈古爾至今下落不明，就是因為妳的原因；他離開了家，而妳至今卻還在故意地刺激我。對妳來說，難道恆河裡連水也沒有了嗎？如果我早知道妳是這樣一個淫婦、娼妓，那我當天就卡著妳的脖子把妳弄死了。現在還要向我表示妳的孝敬之心！像妳這樣罪惡滔天的女人不如死了好，大地還可以減輕一點負擔！」

這時，月台上聚集了幾百個看熱鬧的人，溫希特爾絲毫不覺得丟臉地一再破口大罵，誰也不理解這是怎麼一回事，但是每個人的心裡都對他很反感。

馬妮像一座石像一樣站在那裡，好像已經生了根；她的自尊心全部都化為烏有了，她只希望地上能裂開一道縫，好讓她鑽進去，或者突然出現一聲晴天霹靂，來結束她的一生——她這卑賤的一生。在這麼多人的面前，她竟受到這樣的羞辱！她沒有流下一滴眼淚，她已經沒有眼淚了，代替眼淚的是在她內心燃燒的一團火，這團火好像很快就要衝到頭頂——世界上還有誰這樣卑賤啊！

婆婆在叫她：「馬妮，進車廂裡來吧！」

9

火車開了，婆婆說：「從來沒有見過這樣不要臉的人，我氣得真想去撕他的嘴。」

馬妮低頭不語。

婆婆又說：「不知道這些『又臭又硬的頑固分子』什麼時候能變得聰明一些？現在他們的末日到了。你問他：他的兒子跑了，那又有什麼辦法？如果沒有他這種罪人，怎麼會有這種禍事呢？」

馬妮仍然不開口，也許她沒有聽見婆婆的話，也許她根本沒有感到她的存在。

她目不轉睛地望著窗外，面對著一片黑暗，不知在想些什麼。

車到了澈浦爾，婆婆說：「孩子，妳吃點什麼嗎？多少吃點點心，早過了十點了。」

馬妮說：「我現在不餓，媽，等會兒吃吧！」

婆婆睡了，馬妮也躺下了，但是，叔叔那副嘴臉還仍然浮現在她的眼前，叔叔的話還是在她的耳際迴響。唉，我是這樣的卑賤！我是這樣一個墮落的人！我死了，大地還可以減輕負擔！他還說了什麼？他還說了如果妳還是妳父母生下的女兒，那妳就再也別見人了。我不見人了，一個臉上被這樣抹了黑的人，是不會有再見人的願望了。

火車正衝破黑暗向前飛馳。馬妮打開自己的箱子，卸下首飾放進裡頭，又把因德爾那特的相片取了出來，反覆看了又看，她的眼中流露出一種自傲的神色。她放下照片，自言自語地說：「不行，不行，我不能玷污你的一生，你像天神一樣高大，你憐憫了我。我那時正在懺悔我前世的罪孽，你把我扶了起來，把我摟在懷裡，不過，我不能玷污你；我愛你，但你會因爲我而忍受一切輕蔑和指責……我絕不能成爲你一生的負擔。」

火車迎著黑暗飛奔而去。馬妮長久地望著天空，天空中的星星全都消失了，在黑暗中，她又看到了母親的面孔，母親的面孔是這樣清晰，這樣逼真，讓她顫抖了起來。她閉上了眼睛，然後轉過頭去朝車廂裡望了望，婆婆已進入了夢鄉。

IO

不知道黑夜已經過了多久，打開車廂門的聲音使婆婆的眼睛睜了開來。

火車在全速前進。她沒有看見媳婦，揉了揉眼睛，坐起來，叫喊媳婦，可是沒有得到任何回答。

她的心開始突突地直跳，她朝車廂裡的上舖瞥了一眼，又到廁所裡看了看，還在座位的下邊找了找，但不管哪兒也沒有找到媳婦。這時，她走到車廂門口，她懷疑了，這個門是誰打開的呢？又沒有人到車廂裡來過。她焦急萬分，關上車廂的門，就放聲大哭起來。去問誰呢？這列火車不知還要等多久才會停下來。我曾經跟媳婦說，我們坐到男人坐的車廂裡去，但是她不同意地說：媽，妳睡覺會不方便的。她是要讓我得到方便哩。

突然間，她想到了報警的警笛，就用力地拉了它幾下，幾分鐘以後，火車停下來了，列車員來了，從鄰近的車廂裡也來了幾個人[2]。接著，這些人搜索了整個車廂，底下的木板也被仔細地看過，一點血跡也沒有。

人們檢查了行李、被單、箱子和提包，以及器皿，結果是一樣東西也不少，鎖都鎖得好好的，什麼東西也沒有丟掉。如果說從外邊進來了人，那麼在火車還在運行的時候，人又會跑到哪裡去呢？要帶著一個婦女從車上往下跳，那更是不可能。大家根據一些跡象所作的結論是，馬妮也許是在打開車廂門向外看的時候，由於手沒有抓牢車門而掉下車去了。

列車員是一個好心人，他下了車，沿著鐵軌往後找了好長一段路，可是仍然沒有找到馬妮的蹤跡。在深夜裡再也沒有更好的辦法了，有幾個人說服了婆婆，把她帶到男人坐的車廂裡，決定讓她在前方車站下車，等天亮以後再往回找。我們在苦難中往往期待別人的幫助，婆婆時而望望這個人的臉，時而望望那個人的臉，她那充滿祈求神色的眼睛好像在向大家說：爲什麼沒有人爲我把媳婦找來呢？唉，可憐的孩子，結婚時穿在身上的衣服仍然是嶄新的，她是抱著多麼強烈的願望以及理想到自己的丈夫那裡去的啊！爲什麼沒有人去對那個惡棍溫希特爾說，現在你的願望實現了，你所希望的已經變成了現實，難道還不心滿意足嗎？

[2]：印度的火車車廂是彼此不通的，甚至一節車廂中幾個房間也彼此不能通行，只有在火車停下來之後，乘客才能從一列車廂或一個房間走下來之後再到另一車廂或房間裡去。

老太婆坐著哭個不停，火車迎著黑暗前進。

II

一個星期日的傍晚，因德爾那特和兩個朋友一起坐在自己家的樓頂上，他們有說有笑，話題是有關馬妮到來的事。

一個朋友說：「因德爾，你說，你不是已有結婚的體會嗎？給我們出點什麼主意吧！像鳥一樣先安一個窩，還是就待在樹枝上過日子？從報刊雜誌上的資訊看來，婚後的生活和地獄的生活似乎相差無幾。」

因德爾那特笑了笑說：「這完全要靠運氣，百分之百地靠運氣。在某種情況下，如果說婚後的生活和地獄差不多的話，那麼在另一種情況下，婚後的生活和天堂就毫無二致了。」

另一個朋友說：「但總不會有這麼自由吧？」

因德爾那特說：「自由？這種自由的百分之一也別想有了。若你想每天看完電影到後半夜才回家，想睡到早上九點才起床，或者想在下午四點從機關回來就一直打撲克，那你婚後就沒有那種幸福可言了。如果你還想每個月做件衣服，那也許一年也不一定做得成。」

「你的新夫人乘今天晚上的火車到嗎？」

「對，是乘火車來，和我一起去車站接她好嗎？」

「這還用說，誰會這個時候回家去？不過，明天你可得請客。」

突然，送電報的人來了，他把一封電報遞到因德爾那特的手裡。

因德爾那特的臉上露出了笑容，他立刻打開電報看了起來；看完電報，他嚇了一大跳，呼吸幾乎要停止了，他頭昏目眩，眼睛失去了光澤，好像世界一下子陷入了黑暗。他把電報扔到兩個朋友面前，然後用雙手蒙著臉嗚嗚地哭了起來。他的兩個朋友不知所措地拾起電報一看，也嚇得呆若木雞，兩眼直瞪著牆壁。剛才所談的事竟落了個如此結局。

電報裡說：「馬妮跳車，離拉爾布爾數里處發現其屍體。我今在拉爾布爾，速來。」

一個朋友說：「莫不是仇人製造謠言，發了個假電報？」

另一個朋友說：「可能，人們往往會搞這種惡作劇。」

因德爾那特用他那失神的眼睛望了望他們，嘴裡什麼也沒有說。

三個人相對無言地坐了幾分鐘，因德爾那特突然站起身來，說：「我坐這班車走！」火車晚上九點從孟買開出。兩個朋友急急忙忙地爲他捆好行李，一個背上行李，另一個提起箱子；因德爾那特也馬上換了衣服，一同向車站走去。他的前面是失望，希望已經成爲過去。

12

過了一個星期，溫希特爾先生從機關回家，坐在門口。這時，因德爾那特走來向他致意。溫希特爾一看到他就吃了一驚，使他吃驚的不是他意外地到來，而是他完全變成了另外一個人的樣子，站在他面前的是一個陷於無比悲傷和沉痛的人物形象。

溫希特爾問道：「你不是到孟買去了嗎？」

因德爾那特回答道：「是到孟買去了，才回來的。」

溫希特爾厲聲地說：「你把戈古爾也拖走了？」

因德爾那特望著他自己的手說：「他在我家裡。」

溫希特爾沮喪的臉忽然變得高興起來，他說：「那他為什麼不回來？你是在哪裡遇到他的？他是不是也到孟買去了？」

「不，他沒有去孟買，昨天我下火車的時候，在車站上碰見了他。」

「那你回去把他帶來吧！他做的事，就算他做對了吧！」

他一面說一面跑進屋裡，不一會，戈古爾的母親把因德爾那特叫了進去。

他進到裡面，戈古爾的母親從頭到腳把他打量了一番，說：「你生過病嗎？孩子，你的臉色怎麼這麼難看？」

因德爾那特什麼也沒有回答。

戈古爾的母親給他打了一罐水，說：「你洗一洗臉吧，孩子。戈古爾很好吧？這些日子他在哪兒？從他走後，我不知向老天爺許了多少願心！他為什麼不回來呢？」

因德爾那特一面洗臉一面說：「我說了叫他來，可是他由於害怕而沒有來。」

「這些日子他待在哪裡？」

「據他說，在農村裡到處流浪。」

「你一個人從孟買回來的嗎？」

「不，我媽也回來了。」

戈古爾的母親吞吞吐吐地問道：「馬妮還好吧？」

因德爾那特笑了笑說：「是呀！現在她非常幸福，擺脫了人間的一切束縛了。」

她不相信地說：「去你的，你瞎說一氣。幹嘛咒罵她呢！不過你為什麼這麼快就從孟買回來了？」

因德爾那特苦笑著說：「不回來怎麼辦？我在孟買收到母親的電報，馬妮跳車身死，屍體放在拉爾布爾。我趕了去，在那裡辦了後事，現在回來了。如今請妳原諒我犯的罪過吧！」

他再也說不下去了，傷心的眼淚使他的喉嚨哽咽了，他從口袋裡掏出了一封信放在她的面前說：「在她的箱子裡發現了這封信。」

戈古爾的母親傷心地坐了好幾分鐘工夫，眼睛一直望著地上；悲哀，特別是懊悔的心情使她抬不起頭來，後來，她拿起信開始讀道：

丈夫！

你拿到這封信的時候，我已經離開這個世界了。我是不幸的女子，這個世界上沒有我的容身之地，你也會因為我而痛苦和受到非議。我經過考慮後作出了決定：死對我要更好些。你給我的好處，我該用什麼來報答你呢？我一生中沒有什麼欲望，但是我十分難過的是，我沒有能夠死在你的面前。請你不要悲傷。但願老天使你永遠幸福，這是我最後的祈求。

她放下信，眼中開始落下淚來。溫希特爾木然地站在走廊上，好像馬妮正羞澀地站立在他的面前。

1925.02

醜夫人

他那張好看的臉變形了，歪得厲害，
像一個拉長了的橡皮人那樣難看！

1

對維賓先生來說，世間最美好的事物是女人。在他眼裡，女子是人間所有溫柔、親密和美好感情的活生生的化身；而對他的詩說來，頌揚女子的青春和美貌是最誘人的題材。

一聽人家談起女人他就眉飛色舞，洗耳恭聽，好像一個音樂迷聽到了歌聲一樣；一旦平靜下來，他就開始幻想那個美麗女人的面貌，她將是他內心最中意的形象，閃耀著朝霞一樣的光芒，像花朵一樣的溫柔，像黃金一樣閃閃發亮，像春天一樣生機勃勃，像黃鶯一樣擁有優美的聲調，總之，她具備詩人們用一切比喻所描繪出來的特點。然後，他就成了他幻想出來的形象的崇拜者，寫詩來歌頌她，和朋友們談起她，每天沉醉於對她的思念。確實，他所抱的希望得以實現，以及他的心願得到滿足的日子愈來愈近了，學院裡的最後考試已經完畢，催他結婚的信也一封接一封地到來。

2

婚事已經定下來了。維賓先生原來一再堅持要看看對方，但是當他的舅舅向他保證，姑娘長得很美，他自己曾親眼見過，維賓這才同意把婚事定了下來。迎親隊熱熱鬧鬧地去迎親，婚禮的良辰已到，戴滿首飾的新娘子來到舉行婚禮的喜棚裡，這時維賓看到了她的手和腳，多麼美麗的手指，像是燈光的光柱，手腳四肢多麼有光澤，多麼誘人，維賓高興得心花怒放了。

婚後第二天，新娘子辭別娘家[1]，他急不可待的要看看新娘子的容貌，一當轎夫在路上放下轎子去解手時，他悄悄走到新娘子的旁邊，這時新娘子正好掀開了面紗，從轎中伸出頭來望著外面。維賓的眼光落到她臉上，心中頓時產生了一股厭惡、忿怒和失望的情緒；她不是一個非常美麗的女子，不是他聽了舅舅的話後所想像的那樣美麗，更不是他多年幻想的形象。她是一個四方嘴、塌鼻子、兩頰凸了出來的難看的女人，膚色倒還白，但沒有紅潤，顯得蒼白，何況膚色儘管還好，又怎能彌補模樣的缺陷呢？

維賓的滿腔熱情完全冷了下來。唉！倒楣的事注定要落到我頭上，難道對她來說，世界上就再也沒有其他的男人了嗎？他對自己的舅舅很生氣，是舅舅曾經極力稱讚過她，如果這個時候碰上舅舅，他要狠狠地損他一頓。

當轎夫重新把轎子抬起來的時候，維賓心裡想：我怎麼和這樣的女人說話呢？怎麼和她一起生活呢？望她一眼心裡就感到厭惡，世界上竟然有這樣難看的女人，這是我到今天才知道的。老天爺讓她長了一張什麼樣的臉！又讓她長了兩隻什麼樣的眼睛啊！我可以對她的其他所有缺陷都視若無睹，但是那張四方嘴！唉，老天，難道是你要讓我遭受這種晴天霹靂嗎？

3

維賓感到自己的生活像地獄一樣，他和舅舅吵了一場，寫了一封長信把岳父罵了一通，跟父母也打了

1：印度風俗，迎親隊把新郎帶著到新娘家，舉行婚禮，然後把新娘接回來。

一仗。當這樣還得不到平靜時，他開始考慮逃到某一個地方去。當然，他還是可憐阿夏的，他勸自己：在這問題上無辜的阿夏有什麼過錯呢？又不是她強迫要和我結婚。但是這種同情卻抑制不住厭惡的情緒，一看到阿夏，厭惡的情緒就充滿他的每個毛孔。

阿夏經常穿上自己最好的衣服，把頭髮梳成各種樣子，長時間站在鏡子前面打扮，但是在維賓看來，那都是噁心的矯揉造作。阿夏打心底裡想使他高興，總是找機會服侍他，但是維賓總是遠遠地避開她；要是偶爾碰上了，他就講些挖苦諷刺的話，使得阿夏哭著從那兒走開。

最糟糕的是他的行爲開始墮落下去了，他盡力忘掉自己已經結過婚。有時一連幾天阿夏看不到他的影子，卻經常聽到從外邊傳來他的大笑聲，從小窗中看到他把手搭在朋友們的脖子上出去遊逛，她心中感到非常忐忑不安，有一天吃飯時，她說：「現在整天看不到你了，難道因爲我，你要從家裡逃走嗎？」

維賓把頭扭過一邊說：「我不是就住在家裡嗎？最近我在找工作，所以不得不在外邊東奔西跑。」

阿夏：「你幹嘛不叫一個醫生來給我整一整容？聽說現在已經有整容的醫生了。」

維賓：「爲什麼無緣無故地氣人呢？是誰把妳請到這裡來的？」

阿夏：「那要誰來治這個毛病？」

維賓：「這個毛病沒法治，老天爺沒有辦到的事，人又怎麼能辦到！」

阿夏：「你想一想，由於老天爺的過錯，你卻懲罰我。世界上有誰不喜歡長得好看的人？但是你看到過一個男子僅僅因爲長得難看就打光棍嗎？難看的女孩子也並不永遠待在娘家當處女，她們也總會結婚成家的，丈夫即使不很愛她們，但總不能把她們當作討厭的廢物！」

維賓不耐煩地說：「幹嘛無緣無故找麻煩？我又不是和妳辯論問題。心是強迫不了的，道理對心是不起作用的。我又沒有說妳，妳爲什麼找我鬧？」

阿夏聽了他的責難後走開了，她明白，維賓對她已經永遠鐵了心。

4

維賓每天出去遊逛，有時一連幾個晚上不見。阿夏由於焦慮和失望而消瘦，由消瘦而病倒了，但是，維賓是怎麼也不來看她一眼的，更談不上服侍了。不僅如此，他心裡還暗暗慶幸，要是她死了，那他就算解放了，下次一定仔細挑選，選準一個自己中意的人結婚。

現在他的行為更公開化了。以前多少還有點顧忌阿夏，至少使他掛在心上的是，還有人在觀察他的行動，現在是一點顧忌也沒有了。他沉溺於淫樂，甚至在客廳裡和妓女們聚會。肉慾不僅浪費了錢財，更嚴重的是毀了一個人的頭腦和精力；維賓的臉色開始發黃，身體開始消瘦，肋骨突出來，眼窩往裡陷進去了。現在他比以前更好享受，成天抹油，整理頭髮，換新衣服，但是臉上沒有光澤，就算塗抹一層油彩也沒有用。

有一天，阿夏正躺在走廊裡的一張床上，她已經有幾個星期沒有見過維賓了，她想看看他，又怕他不來，但是她抑制不住心頭的願望，還是叫女佣人去請他了。維賓也對她產生了一點同情，就來到她的面前；阿夏朝他臉上一看，吃了一驚，他已經變得這麼瘦弱，簡直令人認不出來了，她說：「你也生病了嗎？你變得比我還瘦了。」

維賓：「哼，生活中有什麼東西，值得我留戀和貪生呢？」

阿夏：「一個人不貪生也不應變得這麼骨瘦如柴啊！你為什麼不治一治呢？」

說完她抓住維賓的右手，讓他坐在自己的床上，維賓沒有馬上把手縮回，他的性格在這時表現出了

一種奇怪的溫順，這是阿夏從來沒有見過的。談話中仍然流露出失望的情緒，但已沒有高傲和憤怒的跡象了，阿夏還感到他的眼中似乎噙著眼淚。

維賓一邊坐在床上一邊說：「現在只有由死亡來治我的病了，我不是氣妳而這麼說的。老天爺知道，我並不想傷害妳。今後我不會活得很久了，我感到自己得了一種可怕的疾病，醫生們也是這麼說的。我遺憾的是，我對妳造成了痛苦，不過，這得請妳原諒。我有時坐著坐著就感到心直往下沉，有時則是好像要昏倒的樣子。」

他在這麼說時突然顫抖起來，全身像觸了電似的，昏倒在床上，四肢開始亂抖，口吐白沫，全身被汗水浸透了。

阿夏的所有病痛全消失了，幾個月來她起不了床，但在此時，她癱瘓的四肢卻產生了奇怪的活力。她立即爬了起來，把維賓扶好，讓他好好躺下，然後在他的臉上噴冷水。女佣人也趕來給他搧風。消息傳到外邊，他的一些朋友很快請來了醫生；費了很大的勁，維賓還是沒有睜開眼睛。將近傍晚的時候，他的嘴變歪了，左邊半個身子失去了知覺，別說動彈，就是用嘴說話也很困難，這不是昏迷，而是中風。

5

服侍患了中風這種可怕的病的病人是很不容易的，何況阿夏本人也病過幾個月，但是在中風的病人面前，她忘記了自己的病痛。接連有半個月的時間，維賓的病情很危險，阿夏不分晝夜地坐在他的身邊，給他做可口的食物，抱著他餵藥，注意觀察他的每一個細微的暗示，這些都是很有耐心的婦女才能做的工作。她自己的頭痛得快要裂開了，她的體溫高到使她的身體像火烤一樣，但是她一點也不在意。

半個月以後，維賓的病情有了一點好轉。他的左腳雖已癱瘓，不過卻開始能用含糊不清的語言說話了；最糟糕的是他那張好看的臉變形了，歪得這樣厲害，簡直像一個拉長了的橡皮人那樣難看。

有一天他躺著躺著不知突然想起了什麼，把鏡子拿到手中開始照自己的臉，這樣難看的人他從來沒有看見過。他慢慢地說：「阿夏，老天爺因我的狂妄而懲罰了我。實際上，這是我對妳的惡劣態度的一種報應。今後如果妳看到我這副面孔，厭惡地把頭扭到一邊的話，我對妳也不會有絲毫的怨言。我過去虐待了妳，我希望妳進行報復！」

阿夏用溫存的目光看了看丈夫說：「我還像以前那樣看你，我看不出你有什麼區別。」

維賓：「哎呀！都成了一張猴子臉啦！而妳卻說沒有什麼區別。我今後決不出門了，老天爺真的懲罰了我。」

6

雖然經過很大的努力，但維賓的臉正不了，他的左臉歪得令人害怕，不過兩隻腳已經能夠走動了。

阿夏在丈夫生病的時候向女神許過願，今天是還願的日子，左鄰右舍的一些婦女都打扮得體體面面來參加這個盛會，樂隊在演奏歌曲。

有一個女友說：「阿夏，現在妳很討厭他的那張臉吧？是不是？」

阿夏嚴肅地說：「我感到他比以前還好得多！」

「去妳的吧！妳不說真話！」

「不，大姐，我說的是真的。我得到的不是他的容貌，而是他的一顆心，而心比容貌卻重要得多。」

維賓正坐在房間裡，有幾個朋友坐在他身邊，他們正在玩撲克牌。房間有一個窗子面向院子。這時窗子是關著的，維賓的一個朋友悄悄地打開窗子，透過玻璃看了看，然後對維賓說：「今天你們家真好似仙女們在聚會。」

維賓：「把窗子關上吧！」

「老兄，你看一看，一個個多漂亮！你覺得她們中間哪一個最好看？」

維賓朝那邊望了望說：「我覺得那個正把鮮花裝在盤子裡的婦女最好看！」

「哎呀，你長的是一副什麼眼睛！難道隨著你的臉型一起，你的眼睛也壞了？我認爲那是一個最難看的女人。」

「正因爲你是看她的容貌，而我是看她的一顆心。」

「啊！她就是維賓夫人？」

「是，她就是那位女神。」

1925·05

咒語

金塔醫生從牆上的掛釘上取下高爾夫球桿說：
「明天早上來吧，明天早上！現在是我打球的時間。」

I

傍晚，金塔醫生正準備去打高爾夫球，小汽車已經停到門口；這時，出現了兩個轎夫抬著一頂簡易轎子，有一個老者拄著拐杖跟在轎子的後面。轎子來到藥房前面停下了，老者慢慢來到門口，從掛著的竹簾子往裡一看，裡面是多麼光潔的地面啊！他不敢走進去，怕有人苛責他；他看到醫生站在桌子旁邊，但他不敢說什麼。

醫生從簾子裡面大聲嚷道：「誰？想幹什麼？」

老者行過禮後說：「老爺，我是窮苦人，我的兒子幾天來……」

醫生點上一支雪茄說：「明天早上來，明天早上吧，這個時候我不接待病人。」

老者雙膝跪了下來，磕著頭說：「老爺，你行行好吧，我的兒子就快死啦。老爺，幾天以來他的眼睛都沒有……」

金塔醫生看了看手錶，只剩下十分鐘了，他從牆上的掛釘上取下高爾夫球桿說：「明天早上來吧，明天早上！現在是我打球的時間。」

老者把頭巾取下放在門檻上，說：「老爺，請你瞧一眼，只瞧一眼就行。老爺，我要失去這個兒子

了，七個兒子只剩下了這一個啊！老爺，我們老倆口會哭得沒命的。老爺，您是大善人，您家業興旺！」幾乎每天都有這樣粗俗的鄉巴佬上門來，金塔醫生摸透了他們的脾性，不管誰怎麼說，反正他就是重複那句話，誰說的也不聽。他慢慢地掀起竹簾，走出來朝小轎車走去，老者跟在他的後面求著：「老爺，你會得到大善果的！老爺，大發慈悲吧！我是苦命人，世界上再沒有人可求了，老爺！」

可是醫生連回頭看也沒有看他一眼，坐上小轎車說：「明天早上來！」

汽車開走了，有好幾分鐘，老者一直木然地站著，一動也不動。世界上竟有這樣的人，爲了自己的玩樂而不顧別人死活！也許他現在還不相信文明世界竟是這樣無情，這等殘酷，因爲他至今還未曾有過這種痛心的感受。他是古老時代的那種熱心腸的人，一旦看到有人家起火，他就準備去救火；一看到有人出殯，他就過去扶靈柩；有人家的草屋頂要倒了，他就去幫助支撐；看到發生了糾紛，他就去進行調解。

現在，他站在那裡，兩眼注視著小轎車，直到他看不見爲止，也許他還抱著醫生會返回的一線希望。後來他叫兩個轎夫抬起簡易轎子，順原路返回了。他是到處碰壁後才到金塔醫生這兒來的，因爲他曾聽人稱讚過金塔醫生；如今在這裡也碰壁後，他再也沒到其他任何醫生那裡去了，只哀嘆著自己的命運。

當晚他那活潑可愛的七歲兒子，結束了自己短暫的兒童遊戲，離開了這個世界。他是年老父母生存的唯一依靠，指望著他，他們才活著。這一盞燈熄滅後，人生的黑夜開始籠罩著他們；老年時的無限慈愛已經離開他們破碎的心，他們在黑夜中悲泣哀鳴。

2

二十年過去了，金塔醫生名利雙收，而且很好地保護了自己的健康，這真是非同小可的事。由於他有規律的生活，結果年過半百，他的活力和敏捷，連青年人都自嘆弗如。他每項工作的時間都是規定好了的，他一絲一毫也不想破壞這個規律，人們往往是在生病的時候才遵守衛生的規則，金塔醫生深知醫療和節制的奧祕；他生孩子的數量也服從他生活的規律。他只有兩個孩子，一男一女，沒有生第三個，所以金塔夫人現在也顯得很年輕。女兒已經結了婚，兒子現在正在上大學，這個兒子也是他父母生活的依靠，他可說是德行和謙恭的化身，又很有風趣，他是大學的光榮，青年學生的驕傲，他的臉上閃耀著智慧的光澤。今天是他二十歲生日。

傍晚，綠色的草地上擺了一些椅子，城裡的有錢人和官員坐在一邊，青年學生坐在另一邊，共進晚餐。電燈的光使整個場地都在發亮，娛樂的器材擺在一邊，準備演出一場小小的笑劇，這笑劇是今天過二十歲生日的蓋拉西．納特親自寫的，他也是今天演出的主角。現在他穿著絲織襯衣，光著頭，赤著腳，奔忙著招待著朋友，有人叫道：「蓋拉西，你怎麼一直待在那兒？」大家都逗他，開他的玩笑，可憐他忙得喘口氣的時間都沒有。

忽然有一個姑娘來到他身邊說：「蓋拉西，你的蛇在哪兒，讓我看看好嗎？」

蓋拉西和她握了握手說：「莫林麗妮，現在饒了我吧，明天給妳看。」

莫林麗妮堅持要看，說：「不，你得讓我看，我今天不會答應了，你總是『明天、明天』地推託。」

莫林麗妮和蓋拉西兩人是同學，正互相熱戀著。蓋拉西對養蛇、玩蛇和讓蛇跳舞很感興趣，他養了各種各樣的蛇，並經常測驗牠們的習性和行為；前不久他才在大學裡作了一個有關蛇的精彩的報告，而且當面表演了讓蛇跳舞，生物系的有名學者都對他的報告感到驚訝。這門學問是他從一個老年耍蛇人那裡學來的。他還有收集治蛇咬的草藥的習慣，只要他得知誰有好的草藥，不弄到手是不甘心的，他已經花了好幾千盧比在這上面了。

莫林麗妮已經來過幾次，但是從來沒有表現出對看蛇這樣熱心，說不準今天是她的欲望真的變得強烈了，還是想表現一下自己對蓋拉西的支配能力。不過她的要求是不合時宜的，那間屋子會擠進去很多人，蛇看到那麼多人會焦躁不安，同時，夜裡逗牠們，會使牠們不高興的，她沒有考慮到所有這些問題。

蓋拉西說：「不是推託，明天我一定給妳看。何況這個時候妳也不能好好地看，那間屋子會擠得水洩不通的。」

一位先生挑釁地說：「爲什麼不讓看？這樣一點小事都這樣推諉！莫林麗妮小姐，千萬別答應，看他怎麼不讓看！」

另一位先生更煽動地說：「莫林麗妮小姐這樣純樸老實，您這才神氣十足地不理不睬，要是另外一個美人兒，對此早就生氣了！」

第三位先生嘲笑地說：「豈只生氣，還會不理您呢，這算什麼大事？對此難道您還能斷言：您可以爲莫林麗妮獻出生命？」

莫林麗妮看到這些不三不四的人在恭維她，於是說：「請你們別爲我辯護，我可以自己來。不過，現在我不想看蛇的把戲了，好了，好了，就這樣吧！」

對此，朋友們哈哈大笑。一位先生說：「妳就是想看，總得有讓妳看的人呀！」

蓋拉西看到莫林麗妮難爲情的樣子後，感到他的拒絕真的是讓她難堪了。等宴會一結束，唱歌開始之後，他把莫林麗妮和其他一些朋友帶到蛇籠的前面並開始吹笛，然後把一個個籠子打開，把蛇一一取了出來。啊，真是奇蹟！令人感到這些長蟲能夠理解他的每一句話，理解他內心的每一種感情。

他把一條蛇舉了起來，把另一條蛇纏在脖子上，又把一條蛇纏在手上。莫林麗妮一而再地制止他說，別把蛇放在脖子上，遠一點兒讓看見就是了，讓跳舞就行了。她看到蓋拉西的脖子上繞著蛇，很害怕，她懊悔起來，真不該讓他弄蛇，可是蓋拉西什麼也不聽，在情人面前得到了表現自己弄蛇的藝術的好機會，豈能讓它白白地跑掉！一位朋友提醒道：「牙齒都拔掉了吧？」

蓋拉西笑著說：「把毒牙拔掉是耍蛇把戲的人幹的事，我這裡的任何一條蛇都沒有拔過牙，不信我讓你看一看。」說完，他抓住一條黑蛇說：「這裡再也沒有比牠更大更毒的蛇了，如果牠咬了人，人很快就會死，根本不等毒性發作，也沒有治它的咒語，我讓你們看看牠的毒牙吧？」

莫林麗妮抓住他的手說：「等一等，蓋拉西，看在大神的分上，把牠放下吧，我給你磕頭。」對此，另一個朋友說：「原來我是不相信的，但是你一說，我會相信的。」

蓋拉西抓著蛇的脖子說：「別，別，先生，等你用眼睛看了後再相信吧。把毒牙拔掉後降服蛇，那算得了什麼？蛇是很懂事的，如果牠相信某個人對牠不會造成傷害，那牠絕對不會咬他。」

莫林麗妮看到蓋拉西已經鬼迷心竅了，於是想中止這場把戲，她說：「好了，好了，老兄，離開這裡吧，你看，唱歌已經開始了，今天我也想唱點什麼。」她一邊說一邊抓住蓋拉西的肩膀，示意他走，她自己走出了房間，可是蓋拉西卻希望消除懷疑者的懷疑後才罷休，他抓住蛇的脖子用力地掐，他用了這麼大的勁，使得他的臉發紅，全身青筋直露。黑蛇至今還沒有看見過他使用這種手段，牠不懂蓋拉西要牠做什麼，也許牠以為他要置牠於死地，於是準備好要自衛了。

蓋拉西緊掐蛇的脖子使得牠張開口，他指著蛇露出的毒牙給大家看，說：「哪位先生有懷疑的話，請他來看看，是相信了呢？還是有懷疑？」朋友們來看了蛇的毒牙，都大為驚訝，眼前的事實哪裡還有懷疑的餘地？蓋拉西消除了朋友們的懷疑之後，放鬆了蛇的脖子，準備把牠放在地上。可是那條極毒的黑蛇氣得發了狂，一等到脖子被放鬆，就昂起頭，在蓋拉西的手指上狠狠地咬了一口，然後溜之大吉。

蓋拉西的手指開始一滴一滴地流血了，他把手指根狠狠掐緊，朝自己的房間跑去。他房間桌子的抽屜

裡放有草藥，碾細以後塗上可以使致命的毒液得到緩解。朋友們中間一陣騷動，外面正在進行的表演晚會也得到了這個消息。

醫生先生著急地趕到了，馬上把蓋拉西受傷的指頭根部掐緊。有人在碾細草藥，醫生先生不相信草藥，他想用手術刀把被咬傷的指頭割掉，但是蓋拉西對草藥深信不疑。莫林麗妮本來坐在鋼琴旁邊，聽到這個消息後馬上跑了來，用手帕替蓋拉西擦掉指頭上流出的一滴滴的血。

草藥快碾好了，就在這一分鐘的時間裡，蓋拉西的眼皮往下垂，嘴唇上泛起了黃色，甚至連站也站不穩了，他坐到地板上；所有客人都來到房間裡，有人這樣說，有人那樣說。這時草藥已經碾好了，莫林麗妮把草藥細末塗在他的指頭上，過了一分鐘，蓋拉西的眼睛閉上了，他躺了下來，用手示意給他搧風。他的母親跑來，把他的頭放在自己的懷裡。旁邊安好了電扇。

醫生先生低下頭問：「蓋拉西，你感到怎麼樣？」蓋拉西慢慢地舉起手來，但什麼也沒有說。莫林麗妮傷心地說：「難道草藥不起什麼作用？」醫生先生捂著頭說：「怎麼說好呢？我相信了他的話，現在即使動手術也沒有什麼幫助了。」

這樣過了半個小時，蓋拉西的情況每分每秒都在惡化，甚至他的眼珠也變得發硬不活動了，手腳開始發涼，臉上也失去了光澤，脈搏摸不著了，死亡的所有跡象都顯露了出來，家裡一片哭聲。莫林麗妮悲痛得直用手擊頭，母親在一邊哭得昏了過去，朋友們拉住了金塔醫生的手，要不他就要用手術刀抹脖子。

一位先生說：「要是能找到一個念咒語的人，說不定還可能有救。」

一位穆斯林先生贊成這一辦法，說：「先生，就是墳裡的屍體也可以救活呢，這樣的奇蹟有的是。」

金塔先生說：「我一時真是糊塗了，相信了他的話，如果當時就動手術，怎麼會有這樣的局面？過去我一再說他『孩子，別玩蛇了』，可是有誰聽呢？請去找一個能念咒語的來吧，他可以取走我的一切，我要把我的所有財產都放在他腳下，我自己只穿一條遮羞的三角褲離開這個家，只要讓我的蓋拉西坐起來。看在神的面上去叫人來吧！」

有一位先生熟悉一個念咒語的人，他跑去把那人叫了來。可是看到蓋拉西的樣子後，他不敢念咒語了，說：「現在還能做什麼？老爺，該發生的，已經發生了。」

唉，不懂事的蠢才啊，你爲何不說，不該發生的，已經發生了？該發生的又哪裡發生呢？做父母的看到自己兒子的婚禮了嗎？莫林麗妮的希望之樹開花結果了嗎？作爲人生歡樂源泉的金色夢想實現了嗎？生活在充滿星星之光激盪的海洋中，享受著歡樂的小舟怎麼沉沒了呢？這是不該發生的發生了啊！

還是那綠草如茵的草坪，還是那潔白的月光像一曲無聲的音樂覆蓋著大自然，還是那朋友的聚會，還是那娛樂的器具，可是原來的歡聲笑語，如今成了悲哀的哭泣和一串串的眼淚。

3

在離城幾里遠的一個小屋裡，一個老頭兒和一個老太婆坐在火盆前在熬過冬天的夜晚。老頭兒在抽著椰殼煙斗，不時地咳嗽幾聲，老太婆把頭靠在膝蓋上望著火出神。家裡沒有床，也沒有床單，一邊有一堆稻草，屋子裡還有一爐灶，而一盞煤油燈在壁龕上燃著。

老太婆成天收集牛糞做牛糞餅，她還收集枯乾的樹枝，老頭兒搓繩子到市場上去賣，這就是他們兩人的生計。既沒有人看到他們哭過，也沒有人看到他們笑過，他們的全部時間都消磨在爲了生活上面，死亡就等在門口，他們哪兒有時間去哭或笑？

老太婆問道：「已經沒有搓繩子的麻了，明天你怎麼辦呢？」

「我去切格魯商人那裡借二十斤麻來。」

「以前欠他的錢還沒有還，怎麼還會再借給你呢？」

「不借就算了，草到處都是有的，割到中午還不能割上兩個安那的草嗎？」

這時有人在門口喊道：「帕格德，帕格德，睡了嗎？開一下門吧！」

帕格德起身開了門，一個人進來說道：「你聽說了嗎？醫生金塔先生的兒子被蛇咬了。」

帕格德吃驚地說：「金塔先生的兒子，是不是那個住在軍營旁邊別墅裡的金塔先生？」

「對，對，就是那個金塔先生，城裡這件事都嚷開了，要去的話就去吧，你會發財的。」

老頭兒冷酷地搖了搖頭說：「我不去，我才不去呢！那個金塔我可看透他了，我曾帶我最小的兒子到他那裡去，那時他要去打球，我跪倒他的面前請他瞧上一眼，他理也沒有理我，那是大神可以作證的。現在看來他要嘗到失去兒子的苦頭了，他有幾個兒子？」

「沒有幾個，只有一個兒子。聽說，所有的人都束手無策了。」

「大神也真有靈，那時我的眼裡也沉著淚，但是他一點兒也沒有憐憫心，現在即使我就在他的門口，我也不會理他的。」

「那你不去了？我是聽到什麼，都對你說了。」

「太好了，太好了，心涼了，眼睛也涼了，孩子也涼了吧。你請回吧，今天我要舒舒服服地睡上一覺。（對老太婆）給我拿煙葉來，我還要抽一袋煙。現在他老兒會明白了，他那老爺的神氣也完蛋了吧。我們有什麼要緊，兒子死了，也沒有什麼家業被毀掉，走了六個，再走一個罷了。而你呢，你的家業不也後繼無人了嗎？而這份家業不是掐大家的脖子才積攢起來的嗎？現在怎麼辦呢？我是要去看一回的，不過得在幾天以後，我要問他心情怎麼樣。」

來人走了，帕格德關上了門，把煙裝進煙斗開始抽煙。

老太婆說：「這麼晚了，大冷天誰去呀！」

「哼，就是大白天，我也不去；派軍來接我，我也不去。我沒有那麼健忘，小寶的身影至今還在我眼前晃動呢，那個狠心的人瞧也沒有瞧他一眼。難道我不知道孩子可能沒有救了嗎？我知道得很清楚，金塔不是神，他瞧上一眼，眼裡也不會灑下起死回生的甘露。他不會灑下甘露的，只是我不死心，想得到安慰，所以才跑到他那裡去，現在我要找一天到他那裡去，對他說：『先生，請說說，心情可好啊！』世界上的人會說我不好，隨他們說吧，沒有什麼關係，小人物總是不好，都是缺陷；而大人物沒有什麼不好，一個個都是神。」

對帕格德說來，還是生平第一次聽到這樣的消息後待著不動。在他一生中從來還沒有聽到有人被蛇咬的消息後不跑去救治的，無論是冬天的黑夜，夏天的陽光和熱風，還是雨季的泛濫河水，他從來都不在意，他都立刻不帶任何私心地誠心誠意地從家裡出來。他從來不考慮自己的得失，這不是那種權衡得失的事情，誰能付得起生命的代價呢？這是一種神聖而慈善的工作。他的咒語曾經給予了成百的絕望者以生命，可是今天他未能從家裡邁出步子，聽到這個消息後還打算去睡覺。

老太婆說：「煙葉我放在火盆的旁邊了，這些煙葉花了兩個半拜沙，商店還不肯賣呢！」

老太婆說完就躺下了。老頭兒吹滅了燈，站了一會兒，隨後又坐了下來，最後躺下了。但是這個消息卻像一個包袱一樣壓在他的心頭，他感到自己失去了什麼東西，就好像他全身的衣服濕透了或雙腳沾滿了淤泥那樣沉重，又好像有人坐在他的心裡抓他，要他從家裡出去。

老太婆不一會兒就發出鼾聲來，老年人有時說著話就入睡了，不過有一點兒聲響就醒了過來。這時帕格德站起身來，拿起自己的拐杖慢慢開了門。

老太婆醒來了，問：「到哪裡去？」

「哪兒也不去，看看夜多深了。」

「離天亮還早呢，睡吧！」

「睡不著。」

「怎麼睡得著呢？心已經到金塔家裡了。」

「金塔對我做過什麼好事，我得去回報他？他來給我磕頭，我也不去。」

「你起來，不是有去的想法？」

「不是，我沒有這麼傻。他給我種刺，我要為他栽花？」

老太婆又睡了。帕格德關了門，又坐了下來。但是，他的心卻有點像耳朵裡傳來樂器聲後聽說教者說教那樣，眼睛儘管看著說教者，但是耳朵卻向著樂器聲，心裡也是跟著樂器聲回響，由於不好意思而一動不動。無情報復的思想對帕格德來說好比說教者，但是心卻向著那個這時垂死的不幸青年。對這個青年來說，一分一秒的拖延都是致命的。

他又開了門，他的動作這樣輕，以至於老太婆也沒有覺察到。他來到了外邊，那時村裡的護村人正在巡邏，護村人說：「帕格德，怎麼起來了？今天很冷，你是不是到哪兒去呀？」

帕格德說：「不，我還到哪兒去呢？我是看看，夜有多深了。也不知道現在大約幾點了？」

護村人說：「大約一點左右吧。我剛從警察局來，金塔先生的別墅裡圍了好多人。他兒子的情況大約你聽說了吧，給長蟲咬了，也許都快死了。你去看看，也許能救過來，聽說他已經懸賞一萬盧比呢！」

帕格德說：「我倒不想去，儘管他懸賞一百萬也罷。我拿一萬或一百萬又幹什麼呢？明天死了，還有誰來享用呢？」

護村人走了。帕格德向前移動著腳步，正如一個喝醉了的人不能控制自己的身子那樣，腳向一個方向邁步，身子卻歪到了另一個方向；想說什麼，但舌頭說出來的是另一回事。帕格德的情況正是如此，他的心裡想的是報復，是幸災樂禍，但是行動卻不聽他的指揮；一個從來沒有擊過劍的人，即使想擊劍也是不成的，他的手會發抖，提不起來。

帕格德拄著拐杖急急地往前走，他的意識在阻攔他，但是他的下意識卻在推動著他，僕人控制了主人，主僕顛倒了。

走到一半，帕格德忽然停下來了，惡念又戰勝了他的行動：我白白地走了這麼遠，在這大冷天我有什麼理由賣命呢？為什麼不舒舒服服地睡覺？即使睡不著，又有什麼要緊，可以念幾句頌神詩呀！無緣無故地跑了這麼遠，金塔的兒子是活是死，與我有什麼關係？金塔待我有什麼好，使得我要為他賣命？世界上有成千上萬的人死，又有成千上萬的人生，我與誰的生死又有什麼相干？

可是下意識這時卻變換了另一種形式，這個形式和惡念相差無幾——他不是念咒救人去的，他是去看人們在做什麼，他要看看醫生先生是怎樣捶胸痛哭，是怎樣擊頭，怎樣昏過去；他要看大人物會像小人物一樣哭呢，還是能夠忍耐；他那種人都是學問家，也許能忍耐住悲傷。惡念又使他耐心地向前走了。

這時候有兩個人迎面走了過來，他們一邊走一邊議論著：「金塔的家這一下全部毀了，就只有這麼一個兒子……」

帕格德的耳朵裡傳來了他們談話的聲音，他的步伐加快了。由於疲乏他的腳抬不太起來，可是他的頭部卻一直往前，好像馬上就要趴倒在地。他這樣走了約十來分鐘，終於看見金塔先生的別墅；燈火通明，可是一片沉寂，也沒有哭泣的聲音。帕格德的心突突直跳，不會是太晚了吧？他開始奔跑，他這輩子從來沒有跑得這麼快過，簡直就好像死亡在他後面緊緊追趕著他。

4

已經是淩晨兩點，客人們大都告辭走了，哭泣者中只剩下天上的星星在眨眼流淚，其他所有的人都早已哭得精疲力竭。人們不時地望著天空，等待著天明。

忽然帕格德來到門口叫人，醫生先生以爲是病人來了，如果是往常，他會苛責來人，可是今天他走了出去。一看，是個老者站在門口，腰佝僂著，嘴裡也沒有牙齒，眉毛都全白了，拄著拐杖顫抖著，醫生先生很客氣地說：「有什麼事，老兄？今天我們頭上落下了這樣的災禍，說也沒法說，改日再來吧，也許一個月裡我不能接待任何病人了。」

帕格德說：「先生，我聽說了，所以才來的。少爺在哪裡？請讓我瞧一瞧。大神也許真有靈，能讓死者復生呢！誰知道，他現在也許還會發慈悲之心呢！」

金塔痛苦地說：「好，去看看吧，不過已經過了三個小時，要發生的事已經發生了，不少念咒語的人一個個都走了。」

醫生先生還抱什麼希望呢？只不過是憐憫老者罷了。他把帕格德帶了進去，帕格德看了看蓋拉西，然後笑著說：「先生，現在還有希望，還沒有完全壞事；如果大神願意，少爺半個小時就可以站起來，不要想不開了。請叫水夫們打水來。」

水夫們把水運來了，開始給蓋拉西沖洗；自來水管停水了，水夫的人數又不多，所以客人們也到庭院外邊的水井裡打水交給水夫，莫林麗妮也拿著水罐運水。老頭兒帕格德站在那裡微笑著念咒語，好像成功就在眼前；當他每念完一次咒語，就把藥草放在蓋拉西的鼻子下邊。就這樣，不知道在蓋拉西頭上沖了多少罐水，也不知道帕格德念了多少次咒語，最後當朝霞泛出紅色的時候，蓋拉西紅紅的眼睛睜開了，很快他就伸了一個懶腰，要水喝了。金塔先生跑到妻子納拉雅妮那裡和她擁抱，納拉雅妮跑到帕格德身邊跪倒在他的腳前，而莫林麗妮則含著眼淚走到蓋拉西面前問他：「心裡覺得怎麼樣？」

很快四面八方都傳開了這一消息，朋友們都來向醫生祝賀，醫生先生報以巨大崇敬的心情，在每一個朋友的面前稱頌帕格德，所有人都熱切地希望見到帕格德，可是到裡面一看，哪兒也沒有見到帕格德的影子。僕人們說，「剛才他還坐在這裡吸煙，我們把煙給他，他不要，他吸的煙是自己隨身帶來的。」

醫生家到處尋找帕格德，而帕格德自己正急急忙忙地往家裡趕，他要在老太婆起床前趕回家。

當客人們都走了之後，醫生先生對納拉雅妮說：「老頭兒不知道到哪裡去了，連一袋煙也沒有接受我們的。」

納拉雅妮：「我想好了，我要給他一筆錢。」

金塔：「深夜裡我沒有認出來，但是天色微明後我認出他來了；有一次他曾經帶一個病人來，我現在記起來了，那時我正要去打球，我拒絕接待病人。今天想起那天的事，我感到多麼悔恨，這是我不能用語言表達出來的。我現在要找到他，我要跪在他的腳前，請他寬恕我的罪過；他不會接受我的東西，這我知道。他就是爲了普施恩澤而出生在這個世界上的，他的高尚行爲給我後半生提供了一個榜樣。」

1928.02

警官先生

那個傢伙的眼裡直冒火星，他的兩片嘴唇好像正伸出來要吮吸我的血。

昨天傍晚，我坐著出租馬車去辦一件要緊的事，路上又有一位先生坐上馬車了。馬車夫本來不想載他，可是又不好拒絕，有誰願意和警察糾纏呢？這位先生是外地警察所的一名警官，爲了審理一樁案子而到市警察局來。我生性不喜歡和警察打交道，說真的，一見到他們的影子我就打心底裡感到厭惡，普通老百姓在他們手裡吃過多大的苦頭，這在我一生中是有過幾次親身感受的。

我挪到一邊，把臉扭了過去，這時警官先生對我說：「先生，人們普遍對警察肆意受賄不滿，但是誰也沒有注意到：爲了讓警察受賄向他們施加了多大的壓力！如果警察拒絕接受賄賂，我敢賭咒發誓說：眼前這些戴著高高的頭巾的富豪貴族，一個個都得蹲在監獄裡。要是把每一樁案子都提交法院，那大家更會說警察的壞話了。先生，也許你不相信，人們把一包一包的錢硬是往你身上塞呢！儘管我們一千個不收，一萬個不收，可是受到周圍這麼大的壓力，最後沒有辦法，還不得不收下。」

我帶著開玩笑的口氣說：「接受了人家的錢給辦的事，不接受人家的錢不是同樣也可以辦嗎？」

警官先生聽了，笑了笑說：「先生，你這樣說就沒有任何意義了，警察並不是鐵面無私的天神。而且，我甚至認爲：任何一個人大約也不可能完全是正直無私的，我看其他一些部門的人，也沒有任何一個是天神。……」

我正要回答他，這時有一個穿著印度式上衣，戴著土耳其帽的人，從馬車前面走過，警官先生一看到他就低頭向他行禮，並且還打算開口向他問好，可是，那個人卻用咒罵來回敬他。當馬車往前走過之後，他拾起一塊石頭，跟著馬車後追來；馬車夫加緊趕馬，那個人也加快了步伐，接著把石頭扔了過來，我的頭差點兒被石頭砸著。他又拾起了一塊石頭，這塊石頭落到了我們的前面，第三塊石頭飛來時卻狠狠地砸中了警官先生的膝蓋，使他著著實實地挨了一下。

不過，後來馬車已經跑得很遠了，他用石頭再也打不著我們了，可是，仍罵不絕口。在他的影子還沒從我們的視線消失前，我們就一直看見他手裡舉著石頭，嘴裡不停地咒罵。

當我稍稍平靜下來時，我問警官先生：「先生，這個人是誰？是一個瘋子吧？」

警官先生揉著膝蓋說：「不是瘋子，先生，是我的宿敵，我以爲這個傢伙已經把過去的事忘記了，要不，我有什麼必要向他行禮？」

我問：「你大約是在某一樁案件中讓他受到過懲罰吧？」

「先生，說來話長。你不如這樣想吧：當年要是他能辦得到，他會把我活活地吞下去。」

「你這麼一說，更引起了我的興趣，現在不聽一聽其中的原委可不能滿足！」

警官先生換了一下坐姿說：「那好，就請你聽吧。幾年以前，我駐紮在市警察局裡，無憂無慮地過著日子，年輕氣盛的我和一個妓女有了感情，就開始和她來往。直到今天，每當我一想到這個妓女哈希娜時，眼裡還要流淚，我在妓女中還從來沒有見過誰有這樣忠貞不渝的感情。我和她一起愉快地度過了整整兩年的時間，現在想起來還感到傷心。我不把話扯遠了，要不故事就說不完了。

簡單說來，兩年以後我接到了調令，當時我所受到的打擊是這樣沉重，要說起來三天三夜也說不完，總之，當時我真想辭職不幹了。哈希娜一聽，更是魂飛天外。我得到了三天作準備的時間，這三天我們是在商量各種辦法之中度過的。那時我感到：我們把婦女當作無知的人是犯了多大的錯誤！我的一些計畫都

是空想，比如逃到加爾各答去，在那裡開一個商店，或其他類似這樣的辦法。但是她只是這樣對我說：先到新的工作崗位去上班再說，一旦安排好了住處，就來接她，她會飛快地到我那裡去。

最後分手的時刻到了，我覺得好像命都要斷送了似的；開車的時間眼看就到了，而我根本不想從她身邊起身。很遺憾，我又把事情扯得太遠了，扼要地說下去吧。當時我答應她，兩三天之後就接她；我動身走了，可是痛心的是，所謂兩三天的日子從來沒有到來過。

開頭的十來天時間，我花在拜會各位長官和照看所管轄的地區，後來就收到家裡的來信，信中說：結婚的日子已經定下來了，趕快請假回家結婚！由於結婚後的高興心情，我再也沒有理會那個忠於愛情的女人了。

結婚後一個月，我回到工作單位，妻子也跟著我去了；這樣一來，對那個女人所留下的一點記憶再也沒有了。她在我走後一個月給我捎過一封信，但我沒有回信，我怕她會真的來找我，那樣一來，我再也沒有臉見妻子了。

過了一年，爲了一件緊要的事不得不到警察局來，這時我記起了那個女人。我想：應該去看看她，看她的情況怎麼樣。爲什麼沒有立刻給她寫信，這樣久爲什麼沒有來看她，如何回答這些問題都想好了，就這樣我到了她家的大門口。門口打掃得很乾淨，房子也比以前收拾得要好，我心中頓時感到輕鬆了，因爲她的處境並不如我想像的那麼糟；說來也不會糟的，世界上像我這樣的人難道就沒有了嗎？

我敲了敲門，門從裡面閂著。傳出了問話的聲音：『誰呀？』

我說：『啊，這樣快就把我忘記了！我是伯希爾……』

沒有任何回答。問話的聲音是她的聲音，這是毫無疑問的。爲什麼她不把門打開呢？一定是生我的氣。我又敲了敲門，而且開始敘述我的困難處境。大約過了一刻鐘，門開了，哈希娜示意要我進去，然後立刻又把門關了。我說：『我來請求妳原諒，從這裡走後，我陷入了困境，那個地方真是一個很糟糕的地方，讓人舒舒服服地喘口氣的時間也沒有。』

哈希娜望也不望我一眼，她低頭看著地上說：『原諒又從何談起？我們沒有正式結過婚，你的心用在別處了，幹嘛還想到我？我對你沒有一點怨言，你也不過像其他人一樣，別人怎麼做的，你也那麼做罷了。隔了這麼久你還到我這裡來，這不就夠了嗎？你生活得好嗎？』

『反正總算還活著！』

『分別後你竟傷心得發胖了！真主在上，我一點不說假話，分別以後你胖多了。』

我不好意思地說：『這都是虛胖在作怪，我怎麼會真胖呢？那兒的水喝了使人虛胖。妳把我忘得一乾二淨了！』

這一下她用嚴厲的目光看了看我，說：『你連信也不回一封，反而責怪起我來了，我從一開始就知道你是一個負心人，果不其然，把妻子接出來後，連信也不寫了。』

我感到奇怪，問她：『妳怎麼知道我已經結婚了？』

她冷冷地回答道：『你問這幹什麼呢？我總不會說謊話吧！我見過許許多多的負心人，但你是其中最突出的。剛才聽到你的聲音，我本來想把你攆走的，可是一想，幹嘛在自己的家門口給人難堪呢？於是把門打開了。』

我把外衣脫下掛在牆上的釘子上，脫了鞋，躺在床上說：『哈希娜，對我別這麼無情吧。我承認自己有過錯，所以才來請求妳原諒，妳用妳那纖纖玉手給我做一個檳榔包吧。說真的，妳又怎麼會記得我呢？大約又另有新歡了吧？』

哈希娜打開檳榔盒子開始做檳榔包，這時突然有誰來敲門，我著急地問：『這是哪個混蛋來了？』

哈希娜用手捂著嘴說：『這是我的丈夫。對你失望以後，我和他正式結婚了。』

我皺著眉說：『妳爲什麼不早跟我說呢？我會頭也不回地走掉，那就不會出現這樣的局面，這一下妳算對我進行報復了！』

『我怎麼知道他今天這麼快就會回來呀！每天他都是深夜才回來的，何況你遠道而來，總得招待招待你吧！』

『這妳可招待得好！妳說，現在我到哪裡去呢？』

『我自己也不知怎麼辦，我的真主，這一下把我害苦了。』

這時門外的那位先生又在敲門，他敲得這樣厲害，令人感到他似乎馬上就要破門而入。哈希娜的臉上一陣發紅，一陣發白，可憐她站著直發抖，口裡只是不斷地念著：『啊，真主，可憐可憐我吧！』從外面傳來了聲音：『喂，妳難道天一黑就睡了？現在八點還不到。怎麼，難道妳是被蛇咬得昏迷過去了？真主在上，妳再遲遲不開門，我就要打破門了。』

我哀求哈希娜說：『看在真主的面上，告訴我一個地方躲一躲吧，你們家就沒有後門嗎？』

『沒有。』

『有廁所嗎？』

『他回來後就會上廁所的。』

『前面那間房怎麼樣？』

『對了，前面有一間房，不過，要是他打開看呢？』

『他是不是一個膀大腰圓的人？』

『他魁梧得兩邊腰裡足可以夾住像你這樣的兩個人。』

『那妳把前面的房間打開吧，他一進門，我就把門打開溜走好了。』

哈希娜打開了房門，我鑽了進去，門又關好了。

哈希娜把我關在房間裡以後，就去開大門，她說：『爲什麼要把門打破呢？我不是來了嗎？』

我從房門的門縫裡向外望：來的人簡直不是人，而是一尊天神，他一走進來就說：『妳天一黑就上床了吧？』

『對了，我閉了閉眼睛。』

『我感到妳好像在跟誰說話似的！』

『神醫也沒有治疑心病的藥！』

『我聽得很清楚，肯定有一個人，是妳把他藏起來了。』

『你說這些話真令人生氣，不就是這麼大一個家嗎？你爲什麼不自己搜一搜？』

『我是會搜的，但我想直接問問妳，到底是誰？』

哈希娜把一串鑰匙一扔，說道：『要是有人，那也根本不會在家裡，把鑰匙拿去到處打開看看吧！反正也不是一根針，我還能藏起來？』

那個傢伙不相信她的搪塞，也許以前他已經上過當，他拾起那串鑰匙首先就來到了我躲的這個房間門口，接著用鑰匙開鎖，可是那串鑰匙上沒有這個房間的鑰匙，他說：『這個房間的鑰匙在哪裡？』

哈希娜故作驚訝地說：『你也真是，那個房間裡難道有人藏著？裡面不是堆著木柴嗎？』

『妳把鑰匙給我就好了！』

『你有時也像一個瘋子一樣行事，那樣黑漆漆的房間裡要是鑽出來什麼蛇或蠍子，那怎麼辦？別，別，老兄，我不把那把鑰匙給你。』

『讓蛇出來好了，管它的呢！我看倒是真的有蛇或者蠍子出來才好呢！與其過這種丟臉的日子倒不如死了好。』

哈希娜東找西找了一會兒，說：『不知道我把鑰匙放在哪裡了，想也想不起來。』

『這個房間我從來沒有看見上過鎖。』

『我每天都上鎖呢！也許偶爾忘了上鎖，那就很難說了。』

『妳不打算給鑰匙？』

『我不是說現在找不到嗎？』

『跟妳講清楚，我是會把妳生吃了的！』

直到這個時候，我總算還沉得住氣，站在房間裡，我非常恨自己：爲什麼跑到這裡來，不知道這個傢伙會使出什麼手段來，要是他一氣之下把我給宰了……，我手中連一把小刀也沒有。啊！真主，現在全靠你作主了。我憋著一股勁兒站著，一旦有機會，就要衝出去逃走。但是當那個瘟神開始撞門的時候，我的命幾乎都沒了，我向左右打量了一下，看是否有躲一躲的地方，從門縫裡透過一點光進來，我借著光往上面一看，看見一個像台階的小閣樓。

像是落水的人抓到了一根稻草，我想用手拉著往上跳。這時，我看到台子上坐著一個人，但他的模樣使我發出了輕聲尖叫，這位先生穿著禮服，戴著手錶，頭上圍著漂亮的頭巾，蹲在那裡。如今我明白了：爲什麼哈希娜遲遲不給我開門。我正看著這個人時，門上用木頭在撞門了，普普通通的門經不起幾下撞擊，很快兩扇門就掉落下來，那個瘟神手裡提著燈走了進來。那時我是怎麼一個樣子，這是你能想像得到的。他一看見我就放下了燈，抓著我的脖子說：『好哇，你爲什麼光臨了？請來吧！讓我招待招待你吧。哪裡天天有這樣的客人呢？』

他一面這麼說一面抓住我的手死勁往外一推，把我推倒在院子裡；那個傢伙的眼裡直冒火星，他的兩片嘴唇好像正伸出來要吮吸我的血；我還沒有來得及從地上爬起來，他就拿出一把大刀擱在我的脖子上。不過先生，畢竟我是一個警察，當時我急中生智，想出了一條計策，救了自己的命，要不，今天就沒有可能和你坐一輛馬車了，我向他拱手說：『先生，我是完全無罪的，我是陪米爾先生來的。』

他吼著問道：『什麼米爾先生？』

我把心一橫，說：『就是那個坐在台階上的先生，我不過是他的僕人，他吩咐我到哪裡去，我就得跟著他走，我有什麼過錯呢？』

『呵，還有一個米爾先生坐在台階上？』

他抓住我的手，把我拖到房間裡一看，那位先生蜷縮著像隻死貓一樣待著，臉色發黃，好像已經沒有命了。

那個傢伙把他的手一拉，他撲通一聲落到地上，看到他那種裝束打扮後，再也不會有任何懷疑了，肯定是我的主人。當時看到他那樣子，令人又可憐又可笑。

『喂，你是誰？』

『先生，我……這個人撒謊，他不是我的僕人！』

『你到這裡來幹什麼？』

他兩眼望了望我說：『是這個流氓把我騙到這裡來的！』

『你爲什麼不說來這裡是取樂的？你這條狗，竟想栽贓到別人身上救自己的命！你知道，現在是落在誰的手裡？』

說完他用他那鋒利的刀割下了那位先生的鼻子，我得到了機會，飛快地逃了出來，當時我還能聽到後

面發出『哎唷』『哎唷』的聲音。以後，他們兩人之間是怎麼折騰的，哈希娜吃了什麼苦頭，我就不知道了。自從發生了那件事以後，我來過警察局幾十次，可是我是絕不再到那裡去了。這個向我扔石頭的先生就是那個被割了鼻子的人，今天不知從哪兒到這裡來了，也算我倒霉，還給他行了禮，也許你沒有注意到他的鼻子。」

這個時候我才想起來那個人的鼻子是有些扁平，我說：「對了，他的鼻子是有些扁，不過你讓他吃了大虧。」

「當時還有什麼辦法？」

「你們兩個人爲什麼不聯合起來對付他呢？」

「本來是可以對付的，不過，俗話說：作賊心虛。我們都想趕快脫身，哪裡會想到去對付他？要是把事情鬧大了，丟臉不說，差事也準得丟。不過，今後得小心提防這個人。」

這時我們來到了市中心，兩人分了手，各走各的路了。

1928·08

總有一天他也會傷心的，正像我的父親今天這樣傷心一樣。

兩座墳墓

I

現在既不存在以往那種青春，也不存在那種風流和狂熱。歌舞場已經一片荒涼，作爲歌舞場的那盞光彩燦爛的明燈早已熄滅。多情種子早已躺進了墳墓，然而，她的愛情卻仍然深深地留在生者的心坎上，對她的永不磨滅的回憶始終留在腦海裡。在煙花女子中，這種忠誠和忠貞是難得的；而在貴族中，這樣的婚姻，對愛情這樣的專一和虔誠更是難得。

任比爾・森赫公子每天傍晚總要去拜謁傑赫拉的墳墓，從不間斷，他用鮮花裝飾她的墳墓，並用眼淚來澆灌它。十五年過去了，沒有一天不如此，堅守著對傑赫拉的愛情成了他生活的目的。他從傑赫拉那裡找到了對他的愛，他也獲得了那種愛。他對愛情的感受，至今回憶起來仍然使他陶醉。在他堅守對傑赫拉的愛情中，蘇羅傑娜陪著他；蘇羅傑娜是傑赫拉遺留下來的禮物，是公子全部理想的核心。

公子先後結了兩次婚，但兩個妻子都沒有生孩子就死去了，公子就從此再也沒有結婚。後來有一天，他在歌舞場上看到了歌妓傑赫拉，這個因死去妻子而絕望的丈夫和這個渴望愛情的少女一見鍾情，就好像一對久別重逢的伴侶，人生的美好的春天帶著鳥語花香來臨了。然而可悲的是，只有短短的五年，這美好的春光就一去不返了，好似一場甜蜜的夢忽然消失一樣；那位獻身於丈夫並忠於丈夫的女神，給公子的懷抱裡遺留下一個三歲的蘇羅傑娜就永遠地離開了這個世界。

公子對她留下的職責履行得這樣忠實，使人們感到吃驚，許多人都認爲他有點神經質；他陪孩子一起睡，隨孩子一同起床，他親自教她讀書，伴她到外邊散步。他是這樣專心致志，猶如一個寡婦撫養著自己的孤兒。

2

當她上大學時，他親自用車送她到學校，傍晚又親自把她從學校接回家。他想洗掉老天爺用他那殘酷的手在蘇羅傑娜的額上抹的污點[1]。公子用金錢未能洗掉它，說不定可以用學問洗掉它。

有一天傍晚，公子正在用鮮花裝飾傑赫拉的墳墓，蘇羅傑娜站在不遠的地方教自己餵的狗玩球。這時，她忽然看見學院裡的教授拉門德爾博士來了，她不好意思地扭轉了頭，好像根本沒有看見他，她擔心拉門德爾問起有關這座墳墓的事。

蘇羅傑娜進大學已經一年，在這一年中，她看到了愛情的種種表現：有的是把愛情當作開心或玩笑，有的表現得比較放蕩和庸俗，有的則是爲了達到自己的欲望，哪兒也沒有作爲愛情基礎的忠誠，只有拉門德爾是一個忠實的人。當她看到他望著自己時，心裡總是突突地跳，而他的眼睛裡又隱藏著多麼茫然、膽怯和不安的心情啊！

拉門德爾朝公子望了望，對蘇羅傑娜說：「妳父親在那墳上做什麼？」

蘇羅傑娜的臉一下子紅到了耳根，她說：「這是他的老習慣。」

拉門德爾說：「是一個聖人的陵墓嗎？」

蘇羅傑娜想把這個問題支吾過去。拉門德爾早就知道蘇羅傑娜是公子和他的女僕生的女兒，但是他

1：這裡指蘇羅傑娜的母親是歌妓，母親和父親又不是正式婚姻關係，出身被人所不齒。

不知道，這座墳墓就是那女僕的墳墓，而公子竟這樣忠於以往的愛情。他問這個問題時聲音不低，所以讓正在穿鞋的公子聽到了，他連忙把鞋穿好，走近拉門德爾說：「在人們看來，她不是一個聖人，但在我看來，她卻是一個聖人，現在也仍然是一個聖人。這是埋葬我的愛情的地方。」

蘇羅傑娜希望很快離開這裡，可是公子卻從頌揚傑赫拉中得到精神上的安慰，他看到拉門德爾吃驚的樣子，說道：「這座墳墓裡躺著一位使我的一生都得到了像天堂那樣幸福的女神，而蘇羅傑娜正是她遺留下來的禮物。」

拉門德爾望了望墳墓，驚異地說了一聲：「啊！」

公子心裡回味著那種愛情的幸福，他說：「過去那完全是另一種生活。教授先生，那種苦行我哪兒也沒有見過，如果你有空，請跟我來，我要向你述說我對愛情的回憶……」

蘇羅傑娜說：「那有什麼可聽的，爸爸？」

公子說：「我沒有把拉門德爾先生當作外人。」

拉門德爾覺得，愛情這種非凡的反映，好像是心理學上的一種寶貴發現；他跟著公子來到他家，滿懷惋惜的心情，連著幾小時聽他講述了對愛情的追述。

整整有一年的時間，讓他陷入左右爲難的境地而不敢提出的要求，今天他也終於向公子提出了。

3

但是結婚以後，拉門德爾卻有了新的感受；婦女們幾乎不到他家裡來了，同時他的男朋友卻來得更頻繁了，成天川流不息，蘇羅傑娜一天到晚忙於接待他們。開頭一兩個月，拉門德爾還沒有注意到這一點，

但是過了幾個月之後，婦女們還沒有恢復來往時，他有一天就對蘇羅傑娜說：「這些人最近來的時候都不帶夫人！」

蘇羅傑娜慢慢地回答：「是啊！我發現也是這樣！」

拉門德爾說：「他們的夫人不會是忌諱妳吧？」

蘇羅傑娜說：「也許是。」

拉門德爾說：「不過他們都是些善於獨立思考的人物，他們的夫人也是受過教育的。這到底是怎麼回事呢？」

蘇羅傑娜低聲地說：「這我一點兒也不理解。」

拉門德爾有一會兒陷入了爲難的境地，他說：「我們到另外的地方去，就不會有什麼了，那兒沒有人認識我們。」

蘇羅傑娜正色地說：「我們幹嘛到別的地方去？我們沒有得罪過誰，也不向誰乞討什麼，誰願意來，就來，不願意來，就拉倒，爲什麼避開人？」

過不久，又有一個祕密在拉門德爾面前暴露出來，這比婦女們的行徑更加令人討厭，而且帶有侮辱性。拉門德爾現在開始明白：那些來作客的先生們，他們一坐就是幾個小時，雖然老是辯論一些社會問題和政治問題，但實際上他們並不是爲了交換看法，而是來欣賞蘇羅傑娜的美麗姿色。他們的眼睛總是跟著蘇羅傑娜轉，他們的耳朵總是豎起來聽蘇羅傑娜的聲音，他們來的目的是爲了享受蘇羅傑娜的美貌，因爲在這裡他們沒有局促不安的心情。可在一些清白的人家，那種心情就不允許他們望一眼女眷；也許他們認爲，對他們來說，在這裡是可以通行無阻、爲所欲爲的。

有時在拉門德爾不在家的時候，某一位先生跑來作客，在這種情況下，蘇羅傑娜就面臨著嚴峻的考驗。他用斜視的目光，用下流的暗示，用莫名其妙的言詞，用長吁短嘆來向她表明：他是在乞求她的青睞，如果拉門德爾對她有絕對的權利，那麼他多少也應該可以分享一點。蘇羅傑娜在這種場合不得不抑制自己最大的憤怒。

當拉門德爾對誰也不懷疑的時候，他總是拉著蘇羅傑娜一同去俱樂部消遣，在那兒聚會的都是些開明人士。而蘇羅傑娜一到俱樂部，就使那裡為之轟動；她所坐的桌子旁邊總是摩肩接踵地圍著人群，她有時也唱個歌，這時，所有的人都為之傾倒。

在俱樂部裡，婦女為數很少，好不容易才有那麼五六個婦女，可是，她們都離蘇羅傑娜遠遠的，而且用自己矯揉造作的姿態和斜視的目光向她表明：妳去討男人們的歡心吧！可不准走近我們這些體面人家的婦女。

但是這個嚴酷的事實在拉門德爾面前暴露了之後，他就不去俱樂部了；他減少了和朋友們的來往，而且對到他家來的人也變得冷淡起來，他希望沒有人來打擾他深居簡出的孤寂生活。最後，他連大門也不出一步了。

他似乎感到被包圍在虛偽和欺騙之中，不相信任何人，不相信誰能光明正大地對待他；他心裡想：幹嘛要和虛偽的傢伙、存心不良之徒，以及那些以友誼為幌子而卡脖子的人來往呢？

按他的性格來說，他本來是個喜歡交際，愛好和朋友來往的人，對他來說，這種沒有遊逛、沒有娛樂、沒有消遣的孤寂生活並不比嚴密禁錮的生活好熬。雖然他在言行方面盡量使蘇羅傑娜得到安慰，但是不能瞞過蘇羅傑娜敏銳而多疑的目光的事實是：這種局面一天比一天更使他難以忍受下去了。她心裡想，這種情況的根本原因在於我，是我成了他生活中的障礙和絆腳石。

有一天，她對拉門德爾說：「最近你怎麼不去俱樂部？幾個星期以來你連大門也不邁出一步！」

拉門德爾漫不經心地說：「我哪兒也不想去，在家裡比什麼地方都好。」

蘇羅傑娜說：「但是有點感到膩味了吧！爲什麼因爲我而這麼抑制自己呢？我是不去俱樂部的，我討厭那些女人；她們中間沒有一個是清白而沒有做過醜事的，可是一個個卻裝得像悉多[2]那麼貞潔，我看到她們的影子就噁心。可是你爲什麼不去呢？總可以散散心吧！」

拉門德爾說：「散心，散心，去他的吧！裡面已經著火了，外表還能平靜嗎？」

蘇羅傑娜吃了一驚，今天她第一次聽到拉門德爾說出這樣的話來。她原來只以爲自己受人排斥，受屈辱也只是她自己一個人；而對拉門德爾來說，所有的大門現在仍然是敞開著的。他願意到哪裡去，就可以到哪裡去；他願意去會見誰，就可以去會見誰。對於他，有什麼障礙呢？

但是事實並非如此，如果他是和一個體面人家的姑娘結婚，他怎麼會遇到這種局面呢？那時一些家庭出身清白的婦女就會來他家作客，婦女們之間會增加友好的感情，生活也會過得愉快而幸福；那正如絲綢的衣服上補上一塊絲綢，而現在絲綢的衣服上卻補上了一塊麻布。因爲我的到來，把一池清水搞混濁了。

想到這裡，她感到非常灰心喪氣。

拉門德爾也馬上意識到，他所說的話是可以從兩個方面來理解的。

於是他馬上改口說：「妳以爲我和妳是互不相關的嗎？妳的生活和我的生活是一個整體，妳受不到尊重的地方，我怎麼能夠去呢？何況我對社會上這些人面獸心的傢伙，打心底裡感到討厭。我知道這些人的老底，地位、稱呼和金錢都不可能使一個人的靈魂變得高尚；這些人的所作所爲，如果換上某一個下層人的話，那他就不敢再出頭露面了。可是他們把一切見不得人的勾當，全部都用自由主義的遮羞布掩蓋住，還是遠遠地避開這些人爲好。」

蘇羅傑娜的心情平靜下來了。

2：史詩《羅摩衍那》中的女主角，羅摩的妻子，是忠於丈夫的貞潔妻子的典範。

4

第二年，蘇羅傑娜生了一個像月亮那樣可愛的小女兒，給她取了一個名字叫雪帕。在那些日子裡，公子的身體不大舒服，到邁蘇里療養去了。他得知女兒生產的消息後，給拉門德爾發來一封電報，讓他把產婦連同孩子一起帶到邁蘇里去。

但是拉門德爾不想在這個時候去邁蘇里，哪兒還有比現在更好的機會來最後試一試朋友們的高尚品德和寬闊胸懷呢？經過商量，決定來一次大宴賓客；他安排了音樂演奏，請了好幾個優秀的歌手，舉行了西式、印度教徒式和伊斯蘭教徒式的筵席。

宴請客人的這一天，公子也吃力地從邁蘇里趕來了。受到邀請的人陸續按時光臨了，公子親自迎接客人。汗先生來了，米爾扎先生來了，米爾先生來了，可是婆羅門先生沒有來，巴布先生沒有來，至於喬德里先生和耿格爾夫人、默哈拉和覺伯拉夫婦、高爾和胡古夫婦、斯里瓦士德沃和克勒夫婦等人，連個影兒也不見[3]。

這些沒來的人在大飯店裡什麼都吃，什麼蛋呀、酒呀，都拼命地吃和拼命地喝，在這方面他們並沒有什麼顧忌，可是他們今天卻沒有光臨。原因不是他們考慮可接觸或不可接觸的問題，而是他們把自己的出席當作對這場婚事的認可，而他們是不願認可的。

公子在大門口一直站到晚上十點，當他仍然沒看到有人來時，就走到裡面對拉門德爾說：「現在再也不要白等了，請穆斯林朋友入席吧，把其餘的食物送給窮人好了。」

拉門德爾像失去知覺一樣坐在椅子上，他用遲鈍的聲調說：「好吧，我也是這麼想的。」

公子說：「我早就料到了，這對我們算不了什麼恥辱，倒正好暴露了他們自己。」

3：從這些人的名字來看，前面三個是穆斯林，後面的都是印度教徒。小說中人物傑赫拉是穆斯林，公子和拉門德爾是印度教徒。

拉門德爾說：「好，這一下考驗出來了，如果你同意，我現在就去一個一個地教訓他們一頓。」

公子詫異地說：「到他們每一個人的家裡去？」

拉門德爾說：「對，我要到他們每個人家裡去問他們：你們把改革社會的高調唱得震天價響，到底是憑什麼？」

公子說：「沒有用的，去好好休息吧！區別好壞最主要的是我們自己的良心，如果我們的良心能夠證明某一件事不是壞事，那即使全世界的人都搖頭，我們也不應該顧慮他們。」

拉門德爾說：「不過我是不會輕易放過這些人的，我不把他們一個個揭露得體無完膚，我是不會善罷甘休的！」

說完，他開始叫人把葉子包的食物和盆裝的飯都分給了窮人。

5

拉門德爾散步回來，看到一群妓女來給蘇羅傑娜賀喜。傑赫拉有一個親姪女名叫古勒拉爾，過去經常去公子家看蘇羅傑娜，而這兩年人卻一次也沒有來過，這次她還帶來了禮物。門口已經站了好大一群人，拉門德爾聽到了喧嚷聲，古勒拉爾迎上前去給他行禮，說道：「先生，願你的女兒長命百歲，我給她帶來了禮物！」

拉門德爾像癱瘓一樣軟了下來，他低下了頭，臉上感到一陣羞慚，既沒有開口，也沒有叫她們任何人坐，只是木然不動地站在那裡。和妓女來往，使他感到這樣可恥和丟臉，以致他在她們面前連一點禮貌也沒有了，他甚至連讓她們在裡面坐下的客氣話都說不出口。今天他第一次感到自己已經墮落了。他以前認爲朋友們的虛僞以及他們的妻子的蔑視，不是對他的侮辱，而是他們自己待人不公，但是今天妓女帶來的禮物卻超過了他那開明思想所能忍受的程度。

蘇羅傑娜是在一個很體面的印度教徒家裡長大的，雖然她現在仍然每天都到傑赫拉的墓地去參拜，但是傑赫拉只是給人留下一種聖潔的回憶，已經擺脫了人間的污垢和罪惡。然而和古勒拉爾來往和保持關係卻是另外一回事了。人們在某人的遺像面前鞠躬，給他獻花，可他們卻照樣譴責偶像崇拜，因爲一個是象徵性的，而偶像崇拜則是明顯而又具體的；或者說前者不是事實，而後者則是看得見的事實。

蘇羅傑娜站在門後，從門簾的縫隙中看到了拉門德爾尷尬和不安的表情。她曾經想把這個印度教社會當作自己崇拜的對象，多年來她也一直對這個社會頂禮膜拜，今天她對這個社會失望了，她的心在這時已經決定要與它作對了。她真想把古勒拉爾叫來，緊緊地擁抱她。爲什麼要向那些連理也不理我的人討好呢？這些可憐的女人從老遠的地方跑來，是把我當作親人才來的，她們心裡對我有感情，她們才真正願意分擔我的苦和樂哩！

最後，拉門德爾抬起了頭，帶著冷淡的笑容對古勒拉爾說：「請進來，請到裡面來。」說完，他在前面帶路向客廳走去了。這時，女佣人突然從裡面出來，把一張紙條交到古勒拉爾手裡就走開了，古勒拉爾拿起紙條一看，接著就把它交到拉門德爾的手裡，站著不動。

拉門德爾看了紙條，只見上面寫道：「古勒拉爾姐姐，妳來得冤枉了。我們本來名聲就不大好，現在別讓我們出醜了吧！請妳把禮物拿回去，以後如果想來會我，那妳就單獨一個人晚上來。我的心現在真想摟著妳的脖子大哭一場，可是我毫無辦法。」

拉門德爾撕碎紙條，扔到了一邊，粗暴地說：「讓她寫吧，我誰也不怕，進來吧！」

古勒拉爾扭轉身說：「不，先生。現在讓我們回去吧！」

拉門德爾說：「坐一會兒吧。」

古勒拉爾說：「不，一分一秒也不坐了。」

6

古勒拉爾走後，拉門德爾走進自己的房間，坐了下來。今天他感到失敗了，而這種失敗是從來沒有過的；他的自尊心，他由於受到不公正的對待而產生的惱怒都消失了，代替自尊和惱怒的是羞愧和懊喪。古勒拉爾怎麼會想到送禮呢？說來，她也從來沒有和我們來往啊！今天不知爲什麼找上門來了。也許岳父有這麼開明，也許他還和傑赫拉的親戚保持著親如一家的情誼。可我卻沒有這麼開明。是不是蘇羅傑娜悄悄地到她那裡去過？不是寫的什麼「以後如果想來會我，那妳就單獨一個人晚上來」？爲什麼不這樣呢？原本是一樣的血統、一樣的心情、一樣的思想和一樣的理想嘛，就算是在公子家裡長大的，但是血統的影響是不可能那麼快就消除的。

對，兩姐妹一定有來往，有了來往，那她們會談些什麼？她們有可能談歷史或政治嗎？還不是談那些下流的事：古勒拉爾一定是談自己當妓女的經歷，議論妓院裡的老鴇和嫖客的好壞長短。古勒拉爾一到她身邊就把自己忘得乾乾淨淨，就不談粗魯、放肆和淫穢的話，是不能想像的。

隔了一會兒，拉門德爾又反過來想：可是一個人不和任何人來往也是不行的，想和人來往也是一種飢餓，在飢餓的時候得不到乾淨的東西吃，也就不會忌諱吃人家剩下的東西。如果我的朋友們接受了蘇羅傑娜，而不這麼抵制她，那她怎麼還會願意和這樣的人來往呢？她沒有什麼過錯，全部過錯在於老是讓我們向後看的社會。

拉門德爾正在這樣左思右想的時候，公子進來了，他用很尖刻的聲調說：「我聽說古勒拉爾剛才送禮物來，你把它退回去了！」

拉門德爾反感地說：「我沒有把它退回去，是蘇羅傑娜退的，不過，在我看來，這樣做是對的！」

公子說：「你應該說，是你示意這麼做的。你失去了把這些墮落的人拉出火坑的多麼難得的好機會！看到蘇羅傑娜所產生的一點好的作用，也被你破壞了；和一個體面的人家保持關係所產生的一種自尊心，很可能使她的生活開始一個新的時代，可是你卻對這些事一點也沒有想到！」

拉門德爾沒有回答。公子有點激動地說：「你們這些人為什麼忘記了每一件壞事都是被迫產生的呢？小偷行竊並不是因為在行竊時感到愉快，而僅僅是因為一種需要迫使他這麼做；當然，這種需要是真實的還是虛構的，關於這方面的看法，可能是有分歧的。

對某一個人來說，婦女回娘家時要做新的首飾可能是必要的，而對另一個人來說，可能完全不必要。一個人害怕得不到寬恕可能喪失良心，另一個人可能寧可死也不肯低頭。像你們這樣有教養的人不應該忘記：整個人類都有求生的欲望，這是一條廣泛的自然規律。為了活命，一個人什麼都可以做出來。愈是難以活下去，而壞事也就愈多；愈是容易生存下來，那壞事也就愈少。我們的第一條原則應該是，讓每一個人都能夠容易地生存下去。拉門德爾先生，你剛才對她們採取的態度，正是其他一些人對你採取的態度，而你對於那些人採取的態度一直是感到很難過的。」

拉門德爾聽著這長篇議論，只覺得好像是一個瘋子在廢話連篇，過去他曾經多少次對這樣的理論表示過贊同，但是這種理論今天不能消除他內心的苦惱。墮落的女人以親戚的身分到他家裡來，拉門德爾對這樣可恥的事是不能因屈從某種論調而忘懷的，他說：「我不願意和這樣的人保持任何關係，我不希望毒化我的家庭。」

蘇羅傑娜也忽然來到了房間裡，產後的影響仍然還存在，但是激動的心情使她的臉色變得通紅。拉門德爾看到蘇羅傑娜後更生氣了，他想向她表明：關於這個問題，他可以容忍到一定的限度，但絕對不會超過這個限度。他說：「我永遠不會高興讓一個妓女到我家來，不管以什麼身分，也不管是什麼時候。單獨一個人晚上來，或者是喬裝打扮地來，都不能消除這種丟臉的事的影響。我不怕社會對我的懲罰，但我害怕這種道德上的毒害。」

蘇羅傑娜為了維護尊嚴，在思想上曾經作了很大的讓步，至今她的良心還沒能寬恕她自己。這時她厲聲地說：「難道你希望我像囚犯一樣一個人待在家裡死去嗎？總得有人在一起說說笑笑嘛！」

拉門德爾生氣地說：「如果妳對說說笑笑這麼感興趣的話，那妳本來就不應該和我結婚。婚姻的關係在很大程度上就是獻身關係，只要世界上通行這種原則，只要世界上認為婦女是家庭榮譽的維護者，那麼任何男人也不會同意自己的妻子和行為墮落的人保持任何形式的關係。」

公子明白了，這樣爭辯下去拉門德爾更會固執己見，而主要問題會拋在一邊，所以他客氣地說：「不過，孩子，你為什麼只想到一個受過教育的上層婦女會受人家的影響，而不能影響人家呢？」

拉門德爾說：「關於這方面我是不相信什麼教育的。教育認可很多從風俗、習慣、道義傳統的角度來看該當廢棄的事物，如果一隻腳滑倒了，當然我們不會把腳砍掉，不過我是不打算在這種推理面前低頭的。我願意明確地說：和我待在一起，就得斷絕舊的關係；不僅如此，還得轉變思想，自己也得厭惡那種人。我們得適應這樣一種生活方式：即社會將因自己的不公正而感到羞愧，而不是讓我們的行為墮落下去，從而在人們看來他們不公正的態度是合理的。」

蘇羅傑娜自傲地說：「婦女不能那麼受限制，不能非得跟你一樣去看一切，跟你一樣去聽一切；她有權肯定什麼東西對她有利，什麼東西對她不利！」

公子有點害怕了，說：「蘇羅傑娜，妳忘記說話應該始終使用溫和的語言了，我們又不是在吵架，我們是在對一個問題發表各自的看法。」

蘇羅傑娜毫不膽怯地說：「不，現在你正爲我準備鎖鏈呢！我是忍受不了這種鎖鏈的，我像任何男子一樣，也認爲自己的身心是自由的。」

拉門德爾對自己的生硬態度感到不好意思了，他說：「我從來沒有想過要剝奪妳身心的自由，而且我也不是這種沒有頭腦的人，可能妳也會同意這一點。但是，難道我就眼睜睜地看著妳走上邪路，難道我就完全不能勸妳？」

蘇羅傑娜說：「正像我可以勸你一樣，你也可以那樣勸我，但你不能強迫我。」

拉門德爾說：「這我不能同意。」

蘇羅傑娜說：「如果我去會晤我的某一個親戚，你覺得有傷你的體面，那你同樣是不是認爲你和那些男盜女娼的人來往，也有傷我的體面呢？」

拉門德爾說：「對，這我是同意的。」

蘇羅傑娜說：「如果你的一個亂搞男女關係的兄弟來了，你會從大門口把他趕走嗎？」

拉門德爾說：「妳不能強迫我這麼做。」

蘇羅傑娜說：「那你就能強迫我？」

「那當然！」

「爲什麼？」

「因爲我是男子，我是這個小家庭的家長，而且就是由於妳的原因我才不得不……」拉門德爾說著說著停了下來，但是蘇羅傑娜已經猜到了他沒有說出來的意思，她的臉變得通紅了，心好像被捅了一刀，她

激動的心真想馬上離開這個家，和整個世界斷絕關係，再也不見他了。如果結了婚就意味著成爲某人意志的奴僕，就意味著忍受侮辱的話，那就讓這種婚姻見鬼去吧！

她情緒衝動起來，想走出房間，這時公子趕上來抓住了她，說：「孩子，妳這是幹什麼呢？回到房間裡去吧。爲什麼傷心呢？現在我還活著，妳有什麼難過的？拉門德爾先生沒有說什麼，他也不會說什麼，彼此爭了幾句有什麼可見怪的？以後有機會，妳想說什麼，就再說什麼吧！」

公子這麼一面勸她，一面把她帶進裡屋去了。實際上，蘇羅傑娜從來也沒有想去見古勒拉爾，她自己也想躲開她，她是在一時衝動之下給古勒拉爾寫了那張紙條的，她自己心裡很明白，和這些人來往是不妥當的。但是拉門德爾反對這麼做，這是她不能忍受的。他爲什麼禁止我這麼做？難道我自己連這點也不懂？他爲什麼對我這麼懷疑？還不是因爲我出身不高貴？我現在就要去會晤古勒拉爾，我硬是要去，看他能把我怎麼樣！

嬌生慣養的蘇羅傑娜，從來還沒有人對她有過不好的眼色，公子完全聽從她的意志，拉門德爾這些日子以來也一直順從著她，現在她突然受到這種鄙視和指責，她衝動的心準備斷絕所有的愛和至親的關係，她什麼都能忍受，但是這樣的欺負、虐待和侮辱她是忍受不了的。

她把頭伸出窗口向馬車夫喊道：「把車趕來，我要到市場上去，馬上趕來！」

公子愛撫著說：「蘇羅傑娜，我的孩子，妳這是在幹什麼啊？可憐可憐我吧！這個時候哪兒也別去，要不，妳會永遠後悔的。拉門德爾先生性情有些暴躁，可是他比妳大，更有頭腦，妳就聽他的吧！我對妳說真的，當妳的媽媽在世時，有幾次我竟暴躁到對她說：妳從我家裡滾出去，但是那位忠於愛情的女神一步也沒有跨出家的大門。現在妳就理智一點吧，我相信待一會兒，拉門德爾就會不好意思地親自到妳跟前，請求妳原諒他的過錯的。」

突然，拉門德爾走進來說：「為什麼叫馬車？妳準備到哪裡去？」拉門德爾的臉氣得發紅，這使蘇羅傑娜看了都不寒而慄了。他的兩眼像噴射著火星，鼻翅兒不停地翕動著，腿肚兒索索發抖。蘇羅傑娜看到他這副樣子，不敢說她到古勒拉爾家裡去，他也許一聽到古勒拉爾的名字，就會奔過來掐她的脖子，她嚇得直打哆嗦，防備的心情強烈起來。

她說：「我要到媽的墳上去。」

拉門德爾威脅地說：「沒有必要到那裡去！」

蘇羅傑娜無可奈何地說：「為什麼？到媽媽的墳上去也不讓嗎？」

拉門德爾仍然威脅地答道：「不讓！」

蘇羅傑娜說：「那你管這個家吧，我走了！」

拉門德爾說：「妳走吧，對妳又有什麼？這個家妳待不下去，就待在別人家裡吧！」到眼下為止，本來還剩下最後一條維繫的線，可這樣一來，連這一條線也斷了。本來，蘇羅傑娜也許只想到她父親的寓所去，在那裡生上幾天氣，然後等拉門德爾去說幾句好話把她接回來，事情也就完了。但是，這一打擊卻從根本上破壞了達成協議或妥協的可能性。蘇羅傑娜已經走到房門口，登時像木偶般呆然不動，好像有一個修道士用咒話把她的魂給勾走了似的。她就地坐了下來，她既不能說什麼，也不能思考什麼了，一個像遭到雷擊的人，還怎麼能思考呢？還怎麼能說話呢？還怎麼能哭泣呢？何況拉門德爾的話比雷擊還致命得多！

蘇羅傑娜究竟在那兒坐了多久，連她自己也不知道，當她清醒過來的時候，家裡一片沉寂。她抬頭望了望掛鐘，時間快要到晚上一點了。她的父親抱著新生嬰兒躺在前面的安樂椅上睡著了。蘇羅傑娜站起來望了望走廊，只見拉門德爾躺在走廊裡的床上；她真想在此時此地用刀扎進自己的胸膛，死在他的面前。

她記起了他那致命的話來，他怎麼可以說出這種話來呢？這樣一個聰明、胸懷寬闊而又有頭腦的人爲什麼會說出這種話來呢？

她那一顆曾受到傳統薰陶的忠貞的心，在這時受到極大的傷害，悲泣起自己可憐的處境來了。她想：如果我的出身沒有這個污點，如果我的母親是名門閨秀，他還能說出那樣的話來嗎？但我的名聲不好，我是受壓迫的，値得遺棄的，說我什麼都可以。唉，多狠的心！難道她也能這樣無情地打擊拉門德爾嗎？

走廊上的燈還亮著，拉門德爾的臉上絲毫沒有悔恨或痛苦的表情，憤怒至今還使他的面孔顯得異樣。如果蘇羅傑娜這時看到他眼中留有淚痕，那她受了傷害的心也許能得到一些安慰，但是他臉上至今還是殺氣騰騰。在蘇羅傑娜眼裡，世界是一片淒涼。

蘇羅傑娜又走到自己的房間裡。父親的兩眼仍然閉著，在這幾個小時裡，他那生氣勃勃的面孔變得毫無光澤了，面頰上還留著淚痕。蘇羅傑娜坐在他的腳邊流下了真誠的眼淚。唉！爲我這個不幸的人，他受盡了苦，受盡了侮辱，他把一生都獻給我了，然而結局卻這樣令人心碎！

蘇羅傑娜又看了看孩子，但就算看到她那像盛開的玫瑰花般的臉龐也沒有激起她的母愛，她扭過頭去，心想：這就是我這麼多日子以來忍痛受辱的具體體現，我爲什麼要爲她使自己的生命永遠陷在苦難之中呢？如果她那無情的父親對她還有點愛的話，就讓他撫養吧！總有一天他也會傷心的，正像我的父親今天這樣傷心一樣。老天爺如果讓我再投生，但願他讓我投生在清白的家庭裡……

7

在傑赫拉的墳墓旁邊，又修起了另一座墳墓；傑赫拉的墳墓上已經長滿了野草，有些地方的石灰也剝落了，但是另一座墳墓卻很乾淨，而且修整裝飾得很好，四周都放著花盆，在通向墳墓的小路兩邊種上了玫瑰花。

傍晚的時候，垂頭喪氣、微弱而又發黃的陽光好像在爲這座墳墓傷心落淚。一個懷中抱著兩三歲小女孩的人來了，他用手帕清掃墳墓，也掃除了小路上落下的玫瑰花瓣，然後又在墳墓上灑上香水。小女孩在旁邊奔跑著捉蝴蝶玩。

這是蘇羅傑娜的墳墓。她最後留下遺言要求不要火化她的遺體，要躺在母親的旁邊。公子在蘇羅傑娜死後不到半年的時間也去世了。不過，拉門德爾現在對自己的粗暴感到很懊悔。

雪帕已經滿三歲了，她相信總有一天媽媽會從墳墓裡走出來。

1930.01

孩子

我得到了一塊播種過的土地，難道我要遺棄長成的莊稼，
只是因為不是我親自播下的種嗎？

I

人們稱耿古爲婆羅門，而他本人也以婆羅門自居。我的馬夫和僕人老遠就給我敬禮，但耿古從不向我敬禮，他也許還希望我給他鞠躬哩！他從不接觸我使用過的茶杯，而我也從來沒有勇氣敢叫他替我搧扇子。當我滿頭大汗，而身邊又沒有別人的時候，耿古才主動拿起扇子，但從他的臉上很清楚地流露出他是在特別施恩於我的表情，這時我也不知道爲什麼，馬上會從他的手中把扇子接過來。

他是一個愛發脾氣的人，誰說他，他都不能耐心地聽。與他相好的人很少，和馬夫以及僕人們一起坐一坐，他也許認爲有失身分，所以我一直沒有見他與誰有過交往。奇怪的是，他並不愛喝土酒，這一點在這一階層的人中卻是非常難得的好習慣。我也從來沒看見他拜神或者到恆河裡去沐浴。他完全沒有文化，可仍然是婆羅門，並且希望人們尊敬他，爲他服務。

爲什麼不抱這種希望呢？當人們今天對祖先創造的財富仍然擁有私人所有權，而且神氣得好像是自己創造出來的時候，他爲什麼要放棄他的祖先所贏得的尊敬和體面呢？這也是祖傳的一種產業啊！

我的個性不愛和自己的僕人談話，我希望只要我不主動叫誰，任何人也別到我身邊來。我不喜歡爲一點小事就不停地叫僕人，我自己動手拿水壺倒水，自己開燈，自己穿鞋子或者從書櫃裡取書，我覺得這比

叫僕人做要省事得多，這樣也使我感到自由一點和自信一點。我的僕人們也知道我的性格，不必要的時候很少到我身邊來，所以，有一天大清早，耿古走來站到我面前時，我很不痛快。

這些人一來，要麼就是要求預支工資，要麼就是來抱怨其他某個僕人的不是，我對這兩種事情都是很討厭的。我在每個月的頭一天就把工錢發給每個人，其他時間有人再要求預支工錢時，我就很生氣，誰願意三個兩個盧比一次一次地記帳？同時，當某人一次就領得了全月工錢的時候，他有什麼權利半個月就把它全花掉呢？又有什麼權利求救於借貸或預支呢？至於向我抱怨什麼人，我也是很厭煩的，我把訴苦當作是無能的證明，或者是出於討好的卑鄙意圖。

我皺了皺眉頭說：「有什麼事？我又沒有叫你來！」

今天耿古那傲氣十足的臉上卻顯得很謙虛，表現出一種乞求的神情和不好意思的樣子，這使我很吃驚。看得出，他想回答我的問題，可是沒有找到合適的字眼兒。

我的語氣和緩了下來，說：「到底是什麼事呀，爲什麼不說呢？你知道，這是我散步的時候，時間已經很晚了。」

耿古用充滿失望的口氣說：「您散步吧，我另外找時間再來。」

這種情形更使我擔心，在這比較倉促的時候，他知道我沒有更多的時間，就會很快把事情講完；如果是要另外找時間再來，這個傢伙也許得訴說幾個鐘頭哩！當我在看書寫東西時，他可能看作我是在工作；而當我在進行我最艱苦的活動，即思考時，他卻當作我是在休息，他一定會在這樣的時刻來找我麻煩的。

我冷冷地說：「你是要求預支工錢嗎？我不能預支。」

「不是，老爺，我從來沒有要求過預支工錢。」

「那你是想告誰的狀嗎？我對這種訴苦是很討厭的。」

「不是，老爺，我從來沒有告過誰的狀。」

耿古內心下了最大的決心，他的表情清楚地說明，他正在極力鼓起自己的勇氣，準備進行一次巨大的嘗試，他用顫抖的聲音說：「您讓我離職吧，我現在不能當您的僕人了。」

這是我生平第一次親耳聽到這樣的提議，我的自尊心受到了損害；我總認為我是人道的化身，從不對僕人說尖酸刻薄的話，而且盡量不擺出一副主人的架子，我怎麼會不因為這樣的提議而吃驚呢？我用生硬的口氣問道：「為什麼？有什麼不滿的？」

「老爺，像您這樣好的脾氣，還哪裡有啊？但是事情是這樣的，現在我不能待在您這裡了，怕以後發生什麼事使您的名聲不好，我不願意因為我而使您的名譽受到損害。」

我心中有點為難了，好奇心變得強烈起來，我帶著一種屈從的情緒坐到走廊的椅子上，說：「你叫我摸不著頭腦，你幹嘛不痛痛快快地說，到底是怎麼回事？」

耿古很和氣地說：「是這麼一回事，那個婦女……最近從寡婦院被趕出來的婦女戈姆蒂……」

他不作聲了，我等得著急，說：「是呀！被趕走了，那又有什麼？和你替我工作有什麼關係？」

耿古像從背上卸下一個沉重的包袱，說道：「老爺，我想和她結婚。」

我驚異地盯著他的臉。這個舊腦筋的、至今沒有受西方文明影響的土婆羅門，竟然要和一個任何正派的人也不會允許進門的蕩婦結婚！戈姆蒂已經在這塊地區掀起了一場小小的風波：幾年以前，她來到寡婦院，寡婦院的負責人讓她結了三次婚，可是每一次結婚，都在半個月或一個月後跑了回來，以致這一次寡婦院的負責人把她趕出來了；從那時起她就在附近找了一間房子住下來，而她住的地方也就成了流氓阿飛尋歡作樂的場所。

我對耿古的單純感到又生氣又可憐，這頭笨驢難道在世上找不到其他的女人，竟然要和這樣的女人結婚？既然她三次扔下自己的丈夫逃之夭夭，那她能和他待多少日子呢？要是一個有錢的人，那是另一回事，也許能共同生活一年半載，而他卻是一個窮光蛋，她是一個星期也待不下去的。

我帶著警告的語氣說：「你知道這個女人過去的事嗎？」

耿古像親眼見過一樣肯定地說：「老爺，都是假的，人家無緣無故地敗壞了她的名聲。」

「你說什麼？她不是結婚三次，三次都從丈夫那裡逃出來了嗎？」

「是他們把她趕出來的，她有什麼辦法？」

「你這個人真蠢，人家老遠來和她結婚，把她領走，花成百上千的錢，難道就是為了把她趕走嗎？」

耿古有點神經質地說：「老爺，沒有愛情的地方，任何女人也是待不下去的；女人不僅想吃飯穿衣，還想得到愛情。她原來的幾個丈夫，以為他們和一個寡婦結了婚，就像對她做了天大的好事，希望她完全歸自己所有。可是老爺，一個人要使對方成為自己的，在這之前首先要使自己成為對方的，事情就是這樣。除此以外，她還有一個毛病，就是有時被鬼迷住了，常常嘴裡胡說一氣，然後就失去了知覺。」

「那你還要和這樣的女人結婚？」我懷著很不相信的心情搖頭說：「你要明白，和她生活在一起會吃苦頭的。」

耿古像就義的志士那樣激昂地說道：「老爺，我認為，我的一生會很有意義的，願老天爺保佑我們的未來。」

我再一次加重語氣說：「你已經作了決定，是嗎？」

「是，老爺。」

「那我接受你的辭職。」

我倒不是受那些毫無意義的傳統禮教所束縛的人，但是要讓一個和蕩婦結婚的人待在自己身邊也的確

是個頭痛的問題；會經常發生糾紛，不時產生新的問題，可能還有警察找上門，甚至是打官司，發生偷竊的事也說不定，遠遠避開這種麻煩才是上策。

耿古像一個飢不擇食的人，看到有塊餅就猛撲過去，而這塊餅卻是人家吃剩的，已經乾癟了，不能吃了，可是他卻不理會。要他三思而行是很難的，我認為能夠擺脫他是我的幸運。

2

耿古和戈姆蒂結婚已經五個月了，他們在不遠的地方租了一間土房子住了下來，現在耿古靠賣零食過日子。當我在市場上遇到他時，總是向他問問好，我已經對他的生活產生了特別的興趣；這是對一個社會問題的檢驗，而且不僅是社會問題，同時也是心理學問題。

我總想看看後果到底如何——我經常看到他一副高高興興的樣子，也從他身上看到了由於富足和怡然自得，人們臉上才有的那種泰然自若的神情和自尊。他每天可以賣二十多安那的東西，除去成本，還餘下十來個安那，這點錢就是他每天的生計；但是其中定有神的暗助，因為在這一階層的人中所具有的一種不顧體面和窮困潦倒的狀況，在他身上是連一點影兒也沒有的，他臉上顯露出積極進取和愉快的神色，這種神色只有有一顆平靜的心才能產生。

有一天，我聽說戈姆蒂又從耿古的家裡逃走了，說不準是為什麼。這個消息使我產生了一種幸災樂禍的心理，因為我已經對耿古幸福而又滿足的生活產生了一種嫉妒，我一直等待著關於他的某種事故、災禍或丟臉的事件發生，由於這個消息讓我的嫉妒心得到了滿足。

我心想，到底還是發生了我原來堅信會發生的事，這小子終於不得不受到目光短淺的懲罰啦！看他這個傢伙還怎麼有臉見人。如今可能睜開眼，可能明白了，過去那些不同意他這件婚事的人是如何爲他著想的。那個時候，他好像是要得到什麼難得的寶貝似的，好像在他面前已經打開了解放的大門似的；人們說過多少次：那個女人不可信，她背棄過多少人，也同樣會背棄你的，可是他卻當作耳邊風。

這次要是遇到，一定得好好問問他是什麼滋味，問問他：哈！老兄，得到夫人所賜給的這種恩典可高興了吧？你過去不是老說她這樣那樣的，彷彿人們對她的印象不好都是污蔑她似的，現在你說說看，是誰錯啦?!

就在那天，我很湊巧地在市場上碰見了他。只見他上氣不接下氣，慌慌張張，一副著急的樣子。他一看到我，眼中就充滿了眼淚，那不是由於羞愧，而是由於內心的難受。

他走近我身邊說：「老爺，戈姆蒂也背棄了我。」

我出於一種不正當的幸災樂禍的情緒，假裝同情他的樣子，對他說：「我早就跟你說過，可是你根本不理，現在忍受吧！除此之外，再也沒有辦法了。把你的錢也帶走了吧？給你留了一點兒沒有？」

耿古把手捂著胸脯，好像我的這個問題傷透了他的心，他說：「老爺，請別這麼說，她連一個子兒的東西都沒有碰，甚至她自己的東西也留下了。不知道她發現了我的什麼缺點，我配不上她，這有什麼可說的？她念過書，而我斗大的字也識不了幾個，她和我生活這麼多日子，夠多的了，要是和她再待一些時候，那我也就差不多可以稱作是一個人了。

老爺，如何向您說完她的好呢？不管她在其他人眼中是什麼樣的人，但對我來說，她是神給我的恩典。雖然不知我犯了什麼錯誤，不過我敢發誓，她從來沒有對我紅過臉。老爺，我算得老幾？一天賺十一二個安那的工人，不過，即使是這樣一點錢，在她手裡竟這樣精打細算地花，從沒覺得不夠。」

他的這些話真使我大失所望，我原來以爲，他一定會大講她忘恩負義的故事，可我聽了他這一席話，

對他的盲目輕信還是表示了同情。不過這個愚蠢的傢伙至今還沒有睜開眼，還在爲她唱讚歌，可以肯定，他的情緒有些不正常。

我帶著捉弄的口氣尋他的開心，說：「她沒有從你家裡偷走什麼東西？」

「沒有，老爺，一個子兒的東西也沒有拿走。」

「她一直很愛你？」

「對您怎麼說好呢，老爺？我至死也不會忘記她對我的恩愛。」

「可是她又甩掉你而逃走了！」

「老爺，正是這點使我奇怪呀！」

「你聽說過女人要狡猾手段的事沒有？」

「啊！老爺，您可別這麼說，把刀放在我的脖子上，我也要說她好。」

「那你再把她找回來吧?!」

「對，東家，我不把她找回來是死不甘心的。我先要知道她在哪裡，然後就把她接回來。老爺，我心裡有把握，她一定會回來的，您看吧。她不是和我賭氣走的，我的心是不會服的，我要去找她，也許要到山林裡到處奔波一兩個月，如果能活著回來，我會來看望您。」

說完他表現出一副精神失常的樣子，朝一邊離開了。

3

不久，我因爲一件重要的事到賴尼達爾去了——並不是爲了遊山玩水。一個月以後才回來，我還沒來得及脫下外衣，就看到耿古懷中抱著一個新生嬰兒站到我面前，也許南達得到了黑天也沒有這麼高興[1]。看來他完全沉浸在歡樂的情緒中，臉上和眼睛裡都流露出一種感激和崇敬的神色，那種神情就好像一個餓極了的乞丐吃飽了一頓飯後臉上表現出來的一樣。

我問他：「喂，老兄，戈姆蒂女士有什麼消息嗎？你不是到外地去過嗎？」

耿古心花怒放地說：「是呀！老爺，託您的福，我把她找回來了，我在勒克瑙的婦產醫院裡找到了她。原來她曾經對這裡一個交情不錯的婦女說過，如果我很著急，就把她的去向告訴我；我一聽到她到勒克瑙去的消息，馬上趕到那裡，把她拉了回來，還白撿了這個孩子。」

他把抱著的孩子向我遞了過來，好像一個運動員把得到的獎章顯示給別人看一樣。

我用開玩笑的口氣問他：「那好哇，還得到了一個孩子！也許她就是因為這個原因而逃走的，這是你的孩子吧？」

「為什麼只是我的呢？老爺，也是您的，也是老天爺的。」

「他是生在勒克瑙的？」

「對，老爺，到今天已經一個月了。」

「你結婚多少日子啦？」

「快滿七個月了。」

「就是說孩子是結婚後六個月生的。」

「老爺，那……」

「那還是你的兒子？」

「是我的兒子，老爺。」

1：印度神話：毗濕奴大神的化身黑天出生後，很快被送到牧民南達的家裡，南達以為是自己妻子所生之子。

「你這話說得多麼荒唐可笑！」

不清楚他是了解我說話的含義呢，還是故意裝出一副樣子，他仍然那樣一本正經地說：「老爺，她生這孩子，幾乎命都丟了，折騰了三天三夜，受的罪就別提了。」

我帶著挖苦的口氣說：「不過，六個月生孩子的事，我今天才聽說過。」

他體會到我挖苦的含義了。

他笑了笑說：「啊！是這麼回事！我都沒有想到，她是因害怕這件事而逃走的。我對她說：『戈姆蒂，如果妳心裡沒有我，那妳就拋棄我算了，我馬上就走，以後也不到妳身邊來。要是妳用得著我，就給我寫信，我會盡力幫妳的忙。我對妳沒有一點不滿，在我的眼裡，妳仍然是那樣好，我仍然像以前那樣喜歡妳。不，不是一樣，而是比以前更喜歡妳。但是，要是妳對我沒有變心的話，就和我一同回去。只要耿古活一天，他就不會背信棄義。我之所以和妳結婚，並不是因為妳是一位女神，而是因為我喜歡妳，而且我想，妳也喜歡我。這個孩子是我的兒子，是我自己的兒子；我得到了一塊播種過的土地，難道我要遺棄長成的莊稼，只是因為不是我親自播下的種嗎？』」

說完他大聲地笑了。

我忘記了脫外衣，我說不清為什麼我的兩眼濕潤了，也不知道是什麼力量掃清了我那種厭惡的心情，並促使我把手伸上前去。我把那個潔白無瑕的孩子接了過來抱在懷裡，並且帶著深厚的愛親了他，也許我在親我自己的孩子時也從來不會包含那麼深厚的愛。

耿古說：「老爺，您是很高尚的人，我在戈姆蒂面前不止一次地稱道您，並且說，去吧，去看望老爺吧，但是由於害羞，她沒有來。」

我是高尚的人！我的一層高尚的外表今天被揭穿了。

我以無限虔誠的心情對他說：「不，她怎麼會到我這樣一個有偏見的人這裡來呢？走吧，我要去看望她。你認為我高尚嗎？我外表高尚，但是內心很卑微，你才真正高尚呢！而這孩子是一朵花，從這朵花上散發出你高尚精神的芳香。」

我把孩子緊緊地抱在懷裡，跟著耿古走了。

1933.04

天兵

那納格金德先生親自把格斯爾的梳妝盒子拿來交給為首的警察說：

「老兄，請放時千萬小心點！」

I

富商那納格金德今天又收到那樣一封信，當他看到信封上同樣的字跡時，他的臉色變得蒼白了；他拆開信封時，心和兩隻手都開始發抖。信中寫的什麼，這是他完全能估計得到的，他已經收到過兩封這樣的信了，他毫不懷疑，這第三封信裡仍然像前兩封一樣是威脅的言詞。他拿著信兩眼開始望著天空。被威脅的言詞所嚇倒和他的本性格格不入，他是一個性格堅強的人，甚至可以從一個死者身上索回他的錢，他跟同情別人或與人爲善這種人類的天性是絕緣的，要不，他怎麼能成爲富翁！

不過他對宗教卻很虔誠，月圓的日子他都要請人念那羅衍的本生經1，每逢星期一都要給哈奴曼供奉糖果，每天都要到葉木那河裡去沐浴，而且每逢十一就要奉齋，宴請婆羅門。自從酥油可以賺大錢以來，他還考慮新建一座宗教會館，地點都看好了。

許多欠他債的人當中，有成百的建築工人和挖土工人，他們準備給他做工用來抵償利息；現在只等磚瓦、石灰商人來借一萬或兩萬盧比的債，一旦寫下借據，磚瓦和石灰也就可以從利息中解決了。對宗教的這種虔誠更給了他以精神力量，承老天爺的賜福和威力，他從來沒有在任何生意中蝕過本，他習慣在險惡的逆境中也毫不動搖。

1：那羅衍指的是大神毗濕奴，這裡指念歌頌毗濕奴的化身的詩。

但是自從他收到恐嚇信之後，種種的疑慮使他感到苦惱。要是強盜們真的襲擊了他，那有誰來幫助他呢？自然的災害，他可以依靠天神的庇護，而他的虔誠在面臨刀子時卻無能為力。

晚上他家大門口只有一個看門的，如果有十個、二十個全副武裝的人來了，他一個人能有什麼用？也許一聽到動靜，他會拔腿就跑。左鄰右舍中，他也看不到有誰會在這種危急時刻發揮作用；雖然都是欠他債的人或過去欠過他債的人，但是這都是一伙忘恩負義的東西，都是些吃誰的飯還挖誰的牆角的傢伙。他們在用得著你的時候可以苦苦地向你哀求，可是轉眼之間就成了你不共戴天的仇人，對這樣的人不能抱任何希望。

不過，大門是牢固的，要攻破它不容易，何況裡面也還有門呢！即使有成百的人來，也動不了分毫，從哪一方進攻，也不必擔心，這樣又高又光滑的牆，誰又能爬得上來呢？況且他身邊還有來福槍，他用一只來福槍就可以撂倒幾十人。但是儘管有這樣一些保障，可他仍然提心吊膽，誰能肯定：門房沒有和他們勾結起來？他認為，僕役一個個都是陰險的傢伙，所以他現在常常是深居簡出，只要不問清楚來訪的人的情況，他是不會見任何人的。不過每天還得在走廊裡待幾個鐘頭，要不，整個生意還不一團糟麼！當他在外邊待著時，他的命就像一直掛在絞架上一樣。

近來他的性格脾氣也起了很大的變化，他從來沒有變得這麼溫和，說話從來沒有這麼客氣；別說罵人，就是對任何人說話也不稱「你」而稱「您」了，利率也降低了。儘管如此，他的心仍不能平靜下來，最後他鼓起了勇氣，拆開信；看完後他像遭了槍擊一樣，頭暈目眩，他感到一切東西都在搖搖晃晃，他急促地呼吸著，兩隻眼睛睜得大大的。

信中寫道：你絲毫沒有理會我們寫的前兩封信，也許你認為警察會來保護你，但這是你的錯覺，警察來的時候，我們已經辦完事情遠走高飛幾百里了。你竟變得這麼愚蠢，這不是我們的過錯，我們只向你要

兩萬五千盧比，你拿出這點錢來是沒有任何困難的。我們知道，你身邊這個時候有相當十萬盧比的金錠。但是，正如俗話說，「毀滅臨頭，人要變蠢。」現在我們再也不會跟你講道理了，對你進行勸說是沒有任何意義的。如果直到今日傍晚爲止，你還不把錢送來，那麼，晚上我們就要襲擊你。爲了保護你自己，你願意叫誰，就可以叫誰來，願意叫多少人，準備多少武器，都可以。我們會公開地來，嘴裡喊著挑戰的口號而來；我們不是小偷，我們是英雄，我們有堅強的信心。我們知道：只有那折斷神弓的人，射中魚的人，財富女神才會把勝利的花環戴在他們的脖子上[2]。如果……

富商那納格金德馬上把帳本合起來，將現金收拾好放進保險櫃裡，把正門從裡面鎖上，然後垂頭喪氣地走到妻子格斯爾那裡說：「今天又收到同樣內容的信了，格斯爾，他們今天就要來了！」

格斯爾是一個肥胖的女人，雖然青春時期已過，但仍然一味講究裝飾打扮，正如一株不結果的樹，在秋天裡還顯得青枝綠葉一樣。她懷著沒有實現的生孩子的願望度過了她的大半生，現在她一心一意地享受積累下來的財富了。考慮到不知什麼時候閉上雙眼，也不知遺留下來的積蓄會落到什麼人手裡，所以她最害怕生病，她把疾病看成是死神的先遣隊，因而她總是經常不斷地吃藥，只要身體這一外衣還剩下一根布條，她就不想把它脫下扔掉[3]。如果有孩子，那她會歡迎死亡的來臨，但是現在的問題是隨著她一生的結束，什麼都完了，那她爲什麼不願意盡可能活得長一點呢？當然，她的生活是不愉快的，但是正如一口食物，我們之所以吃掉它，只是怕它放在那裡爛掉而已。

她著急地說：「我早就對你說過，到某一個地方避上幾個月，可是你根本不聽，到底你現在打算怎麼辦呢？」

那納格金德顧慮重重，這也是自然的，因爲在這種情況之下，誰又能處之泰然呢？但是他不是懦夫，他現在還相信：如果出了什麼亂子，他是不會後退一步的，原來心頭上出現的怯懦的情緒，在面臨危難的

[2]：史詩《羅摩衍那》中的羅摩曾折斷神弓，和悉達成親，另一史詩《摩訶婆羅多》中的阿周那射中魚和黑公主成親。說明取得勝利都靠勇敢威力。

[3]：這是一句迷信的說法，靈魂是永生的，身體是軀殼，相當一件外衣，外衣破損了，可以扔掉另換一件。這裡指格斯爾非常愛惜已經衰朽的身體。

關頭已經消失了。野鹿在無路可逃時也還撲向獵人哩！除了偶然的情況外，一個人經常面臨逆境，還可以顯示他的本領，這一陣子，在某種程度上說來，那納格金德已經下了最大的決心來面對即將到來的危機了。幹嘛要懼怕呢？要發生的事，總會發生的，保護自己是我們的職責，然而是死還是活卻掌握在老天爺的手裡。

他安慰妻子說：「格斯爾，沒有必要這麼害怕，畢竟他們也是人，他們也愛惜自己的生命，要不愛惜的話，他們幹嘛做這種罪惡的勾當？我躲在窗子的後面用槍可以撂倒一二十個人。我現在還打算去通知警察，警察有義務保護我們，我們一年納一萬盧比的稅，爲的是什麼？我現在就到警察所長那裡去，政府既然向我們徵稅，那麼幫助我們就成了它義不容辭的責任。」

他的妻子不懂這一套政治理論，她希望的是不管怎樣都要擺脫這種恐怖，而這種恐怖現在已像一條正在吐信的大蟒一樣待在她的心裡。她的親身經歷使她對警察的表現不能滿意，她說：「我已經見過警察的那種德行了，出事的時候，連他們的影兒也看不到，事情過後，就擺出一副架子來嚇唬人了。」

「政府的統治全靠警察來維護，妳懂得什麼？」

「我倒要說，本來明天才會出的事，一旦你通知了警察，那今天就要發生了。搶走的東西中還有警察的一份啦！」

「這我知道，而且也親眼見過了，或者說，我天天都看見這種事。不過，我每年向政府納一萬盧比的稅，而且我還一直殷勤地招待警察；這個冬季警察局長來了，我給他送了多少糧食！還送了一木桶酥油、一大袋白糖，這樣的招待和禮遇該在什麼時候發揮作用？當然，一個人不應該一切都依賴別人，所以我想，妳也應該學會射擊，我現在就教妳射擊好嗎？當我們倆都一起開槍時，強盜們哪裡有力量把腳跨進這個大門一步！」

這個提議有點滑稽可笑。格斯爾笑了笑說：「好哇，那有什麼不好的！現在我就學習開槍！你呀，你總是異想天開，開玩笑！」

「這有什麼可笑的？如今女子還組成部隊了呢！像男的兵士一樣，女人也進行操練，射擊、在操場上打球，現在已經不再是婦女只待在家裡的時代了。」

「那是歐洲的婦女練習射擊吧，印度的婦女射擊什麼！不過，要是用舌頭射擊，那倒是內行的。」

「印度的婦女所做出的英勇業績，充滿了歷史的篇章呢！直到今天，世界上的人讀到記載下來的那些豐功偉績仍然受到震驚！」

「你就別談古代的那些事了，那時的婦本也許是很勇敢的，今天有誰做出什麼勇敢的大事來？」

「妳說得可好！現在成千上萬的婦女拋棄家庭，談笑自若地走進監牢。這不是勇敢的行爲？最近在旁遮普，一個名叫赫爾納姆的姑娘獨自一人活捉了四個全副武裝的匪徒，連總督老爺都讚揚她呢！」

「不知道那是一種什麼女人，我一看到強盜，就會頭暈目眩栽倒在地。」

這時有一個僕人進來說：「老爺，有四個警察從警察所來了，他們在叫你。」

那納格金德高興地說：「警察所長也來了嗎？」

「沒有，老爺，只有四名警察。」

「警察所長爲什麼沒有來？」他一面說一面吃著檳榔，走了出來。

2

四個警察一看到那納格金德就立刻低頭向他行禮，他們行禮的方式完全是英國式的，而且就好像是向他們的長官致敬一樣。那納格金德先請他們坐在條凳上，說道：「所長的身體還好吧？我現在正要到他那裡去呢！」

四個中年紀最大的警察，袖子上掛有幾個肩章。

他說：「您爲什麼找這種麻煩？他自己也正要來的，但是有一件很要緊的事，所以留下了，打算明天來見您。自從您這裡發生了強盜來信的事，可憐的所長著急得不得了，他常常關心您，曾經說過好幾次，他經常對您掛念在心。那恐嚇信，您收到了幾次吧？」

那納格金德表現得無所謂的樣子說：「唔！這樣的信，是經常收到的，誰去管它。我一連收到了三封信，我對誰也沒有說過。」

警察笑了：「警察所長早就知道消息了。」

「真的？」

「當然，先生，大大小小的消息他全知道；他甚至知道明天他們要襲擊您的家。所以今天就把我們派來爲您服務。」

「可是他怎麼得到消息的？我對誰也沒有說過。」

警察帶著一種神祕的口氣說：「老爺，這您就不要問了，這個地區最大的富翁收到了這樣的信，警察當局若是什麼也不知道，這還像話嗎？何況上級一直在督促著：不能讓富翁有所不滿！

警察局長特別指示我們要提醒您，老爺，政府完全是靠您們的力量而存在的，如果不保護富商大賈的生命財產，那政府還有什麼存在的必要？有我們在，誰還敢對您起歹心呢？不過這伙倒霉的強人是這樣膽大包天，爲數又這麼多！在警察所外邊和他們對峙是困難的。所長正考慮要求上級派一隊衛兵來，但是這些凶犯卻不待在一個地方，今天在這裡，明天就可能在幾百里以外，派來一隊衛兵又有什麼用？

我們認爲老爺是主人，不瞞您說，有誰能有您家這麼多財產！本地區的老百姓倒無所謂，如果有誰家裡被搶走了幾百盧比，警察不會冒著生命危險去追趕強盜的。對強盜們說來，他們怕什麼，一有機會就開槍，而且往往是放冷槍。可是，對我們來說，開槍有好多限制，一件事搞糟了，我們反而會陷入了不利的境地。

我們要走的是這樣一條路，就是說：既要達到目的，而自己又不能有任何損失。所以，所長向您提出這樣一個要求：請您把所有可能引起危險的東西，都放到政府的倉庫裡去，會給您開收據，而且由您上鎖和貼上封條。當這件事平息下來的時候，您再取回來。這樣一來，您也可以安心，我們也能擺脫責任，不然，一旦發生了什麼事，當然唯願不會如此，老爺要受的損失，是損失了，而我們也逃不掉關係。

這伙凶犯並不是只搶了財產就會罷休的，他們還會殺人、放火，甚至是強姦婦女。老爺，您是知道的，命裡注定了什麼，那總會發生的。您是幸運的人，強人不能把您怎麼樣，整個鎮上的人都準備爲您獻出生命。您對神的禱告、膜拜，您所積的宗教善德，老天爺是看在眼裡的；正是由於老天爺賜福，您的事業興旺發達，財源茂盛。但是一個人總是要多方盡力保衛自己，您家裡有汽車，要裝的東西都裝上車，我們有四個人和您在一起，沒有任何風險。把東西送到那裡以後您很快就可以脫身了。

據了解，這一伙中有二十來條漢子，有兩個打扮成出家人的樣子，有兩人穿著旁遮普地方的服裝，來回叫賣厚毛毯和披肩，跟著這兩人的還有兩個挑夫，有兩個人穿著俾路支人的服裝兜售小刀和鎖。老爺，其他就不一一說了，總之，我們所裡把他們每一個人的圖像都畫了下來。」

在危急關頭，人的心有時變得很脆弱，輕易相信在頭腦清醒時不會相信的事；一個病人吃任何一種藥也不見效時，他往往求助於祝福、符咒、巫師的法術、算命先生的指點，對當前這個問題，沒有任何理由產生懷疑。可能所長企圖從中撈點好處，但爲此那納格金德也準備讓他占點便宜，就算吃了幾百盧比的虧，也不是什麼大事，這樣的事情在他一生中是經常發生的。在目前的局勢中，不可能有比這更周全的安排了，而且應該把這種安排看成是神助。就算他身邊有兩條槍，還有些人會出來幫助他，但畢竟是冒生命危險的事；他決定利用所長的這種好意，給這幾個人一點賞錢，讓他們把東西都搬出來。其他的人靠不住，要是乘機把東西抄走了，那就完了。

他帶著這樣一種口氣——好像所長對他並不是什麼特別開恩，只不過是履行了他應盡的職責——對警察說：「我已經在這裡做了妥善的安排，只要他們一來，就要把他們打個落花流水，整個鎮上的人也都準備好了，大家對我都懷著友好的感情。但是所長提出的辦法使我滿意，這樣做他也履行了他的職責，而我從肩上也卸下了擔驚受怕的包袱。然而要把所有的東西都從裡面搬出來，我卻沒有力量辦到，託你們的福，我身邊的僕人倒不少，可是一個人長的是一顆什麼心，又有誰知道？如果你們願意幫忙的話，那事情就容易多了。」

為首的警察很高興地同意為他效勞，他說：「我們都是老爺您的奴僕，說什麼幫忙！不錯，我們的工資是從政府那裡領的，但是真正給工資的是您，現在您只要把東西指給我們看，我們很快就會把所有的東西都搬出來。給老爺服務，總會得到一些賞賜的。那納格金德先生，靠工錢是生活不下去的，如果沒有像您這樣的人的青睞，那我們一天也生活不了，孩子們都快要餓死了。二十來個盧比值得什麼？老爺，這一點錢是不夠我們開支的。」

那納格金德先生走到裡面把這情況跟妻子格斯爾說了，她感到好像是雪中送炭似的。她說：「老天爺幫了忙，要不，我早已魂不附體了呢！」

那納格金德先生以無所不知的口氣大發議論：「這才叫作政府的妥善安排！憑著這種組織能力才有政府的德政呀！想得多麼周到，有一點什麼事，很快就得到情報，立刻下達防止的命令。而我們印度的一些

蠢才，天天嚷著獨立、獨立，如果他們掌了權，光天化日之下就會發生搶劫，誰也不會聽誰的，殷勤招待官員從來是不會白搭的，現在從上邊就下達了要求。我倒想，家裡值錢的東西一點也不留下，讓那些傢伙來了，撲一個空，掃興而歸。」

格斯爾打心底感到高興，說：「等那強人來了，把鑰匙扔給他們，讓他們想搬什麼，都一概搬走！」

「壞蛋們會難爲情的！」

「豈只難爲情，白白給自己的臉上抹了黑！」

「看他們那種趾高氣揚的樣子，行動的日期都規定好了。他們不知道，這是英國人統治的天下，魔高一尺，道高一丈。」

「他們以爲，我們被他們嚇唬住了。」

三個警察進來把箱子和保險櫃開始往外搬，一個警察在外邊把東西裝上汽車，每一件東西都在本子上登記了下來：首飾、珠寶、金錠、現鈔、硬幣盧比、貴重的衣服、紗麗、裙子、披肩、毛毯都裝上了車，家裡除了留下器皿、木器、鐵器、地毯外，什麼也沒有留下，對強盜說來，這些東西是不值什麼錢的。那納格金德先生親自把格斯爾的梳妝盒子拿來交給爲首的警察說：「老兄，請放時千萬小心點！」

爲首的警察接過梳妝盒子，說：「對我來說，每一件東西都是很寶貴的。」

那納格金德先生心中忽然有點疑心。問道：「倉庫的鑰匙該由我拿著吧？」

「那還用說，這點我早就向上面要求過了。不過，您心裡爲什麼會有這樣的問題呢？」

「我不過隨便問一問。」那納格金德先生感到不好意思了。

「不，如果您心裡產生了什麼懷疑，那我們現在還在場，還可以爲您效勞，當然，我們就不會再承擔責任了。」

「別這麼說，警察先生，我不過是隨便問一問。清單會交給我吧？」

「清單在警察所裡由所長簽了字後會交給你的，不簽字怎麼可靠？」

所有的東西都裝上車了，鎮上幾百人圍著看熱鬧，汽車很大，但仍然裝得滿滿的，好不容易給那納格金德先生空出了一個坐的位置。四個警察擠在前面的座位上坐了下來。

汽車開走了，格斯爾站在門口，覺得自己好像在和出嫁的女兒告別一樣；女兒正到婆家去，在那裡她將充當女主人，然而她的娘家卻人去樓空了。

3

警察所只隔十來里地。從鎮上出來，是一條寂靜多石的山路；山腳下是一片蔥綠的平原，通過這平原的中間，一條紅砂石路蜿蜒而過，好像一條紅色的蛇蜷曲著一樣。

爲首的警察問那納格金德先生：「二十五年前，您只拿著水罐和繩子到這裡來白手起家，這個說法到底有多大的真實性？」

那納格金德先生帶著驕傲的神色說：「完全是事實。那時候我只有三個盧比，我用這三個盧比開了一個糧店。和命運打交道，需要老天爺的恩典，一個人的發家和使家敗落都不需要很長的時間。不過，我從來沒有在金錢方面小氣過，我盡可能地履行我在宗教方面的職責；篤信宗教，發了財才體面，要不，單純發財沒有什麼好處。」

「您說得完全正確，那納格金德先生，應該把您的像塑造起來頂禮膜拜，由三個盧比的本錢賺到三十萬盧比，可不是一般的小事！」

「每天忙到深更半夜，連抬頭休息的時間也沒有呢，警察先生！」

「您大約會感到這所有的交易有點像枷鎖吧！」

「的確就是枷鎖！老天爺製造出這個紅塵幻境，一個人明明知道，還仍然要陷進去，而且一陷進去就是一輩子，當死亡來臨的時候，才鬆一口氣。我唯一的願望就是給世上留下一點紀念。」

「您有子嗣嗎？」

「命裡注定沒有，又有什麼可說的？警察先生，你看，一無所有的人家，孩子像雨後的蘑菇，一個又一個，而老天爺卻賜給了吃穿的人家，只能眼巴巴奢望著兒子。」

「您說的完全正確，那納格金德先生，有孩子，人生才有樂趣。一個人的未來一團漆黑，眼看著要絕代，對他來說，錢財又有什麼用？」

「這都是老天爺的意志，人又有什麼辦法。如果我辦得到的話，一定要逃脫這個紅塵幻境的羅網。警察先生！我是說真的，真是一刻兒也不想留在紅塵，到某個聖地住下來頌神多好！可是有什麼辦法，紅塵幻境的羅網是衝也衝不破的。」

「為什麼不狠心衝破它試試？您把一切財產都拿來分給窮人吧，既不是分給聖僧出家人，也不是分給大腹便便的婆羅門，而是分給這樣一些人：對他們來說，生活已經形成了重擔，而他們唯一的要求是希望死亡來結束他們的苦難。」

「衝破紅塵的羅網不是人能夠辦得到的，警察先生！如果老天爺有意，那人的心裡才會產生出家厭世的念頭。」

「今天老天爺對您開了恩，派了我們來，如同捅破蜘蛛網般地替您把紅塵的羅網撕破，使您獲得自由解放；老天爺因您的虔誠膜拜而高興了，他不希望繼續束縛住您，想把您解脫出來！」

「如果老天爺有這樣的恩典，那還有什麼可說的，警察先生！」

「那納格金德先生，請您相信，老天爺已經有了這樣的恩典，正因為如此，他把我們派駐在這個人世間，我們已經打破過多少個陷於紅塵羅網中的囚徒的鎖鏈，今天輪到您了。」

那納格金德先生血管裡的血好像停止了流動，他用顫抖的眼睛看了看警察們，接著說：「警察先生，你是一個喜歡開玩笑的人！」

「我們的人生準則是不給任何人痛苦，不過也有一些有錢的人，他們的頭腦與眾不同，凡是來解脫他們的人，一律被他們視為大敵。我們是為打斷您的鎖鏈來了，但如果跟您說：你把這一切積蓄的資本和糾纏你的錢財一古腦兒拋開後自己回家，你一定會叫嚷起來的。我們就是那些曾寫信通知過你的天兵。」

那納格金德先生好似從天空一下子摔倒在地上，他所有的器官都不管用了。在那昏昏的狀態中，他被推下汽車，而汽車向前開走了。

那納格金德先生一下子清醒了，他氣急敗壞地跟著汽車後面跑去，一面喊：「先生，老爺，我破產了，你開開恩吧，家裡一個子兒也不剩了……」

為首的警察從窗子裡面把手伸了出來，丟了三個盧比在地上，接著，汽車加快了速度。

那納格金德先生兩隻手捂著頭坐在地上，他用那雙不知所措的眼睛望著汽車，好像一具屍體在望著升天而去的靈魂。他一生的美夢正向遠處飄走。

1934.11

女婿大人

新娘的父親給新郎洗腳，然後給他的腳上獻上了糧食與鮮花。

原則的最大敵人是情面。你可以以堅定的決心和毅力去對付困難、障礙和引誘，但是對親密的朋友卻不能不講一點情面，即使丟掉原則也罷。幾年以前，我手裡拿著聖線[1]起過誓，今後就算是天和地顛倒過來了，我也絕不參加任何人的迎親隊。我爲什麼有必要起這樣嚴重的誓？這說來話長。而今天回想起來，仍然使我的誓言獲得新的意義。

那是加葉斯特[2]的一支迎親隊，男親家是我的老朋友，參加迎親隊的大部分是熟人；迎親隊要到農村去迎親。我想，好吧，可以趁這個機會到農村玩一兩天，於是就去了。但是，所看到的一些情況卻使我倍感驚訝。迎親隊到了那裡之後，人們的頭腦都不正常了，碰到一點小事就打架，好像所有的人都準備要和女方打仗似的。

他們牢騷滿腹：這也沒有，那也沒有，這裡的人是人還是牲口？沒有放冰的水有誰喝？笨驢送來了冰，可是只有二十斤，請問二十斤冰是用來當眼膏還是用來給神獻祭？於是吵得出奇，誰也不聽誰的。男親家懊喪地敲著腦袋說：「在這裡，我迎親的朋友們所遭受到的難堪，是我一輩子都會引爲遺憾的。我怎麼會知道女方的人是這樣的土包子，豈只是土包子，簡直是自私！說起來受過教育，講文明，懂禮貌，而且託老天爺的福，錢財也不少，可是卻這麼小氣！只送上二十斤冰，連一盒香煙也沒有，真是落進人家的圈套了，還講什麼？」

1：由三股線擰成的細繩，一般只有婆羅門、刹帝利和吠舍三個種姓才能配戴，男孩子第一次戴聖線時，通常會舉行配戴儀式。

2：刹帝利種姓的一個副種姓。

我對他絲毫不表同情地說：「沒有送上香煙，又有什麼了不起？不是送上了二十斤煙葉嗎？爲什麼不捻碎後抽呢？」

我那男親家朋友用驚異的眼光看看我，好像他不相信自己的耳朵，多麼不公平的話！他說：「你也真是怪人，這兒有誰抽煙葉？人們早就把煙袋、煙管當廢品在市場上賣掉了。現在只有很少的保守分子還在吸水煙，但人數極少了。參加我的迎親隊的人，託老天爺的福，一個個都是新思想、新文化、新時代的人物，女方對此都一清二楚，可是仍然沒有送上香煙！

這些朋友中間有幾位先生一天就要吸十盒八盒，有一位先生一天還抽到十二盒，而抽三幾盒的真是太普通了，在這麼多人中間，不送上幾百盒煙又怎麼行呢？你看到端上來的冰嗎？就像是在送藥片，少得可憐。這些朋友每家每天都要這樣多的冰，我一個人就要喝放二十斤冰的水。這些鄉巴佬是不會聰明起來的，即使書讀得再多也罷。」

我說：「那你本來應該一起拉上一車香煙和一噸冰來的。」

他吃驚了，說：「你沒有喝醉酒吧？」

我說：「沒有，我一輩子沒有喝過酒。」

他說：「那你怎麼會講這些糊塗話？」

我說：「我是完完全全清醒的。」

他說：「清醒的人是不會說這樣的話的。我們是男方來娶親的，女方就得滿足我們所有的要求，完完全全地，不折不扣地；我們向他要什麼，他們就得給什麼，不是笑著給，哭著也得給，這不是開玩笑。不讓他受點折磨，才便宜了他呢！

現在這是對我們公開的侮辱，應該把他們叫到門口羞辱一下。凡是參加我的迎親隊的人，不是什麼剎

頭理髮的，挑水賣菜的，他們都是大人物。我不能看到他們受到侮辱。如果女方要這樣固執，那我們就把迎親隊拉回去！」

今天在他一生中也是第一次，對一個人取得了一兩天發號施令的權利，那個應該服從的人的脖子在他的腳底下，他怎麼會不飄飄然呢？為什麼不趾高氣揚呢？為什麼不盡情地在他面前逞威風呢？男方對女方從來就是這樣發號施令的，要放棄這個權利不容易，在他們的頭腦中，這個時候怎麼能聽進這樣的話呢：你們男方是女方的客人，他們怎樣接待你，你就得怎樣接受人家的接待；客人不管是受到尊重，不管是只吃到粗茶淡飯，都應該以此為滿足。文明的準則不能同意：作為客人，卻向主人徵收招待稅。我看到他這時頭腦在發熱，和他討論並不妥當，感到避開爭論才是明智的。

但是，當結婚良辰到來的時候，男方又傳話吩咐女方，不拿出十二瓶威士忌，我們就不進喜棚舉行婚禮。這樣一來，我看不下去了，我感到這些人都是畜生，完全沒有人性，和這些人多待一會兒也是對自己心靈的扼殺。我在那時發了誓：今後決不參加任何迎親隊！於是，當時我便收拾了我的小口袋和簡單行李離開了那兒。

所以，當上星期二我最好的朋友蘇勒西先生邀請我參加他兒子的婚禮時，我鼓足了勇氣對他說：「不行，請你原諒！我不能去。」

他喪氣地說：「到底為什麼？」

「我發過誓說今後不參加任何迎親隊。」

「就是自己兒子的迎親隊也不參加？」

「兒子的迎親隊，那我是作為主人呀。」

「那請你把我的兒子當作就是你的兒子吧，你就是迎親隊的主人。」

我回答不上來了，可是仍然沒有鬆口。

我說：「你們到了女方家之後，不堅持向他們索取香煙、冰塊、油、酒之類的東西吧？」

「絕對不會，在這問題上我和你的思想是一致的。」

「即使和我的思想一致，可是到了那裡後，你屈服於一些固執人的意見，又開始耍起手段來了，這該不會吧？」

「我委派你作爲我的代表，你作決定，不需要任何人批准。」

我心中仍然還有點懷疑，但是由於得到了這樣的保證，要再固執己見不參加，則太不開通了。由於我的參加，可憐他也不會得到什麼好處，只是出於對我的友愛，才把一切都委託給我。我答應參加了，但是當他告辭的時候，我還進行了試探：「嫁妝禮金沒有什麼糾葛吧？」

「一點兒也沒有。他們高興給什麼，我們就接受什麼，向女方提不提要求，這個權力也全部在你的手裡呀！」

「那好，我一定去。」

星期五那天迎親隊出發了，只是坐一段火車，而且只有百來里遠，所以下午坐上快車，傍晚的時候就來到了新娘的家裡。那兒什麼東西都準備好了，不必再要求什麼東西，對迎親隊的人能招待得這樣出色，這是我以前未曾想像到的。女方的親屬是這樣彬彬有禮，只要你一開口，別說一人，馬上就有幾個人拱著手站在面前了。

結婚的良辰到了，我們都來到了喜棚裡，那兒已經擠得水洩不通，好容易我們擠出了一點空隙，蘇勒西先生站在我的後面，沒有坐的地方。

「施捨女兒」的儀式開始了——新娘的父親穿著黃色的衣服，來到新郎的面前坐下，他給新郎洗腳，然後給他的腳上獻上了糧食、鮮花等物。到那時爲止，我參加過幾百次迎親隊了，但是我從來沒有親眼見過結婚儀式的舉行，因爲這種場合都是新郎的近親去參加，而其他參加迎親隊的人都在招待賓客的地方待著或者打瞌睡，或者是看跳舞、聽留聲機放的唱片，如果不參加這些活動，就分成若干攤玩撲克牌。至於我自己結婚時是怎樣，我已經記不得了。

當我看到新娘年老的父親膜拜在一個青年的腳下時，我的心靈受到了創傷和打擊，這是印度教徒結婚的標準形式呢？還是開結婚的玩笑？從某一角度說，女婿就是自己的兒子，他的職責應該是替自己的父親洗腳，在父親腳上獻上花朵，這才合乎道理；新娘的父親膜拜新郎的腳，既不文明，也不合乎尊嚴，更不是職責。我那十分反感的心靈無論如何不能平靜下來，我用生氣的口氣說：「弟兄們，這是多麼難堪的事呀！對新娘的父親這般侮辱！難道你們就沒有一點人性了嗎？」

喜棚裡頓時鴉雀無聲了，成了大家注視的目標，我說的含義是什麼，誰也無法理解。

最後，蘇勒西先生問我：「是什麼樣的侮辱！侮辱了誰？這兒誰也沒有侮辱誰呀！」

「新娘的父親膜拜新郎的腳，這不是一種侮辱又是什麼？」

「這不是侮辱，兄長，這是自古以來的風俗。」

新娘的父親開口了：「這不是對我的侮辱，尊敬的先生，今天我遇到了這樣的好機會，這是我的幸運。你對這一點卻著慌了，這裡現在至少有一百個人在等待膜拜女婿呢。還有好多沒有女兒的人渴望著：如果有女兒，那就可以有機會膜拜新郎的腳，也使自己不枉活一輩子了。」

我無言可對。女親家已經膜拜完了，接著一大群男男女女紛紛擁向新郎，每一個人都開始膜拜他的腳，凡來的人，都根據自己的身分向新娘獻上一些東西，所有的人都以高興的心情和興奮的目光觀看著這種演出。而我心裡在想：當社會上鑑別是非的理智完全消失了的時候，當人們把恥辱當成榮譽的時候，那婦女們的狀況怎麼會不悲慘呢？她們怎麼會不把自己當作是男子的鞋子那麼微不足道呢？她們的自尊心怎麼會不徹底喪失呢？

結婚的儀式結束了，新郎新娘從喜棚內走了出來，我趕快走上前去，從盤子裡取了幾朵鮮花，在半有意識半無意識中，不知道是出於什麼思想感情的促使，我把花朵放到了新娘的腳前，然後立刻從那裡返回自己的家。

1935.10

伯德瑪女士

當我成了你的人，那這房子、佣人和財產一切都是你的。

I

在法律科目方面取得優異的成績以後，伯德瑪女士有了一種新的感受，那就是生活的孤獨，她認爲結婚是一種不自然的束縛，所以決定自由自在地享受人生樂趣。她獲得碩士文憑後，又通過了法學博士的考試，而且開始了律師的業務工作；她年輕、漂亮、有才華、說話和氣，在前進的道路上沒有任何障礙。眼看著她把自己的一些伙伴——男青年律師一個個甩在後面而走到前頭去了，現在她的收入有時超過一千盧比。另外，也不需要像原來那樣勤勞和絞盡腦汁了——訴訟案件大多是她憑已有的豐富經驗所熟悉的，所以她並不需要怎麼準備；她對自己的能力有一定的信心，也懂得在法律方面取得勝利的某些辦法，所以現在很空閒。

她利用這些空閒時間閱讀小說、看電影、遊玩和與朋友交往。她很瞭解，爲了使生活過得幸福，非常需要某種嗜好，所以她養成了愛好種花的習慣；她找來了各種各樣的花種和花苗，每當她看到它們發芽滋長、開花結實，就會非常高興。

可是她仍然感覺到生活的孤獨，但並不是因爲她缺少男朋友，不，追求她的人可不少；即使只是因爲她的年輕漂亮，追求者本來就已經不少了，何況她除了漂亮年輕外，還很有錢！這樣一來，一些風流人物還怎麼會錯過機會呢？

伯德瑪女士並不討厭享受，她討厭的是不自由，而是把結婚當作人生的交易；如果可以自由地享受樂趣，那爲什麼不享受？對她來說，在追求享受方面並沒有什麼道義上的障礙，她僅僅把這看作是肉體上的飢餓，任何整潔的商店都能解除這種飢餓，而她一直在尋求這種整潔的商店。顧客在商店裡購買他自己喜歡的東西，她也希望那種東西。

說來伯德瑪女士有一兩打追求者，其中有幾個是律師，有幾個是教授，有幾個是醫生，還有幾個是富翁；不過，這些人全部都很放蕩，他們無所事事，像採花蜂一樣採了花就飛走了，沒有一個她能夠信賴的人。現在她明白，她的心不僅僅希望享受，而且還想其他東西，那東西是什麼？是完完全全的自我獻身，而這一點她沒有得到。

在她的追求者中，有一個名叫伯勒薩德的人，長得很英俊，又是一個權威學者，在一所學院裡當教授。他也是自由享受理想的一個追隨者；伯德瑪女士想獻身於他，並希望把他約束住，使他完完全全成爲她的人，但是伯勒薩德不願落到她的手裡。

傍晚，伯德瑪女士正要去散步，這時伯勒薩德來了。散步被擱置了，兩人交談比散步要有趣得多，而且伯德瑪女士今天準備跟伯勒薩德談幾句心裡話。經過幾天的深思熟慮以後，她決定今天把話都說出來。她的兩隻眼睛盯著伯勒薩德一雙令人陶醉的眼睛說：「你爲什麼不搬到我的公館這兒來住？」

伯勒薩德帶著狡詐的開心的口氣說：「那結果就是：在幾個月內連這種會面也不可能了。」

「我不理解你說的是什麼意思。」

「意思就是我剛才說的。」

「到底爲什麼？」

「我不願失去我的自由，妳也不願意失去妳的自由。妳的追求者到妳這裡來，我會感到惱火；我的情

人到我這裡來，妳也會感到惱火，於是產生了隔閡，然後發展到憎恨，最後妳就會把我趕出去。家又是妳的，我當然會很反感，那友誼怎麼能維持呢？」

兩人沉默了幾分鐘。伯勒薩德把情況用這麼明確、公道而又嚴酷的詞句公開表露出來，再也沒有進一步說明的餘地了。

最後，還是伯勒薩德考慮得長遠，他說：「如果我們兩人不發誓：從今天起，我就是妳的，妳就是我的，那在一起是混不下去的。」

「你發這樣的誓嗎？」

「妳先說妳自己。」

「我發這樣的誓。」

「那我也發這樣的誓。」

「不過除了這一點外，在其他所有問題上我是自由的。」

「那我也是，除了這一點外，在其他所有問題上我都是自由的。」

伯德瑪女士說：「你同意？」

「我同意。」

「從什麼時候開始？」

「妳說吧。」

「我說從明天就開始。」

「我答應，但是如果妳的行動違反了誓言呢？」

「要是你違反了呢？」

「妳可以把我從家裡趕出去，但是我該給妳什麼處分呢？」

「你拋棄我好了，還能做什麼？」

「不，只給這一點懲罰，我的心是得不到安寧的，那時我會把妳侮辱一番，而且要把妳殺掉。」

「你真殘酷，伯勒薩德！」

「當我們兩人都是自由人的時候，我們無權說另一個人，但是在被誓言約束以後，我再也不能忍受對它的破壞了，妳也不能忍受的。妳有很多處罰我的手段，可是我卻沒有，法律沒有賦予我什麼權利，我只能依靠我的野蠻的力量來監督履行誓言。在妳這樣多的佣人面前，我一個人能有什麼用？」

「你只看到一幅圖畫的陰暗面，當我成了你的人，這房子、佣人和財產一切都是你的。我和你都知道，沒有其他社會罪惡比嫉妒更令人憎恨了，你愛我不愛我，我不敢說，但是我準備為你忍受一切。」

「伯德瑪，妳是打心底裡這樣說的嗎？」

「出自內心。」

「不過，不知為什麼我還是不相信妳。」

「我卻信任你。」

「妳要知道，我不會作為客人住在妳家的，我要作為主人生活在這個家裡。」

「你不僅作為家裡的主人，而且作為我的男主人而生活，我也作為你的女主人生活。」

2

伯勒薩德教授和伯德瑪女士兩人一起生活了，而且很高興，兩人心中所確立的生活理想，現在成了現

實。伯勒薩德一個月只有兩百盧比的工資，但是現在他花比自己工資多一倍的錢，這也沒有關係；以前他有時喝喝酒，而現在無論是白天還是黑夜，都是醉醺醺的；現在他自己有單獨的汽車，有單獨的佣人。他買了各種各樣值錢的東西，而伯德瑪卻很高興地承受他的全部揮霍，不，根本不產生承受的問題，她本人親自給他穿上高級的西服，把他打扮得極其奢華，並為此而高興。

像伯勒薩德戴的手錶，大概當時城裡最有錢的富翁也沒有。但伯德瑪愈是對他讓步，伯勒薩德教授就愈是步步進逼，有時甚至會使她感到很難堪。而且，出於某種不為人知的原因，她還發現自己在他的控制之下，只要看到伯勒薩德有一點愁容或焦慮，她的心就不安起來。伯德瑪女士受到人們的諷刺、挖苦，特別是她的一些老的追求者，想方設法使她生氣、難過，但當她一回到伯勒薩德身邊時，她就什麼都忘記了。伯勒薩德取得了對她的控制權，這一點他也知道，他曾經用細緻的眼光觀察過伯德瑪，所以獲得了牢固的地位。

可是，正像在政治領域中權力有時候會被濫用一樣，在愛情領域內也有被濫用的情況，弱的一方，往往不得不受罰。有自尊心的伯德瑪現在成了伯勒薩德的女佣人，伯勒薩德又怎麼會錯過利用她的軟弱的機會？他首先打進釘子的尖，然後很巧妙地把整個釘子打進去，愈打愈深。現在，伯勒薩德甚至連夜裡都很晚才回家，平時也不帶伯德瑪出去散步，他會找藉口說自己頭痛，等伯德瑪外出散步時，就把自個兒的車開得不知去向。

過了兩年，伯德瑪懷了孕，她發胖了，以前那種新穎和迷人之處不復存在了，她成了家裡的老母雞，或者說成人飯桌上一份普通的蔬菜。

有一天，伯德瑪散步回來時，發現伯勒薩德不在，她很生氣。近些天來，她看到伯勒薩德的態度起著變化，今天鼓起了一點勇氣，要把事情講清楚。十點了，十一點了，甚至十二點了，伯德瑪一直坐著等他。飯涼了，佣人們都已入睡，她一次一次站起來，走到門口四下打量，快要到一點的時候，伯勒薩德回家了。

伯德瑪鼓起了很大的勇氣，但是一到伯勒薩德面前，她就發現了自己的弱點，但她仍然帶點嚴厲的口氣問道：「夜這麼深了，你一直在哪裡？知不知道現在是什麼時候了？」

伯勒薩德感到伯德瑪這個時候是一個醜陋的形象，原來他是和學院裡一個女學生一同看電影去了。他說：「妳本應該舒舒服服睡覺的，妳現在所處的情況，應該是盡可能地好好休息。」

伯德瑪的勇氣增強了一點，她說：「我問你的問題，你回答吧，不然乾脆把我送進地獄好了。」

「那妳也讓我到地獄去吧。」

「這麼些日子以來，我一直看到你的脾氣在改變。」

「也許妳眼睛的亮度擴大了。」

「你在背棄我，我清楚地看到了這一點。」

「我並沒有把我自己出賣給妳，如果妳的心對我厭煩了，那我今天就可以走。」

「你威脅要走嗎？你到這兒來，又沒有作什麼了不起的犧牲。」

「我沒有作什麼犧牲，妳竟膽敢這麼說？我看到妳的脾氣變壞了，妳以為妳已經把我搞得要死不活了，可是我馬上就可以用腳踢妳一通，就在這個時候！」

伯勒薩德正在收拾自己的箱子，伯德瑪的勇氣好像消失了，她用可憐的口氣說：「我又沒有說什麼話，值得你發這麼大的脾氣！我只不過問你到哪裡去了，你難道連這樣一點權利也不給我嗎？我從來沒有做任何違反你意志的事，而你動不動就斥責我，你一點也不憐憫我！我應該從你這裡得到一些同情，難道我不是一切為了你嗎？今天我的情況是這樣，而你的態度卻這麼冷淡……」

她的喉嚨說不出話來，她把頭靠在桌子上嚎啕大哭起來。

伯勒薩德完全勝利了。

3

對伯德瑪來說，充當母親是非常不愉快的事，這經常使她擔心，她有時懊悔，甚至害怕得發抖；伯勒薩德的專橫日甚一日，她不知道該做什麼，不該做什麼。懷孕的時間到了最後的階段，她不再到法院去了，成天一個人坐在家裡。伯勒薩德傍晚回來，喝點茶，吃點點心，然後又溜走了，十一、二點以前是不回來的，他到哪裡去，這也瞞不過她。伯勒薩德好像一見到她的影子就感到討厭，大肚子，一張發黃的臉，擔心、發愁、恐懼的情緒包圍著她，可是她還是極力用首飾打扮自己來吸引住伯勒薩德。她愈是這樣做，伯勒薩德的心愈是迴避她，特別是在懷孕的情況下，講究打扮更使他討厭。

臨產的陣痛開始了，伯勒薩德不知去向，只有護士和女大夫在，這使她產前的陣痛更爲難忍。

伯德瑪看到懷中的孩子心裡很高興，然而伯勒薩德不在身邊，她又把臉從孩子面前扭了過去，她感到甜蜜的果子竟是一個苦果。

在產房裡住了五天之後，伯德瑪像出了鞘的劍一樣走出了那監獄似的產房，做了母親，她感到自己有了一股奇特的力量。

她派了一個佣人拿了支票到銀行取款，她需要支付有關生產的幾筆開支。佣人空著手回來了。

伯德瑪問道：「錢呢？」

「銀行的職員說全部存款被伯勒薩德先生提取走了。」

伯德瑪像是中了一顆槍彈。爲了這個孩子，她像愛惜生命一樣積攢了這兩萬盧比。唉！從產房出來以後，她得知伯勒薩德帶了學院的一個女學生到英國去旅行了，她氣得走回家，把伯勒薩德的相片摔在地上，用腳把它踩得稀爛，把他所有的東西堆在一起，用火柴點了火，付之一炬，對他表示了極大的輕蔑。

過了一個月，伯德瑪懷裡抱著孩子站在自己公館的大門口，她的憤怒現在已經成了痛苦的失望。她有時可憐孩子，有時愛他，有時恨他。她看到大街上有一個歐洲女士和自己的丈夫一起，把孩子放在兒童車上，推著車子走著，她帶著羡慕的目光看著那一對幸運的夫婦，而自己的兩眼早就濕潤了。

1936.03

裹屍布

可憐的布迪婭是一個很好的女人。她死，還讓我們足足地吃了一頓。

I

在草屋的門口，父子兩人不聲不響地坐在熄滅了的火堆前；屋裡，兒子的年輕媳婦兒布迪婭由於臨產的陣痛暈倒在地，從她的嘴裡不時地發出撕心裂肺的聲音，使得父子倆直捂胸口。這是一個冬天的夜晚，大自然一片寂靜，整個村子沉於黑暗之中。

克蘇說：「看來沒有救了。我們奔忙了一整天。你進去看看吧。」

馬托生氣地說：「要死為什麼不快點死？去看了又有什麼用？」

「你這傢伙太狠心了！跟她舒舒服服地過了一年，對她就這麼無情無義？」

「她那麼掙扎，手腳折騰的樣子我看不下去。」

這是皮匠種姓的一個家庭，在村子裡名聲不佳，克蘇工作一天要休息三天，馬托懶到工作半小時就要抽一小時的煙，所以他們哪兒也找不到工作。只要家裡還有一把米，他們就發誓不工作，但他們餓了幾頓肚子時，克蘇就爬到樹上砍些樹枝，馬托拿到市場上去賣。只要有幾個錢在手裡，他們就悠哉悠哉地到處閒逛。

村子裡的工作並不少，全村都是農民，對勤勞的人來說，要做的事很多，但是除非能夠滿足於兩個人只做一個人的工作，否則人們是不會叫他們的。如果兩個人要出家修行，那不需要清規戒律來磨練他們的知足和耐性，因爲這是他們的天性。他們過著一種奇特的生活，家裡除了幾件陶器之外，別無財物；他們穿著僅能遮醜的破布爛片過日子，完全擺脫了世俗之累。欠人家一身債，挨人家的罵，遭人家的打，但沒有任何煩惱；儘管他們窮得完全還不起債，但是人們還是多多少少借一點給他們。

在採收豌豆和馬鈴薯的季節裡，他們從別人的田裡偷來豌豆和馬鈴薯在火上烤來吃，或者拔幾根甘蔗晚上啃。這種無固定收入的生活，克蘇已經過了六十年，而馬托也不愧爲他的兒子，正在步他的後塵，而且還更使他的聲名顯赫。

父子兩人這時正坐在火堆前烤著從別人田裡扒來的馬鈴薯。

克蘇的妻子死得很早。馬托去年才結了婚，自從媳婦上門，她對這個家庭的生活秩序進行了整頓。她給人磨麵或割草後，張羅一兩斤麵粉來塡這兩個不要臉的傢伙的肚皮。她來了之後，這兩個人更懶更貪圖舒服了，而且還擺起架子來了。有人來叫他們工作，他們一開口就要雙倍的工錢。現在媳婦由於生產的陣痛快要死了，而他們兩人也許正在等她死後好舒舒服服地睡覺哩！

克蘇取出馬鈴薯一面剝著皮一面說：「你進去看看，看是什麼情況。不會是其他什麼，只是女鬼在作怪罷了，可這兒的巫師出口就要一個盧比。」

馬托生怕他一進屋克蘇會把大部分馬鈴薯吃光。他說：「我進去感到害怕。」

「有什麼害怕的，不是有我在這裡嗎？」

「那你進去看看吧。」

「我的妻子死的時候，我三天沒有離開她的身邊。我進去她不感到難爲情麼？臉我都從來沒見過，現在看她光著的身子？她肯定是顧不得身子了，一看到我，她的手腳都不能自由地動彈了。」

「我在想，要是有了孩子，那該怎麼辦？現在家裡生薑、紅糖、油什麼也沒有。」

「都會有的，老天爺會給的。那些現在一個子兒也不給的人，明天就會叫我們去給我們錢的。我有過九個孩子，家裡什麼也沒有，可老天爺不管怎麼樣總還是讓我渡過了難關。」

在這樣一個社會裡，當成天辛勤勞動的人的情況也比自己的情況好不了多少，而利用農民的弱點謀取私利可能還會富裕得多的時候，產生這樣的想法並不是奇怪的事。我們說，克蘇比起農民來要有頭腦得多，所以他不和沒有頭腦的農民搞在一起，而加入到那些狡猾而又可鄙的二流子的行列裡；當然，他沒有能耐採用二流子的手段和策略，所以當他那一伙中其他的人成了村裡的頭人或村長時，他卻受到了全村人的非議，可是令他感到欣慰的是，即便他的處境很糟，他至少仍不必像農民那樣拼命地工作，而別人也無法占他的便宜。

兩人取出滾燙滾燙的馬鈴薯吃著，從昨天起就什麼也沒有下肚了，他們等不及稍微涼一點後再吃，有幾次甚至連舌頭都燙著了——馬鈴薯剝皮後外面的部分似乎不是太燙，但是用牙齒一咬，裡面的部分卻把舌頭、上顎和喉嚨都燙了。把那像火炭一樣的東西含在嘴裡，還不如讓它盡快進到肚子裡更好些，那裡有足夠使它冷卻的東西。所以兩人很快地吞嚥著，雖然這樣匆匆忙忙地吞嚥時，他們的眼中都流出了眼淚。

克蘇記起以前參加過塔古爾的迎親隊的事，那是二十年前的事了。那次宴請中得到的滿足使他終身難忘，而今天他依然記憶猶新。他說：「那頓盛宴使人忘不了，自那以後再也沒享用過那樣的飽餐了。不論老少，女方讓所有人都吃足了油炸甜餅，甜餅是用真正的酥油炸的。此外還有醬菜、涼拌雜菜、三種乾菜、一種多汁的菜餚，以及酸奶、糖果點心。

現在我怎麼能說清那盛宴中嘗到的滋味啊！沒有任何限制，想吃什麼，就吃什麼；想吃多少，就吃多少。大家開懷吃呀吃呀，吃得連水也喝不下去了。可是上菜上飯的人還是照舊往你的葉盤裡，不斷地放上圓圓的熱呼呼的美味的餡餅。人們一再拒絕說，不要了，不要了，用手捂住了葉盤，可是仍然給你放上去。等大家漱了口，接著又上了檳榔，可是我哪裡還記得吃檳榔？站都站不起來了。後來我很快在我的毛毯上躺下了。那位塔古爾就是這麼慷慨！」

馬托內心像是嘗到了那些東西的美味似的說：「現在沒有人舉行這樣的盛宴了。」

「現在誰還這樣招待人？那是另一個時代。現在人們都考慮節約，結婚也不花錢，喪葬也不花錢。問他，從窮人那裡搜刮來的東西往哪裡放呢？收集時不少，花銷時就想到少花了。」

「你大約吃了二十來個油炸甜餅吧？」

「豈只吃二十個！」

「我能吃五十個。」

「我大約不會少於五十個。那時我多壯，你連我的一半也沒有。」

兩人吃完馬鈴薯後又喝了水，就在火堆前面裹著自己的圍褲，兩膝靠胸入睡了，就像兩條大蟒盤在那裡一樣。

而布迪婭仍然在那裡呻吟。

2

大清早馬托進屋一看，他的妻子早已死了，她嘴上的蒼蠅在嗡嗡地飛著，已經僵硬的眼珠往上翻著，整個身子都沾滿塵土，孩子已經死在她的肚子裡。

馬托跑到克蘇身邊，接著兩人大聲地哀號著，捶胸頓足地哭起來；鄰居們聽到他們的哭聲都跑了來，按古老的習俗來勸解這不幸的父子倆。

但是沒有更多的號哭時間了，要打點裹屍布和木柴的事。家裡一個子兒也沒有剩下，就像兀鷹的巢裡沒有剩肉一樣。

父子兩人哭著走到村裡的地主那裡，地主看到他兩人就討厭，有幾次他還親手打過他們兩人，是因爲他們偷東西和答應工作而不來。

他問：「喂，克蘇，發生了什麼事？爲什麼哭呀？現在你哪兒也不肯露面了，看來是不想在村子裡待下去了！」

克蘇跪在地上磕頭，眼中充滿眼淚地說：「老爺，我陷入災難了，馬托的女人昨天晚上過世了。掙扎了一夜，老爺，我們兩人一直坐在她的床頭，各種治療的辦法都用盡了，可是她還是背棄我們而去了。現在，老爺，連給一塊餅的人也沒有了，我們的家毀了，一切都完了。我是您的奴僕，除您以外還有誰安葬她呢？我們手頭的一點錢都花在給她治病上面了。如果老爺大發慈悲，那就可以安葬她了。除了您以外，我向誰家去討啊！」

地主是仁慈的，可是對克蘇施仁慈就等於給黑毯子上染色，他心裡想說：「你滾，滾得遠遠的！平時叫你你也不來，今天有了事，就來說奉承話了，你這忘恩負義的傢伙，壞蛋！可是現在不是生氣或處罰人的時候。」他心裡含著怒氣取出了兩個盧比扔給了他，但安慰的話一句也沒有說，連望也沒有望一眼，好像從身上卸下了包袱一樣。

當地主老爺都給了兩個盧比的時候，那村子裡的小店老板、放高利貸的人怎敢拒絕呢？克蘇又知道利用地主的名義進行張揚，於是有的給了兩個安那，有的給了四個安那，一個小時裡克蘇已經有了可觀的五個盧比了。有的人給了糧食，有的人給了焚屍的木柴。中午的時候，克蘇和馬托去市場上買裹屍布，而在家裡，人們在砍竹子作抬屍架。

村子裡面軟心腸的婦女們紛紛來看死者的遺體，離去的時候都爲她孤立無援的處境灑下了幾滴同情的眼淚。

3

來到市場後，克蘇說：「焚屍的木柴都有了，是不是，馬托？」

馬托說：「是，木柴夠多了，現在只需要裹屍布了。」

「那我們去買便宜一點的裹屍布吧。」

「是，要什麼好的？出殯時要到晚上了，晚上誰還看裹屍布？」

「多麼壞的習俗，一個人活著的時候，遮體的破爛衣服也沒有，死後卻還要什麼新的裹屍布！」

「裹屍布隨著屍體都燒掉了。」

「什麼也不剩了。這五個盧比如果早得到，還可以給她治病。」

兩個人都互相揣摩對方的心思。他們在市場上來回走著，有時到這家店裡看一看，有時又到那家店裡看一看，各種各樣的布，絲的、棉的都看了，但是都不合意。到了傍晚，他們兩個不知道是什麼鬼使神差，來到了一家酒店的門前，像是事先預約好的那樣走了進去。在那裡，兩個人有點猶豫不決地站了一會兒，然後克蘇走到櫃台前面說：「老板，也給我們上一瓶酒。」

隨後又要了下酒菜和炸魚，兩人坐在走廊裡心安理得地喝了起來。

連續喝了幾杯之後，兩人微微有點醉了。

克蘇說：「在屍體上裹上裹屍布有什麼好處？最後還不是燒掉了。媳婦什麼也得不著。」

馬托朝天望了望，好像讓天神們為自己作證似的，他說：「這不過是世上的習俗罷了，不然人們為什麼送給婆羅門成千的盧比呢？誰知道死後能不能得到。」

「大人物有的是錢，讓他們揮霍吧，我們有什麼可揮霍的？」

「不過我們怎麼向人交待呢？難道人們不會問裹屍布在哪裡嗎？」

克蘇笑了，說：「嗨，就說錢從腰間滑掉了，找了好久，也沒有找到。人家是不會相信的，但還是會給錢的。」

馬托也笑了，他笑這未曾料到的幸運，他說：「可憐的布迪婭是一個很好的女人。她死，還讓我們足足地吃了一頓。」

大半瓶酒都喝下肚了，克蘇又要了兩公斤油炸甜餅，還要了醬菜、醬肝。酒店前面就是商店，馬托很快地用兩個葉包把東西都拿來了。又花了一個半盧比，現在只剩下幾個拜沙了。

兩人現在很有派頭地坐著吃油炸甜餅，就好像森林中獅子在吞食自己的獵物一樣，既不害怕承擔責任，又不擔心背上罵名，他們早就征服了這所有的思想感情。

克蘇饒有哲理地說：「我們的心靈歡樂，難道不是她的功德嗎？」

馬托恭敬地低下頭，附和著說：「那是肯定的，沒有問題的。老天爺，你是洞察一切的，你把她帶進天堂吧，我們兩人打心裡為她祝福。今天我們吃的，是一輩子也未曾吃過的。」

過了一會兒，馬托的心裡產生了懷疑。他說：「爸，總有一天我們也會到那裡去的，是不是？」

克蘇對這個幼稚的問題沒有回答，他並不希望考慮今世以後的事來妨礙現在的歡樂。

「當她在那裡問我們為什麼沒有給她裹屍布時，那你怎麼說呢？」

「說個屁！」

「她肯定會問的。」

「你怎麼知道她不會有裹屍布呢？你把我當成了這樣無知的笨驢嗎？難道我在世界上白活了六十年嗎？她會得到裹屍布的，而且會得到很好的裹屍布。」

馬托還不相信，說：「誰知道呢？錢都被你吃光了，她會唯我是問，因爲她頭頂上的朱砂線是我塗上去的。」

克蘇生氣地說：「我說了她會得到裹屍布的，你爲什麼不相信？」

「誰會給，你爲什麼不說？」

「就是這次給錢的人，他們還會給的，不過錢不會給到我們手裡。」

隨著夜色愈來愈深沉，星星的閃光愈來愈明亮，酒店裡也愈來愈熱鬧；有人唱歌，有人信口胡吹，有人摟著自己同伴的脖子，也有人在往自己的朋友嘴裡灌酒。

那兒的環境呈現醉意的氣氛，多少人到這裡來只喝一口就感到飄飄然，這裡的空氣比酒更使他們陶醉。生活的種種苦楚把他們引導到這裡，讓他們有片刻的時間忘掉他們是死還是活，或者是不死不活。

這一對父子還在津津有味地一口一口地吃著、喝著，所有人的目光都集中到他們身上，這兩人是多麼有福氣啊，他們桌上整整一瓶酒哩！

馬托吃得飽得不能再飽之後，把剩下的油炸甜餅用葉包包好後給了一個乞丐，這個乞丐站在他們旁邊一直用飢餓的目光看著他們，馬托生平第一次感到施捨的光榮、歡樂和幸福。

克蘇說：「拿去吃吧，痛痛快快地吃吧！掙到這些東西的人已經死了，但你的祝福是一定可以到達她那裡的。你衷心地爲她祝福吧，是她辛辛苦苦掙來的錢啊！」

馬托又一次看了看天空後說：「她會升入天堂的，爸，她會成爲天上的女王。」

克蘇站了起來，好像沉浸在歡樂的浪潮裡。他說：「是，孩子，她會升入天堂。她沒有壓迫過誰，沒有折磨過誰，死的時候還滿足了我們一輩子最大的欲望。她不進天堂，難道是那些雙手掠奪窮人、為了洗清自己的罪過到恆河沐浴、到神廟奉獻神水的大腹便便的人進天堂嗎？」

虔誠的色彩馬上又起了變化，情緒波動是酒醉後的特點，痛苦和失望的情緒又占了上風。

馬托說：「不過，爸，可憐的她活著時受了很多的痛苦，死時又受了多大的折磨！」說完他用雙手捂住眼睛尖叫著哭了起來。

克蘇勸解他：「為什麼哭啊，孩子？你應該高興，因為她已經從紅塵中解放了，擺脫了煩惱，她是幸福的，這麼快就斬斷了塵緣。」

於是兩人站起來開始唱歌：

騙人的女人啊，

你為什麼目光一閃！

……

酒徒們的眼睛都望著他們兩人，而他們兩人旁若無人地一直唱下去，然後開始跳舞，他們又是跳呀，又是蹦呀，又是翻滾呀，又是扭擺呀，接著還變換姿態進行表演，最後醉醺醺地跌倒在地。

1936.03

阿拉爾吉的罰款

只要一開始休息，領班就像鬼一樣站在她的面前。

I

阿拉爾吉的工資幾乎沒有哪一個月不被扣除一些罰金的，她一個月六個盧比的工資有時只能領到五個盧比，但是儘管經常受罰，她還是不肯受清潔工人的領班海拉德・阿里・汗所規範。汗先生屬下有幾百個清潔女工，其他清掃工誰的工資也不會被扣掉，誰也不受到罰款的處分，誰也不挨罵。阿里・汗先生是一個有好名聲的人，也是慈悲為懷的人，但是阿拉爾吉總是在他手裡受到懲罰。她並不偷懶，也不是不懂禮貌，天冷的日子裡，她不等天亮就拿著掃帚走出家門，直到上午九點她都一心一意地不停地打掃街道，她不輕浮，長得也並不難看，可是她還是被罰款。她的丈夫胡塞尼有機會也幫她的忙，但是阿拉爾吉命中注定要受罰。

領工資的日子，其他的人都眉開眼笑，而對阿拉爾吉說來，卻是可悲的日子。這一天她的心好像被懸在絞架上，擔心不知道要扣掉多少錢，她像參加考試的學生估計分數一樣，在反覆計算要扣去多少。

曾有一天，她疲乏了，坐下來喘口氣，當時領班先生坐著馬車來了，她一再說：「阿里先生，我現在就開始工作。」但是他不聽她說，就在自己的本子上記下了她的名字。幾天以後又出現了這樣的情況，那天她從糖果店裡買了一個拜沙的糖果吃，當時領班先生又不知從哪裡走來了，又把她的名字記下了。真不知他藏在哪兒呢！只要一開始休息，他就像鬼一樣站在你的面前。

已經有兩次把名字記了下來，至於要罰多少錢，那就只有天知道了，肯定不會少於半個盧比，但是她心頭仍然害怕，怕罰款超過半個盧比，甚至一個盧比。她低著頭去領工資，發現比估計的還要扣得多，她用發抖的手拿著盧比含著淚回去了。她向誰去討公道呢？在領班先生面前，又有誰會聽她的呢？

今天又是領工資的日子。這一個月裡，她的那個還在吃奶的小女兒咳嗽了，而且還發燒。天氣很冷，部分由於冷的原因，部分由於孩子的哭鬧，有時她整夜都不能合眼，有幾天上工遲到了，領班又把她的名字記了下來。看來這一次會扣掉一半，能夠得到一半就算是上天的恩賜了，誰知道究竟扣多少？

她大清早就抱著孩子，拿起掃把來到大街上。可是這個死丫頭老要她抱著，不讓放下來，她一次又一次威脅她說領班的來了。她說：「領班的一來，他會打我的，也要割掉妳的鼻子和耳朵。」但是小女孩寧願讓他割去鼻子和耳朵，也不願意從她的懷抱裡下來，最後當阿拉爾吉用威脅、嚇唬、愛撫、親昵等辦法都不奏效時，她把女兒放了下來，讓她去哭鬧，自己拿起掃把開始打掃了；但是這個倒霉的小傢伙也不坐在一個地方去哭，卻緊緊跟在阿拉爾吉的後面，一再拉她的紗麗，還抱住她的腿不放，然後坐在地上，接著又爬起來哭鬧。

她舉起掃帚說：「別哭了，要不我就用掃把揍妳，揍死妳，現在領班那個王八羔子就要來了……」

還沒等她把威脅孩子的話講完，領班海拉德・阿里・汗就來到面前，從自行車上下來了，阿拉爾吉的臉色突然變了，心裡突突地直跳。她想：唉！我的真主，他該不會聽到了吧？我真是瞎了眼，前面來了人我都沒有看見，誰知道他今天騎自行車來呢？往常都是坐馬車來的。她血管裡的血好像都停止流動了，拿著掃把呆呆地站著。

領班責備她說：「出來做事還帶著一個小孩，為什麼不把她放在家裡？」

阿拉爾吉痛苦地說：「先生，她不舒服，放在家裡交給誰呢？」

「她怎麼啦？」

「先生，她發燒了。」

「那妳把她扔在一邊讓她哭，要她死還是要她活？」

「先生，抱著她怎麼工作呢？」

「那妳爲什麼不請假？」

「先生，會扣工資的。日子怎麼過啊！」

「把她抱起來回家去，胡塞尼回來了，叫他來這裡打掃。」

阿拉爾吉抱起了孩子，轉身要走，這時領班的問她：「妳剛才幹嘛罵我？」

阿拉爾吉好像沒命了，要割她的肉也不會流血了，她顫抖地說：「沒有罵你，先生。要是我罵了你，我就會瞎眼。」

說完她抽抽搭搭地哭了起來。

2

傍晚的時候，胡塞尼和阿拉爾吉兩人去領工資，阿拉爾吉很發愁。

胡塞尼安慰她說：「妳爲什麼這樣發愁？不就是扣工資嗎？扣就讓他扣吧！從今天起我對妳發誓，我一滴酒也不喝了。」

「我害怕的是會把我開除。讓我的舌頭爛掉吧，怎麼說出了……。」

「開除就開除吧！願真主保佑！傷心到什麼時候才完呢？」

「你冤枉把我也拉來了，大伙都會笑話。」

「要開除的話，那我就要問清楚，是根據哪一條罪過開除的。說罵了人，有誰聽見了？想把誰開除就開除，那是胡來！如果不理，我就要向長老會[1]控訴他，我要在長老會頭人的大門口碰破我的頭！」

「要是這樣一條心的話，那領班怎麼會這樣隨便罰款啊？」

「道高一尺，魔高一丈，總有制服他的人的。知道嗎？妳這瘋子！」

可是阿拉爾吉的心還是平靜不下來，她的臉上像籠罩著一片愁雲。領班爲什麼聽到了罵他的話後沒有發火？當時爲什麼沒有開除她？這一點她始終弄不明白。看來他還有點慈悲之心。她弄不清楚其中有什麼奧祕，而人們對於不理解的東西往往抱著害怕的心情。如果領班只是要罰她的款，那他當時就該把她的名字記在本子上。正因爲他已經決定要把她開除，所以才顯得那麼仁慈！她曾聽說過：要上絞架的人，最後要讓他吃好的東西，他想會見誰，就讓他會見誰。看來她是會被開除的。

他們來到市政委員會的辦事處，成百上千的清潔女工聚集在門前，有的穿著五顏六色的衣裳，打扮得漂漂亮亮；賣檳榔包和香煙的商人來了，其他小販也來了，一群帕坦人也來向借債人收帳了。胡塞尼和阿拉爾吉兩人也站在那裡。

開始分發工資了。開頭是女清潔工的名字，凡是被叫到名字的，就趕上前去，領到自己的工資以後，向領班先生道聲謝就走了。以前叫了金巴的名字，接著就叫阿拉爾吉的名字，今天阿拉爾吉的名字沒有了，叫了金巴的名字後，叫了原來在阿拉爾吉下面的傑呼倫。

阿拉爾吉用失望的眼睛看了看胡塞尼。女清潔工一面看著她，一面竊竊私語；阿拉爾吉真想馬上回家，她受不了這種嘲笑。大地要是裂了口，她會鑽進去的。

一個名字一個名字念了下去，阿拉爾吉兩眼不停地望著前面的樹，現在她一點也不留心叫到誰的名

1：長老會是印度民間的一種傳統組織，一般由五人組成，負責處理民事糾紛。

字，也不留心誰上去領工資，誰在看著她，誰在嘲笑她。突然，她聽到自己的名字，她吃了一驚，像一個新娘子一樣慢慢邁步走上前去，會計把整整六個盧比放在她手上。

她感到奇怪了，會計沒有弄錯嗎？這三年來，她從來沒有領過全部工資，這一次要是能夠領到一半，就很不錯了。她站了一會兒，也許會計會把錢收回去，當會計問她為什麼還站著不走時，她慢慢地說：「這是全部工資呀！」

會計感到奇怪地望著她，說：「那妳還想什麼呢？要少一點？」

「沒有罰款？」

「沒有，這一次一個子兒的罰款也沒有。」

阿拉爾吉走了，但是她並不高興，她正在懊悔，她為什麼罵領班是王八羔子啊！

1937.03

Story Gallery

Story Gallery